SARAH HARVEY

Drei Frauen und ein Bräutigam

Buch

Olivia und Tanya sind vollkommen aus dem Häuschen: Sie sollen Stuart, den neuen Lover ihrer besten Freundin Grace, kennen lernen. Erwartungsvoll eilen sie zu der Verabredung, denn Stuart, von dem Grace schon seit Wochen in den höchsten Tönen schwärmt, soll nun endlich »der Richtige« sein. Umso größer ist die Enttäuschung, als Olivia und Tanya Stuart zu Gesicht bekommen: In seinem Strickpulli und den Flanellhosen sieht er aus wie ein Musterschüler, und was noch viel schlimmer ist: Stuart ist der totale und ultimative Langweiler! Olivia und Tanya können es nicht fassen: Ihre Freundin Grace, die freche, lebenslustige Grace, mit so einem Waschlappen? Es muss etwas geschehen – spätestens, als Grace und Stuart ihre Verlobung ankündigen. Gemeinsam mit ihrem Freund Louis hecken Olivia und Tanya einen Plan aus, wie sie Grace ihre Geschmacksverirrung austreiben können…

Unterdessen hat Olivia, die in Battersea ihr eigenes Restaurant betreibt, Ärger mit ihrem Vermieter: Der scheint ein skrupelloser Spekulant zu sein und vorzuhaben, ihr den Mietvertrag zu kündigen. Dummerweise sieht der Mann verteufelt gut aus – und ist zu allem Überfluss auch noch ein guter Freund von Stuart…

Autorin

Sarah Harvey ist Ende zwanzig, lebt in Northampton und arbeitet als Journalistin in London. Sie hat bereits mehrere Kurzgeschichten in *Cosmopolitan* veröffentlicht. Ihren Durchbruch als Autorin hatte sie mit ihrem ersten Roman *Wachgeküsst*, der so erfolgreich war, dass er für das englische Fernsehen verfilmt wurde.

Von Sarah Harvey außerdem erschienen:

Wachgeküsst. Roman (54171)
Die Hochzeit meiner besten Freundin (54158)

Sarah Harvey

Drei Frauen und ein Bräutigam

Roman

Aus dem Englischen
von Susanne Engelhardt

GOLDMANN
MANHATTAN

Die Originalausgabe erschien 2001 unter dem Titel
»Split Ends«
bei Headline Book Publishing, London.

Umwelthinweis:
Alle bedruckten Materialien dieses Taschenbuches
sind chlorfrei und umweltschonend.

Manhattan Bücher erscheinen im Goldmann Verlag,
einem Unternehmen der Verlagsgruppe Random House GmbH.

Deutsche Erstveröffentlichung Juni 2002

Umschlaggestaltung: Design Team München
Umschlagfoto: Picture Press
Satz: Uhl + Massopust, Aalen
Druck: Elsnerdruck, Berlin
Verlagsnummer: 54163
Redaktion: Alexander Groß
JE · Herstellung: Katharina Storz/Str
Made in Germany
ISBN 3-442-54163-8
www.goldmann-verlag.de

1 3 5 7 9 10 8 6 4 2

Für Terry,
für immer

Die Idee zu diesem Buch kam mir, weil ich eine Menge Leute kenne, deren Beziehungen man durchaus unkonventionell finden könnte. Manche von ihnen mussten außerdem gegen Vorurteile und unglückliche Umstände ankämpfen, um zusammenbleiben zu können. Obwohl alle Figuren in diesem Roman frei erfunden sind, könnte dieses Buch bei den folgenden Personen eine Saite zum Schwingen bringen. Dafür versichere ich sie meiner immer währenden Liebe und Dankbarkeit. Zu ihnen zählen meine Mutter Diane und ihre Lieben, Bill, Phil und Sarah sowie Gorgeous Gazza. Außerdem sollte ich wohl meinen Bruder James erwähnen, der erstaunt sein wird, dass er dieses Mal gar nicht vorkommt. Weiterhin danke ich Linda, Nuala, Brenda, Belinda, Doddy und ganz zaghaft auch Graham, Alex und Phil, die mir mit ihren Theorien über Männer und die Bedeutung der Liebe ganz schön Angst eingejagt haben. Ein herzliches Dankeschön auch an Luigi Bonomi, John Rush, Amelia Cummins und Amanda Preston von Sheil Land sowie Clare Foss, Frances Coward und alle anderen aus dem Team von Headline. Sie alle haben wirklich viel für mich getan.

Vor allem aber möchte ich Terry von Herzen danken und ihn meiner dauernden Liebe versichern. Er ist derjenige, der mich immer wieder ermutigt, anspornt und inspiriert.

Kapitel 1

Zum dritten Mal drücke ich auf die Hupe, dieses Mal für gute fünf Sekunden. Abgesehen von einem wütenden Gesicht am Fenster unter Tanyas Wohnung kommt keinerlei wie auch immer geartete Reaktion. Ich grolle wie eine zahnlose Oma, wühle in meiner Tasche nach dem Handy und tippe hastig ihre Nummer ein. Beim zwölften Klingeln hebt sie endlich ab. Mit vertrauter, erotisch-heiserer Stimme, die am Telefon noch atemloser klingt, gurrt sie Hallo, als wolle sie für einen Telefonsex-Job vorsprechen.

»Tanya!«, belle ich frustriert und gereizt. »Wo zum Teufel bleibst du? Ich warte seit zwanzig Minuten auf dich.«

»Ollie, Süße!« Trotz meines unterkühlten Tons begrüßt Tanya mich so begeistert und freundlich wie üblich. »Ich war gerade dabei, mir die Haare zu föhnen… Wie viel Uhr ist es denn?«

»Zwanzig vor neun.«

Ein kurzer Aufschrei und die Leitung ist tot. Zwei Minuten später wird die Haustür des barocken Wohnhauses im schicken Londoner Stadtteil Mayfair aufgerissen, in dem Tanya von ihrem stinkreichen Vater zu einem Spottpreis eine Wohnung gemietet hat. Sie schießt aus der Tür wie ein Windhund aus der Box.

Sobald sie im Auto sitzt, wird mir klar, dass sie sich nicht deshalb so beeilt, weil wir später dran sind als die Bahn, sondern weil sie praktisch nackt ist – sie trägt nichts außer lila Seidendessous von La Perla, flauschigen rosa Pantoffeln und einem ziemlich selbstgefälligen Grinsen im Gesicht.

»Sorry, Süße!«, verkündet sie strahlend. »Ich hatte den Klempner da. Hab gar nicht auf die Uhr gesehen.«

»Schon wieder!«, seufze ich und werfe ihr im Rückspiegel einen vorwurfsvollen Blick zu.

»Du weißt doch, dass ich Wert auf gut gepflegte Rohre lege.«

Für Tanyas Klempner gilt: Bei Anruf Poppen. Jedes Mal, wenn ihre »Rohre« aufgrund mangelnder Nutzung anfangen zu rosten, wählt sie sofort jene Hotline, die Abhilfe innerhalb einer Stunde verspricht. »Innerhalb einer Stunde« bezieht sich jedoch leider nur auf die Zeit, die der Klempner braucht, um zu ihr zu kommen, nicht aber darauf, wie lange er für den Job braucht. Deshalb ist sie nun schrecklich spät dran.

Ich drücke aufs Gas, während Tanya die Tiefen einer Tasche durchwühlt, die sie mitgeschleift hat. Sie zieht einen Beutel hervor, der mehr Schminkutensilien enthält als der Stand mit den Sonderangeboten bei Selfridge's. Dann beginnt sie seelenruhig, mit geschulten Gesten ihr Gesicht anzumalen, obwohl ich aufgrund unserer Bummelei um die Kurven heize wie Schumi in Monaco.

Als sie damit fertig ist, taucht ein kleines schwarzes Etwas vom letzten Schlussverkauf bei Moschino aus der Tasche auf. Während der Typ im Nachbarauto an der Ampel, an der ich gerade eine Vollbremsung hingelegt habe, Stielaugen kriegt und ungläubig grinst, schlängelt Tanya ihren knackigen Körper in diese hautenge Hülle.

»Wie viel Zeit haben wir noch?«, fragt sie, als ihr Kopf im Ausschnitt auftaucht.

»Minus dreißig Minuten, und der Zähler läuft weiter. Wir hätten um halb neun da sein sollen. Ich dachte, *ich* wäre spät dran, bis ich zu dir kam.«

»Mist! Sorry, Süße.« Als Nächstes taucht ein Paar entzückender Pantoletten mit flachen Absätzen aus der Zaubertüte auf, um die rosa Barbie-Latschen zu ersetzen.

»Ich weiß nicht, was mir mehr Angst macht: Den neuen Lover unserer besten Freundin zu treffen oder ohne Sicherheitsgurt auf der Rückbank deines Autos zu sitzen.« Tanya lacht und streift die Schuhe über ihre himmelwärts zeigenden Füße, als ich wie Starsky und Hutch im Einsatz rote Ampeln überfahre und um eine Linkskurve schlittere, woraufhin sie mit dem Kopf gegen die Tür kracht.

»Vor allem, wenn du dabei die Beine in der Luft hast.«

»Ach, das macht mir keine Angst«, kontert sie. »An diese Position bin ich gewöhnt. Und, wie ist er so?«

»Grace' Neuer?«

»Ja. Sie muss dich doch eingeweiht haben. Was macht er denn?«

»Grace sagt, er macht in Leder oder so was.«

»Hört sich an, als wäre er ganz mein Typ!«

Nachdem sie fertig angezogen ist, quetscht sich Tanya zwischen den Vordersitzen hindurch und plumpst neben mich. Ihr in Lycra gehüllter Po quietscht auf dem Ledersitz, und der Rock enthüllt beim Hochrutschen endlos lange Beine, die bei endlos langen Sitzungen im Fitnessstudio endlos braun geworden sind, während sie ihrem Privattrainer schöne Augen machte.

»Ich meine doch nicht, dass er Leder trägt, du Dummerchen. Er ist in der Lederindustrie oder so ähnlich.«

»Schade ... Was hat sie noch erzählt?«

»Also, er heißt Stuart, ist dreiunddreißig, eingefleischter Junggeselle, hat ein eigenes Unternehmen, noch alle Haare und Zähne, lebt auf dem Land irgendwo im Norden ...«

Tanya gähnt. Ihr Blick schweift aus dem Fenster zu einem ziemlich knackigen Verkehrspolizisten, der auf seinem Motorrad gerade neben uns auftaucht, woraufhin ich in dem jämmerlichen Versuch, die Geschwindigkeitsbegrenzung einzuhalten, in die Eisen steige. Glücklicherweise ist er viel zu sehr damit beschäftigt, durch das Fenster in Tanyas beeindruckendes Dekolleté zu gaffen, während sie mit den Augendeckeln klimpert. Meinen Mangel an Respekt gegenüber den Verkehrsregeln nimmt er gar nicht wahr.

»Und Grace sagt, er ist bestückt wie ein Esel«, schließe ich.

»Echt?« Sofort fährt ihr Kopf herum und sie starrt mich an.

»Keine Ahnung, aber ich musste irgendwie deine Aufmerksamkeit wiedererlangen. Wir sind gleich da. Wenn ich dich vorm Eingang absetze, kannst du schon mal reingehen und wegen deiner peinlichen Verspätung zu Kreuze kriechen. Ich versuche derweil, einen Parkplatz zu finden.«

Ich brauche natürlich noch mal eine Viertelstunde, um mein Auto in eine Lücke zu zwängen, die wirklich gerade so für einen Kleinwagen reicht. Dann trabe ich zu der Bar in Soho, in der wir vor annähernd einer Stunde mit Grace verabredet waren. Ich werfe einen Blick auf die Uhr. Zwanzig nach neun. Ich stehe in dem Ruf, immer und überall zu spät zu kommen, aber bei diesem Anlass hätte ich mein Versprechen, pünktlich zu sein, gerne gehalten.

Grace ist meine beste Freundin. Außerdem ist Grace serienmonogam. Eine wahre Romantikerin auf der Suche nach der, ja, Sie haben es erraten, der wahren romantischen Liebe. Sicher können Sie sich denken, dass sie auf ihrer Suche nach dem »Richtigen« einen ganzen Katalog von »Falschen« durchgemacht hat.

Ihr letzter Kerl, Arty, war einer dieser »Falschen«. Wir nannten ihn immer Schlawiner. Er hatte einen gewissen, undefinierbaren Charme, weshalb jeder, der ihn traf, sich sofort in ihn verliebte, nicht auf die lüsterne, sexuelle Tour – obwohl Grace dem nicht beistimmen würde, da sie den größten Teil ihrer Beziehung mit ihm im Bett verbracht hatte –, doch er gehörte zu der Art Mann, die sich jeder als besten Kumpel wünscht. Er war freundlich, lustig und umgänglich und kam mit absolut jedem aus.

Gleichzeitig war er aber auch die personifizierte Unzuverlässigkeit. Darum war er letztlich auch nicht mehr als ein kurzes Kapitel in Graces Leben und wurde nicht zu dem festen Inventar, von dem wir alle annahmen oder hofften, dass er es werden würde.

Das hat Grace aber nicht von ihrer Suche nach der großen Liebe abgeschreckt. Doch obwohl sie sich seit ihrer Trennung vor fünf Monaten kopfüber in diverse Affären gestürzt hatte, war keine davon so weit gediehen, dass sie den Aufwand einer Vorstellung uns gegenüber gerechtfertigt hätte.

Bis zu dieser. Und genau deshalb wollte ich auch nicht zu spät kommen. Denn diese Affäre scheint eine persönliche Vorstellung zu verdienen. Da sie ihn erst seit wenigen Wochen kennt, muss er etwas Außergewöhnliches sein, um solch eine Auszeichnung zu erhalten.

Ich drücke die schwere Glastür zu der Bar in der belebten Neal Street auf, einem beliebten Treffpunkt für Clubber vor dem Clubben, der gleichzeitig auch unser Lieblingstreff ist, wenn wir hier in der Gegend sind. Es ist erstaunlich voll für einen Dienstagabend, doch ich brauche nicht lange, um Tanya zu entdecken. Statt an der Theke zu lehnen und lautstark nach Alkohol zu verlangen, während sie die männliche Ware begutachtet, wartet sie zu meiner Überraschung direkt hinter der Tür auf mich. Ihr üblicher Schmollmund ist einem dünnen Strich gewichen, den ich mit der Erfahrung von sechs Jahren Tanya-Forschung als Besorgnis identifiziere.

»Was ist los? Sind sie da? Oder haben sie uns in den Wind geschrieben und sind heimgegangen?«

»Ich habe Grace gefunden. Zumindest glaube ich, dass sie es ist.«

Sie schnappt sich mein Handgelenk und zieht mich tiefer in den überfüllten Raum hinein. Mit dem Kopf deutet sie hinüber zur Theke, wo Grace, meine älteste und – abgesehen von

Tan – beste Freundin und Verbündete seit der Schulzeit, gerade bedient wird.

Ich fange an zu winken, doch Tanya hält mich zurück.

»Warte mal. Hier stimmt doch etwas nicht, oder?«

Angesichts von Tanyas verwirrtem Gesichtsausdruck lache ich nervös und schaue etwas genauer hin. Grace scheint es gut zu gehen. Sie steht an einer Theke, was ein durchaus üblicher Standort für sie ist. Dann bemerke ich die Flasche Pellegrino, die der Barmann ihr hinüberschiebt.

»Sie bestellt Mineralwasser statt Smirnoff.«

»Und?«

»Das soll vorkommen, obwohl ich zugeben muss, dass es ungewöhnlich ist. Aber vielleicht hat sie ja noch einen gewaltigen Kater, weil sie letzte Nacht bis zum Morgengrauen durchgefeiert hat oder so. Vielleicht war der Neue mit ihr clubben.«

»Vielleicht.« Tanya hört sich an, als würde diese Theorie sie nicht überzeugen. »Aber da ist doch noch etwas, oder?«

Die wogende Menge aus trinkenden, quatschenden Leuten teilt sich, und ich erhasche einen kurzen Blick auf ihren Körper.

»Trägt Gray etwa die Klamotten ihrer Mutter?« frage ich ungläubig. »Nein, vergiss es, das sind eher die ihrer Großmutter.«

»Ururgroßmutter«, stimmt Tanya zu. »Dieses Kleid stammt ja wohl noch aus der Ära viktorianischer Prüderie: Du sollst nicht scheißen, schimpfen, bumsen und kein Geld verdienen…«

Tanya angelt in ihrem Täschchen nach einer Marlboro, zündet sie an und inhaliert tief, als würde der Dunst ihr die Kraft verleihen, mit dem Anblick unserer normalerweise so extrovertierten Grace fertig zu werden, die wie eine Nonne an ihrem freien Tag gekleidet ist und an einem Glas Wasser nippt, statt Smirnoff runterzukippen.

»Wenn der Halsausschnitt noch ein bisschen höher wäre, würde sie ersticken«, äußere ich zustimmend.

Grace' kupferfarbene Haare, die normalerweise in ungebärdigen Locken über ihre schmalen Schultern fallen, sind ebenfalls ganz untypisch zu einem strengen Knoten hochgesteckt. Und statt der üblichen knallroten Lippen hat sie dem Begriff ungeschminkt eine neue Dimension verliehen. Sie hat nur einen Hauch von grauem Lidschatten aufgelegt, der zu ihren grauen Augen passt, und weniger als einen Hauch von Lipgloss.

Die Lippen, die diesen neuen Minimal-Look tragen, verziehen sich zu einem breiten Lächeln, als Gray mich entdeckt. Dabei starre ich sie an wie ein Kardinal, der soeben den Papst in einem Twinset von Marks und Spencer statt der üblichen weißen Robe erblickt hat.

»Ollie!« Trotz der zurückhaltenden Kleidung fällt die Gray'sche Begrüßung so überschäumend aus wie immer. Sie kreischt lauthals meinen Namen und drängelt sich dann, ein Glas Mineralwasser in jeder Hand, durch die Menge. Anschließend umarmt sie mich und drückt mir fast die Luft ab, als läge unser letztes Treffen länger als einen Monat zurück, und nicht nur drei Tage.

»Hast du vergessen, dir die Beine zu rasieren?«, frage ich, als sie mich aus der durch Hugo-for-Women verstärkten Knuddelei entlässt und nun übereifrig die immer noch verblüffte Tanny begrüßt.

»Was?« Gray lässt Tanya los und lächelt mich zerstreut an.

Ich trete einen Schritt zurück und mustere sie scharf. »Diese Nummer, dich vom Hals bis zu den Zehennägeln zuzuknöpfen. Nicht gerade dein Stil, hm?«

Grays zerstreutes Lächeln weitet sich zu einem breiten, strahlenden Grinsen. Ihre grauen Augen blitzen vor Lachen. »Das ist mein neues Ich«, erklärt sie kichernd. »Ehrbar mit einem großen E.«

Sie tritt zurück und wirbelt wie ein Model auf dem Laufsteg

um die eigene Achse. Dabei rammt sie dem Mann hinter sich ihren Ellbogen in die Seite, sodass er den großen Scotch on the Rocks, den er in der Hand hielt, über seinen Freund schüttet. Verärgert dreht er sich um, um sich bei einer völlig selbstvergessenen Grace zu beschweren, findet sich aber stattdessen Auge in Auge mit Tanya wieder.

»Ich mag dein altes Ich. Du weißt schon, E wie erotisch, E wie enthüllend«, entgegne ich und beobachte amüsiert, wie der wütende Geschäftsmann beim Anblick der reizenden Tanya dahinschmilzt.

»Tja«, Gray beugt sich grinsend vor und tuschelt verschwörerisch, »dabei trage ich heute sogar einen Schlüpfer! Obwohl ich das mehr in der Hoffnung tue, dass heute die Nacht kommt, in der er ihn mir langsam mit den Zähnen wieder auszieht!«

»Willst du damit sagen, ihr habt noch nicht? Du kennst diesen Kerl jetzt seit fast drei Wochen. Was ist los mit dir, meine Liebe? Normalerweise hättest du ihn inzwischen längst getestet.«

»Der hier ist anders.«

»Ich dachte immer, unsere Philosophie lautet, alle Männer sind gleich.«

»Er ist schüchtern.«

»Schüchtern! Du stehst aber nicht auf Schüchterne.«

»Und er ist sehr nett …«, fährt sie fort.

»Und vor allem nicht auf Nette!«, kreische ich besorgt.

Grinsend nimmt sie beide Gläser in eine Hand, greift mit der dadurch frei gewordenen nach meiner und beginnt, mich durch die Bar in Richtung Restaurantbereich zu ziehen. »Komm und sieh ihn dir an. Und sei nett. Wie ich schon sagte, er ist ein bisschen schüchtern.«

»Ich bin immer nett.«

»Das weiß ich doch, Schätzchen. Er aber nicht. Ich glaube,

es geht ihm etwas an die Substanz, der ganzen Bande vorgestellt zu werden.«

»Wer ist denn noch da?«

»Na ja, ich habe ihn mit Louis allein gelassen, der es im Gegensatz zu dir geschafft hat, pünktlich zu kommen.«

»Und hat sich unsere Dancing Queen etwas gemäßigt? Oder trägt er seine üblichen Hotpants aus Goldlamé?«

»Silber.«

»Was?«

»Louis Hotpants sind aus Silberlamé. Gold passt nicht zu seiner Hautfarbe.«

»Egal, sag mir nur, dass er seinen verschärften Körper nicht in etwas zu Ausgefallenes gesteckt hat. Sonst werden nämlich all deine Bemühungen, ehrbar auszusehen, durch deine Freunde zunichte gemacht. Unsere Miss Mathers hier trägt auch mal wieder ein kleines Nichts, dessen Ausschnitt groß genug ist, um dein Fahrrad darin abzustellen.«

Ich deute auf Tanya, der es irgendwie gelungen ist, den Typ, der seinen Drink verschüttet hat, zu überreden, nicht nur für den Ersatz selbst zu zahlen, sondern uns beiden im Austausch gegen ihre Telefonnummer je einen großen Gin Tonic zu spendieren. Jetzt tippelt sie auf ihren zierlichen Absätzen hinter uns her. Den Anblick von Gray in so viel Kleidung quittiert sie mit einem ungläubig aufgerissenen Mund.

»Jeans und T-Shirt«, verkündet Grace, womit sie auf Louis' Aufmachung Bezug nimmt. »Obwohl das T-Shirt von Morgan ist!«

Ich sehe zu der lauten Gruppe in der Ecke hinüber. Louis ist leicht wiederzuerkennen, obwohl er sein stacheliges schwarzes Haar kobaltblau gefärbt hat, sodass es zu seinen Augen passt.

Abgesehen von den Haaren hat Louis dem Anlass gemäß von seiner üblichen Extravaganz abgesehen. Tatsache ist, dass er geradezu brav wirkt in der Jeans, die mehr Löcher als Stoff hat, und einem schwarz-goldenen Morgan-Top mit einer Blume auf der Brust. Der einzige Hinweis auf Louis' normalen Dresscode ist die poppig blaue Wimperntusche, die seine strahlenden Augen einrahmt.

Außer Louis finden sich noch drei oder vier Leute in der kleinen Gruppe, in denen ich Arbeitskollegen von Grace wiederzuerkennen meine. Und noch ein Typ steht neben Louis. Den kenne ich nicht, weshalb man davon ausgehen muss, dass es sich bei ihm um Grays Neuen handelt.

Zumindest glaube ich, dass er es ist. Er sieht jedoch keineswegs so aus, als *dürfte* er es sein. Gray ist sehr wählerisch, wenn es um Männer geht. Jeder Einzelne war anders – und glauben Sie mir, es gab eine ganze Reihe –, doch sie alle hatten eines gemein: Selbstbewusstsein, manchmal sogar etwas zu viel davon, wie ich gestehen muss. Doch etwas zu viel ist weitaus besser als eimerweise zu wenig.

Dieser Kerl sieht so selbstbewusst aus wie ein Eunuch bei einem Wettbewerb für Männerslips! Er wirkt seltsam fehl am Platz und scheint sich auffällig unwohl zu fühlen. Seine Finger zupfen fast ununterbrochen am Kragen seines Polohemds, als würde eine Polyesterhand ihm den Adamsapfel einzwängen. Obwohl Louis, der reden kann wie ein Wasserfall, ihn eifrig zutextet, hört er offensichtlich nicht wirklich zu. Seine Augen durchforschen die Bar auf der Suche nach Grace, wie die eines verunglückten Bergsteigers, der nach dem Rettungshubschrauber Ausschau hält.

Er hat braune Spagettilocken, die nach einem Kochtopfschnitt aussehen, den man mit Pomade gestriegelt hat, so blitzsauber und schimmernd wirken sie. Und er hat eine beachtliche, leicht gerötete Nase. Die braunen Glubschaugen sehen hinter den Gläsern seiner Hornbrille noch größer aus. Sie rutscht ihm ständig auf die Nase hinunter, woraufhin er sie sofort wieder mit dem langen Zeigefinger seiner großen rechten

Hand nach oben schiebt. Er hat das ernste, gelehrte, zuverlässige und gesunde Aussehen eines Schulsprechers vom Land. Und es ist mehr als offensichtlich, dass lautstarke Bars nicht sein Ding sind. Er hat sich wie zum Schutz halb hinter eine Säule zurückgezogen und blickt auf die lärmenden, trunkenen Ausschweifungen wie ein Priester, der sich verirrt hat und auf einer wilden Party statt auf der Wohltätigkeitsveranstaltung der Landfrauen gelandet ist, zu der er eigentlich wollte. Wenn er einen Anorak dabei hätte, wäre er längst hineingeschlüpft und säße jetzt still in einer Ecke, um auf den Aufbruch zu warten.

Mit hochgezogenen Brauen drehe ich mich zu Tanya um. Sie hat ihn bereits entdeckt. Die Kinnlade fällt ihr herunter, wie jemandem, der gerade den wogenden Busen eines begeisterten weiblichen Fans erblickt, der nackt durch ein Stadion rast. Sie zieht mich am Handgelenk von Gray fort und zu sich hinüber. Dann zischelt sie mir ins Ohr: »Das kann er nicht sein.«

»Vielleicht ist er ein Bekannter von Louis?«, schlage ich zaghaft vor.

»Trägt er etwa Lycra, Pailletten und Make-up?«

»Wohl kaum, Lipgloss passt einfach nicht zu einem drei Jahre alten Armani-Sakko, verblichenen Cordhosen und einem Polohemd.«

»Tja, somit scheidet diese Möglichkeit wohl aus, oder?«

»Vielleicht hat Louis den Typ gewechselt?«

»Das kann ich mir nicht vorstellen; er muss es sein.«

»In diesem Fall hat *entschieden* Gray den Typ gewechselt«, entgegne ich ungläubig.

Der Verdacht, dass er in der Tat Grays Neuer ist, erhärtet sich, als wir die kleine Gruppe erreichen. Mit vor Freude strahlenden Augen schnappt sie seine Hand und zerrt ihn von dem immer noch plappernden Louis fort, um ihn uns vorzustellen.

»Das sind Ollie und Tan«, erklärt sie ihm. »Meine zwei besten Freundinnen auf der ganzen weiten Welt. Ollie, Tan.« Sie atmet tief durch und lächelt, als stünde sie kurz davor, den Gewinner einer Tombola bekannt zu geben. Sacht schiebt sie den verschüchterten Schulsprecher auf uns zu. »Das ist Stuart.«

Er hält uns die Hand hin. »Mit u und a, nicht mit e, w, a.«

»Wie bitte?«

»Stuart mit u«, wiederholt er zaghaft lächelnd und streckt mir die Hand noch näher hin.

»Ah, klar, verstehe«, antworte ich. Nur einer Seite meines Mundes gelingt es, sich zu dem Lächeln zu verziehen, das ich beabsichtigt hatte.

»Ich habe dir schon von Ollie erzählt. Sie hat das Restaurant in Battersea«, posaunt Grace stolz.

Stuart hat ziemlich schwitzige Hände. Nach einem Händeschütteln, das ein wenig zu fest ausfällt, um noch angenehm zu sein, entschlüpfe ich – im wahren Sinne des Wortes – seinem Griff. Ich kann gerade noch den Drang unterdrücken, die Hand an meiner Hose abzuwischen.

»Und das ist Tanya.«

Der Umstand, dass Stuart der erste Mann überhaupt ist, der Tanya vorgestellt wird, ohne dass seine Augen gleich von ihrem Gesicht zu ihrem Dekolleté wandern, bringt ihm ein paar Gummipunkte ein. Eine kleine Wiedergutmachung für die Tatsache, dass ein Händedruck mit ihm an einen Händedruck mit einem großen, schlüpfrigen Fisch erinnert.

»Tanya arbeitet als Immobilienmaklerin«, fährt Grace unbekümmert fort. »Aber wir mögen sie trotzdem.«

»Ich bin Gebäudemanagerin …«, verbessert Tanya sie.

»Macht das einen Unterschied?«

»Nur bei der Provision«, frotzle ich.

»Ooh, schaut mal, da kommt Cornelia.« Grace hat ihre Chefin aus der PR-Firma entdeckt, die zögernd hereinkommt.

Sie lässt Stuarts Hand los, die sie ein wenig zu fest umklammert hielt für eine Frau, die eigentlich nicht zur anhänglichen Sorte gehört. »Ich muss sie wissen lassen, wo wir sind. Sie hasst es, allein in diese Art Bar kommen zu müssen. Hab versprochen, ihr einen großen Gin Tonic zu spendieren, weil ich heute eine Stunde früher gehen durfte.« Sagt's und schlüpft an mir vorbei. »Ich habe die Zeit gebraucht, um mich in Schale zu werfen.«

»Wahrscheinlich hast du mindestens eine Stunde gebraucht, um dein Korsett zu schnüren«, ziehe ich sie auf.

Grace streckt mir die Zunge raus. »Brauche ich etwa ein Korsett?« Sie deutet auf ihre unglaublich schlanke Taille. »Aber denk nur mal an den Spaß, sich langsam aus einem schälen zu lassen ...«, sie zwinkert, »Häkchen für Häkchen ...«

»Jemanden drei Stunden warten zu lassen, während du dich aus deinen Hüllen blätterst, dürfte für das Vorspiel eher tödlich sein«, murmle ich trocken. »Besonders in der ersten Nacht.«

»Na, wie gut, dass ich nur ein appetitliches Höschen trage«, flüstert sie mir kichernd ins Ohr. Breit grinsend wendet sie sich wieder zu Stuart um. »Ich lass euch drei allein, damit ihr euch ein bisschen kennen lernt. Bin gleich wieder da.«

»In Schale geworfen?« echot Tanya tonlos und bestürzt, als Gray mit höchst unmodern wehenden Rockschößen davonstürmt. »Selbst Queen Victoria hatte fröhlichere Klamotten an, als sie um ihren Bertie trauerte.«

Ich drehe mich zu Stuart um. Hoffentlich hat er diesen Kommentar nicht gehört.

Er lächelt mich an. Also nicht.

Ich lächle zurück.

Er lächelt.

Tanya lächelt.

Er lächelt.

Ich lächle erneut.

Tanya sieht mich an und schneidet eine Grimasse, die sie

hastig wieder zu einem gezwungenen Lächeln verzieht, als Stuart sich ihr zuwendet und sie weiter verkrampft angrinst. Doch er sagt noch immer nichts.

Aus irgendeinem Grund scheint auch mir plötzlich jegliche Kommunikationsfähigkeit abhanden zu kommen. Das muss ansteckend sein. Ich durchforste mein Gedächtnis nach einer passenden Einleitung. »Und, Stuart, wohnst du hier in der Nähe?« ist alles, was mir einfällt. Ich weiß sehr wohl, dass dem nicht so ist, doch da wir anscheinend gerade alle auf der Leitung stehen…

»Nein, glücklicherweise nicht. Meine Familie hat zwar eine kleine Wohnung in Kensington, aber eigentlich lebe ich in Leicestershire.«

»Glücklicherweise? Dann bist du also nicht scharf auf London?«, hakt Tanya verschmitzt nach. Als echtes Großstadtkind findet Tanya, dass alles, was jenseits der Stadtautobahn liegt, gleichbedeutend mit der tiefsten Provinz ist.

»Ich bin nicht gern in London. Ich muss gestehen, ich komme nur, wenn es sich nicht vermeiden lässt.«

Tanya verdreht die Augen, als Stuart erneut nervös lächelt. Dann vergräbt er das Gesicht in seinem Glas. Es gelingt ihm, eine atemberaubend lange Zeit so auszuharren, bis Gray mit Cornelia ankommt – gerade rechtzeitig, um ihn daran zu hindern, in seinem Mineralwasser zu ertrinken.

Cornelia ist eine ziemlich sauertöpfische Rothaarige von der Sorte, die Haarreifen und bequeme Schuhe tragen. Ich habe sie bereits einige Male getroffen. Sie gehört zu den Leuten, die im Büro richtig aufdrehen, sonst aber ein totaler Reinfall sind. Unsere Grace dagegen ist das menschliche Gegenstück zum Tierheim in Battersea. Sie neigt dazu, Verirrte und Heimatlose aufzulesen und ihnen, wenn nicht ein neues Heim, so doch ein Privatleben zu geben.

Doch nicht jeder ist so gutherzig und großmütig wie Grace.

Denn kaum ist Cornelia angekommen, beschließen die anderen Mädels, die mit Grace arbeiten, dass es für sie an der Zeit ist aufzubrechen.

Tanya blickt ihnen wehmütig hinterher, als sie sich in Richtung des nächstbesten Nachtclubs auf den Weg machen. Nachdem sie bei dem Versuch gescheitert ist, mit Stuart über ihre drei Lieblingsthemen, Shoppen, Clubben und Sex, zu plaudern, hat sie aufgegeben und sich in den Schutz der Bar verkrümelt, um Nachschub zu holen.

Nachdem sie Cornelia Stuart vorgestellt hat, sprechen Grace und sie nun über die Arbeit. Also beschließe ich, dass nun ich an der Reihe bin mit dem Versuch, Stuart aus der Reserve zu locken – wenn schon nicht aus seinem Mineralwasser. Doch nachdem wir, wie es mir vorkommt, eine kleine Ewigkeit höflichen und reichlich gestelzten Smalltalk betrieben haben, verfällt er wieder in beharrliches Schweigen. Er taucht in seinem Glas ab wie ein U-Boot in feindlichem Gewässer, das beim kleinsten Anzeichen einer möglichen Gefahr auf Tauchgang geht.

Als er endlich wieder auftaucht, überlasse ich ihn Louis, unserer quirligen Quasselstrippe. Bei ihm muss man, wenn einem nicht wirklich nach Reden zumute ist, nur so tun, als würde man zuhören, und von Zeit zu Zeit »hm-hm« murmeln, um den Redeschwall am Leben zu erhalten. Ich dagegen ziehe mich mit Tanya zu einer Krisenbesprechung aufs Damenklo zurück.

»Und, was hältst du von ihm?« Ich quartiere mein Hinterteil auf den Rand des Waschbeckens und suche in meiner Handtasche nach dem Make-up. Aufgrund einer kleineren Küchenkrise im Restaurant hatte ich keine Zeit zum Schminken, bevor ich Tanya abholte.

»Er trägt Cord!« Ungläubig schüttelt Tanya den Kopf.

»Ich muss zugeben, dass er sehr ländlich-lässig gekleidet ist«, erwidere ich und grabe meinen Lieblingslippenstift aus. »Aber ich meinte eher, was du von seiner Persönlichkeit hältst.«

»Soll das heißen, du hast eine entdeckt?«

»Oje, geht's dir auch so... Vielleicht ist er wirklich nur schüchtern. Gray sagte, er sei schüchtern.«

»Vielleicht hat er aber auch einfach keine.«

»Keine was, Mädels? Zerreißt ihr euch etwa gerade das Maul über Grays neuen Rüden... obwohl man eher ein »P« davor setzen sollte! Dabei habe ich noch nie erlebt, dass Grace sich solche Mühe gibt, einen Mann zu beeindrucken. Diese förmliche Vorstellung ist ja wohl auch neu. Normalerweise lernen wir doch ihren neuesten Beau kennen, indem wir in irgendeinem Club über sie stolpern, während sie ihn gerade abknutscht.« Das kommt von Louis, der zur Tür hereintänzelt, seinen Allerwertesten neben Tanya auf den Rand eines Waschbeckens schiebt und ihr eine Zigarette anbietet.

»Du dürftest eigentlich nicht hier rein«, erkläre ich ihm und ziehe die Augen zusammen, als der Zigarettenrauch uns einhüllt.

»Aber eure Klos sind viel schöner.« Louis sieht mich entwaffnend aus seinen strahlend blauen Augen an. »Ich finde ja, dass stille Örtchen politisch unkorrekt sind.« Er dreht sich zu dem Spiegel hinter uns um und wischt mit dem kleinen Finger einen vereinzelten Spritzer Wimperntusche vom Augenlid. »Es sollte nicht nur welche für Jungs und Mädels geben, sondern für Jungs, Mädels und Schwule.«

»Ach? Mit kleinen rosa Fußmatten?«, ziehe ich ihn auf.

»Man sollte den ganzen Quatsch lassen und eins für alle haben«, knurrt Tanya, die Lungen voller Rothmans.

»Schrecklicher Gedanke.« Ich rümpfe die Nase. »Du willst doch nur in einer Reihe an der Pissrinne stehen und Pimmel angucken, stimmt's?«

»Zugegeben, das wäre ein Vorteil...«, stimmt Louis zu, während er in meiner Handtasche stöbert und einen Lippenstift in Shell-Pink zu Tage fördert.

»Also, was haltet ihr nun von unserem Loverboy?«, murmelt er, wirft den Lippenstift wieder hinein und schnappt sich einen anderen.

»Darüber haben wir gerade gesprochen.«

»Er ist nicht ihr Typ.«

»Gray hat keinen Typ, ihr Geschmack ist extrem breit gefächert. Deshalb kommt sie auch mit uns so gut aus.«

»Der Heiligen, der Hure und der Sexgöttin«, spinnt Louis den Faden weiter. »Wobei ich die Sexgöttin bin, versteht sich.«

»Ach ja, und wer bin dann ich?«, fragt Tanya ihn und wirft herausfordernd den Kopf zurück.

»Das fragst du noch?«, entgegne ich, nehme Louis den tiefroten Lippenstift wieder weg und drücke ihm stattdessen einen nicht ganz so knalligen in die Hand. »Ich bin schließlich diejenige, die seit Ewigkeiten keinen Sex mehr hatte.«

»Klar, du mit deiner gepanzerten Unterhose.«

»Um Sex zu haben, braucht man in der Regel einen Mann…«

»Das hängt ja wohl ganz davon ab, worauf du stehst, Baby!«, zwitschert Louis.

»Und so einen will ich im Moment eben nicht«, schließe ich, den Einwurf ignorierend. Stattdessen versuche ich, mit den Fingern wieder etwas Form in meine langen, dunkelbraunen Haare zu bringen.

»Ach nein?«, fragt Tanya skeptisch. »Auch nicht zum Zweck der Freizeitgestaltung? Man muss nämlich keine Beziehung haben, wenn man guten Sex will, weißt du.«

»Ich weiß, aber wenn es mir nur um einen gewissen Appendix ginge, würde ich mir eher einen Vibrator kaufen. Wie sind wir eigentlich von Stuart auf Sex gekommen?«

»Stimmt, da besteht nicht gerade eine direkte Verbindung«, stichelt Louis.

»Du hast ihn doch nicht einfach stehen lassen?«, frage ich

besorgt. »Ich glaube, er hat sich da draußen ein bisschen unwohl gefühlt.«

»Neiiin. Er unterhält sich mit Cornelia. Ich glaube, die beiden wetteifern darum, wer den anderen zuerst zu Tode langweilen kann.«

»Er ist nicht gerade besonders unterhaltsam, was?«

»Sicher nicht das, was ich erwartet habe«, stimme ich kopfschüttelnd zu.

»Vielleicht hat Grace ja Torschlusspanik.«

Louis überlegt. »Oder er ist gut im Bett.«

»Ehrlich gesagt glaube ich nicht, dass sie schon mit ihm geschlafen hat.«

»Nicht?«, hauchen beide verwundert.

»Na ja, ich habe noch keine der üblichen Zusammenfassungen bekommen, nein. Und vorhin hat sie angedeutet, dass sie ihn heute vielleicht endlich aus seinem Calvin-Klein-Slip kriegt.«

»Ein Typ wie der trägt doch nicht Calvin Klein«, spottet Louis, der linientreue Modepriester.

»Nicht?«

»Eher Boxershorts«, erklärt Tanya nachdrücklich. »Mit Schottenkaros, um genau zu sein.«

»Wie haben die beiden sich nur getroffen?«

»Ha, das kann ich euch sagen. Erinnert ihr euch noch, wie sie ihren Wagen in den Graben gesetzt hat, als sie von einem Besuch bei ihrer Granny in York zurückkam?«

Louis zündet sich schaudernd eine weitere Zigarette an. »Und ob«, murmelt er.

»Tja, und *er* ist derjenige, der sie fand. Dann hat er sie rausgezogen und in die Zivilisation zurückgebracht – zur nächsten Werkstatt, um genau zu sein. Ihr persönlicher Ritter im schimmernden Landrover.«

»Jetzt wissen wir wenigstens, dass er ein guter Kerl ist.«

»Ein sehr, sehr netter Mann.«

»Und nun soll er also unseren Segen erhalten – oder auch nicht.«

Betretenes Schweigen breitet sich aus.

Louis macht als Erster den Mund auf. »Ich will ja nicht gemein sein, aber hat Grace etwa einen Schlag auf den Kopf bekommen, als sie den Unfall hatte?«

»Stuart hat erst ihren Wagen und dann sie abgeschleppt«, erwidert Tanya. »Es könnte sich um das Helfersyndrom handeln.«

»Was ist das denn?«

»Du weißt schon, wenn jemand für dich sorgt, dich umhegt, dir die fiebrige Stirn abwischt und dein Bett macht. Dann fühlt man sich geliebt und beschützt. Die meisten Menschen brauchen mehr Zuneigung, als sie zugeben würden.«

»Er war also ihre Florence Nightingale im schimmernden Landrover?«

»So etwas in der Art, genau.«

»Ich bleibe trotzdem bei meiner Kopfschlagtheorie«, schmollt Louis.

»Vielleicht sollten wir dem Mann eine Chance geben«, wage ich schuldbewusst einzuwerfen. »Wir kennen ihn doch erst seit einer Stunde.«

Tan zuckt die Achseln. »Du hast ja Recht. Er ist nur absolut nicht Grays Typ.«

»Moment«, unterbreche ich. »Er ist nicht *unser* Typ. Das ist ein Unterschied. Gray zuliebe sollten wir freundlich zu ihm sein. Außerdem wissen wir doch alle, wie gut sie darin ist, ein verborgenes Potenzial zu entdecken.«

»Genau. Denkt nur mal an ihr Haus. Als sie es kaufte, war es eine Bruchbude.« In Louis' Antwort auf meine Schnäppchentheorie schwingt nur ein ganz klein wenig Sarkasmus mit.

Glücklicherweise verstummen wir im rechten Moment, denn

eine bis über beide Ohren mit Mineralwasser abgefüllte Grace beschließt, in diesem Moment zum Pinkeln hereinzukommen.

»Ich hätte mir denken können, dass ihr euch hier verschanzt habt«, ruft sie aus ihrer Kabine. »Und ich weiß auch genau, worüber ihr gesprochen habt, also tut nicht so.«

Die Spülung geht, und Grace kommt heraus. Sanft stupst sie Tanya vom Rand des Waschbeckens, um sich die Hände zu waschen. »Also, was denkt ihr?«, fragt sie breit grinsend und sieht uns alle im Spiegel an. Sie sprudelt vor Begeisterung und erwartet unser Urteil mit einem gespannten Lächeln. »Na los«, ermuntert sie uns, als niemand etwas sagt. »Wie lautet das Urteil?«

»Na ja, er ist sicher nicht das, was wir erwartet haben«, setze ich vorsichtig an und werfe der nicht ganz so diplomatischen Tanya einen warnenden Blick zu.

»Wir hätten euch zwei nie als Paar zusammengetan«, fügt Tanya hinzu, wobei sie ihre Worte sehr bedächtig wählt.

»Ich auch nicht«, sagt Grace grinsend. »Als ich ihn das erste Mal sah, fand ich ihn furchtbar! Ich meine, ich war wirklich dankbar dafür, dass er mir aus der Patsche half. Aber wenn man mir damals gesagt hätte, dass ich mit ihm was anfange, hätte ich laut gelacht.«

»Und woher dann der Sinneswandel?«

»Er ist mir ans Herz gewachsen.« Sie lächelt versonnen.

»Wie eine Klette?«, murmelt Louis. »Oder wie Schimmel«, fügt er die Augen verdrehend hinzu.

Grace packt Louis und verwuschelt ihm zärtlich die Haare. Er zuckt zurück und grinst verschämt. »Pass auf mein Styling auf!«, jammert er und fährt mit den Fingern durch die blaue Haarpracht, um sie wieder aufzustacheln.

»Und du sei nicht so gemein«, ermahnt ihn Grace. »Ich habe euch doch gesagt, dass er schüchtern ist. Aber er ist wirklich ganz süß.«

»Wenn du es sagst.« Louis hält die Hände unter kaltes Wasser und fährt mit den feuchten Fingern erneut durch sein platt gedrücktes Haar.

»Das tue ich, ja. Ihr werdet euch an ihn gewöhnen.« Sie sieht uns der Reihe nach flehend an. »Vertraut mir. Ihr werdet ihn bald genauso ins Herz geschlossen haben wie ich. Ehrlich gesagt…« Das flehende Lächeln weicht dem frechen, durchtriebenen Grinsen, das ich bei ihr seit siebzehn Jahren kenne und liebe. »Ehrlich gesagt mache ich mir nur um eines Sorgen: Ob er sich auch an euch Schreckgespenster gewöhnen kann. Ich meine, ich habe *Jahre* gebraucht…«

Stuart mit u und Gray besteigen um halb elf Händchen haltend ein Taxi.

»Sie ist vor der letzten Bestellung gegangen«, murmelt Tanya schockiert, schüttelt den Kopf und kippt ihren siebten Gin runter – der Tonic ist mit jedem Drink weniger geworden.

»Und ohne mich!«, heult Louis. »Ich dachte, dass wir uns ein Taxi zurück teilen!«

Louis und Grace leben beide im Stadtteil Islington. Grace in einem hübschen Reihenhäuschen, in dessen Renovierung sie in den letzten drei Jahren viel Zeit und Geld gesteckt hat, Louis in einem riesigen alten Mietshaus, das ihm und ungefähr acht seiner durchgeknallten Freunde ein Dach über dem Kopf bietet und deshalb Pink Party Palace getauft wurde.

»Keine Sorge, Sweetie.« Ich hake mich bei ihm unter. »Ich fahre dich.«

»Aber das ist doch ein Riesenumweg.«

»Ich weiß. Daran sieht man halt, was für eine gutmütige, liebenswerte und aufopfernde Freundin ich bin.«

»Du hast wohl ein schlechtes Gewissen, weil du ihn mies gemacht hast, was?«

»Was, Stuart mit u etwa?«, spottet Tanya.

»Genau«, antworte ich Louis und ignoriere dabei Tanyas verächtlich verzogenen Mund. »Und das kompensiere ich jetzt, indem ich überfreundlich zu dir bin. Du solltest es ausnutzen, solange es geht.«

Wir wandern die zwei Kilometer zu meinem Auto Arm in Arm zurück, wie kleine Mädchen, aber ohne »Und hoch das Bein« zu spielen. Okay, ich geb's zu, wir schmeißen die Beine doch regelmäßig in die Luft. Aber wenn man bedenkt, dass ich achtundzwanzig bin, Louis siebenundzwanzig und Tanya frisch gebackene dreiunddreißig, dann ist es ganz schön peinlich, das zu tun.

Louis, der leicht angeheitert ist, kriecht auf den Rücksitz. Er hält noch immer eine Flasche Budweiser in der Hand. »Stuart mit u!«, seufzt er bekümmert, setzt schwungvoll die Flasche an und nimmt einen Schluck. Ungläubig schüttelt er den Kopf. »Er hat den ganzen Abend Wasser getrunken.«

»Ich auch. Na ja, zumindest fast.«

»Schon, aber du musst auch fahren.«

»Man muss nicht trinken, um interessant zu sein.«

»Ich weiß, aber in diesem Fall wäre es hilfreich!«

»Ich glaube, es ist einfach die logische Reaktion auf ihre letzte Beziehung.« Tanya lässt sich auf den Beifahrersitz gleiten, klappt die Sonnenblende herunter und erneuert vor dem Spiegel ihren Lippenstift. »Arty war so unzuverlässig, dass sie jetzt auf Nummer sicher geht.«

»Auf Nummer langweilig«, lässt sich Louis knurrend aus den Tiefen des Rücksitzes vernehmen.

»Kommt schon«, rede ich auf sie ein. »Wir haben Gray versprochen, dass wir ihn erst ein bisschen besser kennen lernen, bevor wir unser abschließendes Urteil fällen.«

»Das weiß ich doch«, entgegnet Louis schuldbewusst. »Ich hab's ja versucht, Ollie, wirklich, aber das war, als wolle man einen Eisberg mit einem Fön zum Schmelzen bringen.«

»Wir haben es alle versucht«, sage ich seufzend. »Ich muss gestehen, er hat noch nicht mal über meinen Nonnenwitz gelacht.«

»Na klasse!«, höhnt Tanya. »Das zeigt wenigstens, dass er doch einen gewissen Stil hat.«

»Jeder lacht über meinen Nonnenwitz.«

»Nur, weil du ihn normalerweise erzählst, wenn wir alle so besoffen sind, dass wir auch über eine politische Debatte lachen würden.«

»Über die lachen wir doch normalerweise sowieso.«

»Ich mochte Arty«, wirft Louis traurig ein.

»Arty war ein Säufer.« Nachdem sie mit den Lippen fertig ist, entdeckt Tan Wimperntusche im Handschuhfach und fängt an, ihre Wimpern zu bearbeiten.

»Eben, ich mochte Arty. Er wusste, was eine Party ist. Party-Arty.«

»Vielleicht ist er ja *wirklich* schüchtern, wie Gray behauptet«, sinniere ich. »Wir können bei der ersten Dosis ganz schön schwer verdaulich sein.«

»Wie widerliche Medizin? Na, dann Prost …«, tadelt mich Tanya. »Ich dachte immer, ich hätte etwas von einem Glas Champagner – aus ganz eindeutigen Gründen: meine prickelnde Persönlichkeit, mein erlesener Geschmack …«

»Und am Morgen danach bist du total abgestanden, weil du mal wieder bei einer ausschweifenden Fete die Korken hast knallen lassen«, ergänze ich.

Louis schüttelt bedrückt den Kopf. »Ganz wie bei Marilyn und Arthur Miller.«

»Die Hure und der Sture«, zieht Tanya ihn zynisch auf, denn sie weiß genau, dass die entzückende Marilyn Monroe sein Idol ist.

»Keine Sorge«, beschwichtige ich ihn. »Ich kenne Grace. Ich habe so ein Gefühl, dass Stuart mit u nur ein Abstecher ist.

Sie will einmal etwas anderes als die Partylöwen ausprobieren, die sie normalerweise an Land zieht. In einigen Wochen wird sie zum Nächsten übergegangen sein.«

»Bleibt zu hoffen, dass der ein bisschen mehr Leben hat als ein alter Fußabtreter, auf dem sich jeder seine Latschen abgewischt hat.«

Wir setzen Louis vor seiner WG vier Straßen von Grace' Haus entfernt ab und brechen gerade zum zweiten Teil der Reise nach Mayfair auf, als Tanya eine Imbissbude entdeckt, die noch auf hat. Tanya gehört nämlich zu den beneidenswerten Menschen, die Großbritannien bei der Junk-Food-Olympiade vertreten und mit weniger Gewicht daraus hervorgehen könnten, als sie vor der Fressorgie hatten.

»Halt an, ich bin am Verhungern!«

»Du bist eine menschliche Mülltonne.«

»Ich bin ein menschlicher Dynamo.«

»Ich dachte, das wäre dein Klempner.«

»Nein, der ist eine menschliche Dynamitstange; dringt in Gegenden vor, die andere Klempner nicht erreichen können. Halt an, ich brauch 'nen Burger.«

»Wie kannst du nur so einen Müll essen?«, frage ich angeekelt.

»Indem ich einfach den Mund aufmache.«

»Ha, ha, Witz, komm raus! Warum kommst du nicht einfach mit ins Tate's und isst was Vernünftiges mit mir?«

»Und gehe das Risiko ein, mich von Claude antatschen zu lassen, deinem schamlosen Chefkoch? Nein danke. Sein Essen mag ja göttlich sein, aber er ist die Hölle. Besonders, wenn er besoffen ist, was«, sie wirft einen Blick auf ihre Gucci-Uhr, »er um diese Zeit sicher ist.«

»Wie jedes Genie«, erwidere ich, »ist er ein bisschen durchgeknallt.«

»Das ist eine sehr höfliche Umschreibung.«

»Er ist nett, wenn er nüchtern ist.«

»Was so häufig vorkommt wie das Auftauchen des Halleyschen Kometen. *There's a rat in the kitchen...*«, beginnt Tanya zu singen.

»Genau, und die heißt Claude der Koch«, entgegne ich trocken.

»Versucht er immer noch, deine Bedienungen flach zu legen?«

»Was glaubst du denn? Neulich hat er sogar Louis einen Klaps auf den Allerwertesten gegeben, als er mit einem Stapel dreckigem Geschirr rückwärts zur Tür hereinkam. Ich muss allerdings zugeben, das Louis eine verschärfte Jeans anhatte. Er dachte wahrscheinlich, dass es der Hintern meiner entzückenden Serviererin war, der da so verführerisch in sein Terrain eindringt.«

Tanya schaudert. »Er ist furchtbar. Ich verstehe einfach nicht, warum du ihn behältst.«

»Ganz einfach: Er ist ein Alptraum, aber sein Essen ist ein Traum... Außerdem kostet er mich auch kein Vermögen. Er wurde nämlich von so ziemlich jedem anderen Restaurant in London gefeuert, weil er sich so danebenbenimmt.«

»Ich dachte, es wird von allen Chefköchen geradezu *erwartet*, dass sie sich danebenbenehmen.«

»Eine große Zahl ist für ihr Temperament berühmt, ja«, antworte ich zurückhaltend.

»Was also ist an Claude schlimmer?«

»Na ja, hast du den Teil vom *Rosenkrieg* gesehen, wo... wo Michael Douglas sich, du weißt schon... äh... über Kathleen Turners Kochtopf erleichtert? Tja, im letzten Restaurant, wo er arbeitete, gab es einen ähnlichen Vorfall. Dabei hat wohl auch eine sehr teure Flasche Chablis eine Rolle gespielt.«

»Brrg!«, kreischt Tanya. »Und da willst du, dass ich in deinem Restaurant esse!«

»Keine Sorge, meine Liebe, sein letzter Chef hat eine Saite in ihm zum Schwingen gebracht, an die ich nie herankäme.«

»Wie denn das?«

»Er hat mit Claudes Frau geschlafen.«

»Ich würde trotzdem lieber eine leichte Salmonellenvergiftung riskieren.«

Ich gebe nach und halte am Straßenrand. Tanya springt aus dem Wagen und marschiert in die Burger-Bude. Wenige Minuten später sitzt sie wieder im Auto, im Arm eine Riesenportion Pommes, einen großen Hamburger und die Telefonnummer des öligen griechischen Adonis hinter der Theke.

»Da kriegt Fast-Food eine ganz neue Bedeutung«, erläutert sie grinsend und zwinkert dem Typ, der uns immer noch hinterhergafft, aufreizend zu. Als ich losfahre, bietet sie mir von ihren Fritten an.

»Du würdest auch in einem Kloster jemanden aufreißen.«

»Er hat einen Bruder, vielleicht könnten wir ein Doppel-Date arrangieren.«

»Nein, danke.«

»Warum nicht?«

»Nicht mein Typ.«

»Woher willst du das wissen? Du hast ihn noch nicht mal gesehen«, ruft Tanya verzweifelt. »Also wirklich, Ollie, manchmal denke ich, du hast überhaupt keinen Typ! Entweder das oder du bist eine verkappte Lesbe und hast es mir nur noch nicht erzählt.«

»Ich bin eine verkappte Lesbe«, entgegne ich trocken. »Ich habe es dir nur noch nicht erzählt.«

Nachdem ich Tanya abgesetzt habe, fahre ich über die Chelsea Bridge zurück und komme schließlich irgendwann nach Mitternacht in Battersea an – gerade rechtzeitig, um Melanie, meiner besten – und einzigen – Bedienung, dabei zu helfen, die

Industriespülmaschine einzuräumen. Der Abend ist anscheinend ziemlich ruhig verlaufen. Trotz Tanyas Bedenken und trotz der Tatsache, dass ich mich ganz gerne für unabkömmlich halte, sobald es um das Tate's geht, ist mein Chefkoch Claude nüchtern geblieben und scheint das Kind auch ohne mich ganz gut geschaukelt zu haben.

Nachdem Melanie fort ist, kehre ich in den Gastraum zurück und wandere umher, vorgeblich, um zu überprüfen, ob Türen und Fenster verschlossen und alle Kerzen gelöscht sind und keine Zigaretten in versteckten Ecken glimmen. Dieses Ritual führe ich jeden Abend nach Restaurantschluss durch. Das geschieht jedoch nicht nur aus Sorge um mein Wohlergehen und meine Sicherheit. Jetzt habe ich nämlich Zeit, in meinem geliebten Restaurant herumzuwerkeln und mich in dem schwer verdienten Genuss der Erkenntnis zu aalen, dass es mir tatsächlich gelungen ist, einen großen Traum in solide Realität zu verwandeln.

Vor knapp zwei Jahren habe ich einen gut bezahlten Marketingjob an den Nagel gehängt, um mich ganz der verrückten Idee zu widmen, mein eigenes Restaurant zu eröffnen. Bisher hat sich die verrückte Idee als durchaus annehmbare Wirklichkeit erwiesen. Es war eine harte Plackerei, aber ich glaube, dass ich allmählich die Kurve kriege. Wir gehören noch nicht zur Crème de la Crème, und wir sind auch noch nicht zwei Monate im Voraus ausgebucht, aber zu meiner großen Befriedigung muss man dieser Tage reservieren, um sicherzustellen, dass man einen Tisch bekommt. Das Tate's war ursprünglich eine altmodische Bäckerei, und diese rustikale Linie habe ich beibehalten. Das Restaurant hat in warmem Ocker gestrichene Wände, Steinfußböden, solide Holztische und eine bunte Mischung von Sitzgelegenheiten, die von alten Kirchenbänken bis zu schwarzen, verschnörkelten Eisenstühlen reicht. Sogar ein falscher Thron aus vergoldetem Holz befindet sich darunter, den Grace aus der letzten Opernproduktion ihrer Mutter stibitzt hat. Er nimmt den Ehrenplatz am Kopfende des größten Tisches ein.

Das eigentliche Restaurant besteht aus einem großen Raum, der ziemlich eigenwillig geschnitten ist. Ein bisschen wie ein großes, auf dem Kopf stehendes L mit Ausbuchtungen an jedem Ende, wodurch anheimelnde kleine Nischen entstanden sind, die ideal für Liebespärchen auf der Suche nach Geborgenheit sind. Es gibt zwei Feuerstellen, eine mitten im Raum, wo sich früher ein riesiger Ofen befand, von dem jetzt aber nur noch ein Steinbogen mit einem schwarzen Rost übrig ist, der nach beiden Seiten offen ist. Er teilt den Fuß des umgedrehten Ls. Die andere Feuerstelle ist groß genug, um ein Spanferkel darin zu rösten, und befindet sich an der Wand. Sie heizt das gesamte Haus und verwandelt mein Badezimmer, das sich direkt darüber befindet, zu jeder Jahreszeit in eine Sauna.

An den Wänden hängen alte Familienfotos in Schwarzweiß. Ich fand das angemessen, da das Etablissement meinen Familiennamen trägt. Ich wollte es zuerst »Die Bäckerei« nennen, eine näher liegende und weniger egoistische Wahl, aber weil es solch eine elende Schufterei war, alles aufzubauen, war mir wichtig, dass der ganzen Welt – und insbesondere meinem Sachbearbeiter bei der Bank und den halsabschneiderischen Bauunternehmern – bewusst wurde, dass ich es geschafft habe. Daher das ungewöhnlich große Schild über dem Eingang, auf dem »Olivia Tate – Inhaberin« steht.

Die Fotos sind lustig – na ja, zumindest für mich – und eine nicht zu verpassende Gelegenheit, gewisse Mitglieder meiner Familie in Verlegenheit zu bringen. Besonderen Anlass zu familiärem Kummer geben ein Bild meines Bruders Jack im Alter von zwei Jahren, auf dem er für eine Karnevalsfeier verkleidet ist, mit pampigem Gesicht und Zipfelmütze mit Glocke, die er in einem Anfall kindlichen Grolls auf den Boden gepfeffert hat – aufs Höchste peinlich für jemanden, der inzwischen ein angesehener Rechtsanwalt ist –, das passende Bild meiner großen Schwester Ella – sie war als Kind ziemlich pummelig und legt nicht unbedingt Wert darauf, dass halb Chelsea davon erfährt – und dann ein wundervolles Foto meiner Mutter mit ultraspitzen Schuhen, einer Hochfrisur, neben der der Millennium Dome winzig wirkt, und mehr schwarzem Kajal als Morticia Adams – jedenfalls aber genug, um sie felsenfest davon zu überzeugen, dass dieser Schnappschuss sicherlich nicht für die breite Öffentlichkeit bestimmt ist. Außerdem hängen da auch Bilder neueren Datums; viele von ihnen zeigen mich mit der Rasselbande, und meistens ist mindestens einer sturzbetrunken und tut gerade etwas höchst Peinliches.

Grace, Tanya, Louis und ich sind die vier Musketiere.

Grace und ich kennen uns, seit wir klein waren, und Tanya, Louis und ich haben uns getroffen, als wir alle etwa zur selben Zeit in der Marketingabteilung eines großen Unternehmens angefangen haben. Wir sind sehr verschieden, doch wir alle haben die gleiche Lebensfreude und den gleichen, total durchgeknallten Sinn für Humor. Uns verbindet eine unzertrennliche Freundschaft, die mir, abgesehen vom Tate's, mit am wichtigsten auf der Welt ist.

Ich weiß, dass jeder Einzelne von ihnen in einer Krise für mich da wäre. Ich darf mich sehr glücklich schätzen, so viele gute Freunde zu haben. Und ich darf mich noch viel glücklicher schätzen, drei besonders gute Freunde zu haben, die für mich durchs Feuer gehen würden, wenn sie müssten.

Louis findet, dass er künstlerisch eine »Eins« ist. Wie man sich unschwer vorstellen kann, findet Tanya, dass vielleicht ein Schuh daraus wird, wenn man von der »Eins« eins abzieht. Ich finde, das Problem mit Louis ist, dass er noch nicht wirklich herausgefunden hat, wo diese künstlerische Begabung liegt. Er hat schon so ziemlich alles ausprobiert. Gesang war seine erste Leidenschaft, und in den Pubs im Londoner East End schmettert er noch immer so manch überraschend guten Rocksong. Während der letzten vier Jahre hat er außerdem an einem Buch geschrieben, obwohl er, glaube ich, noch immer bei Kapitel drei ist und die Handlung öfter geändert hat als Madonna ihr Image. Seine neueste Leidenschaft gilt jedoch der Schauspielerei. Bisher hat er das auch ganz gut hinbekommen – man konnte ihn in so ziemlich jeder bekannten Seifenoper durchs Bild laufen sehen, und einmal durfte er sogar in einer Krimiserie als besoffener Clubber einem Polizisten auf die Stiefel kotzen.

Um genug Zeit zu haben, diese Träume zu verwirklichen, hat Louis ebenfalls seine viel versprechende Karriere im Marketing an den Nagel gehängt – er war der Letzte von uns, der aus dem bereits erwähnten großen Unternehmen entflohen ist. Jetzt verbringt er die ihm zwischen Castings, kleineren Auftritten und seinem getreuen Laptop verbleibende Zeit damit, in meinem Restaurant als Barkeeper und als Londons offiziell talentiertester Ober zu arbeiten.

Tanya: Tja, wir nennen sie die heilige Hure. Doch obwohl wir sie immer aufziehen und piesacken, ist sie in Wirklichkeit ein Ausbund an Tugend – SCHÖN WÄR'S! Tanya ist ein Kerl mit dem Körper einer Frau. Ich will damit nicht sagen, dass sie auf Frauen steht, sondern nur, dass sie eine männliche Einstellung zum Sex hat. Der hat für sie nicht Gefühls-, sondern vorrangig Freizeitwert. Außerdem behauptet sie steif und fest, dass sie noch nie verliebt war, und glaubt nicht wirklich, dass es so etwas überhaupt gibt. Ihrer Theorie zufolge ist Liebe nichts anderes als verkehrte Lust. Das tut jedoch der Tatsache keinen Abbruch, dass sie die Aufmerksamkeit in Person ist, wenn es um ihre Freunde geht. Trotz des Designer-Lifestyles war sie eine der ersten, die sich einen Overall überwarfen und ranklotzten, als ich mich selbständig machte und das Tate's aufbaute. Und wann immer ich zu unchristlicher Stunde einen teilnahmsvollen Zuhörer brauche, wähle ich als Erstes ihre Nummer.

Dann ist da noch Grace: Intelligent, schön, lustig, liebenswürdig und, ihrer letzten Eroberung nach zu schließen, ein bisschen zu gutmütig! Bemuttert uns alle und hat doch einen kleinen Dachschaden.

Wir sind alle so verschieden und doch so ähnlich.

Stuart mit u tut mir doch etwas Leid, weil wir uns so nahe stehen. Seien wir doch mal ehrlich: Selbst Mel Gibson würde strengstens begutachtet, falls Gray ihn unserem Urteil aussetzen würde – natürlich erst, nachdem wir aufgehört hätten, zu geifern und um Autogramme zu betteln.

Doch noch etwas macht mir Sorgen.

So seltsam es sich auch anhören mag, Grace und ich haben einen solch unterschiedlichen Geschmack, dass mir ihre Freunde nie so richtig gefallen haben. Der hier aber ist der Erste, der mir wirklich *nicht* gefällt. Sie wissen schon, wie bei der Sorte, vor der man bei den Schmusereien auf dem Schulhof Reißaus genommen hat, weil allein der Gedanke, dass es zu einem Schmatzer kommen könnte, so unappetitlich war.

Aber lassen wir das. Jedem das seine. Wenn wir alle auf den gleichen Typ flögen, gäbe es eine Menge einsamer Menschen auf der Welt. Und auch ein paar total eingebildete. Aber ich schweife ab.

Ich überzeuge mich, dass alles in Ordnung ist, dass das Tate's wirklich und wahrhaftig existiert und ich nicht träume und noch an einen festen Bürojob gebunden bin, den ich hasse. Dann schließe ich ab und stapfe treppauf in die Wohnung über dem Restaurant, die ich seit zwei Jahren mein Heim nenne.

Meine Wohnung ist ganz im, wie ich ihn nenne, minimalistischen Stil gehalten. Mit anderen Worten: Sie ist viel zu klein für mich *und* meine Möbel. Sie besteht nämlich nur aus vier Zimmern, die alle von Tanya, einer wahren Pinselakrobatin, ocker gestrichen wurden. Die Farbe war noch vom Restaurant übrig. Das größte ist mein Schlafzimmer, mein sicherer Hafen, der Schutz vor der Außenwelt bietet. Und das in Form eines riesigen Bettes mit einer knallroten Decke in Übergröße als Farbtupfer. Darunter krieche ich immer, wenn mir mal wieder alles über den Kopf zu wachsen beginnt. Wenn man mich nicht an dem riesigen, blank gescheuerten Holztisch in der Restaurantküche antrifft, der mein liebster Platz auf der ganzen Welt ist – insbesondere, wenn ich flüssig genug bin, um über die besseren Jahrgänge meines Weinkellers herzufallen –, dann findet man mich aller Wahrscheinlichkeit nach in diesem Bett, vergraben unter meiner Decke, und der tragbare Fernseher läuft.

Das Bad ist mein zweitliebster Raum. Obwohl man sich darin kaum umdrehen kann, mag ich – natürlich abgesehen davon, am Küchentisch rumzuhängen oder im Bett rumzulümmeln – nichts lieber, als mit einem guten Buch und einem guten Tropfen in einem Schaumbad zu liegen, bis meine Haut einer verschrumpelten Rosine gleicht.

Göttlich.

Dann haben wir da das Wohnzimmer – hier hat man etwas mehr Kopffreiheit und stößt sich etwas seltener die Birne an, aber nicht viel seltener. Es gibt genug Platz für ein Sofa, eine ganze Reihe weiterer Familienfotos – ich bin eine begeisterte Hobbyfotografin – und einen Fernseher, der nur gegen zwei Uhr morgens eingeschaltet wird, wenn nichts anders als Trash-TV läuft, wie ich es nenne. Wegen meiner ungewöhnlichen Arbeitszeiten habe ich die wirklich schlechte Angewohnheit angenommen, bis spät nachts aufzubleiben, mir beschissene amerikanische Fernsehfilme reinzuziehen und stets immer dann einzupennen, bevor der dramatische Showdown und somit das Ende kommt. In der Regel wache ich dann am nächsten Morgen auf und bin völlig zerschlagen und frustriert darüber, dass ich nicht miterlebt habe, ob Sharon, Ende dreißig, erfolgreich, aber Single, es geschafft hat, Robert beizukommen, dem potenziellen Mann ihrer Träume, der sich aber als Axt schwingender Perverser herausgestellt hat, und das ohne die Hilfe des sexy Cops, groß, dunkel, gut aussehend und einzelgängerisch, der mehr als einen Schlagstock vorne in seiner Hose stecken hat, die meiner Meinung nach übrigens viel zu eng ist, als dass man darin Verbrecher jagen könnte.

Der letzte Raum schließlich ist die Küche. Die benutze ich nur ab und zu für eine Tasse Kaffee, da ich normalerweise unten im Restaurant esse.

Es hat Vor- und Nachteile, »über dem Geschäft« zu wohnen. Nie war es so leicht, mitternächtlichen Fressanfällen nachzugeben, weshalb sie auch nie so gefährlich waren. Manchmal denke ich ernsthaft darüber nach, ob ich nicht den Kühlschrank mit einem Vorhängeschloss sichern und den Schlüssel einem der Angestellten mit nach Hause geben sollte: Schokoladenkuchen war nie dazu gedacht, *so* leicht verfügbar zu sein.

Doch alles in allem scheine ich mein Leben allmählich unter Kontrolle zu kriegen, trotz meines Mangels an Selbstdisziplin. Ich habe meine Freunde und das Tate's. Beide können manchmal ganz schön anstrengend sein, machen mich aber unglaublich glücklich. Keinen Mann, aber im Gegensatz zu Tanya und Grace halte ich so etwas auch eher für einen Luxus als für eine Notwendigkeit.

Ich frage mich, zu welcher Kategorie Stuart wohl gehört – ist er ein Luxus oder eine Notwendigkeit?

Ich komme mir ein bisschen gemein vor, als mir als Alternative spontan das Wort »Kuriosität« durch den Kopf schießt. Tatsache ist, dass es wirklich seltsam ist, wenn jemand wie Grace sich mit einem Mann wie ihm einlässt.

Ach was! Wahrscheinlich sollte ich mir nicht zu sehr den

Kopf zerbrechen. Was sie nicht schon alles ausprobiert hat: Snobs und Spinner, Draufgänger, Drückeberger, Luftikusse und Lümmel. Ob sie also den Langweiler jetzt oder später abhakt, welchen Unterschied macht das schon?

Kapitel 2

Wie prophezeit, beginnen Grace' Rockschöße nach wenigen Tagen wieder kürzer zu werden, jedes Mal um vielleicht zwei, drei Zentimeter. Sie bewegen sich langsam aber stetig in die richtige Richtung. Doch nach zwei Wochen hat sie immer noch keine Vernunft angenommen und ihren Captain Sensible in die Wüste geschickt. Im Gegenteil: Entgegen unserer anfänglichen Prognose, dass er nur ein kleines Strohfeuer sei, scheint es zwischen den beiden ziemlich schnell ziemlich ernst zu werden.

Seit sie mit ihm zusammen ist, haben wir sie höchstens zwei Mal gesehen. Nicht, dass sie die ganze Zeit mit ihm verbringen würde. Glücklicherweise wohnt er zu weit weg, als dass die beiden das für frisch Verliebte typische Stadium erreichen könnten, in dem keiner ohne den anderen sein kann. Aber irgendwie kriegt man sie trotzdem *nie* zu fassen. Ihr Handy ist immer ausgeschaltet, und bei ihr zu Hause ist ständig besetzt, entweder, weil die beiden dreistündige Gespräche führen oder dauernd online sind und im Internet chatten.

Tanya, Louis und ich sitzen in der Küche des Tate's. Louis und ich haben gerade den sonntäglichen Mittagsrummel abgeschlossen und sind an dem riesigen Küchentisch zusammengebrochen, wo wir uns die letzten Stücke eines unverschämt schokoladigen Schokoladenkuchens reinziehen, der heute auf der Karte stand. Tanya dagegen trauert um eine weitere Samstagnacht ohne Grace als ihrer getreuen Club-Kameradin, die immer mit ihr bis zum Umfallen abgetanzt und auf Teufel komm raus geflirtet hat.

»Aber du hattest doch trotzdem Spaß, oder?«, frage ich.

Louis und ich mussten gestern Abend beide arbeiten und sind ein kleines bisschen eifersüchtig darauf, dass Tanya überhaupt ausgehen konnte, obwohl wir es ihr natürlich auch gönnen.

»Na klar hatte ich Spaß. Ich habe immer Spaß. Aber ohne Gray ist es einfach nicht das Gleiche. Wusstet ihr schon, dass die zwei sich im gleichen Chatroom eingetragen haben, damit sie sich die ganze Nacht zutexten können? Ich hätte nie gedacht, dass ich den Tag erlebe, an dem Gray es vorzieht, einen Samstag zu Hause vor ihrem Computer zu verbringen, statt mit mir auf die Piste zu gehen. Ich habe gleich geahnt, dass dieser Stuart ein langweiliger Computerheini ist«, stöhnt Tanya.

»Man braucht keinen Computer, um ein langweiliger Heini zu sein«, bemerkt Louis giftig.

»Vielleicht sollten wir ihm noch eine Chance geben«, werfe ich ein und komme mir richtig großmütig vor. »Ich meine, wir haben den Kerl doch erst einmal gesehen. Vielleicht ist er *wirklich* schüchtern. Sie sagte doch, er sei schüchtern«, wiederhole ich zum x-ten Mal. »Sollten wir nicht noch mal zusammen ausgehen? Um ihn besser kennen zu lernen und aus der Reserve zu locken?«

Die beiden sehen sich achselzuckend an.

»Wäre eigentlich fair«, sagt Louis.

»Grace zuliebe«, ergänzt Tanya.

»Wir wär's mit dem JoJo's?«, schlägt Louis vor.

»Als ich sagte, wir sollten ihn aus der Reserve locken, meinte ich nicht, dass er sich gleich outen soll!«

»O bitte, ich war seit Ewigkeiten nicht da und es ist so nett dort. Vorher könnten wir auch im Groucho oder im Max essen – die sind gleich um die Ecke.«

»Ich hatte eher an eine nette Kneipe gedacht, und anschließend gehen wir zu Abigails Party.«

Louis verzieht das Gesicht.

»Da sind jede Menge süße Typen.«

»Alle *straight*«, entgegnet er enttäuscht.

»Das bezweifle ich sehr.«

»Na ja, wenn da lauter Heteros rumlaufen, könnten wir vielleicht einen für Gray finden«, schlägt Tanya hoffnungsvoll vor.

»Ziel des Abends ist, Stuart kennen zu lernen, nicht, ihn loszuwerden...«, wende ich ein, als Louis mich bittend ansieht. »Außerdem scheint sie ziemlich glücklich mit ihm zu sein.«

»Der Himmel weiß, warum!«

»Wenn Gray ihn mag, dann muss er über gewisse Qualitäten verfügen.« Ich versuche, der Vernunft das Wort zu reden, doch das ist schwierig, da ich die Gefühle meiner Freunde teile.

»Klar«, Tanya wedelt mit ihrer Gabel, »aber du weißt doch, wie sie bei hoffnungslosen Fällen ist.«

»Stimmt, doch sie ist noch nie mit einem dieser Fälle gegangen«, fügt Louis hinzu, taucht seinen Löffel in die frische Sahne und schleckt ihn genüsslich ab.

»Eben deshalb finde ich, wir sollten uns die Mühe machen, ihn etwas näher kennen zu lernen. Und sei es auch nur Gray zuliebe. Vielleicht sieht sie etwas in ihm, das uns entgangen ist.«

»Vielleicht. Entweder das oder die Gray, die wir kennen und lieben, ist nicht die Gray, die wir kennen und lieben«, sinniert Louis.

»Was zum Teufel meinst du damit?« Tanya gibt ihm einen gutmütigen Klaps auf die Hand, als er versucht, ihr unberührtes Stück Torte zu mopsen.

»Du willst es doch gar nicht«, bettelt er und klimpert entwaffnend mit seinen langen Wimpern.

»Ach ja? Nur weil ich meins nicht runterschlinge, als hätte ich seit drei Tagen nichts gegessen... Also, was meinst du damit?«

»Na ja, so wie Grace sich in letzter Zeit verhält, könnte man meinen, sie sei in die Hände von Aliens gefallen. Ihr wisst schon, sie sieht aus wie Grace, ist aber in Wirklichkeit nur noch eine Hülle, in der ein Wesen vom Planeten Zarg steckt.« Louis Gabel pirscht sich jetzt an meinen Teller heran und kommt ungestraft mit dem Diebstahl meines Tortenstücks davon.

Ich schüttle den Kopf. Nicht über den Diebstahl meines Nachtisches, sondern über Louis letzte Bemerkung. Irgendwie hat er Recht: Es kommt mir vor, als hätte Grace sich plötzlich in einen ganz anderen Menschen verwandelt, wobei sie ihre Vorlieben und Abneigungen an die von Stuart angepasst hat. Wahrscheinlich machen wir das alle bis zu einem gewissen Grad bei einer neuen Beziehung. Aber Stuarts Vorlieben und Abneigungen sind so anders als Grace', dass die Veränderung bei ihr sehr extrem und radikal ausfällt.

Am nächsten Freitag sitzen wir abends in der von uns ausgesuchten Kneipe und warten nervös auf Grace und Stuart. Wir haben uns geschworen, besonders freundlich zu sein und uns wirklich Mühe mit Stuart zu geben. Nichts zu Offensichtliches, wir wollen nur, dass er sich wohl fühlt und vielleicht etwas aus sich rausgeht.

Grace erscheint in einem Rock, der bis zur Hälfte der Waden reicht. Eine echte Verbesserung gegenüber der viktorianischen Antiquität, doch immer noch Meilen entfernt von ihrem üblichen Stil. Außerdem hat sie sich stolz einen Seidenschal mit Blumenmuster um den Kopf geknotet. Es stellt sich heraus, dass er ein Geschenk von Stuart ist. Ich hätte mir denken können, dass er seine Hand im Spiel hatte. Wenn Grace sich so etwas selbst gekauft hätte, hätte sie es als freches Accessoire zu ihrem Boheme-Look eingesetzt; so aber gleicht sie eher einem braven Hausmütterchen.

Stuart dagegen sieht eher besser aus. Er hat sich das Haar etwas kürzer schneiden lassen, was ihm viel besser steht als der frühere Kochtopfschnitt. Er trägt noch immer dasselbe, drei Jahre alte Armani-Sakko, hat aber dieses Mal neue schwarze Cordhosen und ein frisches schwarzes Polohemd an. Louis ist entzückt, als er bei näherem Hinsehen ein Label von Paul Smith entdeckt.

Trotzdem finde ich ihn noch immer in etwa so anziehend wie die Aussicht, eine Nacktschnecke zu küssen.

Grace scheint dieses Problem offensichtlich nicht zu haben, da die beiden ihr Essen ignorieren und sich stattdessen gegenseitig verschlingen. Sie hängen ständig aneinander und schmusen, sobald sie denken, dass niemand hinsieht – sehr zu Louis' und Tanyas Missfallen.

»Also wirklich, Ollie«, zischelt Tanya mir zu, während sie ein Stück Kalbsleber bearbeitet, die Zungengymnastik der beiden beobachtet und ihn höflich anlächelt.

»Es überrascht mich, dass wir es geschafft haben, dich so schnell wieder nach London zu locken. Wo du doch die Stadt so verabscheust.« Das ist Tanyas Eröffnung an Stuart, nachdem er endlich einmal lange genug von Gray abgelassen hat, um sich daran zu erinnern, dass noch andere Leute anwesend sind. So viel zum Thema zweite Chance. Ich werfe ihr einen warnenden Blick zu, und sie streckt mir die Zunge heraus.

»Na ja, es hat ja jetzt auch eine zusätzliche Attraktion«, antwortet Stuart, lächelt Grace zu und drückt ihre Hand, die auf dem Tisch liegt.

Alle Achtung. Das war wirklich süß.

Dafür kriegt Stuart auch einen fetten Pluspunkt auf meiner Liste. Selbst Louis, der Gute, ringt sich ein schwaches Lächeln ab und rafft sich dann auf, Stuart zu seinen neuen Klamotten zu beglückwünschen. Leider verliert Stuart den Pluspunkt schon Minuten später wieder, indem er Louis offenbart, dass er das Paul-Smith-Shirt gar nicht selbst gekauft hat; es ist ein Geschenk von Grace. Und dann sagt er doch tatsächlich zu Tanya, dass er sich so gut wie nie neue Sachen kauft, weil er Shopping total HASST und VERABSCHEUT.

Das ist so, als würde man einer radikalen Feministin ins Gesicht sagen, man glaube nicht an die Gleichberechtigung der Frau. Tanya schickt daraufhin den Ober, der ihr die Dessertkarte reichen wollte, wieder fort und sieht Stuart von oben herab an, als würde er schlecht riechen. »Soso, Stuart«, sagt sie gedehnt und stützt dabei das Kinn in die Hand, ohne ihn aus den Augen zu lassen. »Du magst also London nicht, und du magst Shopping nicht. Gibt es überhaupt etwas, was du magst?« Die Schärfe in ihrer Stimme ist ein bisschen zu offensichtlich, um überhört werden zu können.

Verlegen blickt Stuart zur Seite. »Ich mag Gartenarbeit.«

»Er baut sein eigenes Gemüse an«, unterbricht Grace stolz. »Alles Bio. Ich sagte *Bio*, Tanya. Du solltest es in deinem Restaurant verwenden, Ollie, es schmeckt ja so viel besser als das Zeug aus dem Supermarkt.«

»Das wäre natürlich toll«, antworte ich überschwänglich. Ich bin entschlossen, meiner besten Freundin zuliebe alles zu geben. »Will noch jemand was trinken?«

»Ich nehm noch ’nen Gin«, knurrt Tanya. »Einen großen.«

»Louis?«

»Arsen, einen doppelten«, erwidert er.

Glücklicherweise hat Grace diese letzte Bemerkung nicht gehört. »Für uns nichts mehr«, erklärt sie mir. »Wir werden es bald packen.«

»Ihr geht schon?«, rufe ich enttäuscht. »Aber wir hatten vor, noch weiterzuziehen!«

»Ja, ich weiß, aber Nachtclubs sind nicht wirklich Stuarts Fall. Stimmt’s, Liebling?«

Stuart schüttelt den Kopf.

Tja, das überrascht mich jetzt nicht.

»Seiner vielleicht nicht«, versuche ich sie zu überreden, als Stuart, der wahrscheinlich weitere Missbilligungen fürchtet, in Richtung Toiletten verschwindet. »Aber deiner. Jetzt komm schon, Gray, wir waren seit Ewigkeiten nicht zusammen tanzen.«

»Wenn Stuart nicht mit will, kannst du ihn dann nicht einfach in ein Taxi setzen und heimschicken?«, fügt Louis hinzu.

»Bis nach Leicester?« Grace schüttelt den Kopf. »Er bleibt heute Nacht bei mir, da kann ich ihn schlecht allein nach Hause schicken. Außerdem bin ich nicht wirklich in Stimmung. Ich bin ein bisschen müde, um ehrlich zu sein.« Das aus dem Mund der Frau, die bis vier Uhr früh abtanzen, am nächsten Tag um sechs aufstehen und dann immer noch frisch wie ein Frühlingsmorgen aussehen kann.

»Er baut gar kein Biogemüse in den Tiefen seines Gartens an. Stattdessen sind es seltsame Früchtchen, die er zu einem Liebestrank braut, mit dem er arme, ahnungslose Angehörige des anderen Geschlechts einlullt!«, murre ich säuerlich, als Grace und Stuart Hand in Hand enteilen.

»Glaubst du, er verkauft das Rezept?« Tanya grinst lüstern.

»Das brauchst du gar nicht. Du produzierst diesen Trank schon – anstelle von Schweiß.«

»Der ist wie Prinz Charles, nur ohne das Tamtam und die Beziehungen«, murmelt Louis und sieht zu, wie sie immer noch Händchen haltend ein Taxi besteigen.

Tja, dieser Abend hat nicht ganz meinen Erwartungen entsprochen. Ich liebe meine Freundin so sehr, dass ich auch gern mit dem Menschen auskommen würde, den sie liebt. Leider scheint sich gerade bestätigt zu haben, dass Stuart genauso kontaktfreudig ist wie feuchter Tesafilm.

Wenigstens aber meine ich, einen der Gründe gefunden zu haben, warum es uns so schwer fällt, mit ihm auszukommen. Er würde sicher mit Grace dasitzen und plaudern, doch das Gespräch mit anderen sucht er nicht. Und während Grace mit uns redet, sitzt er einfach nur da und sieht uns mit einem Gesichtsausdruck an, den ich nicht wirklich einordnen kann.

Tanya behauptet steif und fest, es sei Verachtung, aber das glaube ich nicht. Es könnte doch einfach sein, dass er nicht weiß, wie er uns nehmen soll: Die Sexbombe mit dem Megadekolleté, den unverschämt hübschen Schwulen mit dem großen Herzen und mich, die einzige halbwegs Normale in diesem Haufen. Im Vergleich zu den beiden anderen komme ich mir ziemlich langweilig vor. Wohl nicht gerade die Sorte Leute, mit denen Stuart mit u sonst so verkehrt. Plötzlich fühle ich mich ein bisschen entmutigt.

»Wisst ihr was, ich glaube, ich habe auch keine Lust mehr, tanzen zu gehen. Ihr zwei könnt ja losziehen, wenn ihr wollt. Ich trinke in Ruhe aus und nehme dann ein Taxi.«

»Was diesen Bio-Liebestrank betrifft, bin ich mir nicht sicher. Ich glaube eher, er braut ein Club-Killer-Aftershave«, gifftet Tanya. »Mir ist nämlich auch nicht mehr nach Ausgehen zumute. Kann ich mit dir kommen?«

Tanya und ich teilen uns ein Taxi zu mir. Dancing-Queen Louis haben wir bei einer Gruppe Freunde zurückgelassen, über die er vor der Kneipe gestolpert ist. Jetzt tanzt er in einem Club in der Nähe die Nacht durch.

Nach einem unwesentlichen Umweg über den Kühlschrank, um Tanya verzweifeltes Verlangen nach dem Dessert zu stillen, das ihr in Soho entgangen ist, gehen wir nach oben in die Wohnung und ins Bett. Ich lasse mich so wie ich bin aufs Bett plumpsen. Abzüglich Klamotten, versteht sich.

Tan dagegen lässt sich an meinem Schminkspiegel nieder und nimmt den langen, mühseligen Prozess in Angriff, jede einzelne Spur von Make-up aus ihrem Gesicht zu entfernen. Wahrscheinlich gelingt es ihr deshalb, immer so gut auszusehen. Vielleicht sollte ich mich auch diesem strengen Ritual des Reinigens, Erfrischens und Befeuchtens unterwerfen, bevor meine kleinen Fältchen sich in große Furchen verwandeln.

»Was ist nur aus dem verrückten, schusseligen Spaßvogel geworden, den wir kennen und lieben«, seufze ich traurig, als Tanya aus ihrem Kleid und neben mir ins Bett schlüpft.

»Vielleicht ist er gerupft worden.« Sie drückt mich tröstend an sich. »Zerbrich dir nicht den Kopf, meine Liebe. Du weißt doch, wie das ist: Ein neuer Mann bedeutet harte Arbeit. Sie kommt drüber weg. Schon bald hat sie wieder ihre verschärften Minis an und flirtet mit sämtlichen Barmännern.«

»Und was, wenn nicht?«

Tanya schüttelt den Kopf. »Ich würde mir wirklich keinen Kopf machen, Babe. Glaubst du denn ernsthaft, das hält?«

Tanya könnte Recht haben. Grace ist intelligent, lebhaft und extrovertiert, eine echte Partylöwin mit Sinn für High-Tech-Wohnkultur, hippe Klamotten, Humor, hohe Rocksäume und tiefe Dekolletés. Wie Tanya, aber mit sozialem Gewissen und etwas zurückhaltenderem Sexdrive.

Stuart ist ruhig und introvertiert, hasst Clubbing, hasst Shopping und hasst London – drei von Grace' absoluten Lieblingsdingen.

»Es heißt zwar, Gegensätze ziehen sich an, aber in diesem Fall ist das lächerlich!«, fügt Tanya hinzu.

»Ich weiß nicht. Während wir finden, dass sie in etwa so viel gemein haben wie ein Staubwedel und ein String, scheint sie ganz begeistert zu sein.«

»Mir fallen da ein paar Dinge ein, zu denen man gleichzeitig einen Staubwedel und einen String braucht.« Tanya grinst.

Ich seufze schwer. »Vielleicht verliert Gray ja irgendwann von selbst den Geschmack«, äußere ich hoffnungsvoll.

»Er ist halt noch neu und aufregend«, stimmt Tan mir zu.

»Genau, sie war noch nie mit einem Anorak zusammen.«

»Und noch nie in einem Landrover auf Abwegen.«

»Und hat's noch nie in einem Wohnwagen getrieben.«

»Und noch nie Partnerlook getragen.«

»Also kann man sagen, dass er ihr ganz neue Horizonte eröffnet«, schließe ich sarkastisch.

Am nächsten Morgen wachen wir spät auf, weil wir den Wecker überhört haben. Mir bleibt gerade noch Zeit, Tanya auf dem Weg zum Großhändler zu Hause abzusetzen, bevor ich mich auf den Andrang des Samstagsmittags vorbereite.

Zwei Stunden später komme ich zurück, Kofferraum und Rücksitz meines Autos vollgestopft mit Vorräten: Gemüse, Fleisch, Blumen für die Tische. Ich arbeite einen Teil meiner schlechten Laune ab, indem ich Kisten ins Restaurant schleppe. Gerade fange ich an, mich etwas munterer zu fühlen, da kommt die Post. So, wie die Dinge im Moment zu laufen scheinen, hätte ich wissen müssen, dass meine fröhliche Stimmung äußerst kurzlebig sein würde.

»Das können sie doch nicht ernst meinen!«, kreische ich im Stil eines John McEnroe. Der Postbote, der noch in der Küche rumhängt und einen Kaffee schlürft, springt einen Meter in die Höhe, schnappt seine Tasche und stürzt nach draußen, um seine Runde zu beenden – weg von dem verrückten Weib mit einem Fleischermesser in der einen und einem von ihm überreichten Brief in der anderen Hand.

»Was ist denn los?« Louis eilt aus dem Restaurant herbei, wo er die Tische für das Mittagessen gedeckt hat.

»Ich glaube es einfach nicht.« Kopfschüttelnd lasse ich mich an den Tisch sinken. »Gerade jetzt, wo endlich alles läuft.«

»Was denn, Ollie, was ist los?«

Ich deute auf den Brief. »Das! Das da ist los.«

»Was steht denn drin?«

Ich atme tief durch, um die Fassung wiederzuerlangen.

»Was ist los?«, wiederholt Louis mit ängstlicher Verzweiflung. »Du bist weiß wie die Wand, Ollie. Sag mir, was nicht stimmt.«

»Du kennst doch den alten Forsythe, dem das Haus und die zwei nebenan gehören, oder?«

Louis nickt ungeduldig und setzt sich mir gegenüber.

»Er geht in Rente.«

»Ist das alles? Also wirklich, ich dachte, jemand wäre gestorben oder so was Ähnliches!«, seufzt Louis und stößt den Atem aus, den er angehalten hat. »Zugegeben, das ist schade, er ist ein netter Kerl. Aber davon geht doch die Welt nicht unter!«

»Doch, wenn er nämlich die Gebäude an einen Immobilienhai verhökert, Louis!«

»Du machst Witze!« Jetzt ist es an Louis, weiß zu werden.

Ich schüttle den Kopf. »Hier hast du's schwarz auf weiß«, rufe ich und poche energisch mit dem Finger auf den Brief in meiner Hand. »Slater Enterprises. Die haben vor achtzehn Monaten auch die alten Fabrikgebäude am Heliport aufgekauft, alle Mieter rausgeschmissen und sie in lächerlich überteuerte Apartments umgewandelt. Und als wäre das nicht schon schlimm genug, weißt du, was sie noch machen wollen? Nein? Ich sag's dir. Sie wollen die Miete um schlappe dreißig Prozent erhöhen!«

»Du machst Witze«, wiederholt Louis schockiert und sein Gesicht nimmt den gleichen einnehmenden Rotton an wie meines.

»Schön wär's. Ich weiß ja, dass ich Glück hatte und die Miete bis jetzt ziemlich niedrig war, aber das hier ist lächerlich! Außerdem kauft so ein Immobilienhai doch nur Immobilien, um sie Gewinn bringend weiterzuverscherbeln. Die Miete um dreißig Prozent zu erhöhen, ist ein wirkungsvoller, aber gemeiner Weg, mich rauszuekeln.«

»Kann er das denn so einfach? Hast du keine Klauseln oder so was in deinem Mietvertrag, die besagen, dass er die Miete nicht einfach raufsetzen kann, nur weil ihm danach ist?«

»Mein Vertrag läuft in drei Monaten aus, Louis. Danach können sie alle Bedingungen neu aushandeln.«

»Scheiße.«

»Genau. Scheiße. Und wir sitzen mittendrin.«

Louis steht auf und zieht seinen Stuhl neben meinen. »Keine Sorge, Kleines.« Beruhigend legt er den Arm um mich. »Es muss etwas geben, was wir tun können. Du schaffst das schon … *wir* schaffen das schon.«

»Hier steht eine Telefonnummer. Sie wollen, dass ich anrufe, falls ich irgendwelche Fragen habe.«

»Und, rufst du an?«

»Darauf kannst du Gift nehmen! Ich werde sogar gleich anrufen!«

»Meinst du, das ist eine gute Idee? Solltest du nicht lieber tief durchatmen oder tief ins Glas schauen, um dich zu beruhigen?«

»Man soll das Eisen schmieden, solange es heiß ist.« Ich lächle ihm zu, doch aus diesem Lächeln spricht kein Humor. »Oder sollte ich sagen, solange *ich* heiß bin?«

Sieben Minuten später bin ich zurück in der Küche. Louis, der Gute, hat Kaffee gekocht und wartet mit offenen Armen und offener Keksdose auf mich.

»Und?«, erkundigt er sich, drückt mir eine Tasse in die zitternde Hand und bietet mir einen doppelten Schokokeks an.

»Ich hatte Recht!« Ich ziehe einen Stuhl zu mir und lasse mich schwer darauf fallen. »Sie versuchen *wirklich*, uns rauszuekeln.«

»Warum? Woher weißt du das? Was haben sie gesagt?«

»Dass sie mehr als glücklich wären, mir ein Übernahmeangebot für die Restlaufzeit meines Pachtvertrages anzubieten, wenn ich mit der Erhöhung nicht fertig werde.«

»Echt? Und was hast du gesagt?«

»Dass sie mich mal können.«

»Echt?«

Ich nicke. »Yep. Und dass ich mit dem Zuständigen verbunden werden will. Na ja, genau genommen hab ich verlangt, mit dem Oberguru zu sprechen statt mit irgendeinem Wasserträger.«

»Wortwörtlich?«

»Wortwörtlich.« Ich nicke leicht beschämt. »Ich war so sauer, und die dumme Pute, die ich an der Strippe hatte, war so aalglatt. Unglaublich, wie grob ich werden kann, wenn mich jemand auf die Palme bringt…«

»Und was kam dann?«, fragt Louis mit aufgerissenen Augen. »Hat sie dich zum Oberguru durchgestellt?«

»Natürlich nicht. Sie schickte mich für mehrere Minuten in die Warteschleife, war dann wieder dran und sagte, dass Mr. Slater im Moment nicht zu sprechen sei, ›meine Position aber verstehe‹. Dann wiederholte sie das Angebot, ich könne ›zu sehr guten Konditionen‹ aus dem Pachtvertrag aussteigen.«

»Und was hast du daraufhin gesagt?«

»Ich sagte ihr, sie könne dem Schwein verklickern, dass er sich sein Angebot sonst wohin stecken kann.«

»Ooh, das hast du nicht, Ollie!« Louis lässt seinen dritten Keks in die Kaffeetasse fallen, wo er sich prompt in eine breiige Masse verwandelt und zu Boden sinkt.

Ich beiße mir auf die Unterlippe, um ein unangebrachtes Grinsen zu unterdrücken und nicke. »Ich weiß. Ich kann auch nicht fassen, dass ich das gesagt habe.«

»Da bin ich aber froh!«

»Also, wenn die glauben, sie kriegen mich hier so einfach raus, dann können sie sich auf was gefasst machen.«

»Ja! Gib's ihnen!« Louis streckt die geballte Faust zu einem symbolischen Kampfgruß in die Luft.

»Denen steht ein schwerer Kampf bevor«, verkünde ich entschlossen. »Ich habe zu hart für dieses Restaurant gearbeitet, als dass irgend so ein hergelaufener kleiner Scheißer von einem Immobilienhai meinen darf, er könne es mir einfach wegnehmen!«

Ich rufe Tanya in der Arbeit an.

»Daniel Slater«, murmelt sie. »Der Name sagt mir was.«

»Sollte er auch, du bist schließlich Immobilienmaklerin.«

»Gebäudemanagerin ...«, verbessert sie mich.

»Und er ist ein Immobilienhai. Hast du ihn vielleicht schon mal getroffen?«

»Glaube ich nicht«, antwortet Tanya grübelnd. »Habe schon von ihm gehört, aber ihn nie persönlich kennen gelernt. Wie er wohl ist?«

»Ich weiß, wie er ist«, knurre ich.

»Du hast ihn getroffen?«

»Ich brauche ihn nicht zu treffen, um zu wissen, wie er ist. Er ist ein Schwein! Was soll ich nur machen, Tan?« Ich kann hören, wie Tanya mit dem Stift auf ihren Schreibtisch klopft, während sie nachdenkt.

»Ehrlich gesagt, glaube ich nicht, dass du im Moment viel tun kannst, außer still zu halten und auf seinen nächsten Zug zu warten.«

»Glaubst du, er will das Tate's in eine schicke Wohnanlage verwandeln?«

»Ich habe wirklich keinen Schimmer, meine Liebe, aber du bist in einem Viertel, das als trendy gilt. Dieser Teil von Battersea heißt nicht umsonst Little Chelsea. Dessen ungeachtet kannst du zur Zeit nur abwarten und Tee trinken. Ich vermute mal, dass du sowieso ziemlich bald wieder von ihm hören wirst.«

Ich beginne, die Ankunft der Post zu fürchten. Eigentlich habe ich mich immer auf diesen Teil des Tages gefreut; obwohl ich normalerweise nur Rechnungen und geradezu unheimliche Kontoauszüge kriege, besteht immer die Möglichkeit, dass man etwas Nettes oder sogar Aufregendes bekommt, einen Brief von einem Freund oder eine Partyeinladung zum Beispiel, oder, was mir im Moment noch lieber wäre, einen netten, fetten Scheck.

Als der nächste weiße Umschlag mit dem nun vertrauten Absender »Slater Enterprises« in fetten roten Buchstaben kommt, bin ich versucht, ihn einfach auf dem Tisch liegen zu lassen und ihn den ganzen Tag jedes Mal misstrauisch zu beäugen, wenn ich vorbeigehe. Louis ist jedoch nicht so geduldig, und nachdem er mich lange genug bearbeitet hat, sieht er zu, wie ich ihn schließlich aufreiße. Er lugt mir über die Schulter, in dem Versuch, ihn so schnell wie möglich zu überfliegen. Ich erbarme mich seiner und lese laut vor.

»*Sehr geehrter Herr.* Sehr geehrter Herr! Die kriegen noch nicht mal mein Geschlecht richtig hin, ganz zu schweigen von meinem Namen!«, rufe ich empört.

»*Bezug nehmend auf Ihren kürzlich erfolgten Anruf bitten wir Sie, dieses Schreiben als Bestätigung unseres Angebots zur Übernahme…*«

Weiter komme ich nicht. »Welchen Teil davon, sich ihre Angebote sonst wohin zu stecken, haben die denn nicht kapiert!«, schreie ich wütend und knalle den Brief auf den Tisch. »Ich geh hier nicht raus!«

Die gießen wirklich Öl ins Feuer!

Ich greife sofort wieder zum Telefon und habe auch umgehend wieder die Kampfemanze an der Strippe, mit der ich mich schon beim letzten Mal rumgestritten habe. »Ich fürchte, Mr. Slater ist im Moment nicht in seinem Büro«, erklärt sie mir gebieterisch.

Nicht in seinem Büro, dass ich nicht lache. Er will nur nicht mit mir reden. Ohne die üblichen Floskeln – also vielen Dank für nichts und auf Wiederhören, alte Schnalle – knalle ich den Hörer auf die Gabel, schnappe mir meine Jacke vom Haken an der Tür und meine Autoschlüssel vom Fensterbrett über dem Spülbecken.

»Was hast du vor, Ol?« Louis blickt mich besorgt an.

»Ich fahre hin.«

»Bist du sicher, dass das eine gute Idee ist?«

»Nein, aber ich fahre trotzdem.«

»Und was genau hast du vor, wenn du dort bist?«, fragt Louis sachlich.

»Jemanden umbringen …«, erwidere ich wild.

Slater Enterprises befindet sich in einem Penthouse; die Firma nimmt die ganze Breite der zwei letzten Stockwerke in einem imposanten Gebäude aus Glas und Stahl in der Euston Road ein. Im Schutz einer Traube von Angestellten, die aus der Mittagspause zurückkommen, schlüpfe ich am Empfang vorbei und in den Aufzug. Ich fahre an dem Firmenempfang im vorletzten Stock vorbei, hinauf in den letzten, denn ich vermute, dass ein Typ wie Daniel Slater dort sein Domizil aufgeschlagen hat.

Richtig. Die Türen des Aufzugs geben den Blick frei auf eine überaus plüschige Lobby mit dem weichsten aller blassblauen Teppichböden, der lächerlich teuer gewesen sein muss und wahrscheinlich höllisch schwer sauber zu halten ist, und mit schwerer, zweifelsohne genauso lächerlich teurer Einrichtung in Eiche rustikal. Aber jemand, der umgeht und unschuldige, kleine Unternehmen frisst wie ein Ein-Mann-Heuschreckenschwarm, kann sich so etwas bestimmt leisten.

Eine tadellos gekleidete Frau in den Vierzigern wacht an einem Schreibtisch, der im rechten Winkel zum Aufzug steht.

Ich würde ja versuchen, mich an ihr vorbeizustehlen, doch sie ist darauf gedrillt, Eindringlinge auszumachen, und geht zum Angriff über.

»Kann man Ihnen helfen?« Die Stimme ist höflich, aber eisig. Ich erkenne sofort die »Wasserträgerin« wieder, mit der ich vor zwei Tagen und kurz heute Morgen das Vergnügen hatte.

Ihr Gesicht zeigt eindeutige Ablehnung, als sie meine reichlich zerzauste Erscheinung unter die Lupe nimmt. Plötzlich merke ich, dass ich unter der Jacke noch die speckige Küchenschürze trage. Ich muss echt krass aussehen. Hastig fahre ich mir mit der Hand über den Kopf und reiße das Haarnetz herunter. Wahrscheinlich drückt sie sowieso gerade den Alarmknopf, um den Sicherheitsdienst zu rufen. Ich fahre mir überflüssigerweise mit der Hand durchs Haar, woraufhin es nur noch wirrer aussieht, atme tief durch und versuche, autoritär zu klingen: »Ich bin wegen des Tate's in Battersea hier. Ich will Daniel Slater sprechen.«

Sie zögert.

»Ich habe einen Termin«, behaupte ich großspurig, zufrieden damit, wie flüssig mir diese Lüge über die Lippen kommt.

Langsam breitet sich ein Lächeln auf dem perfekt geschminkten Gesicht aus. Ein sehr hochnäsiges Lächeln. »Ich fürchte, Sie können gar keinen Termin haben, da Mr. Slater im Moment gar nicht im Lande weilt«, trumpft sie mit ihrer schneidenden Stimme auf.

Es ist ihr gutes Recht, selbstgefällig auszusehen, nachdem sie mich bei dieser frechen Lüge ertappt hat. Dass sie es wirklich tut und es offensichtlich genießt, treibt meinen Blutdruck weiter nach oben. Ich sehe an ihr vorbei zu der imposanten Flügeltür, an der ein großes Messingschild prangt: »Daniel Slater – Geschäftsführer«.

Allein die Tatsache, dass sie so verdammt selbstgefällig reagiert, weil sie mich hat auflaufen lassen, sollte mir verraten, dass sie die Wahrheit sagt und Dan Slater wirklich gerade an einem anderen Ort der Welt Kleinunternehmern den Garaus macht, doch ich habe mich nicht so weit vorgekämpft, um dann mit eingekniffenem Schwanz wieder abzuziehen. Außerdem besteht noch immer die Möglichkeit, dass sie ihn doch deckt, schließlich wird sie dafür bezahlt – dieser menschliche Rottweiler. Entgegen ihrer Behauptung könnte er just in diesem Moment doch in seinem Büro hocken. Ich lasse Miss Selbstgefällig also links liegen und marschiere auf die Tür zu.

In Sekundenschnelle schießt sie von ihrem Stuhl hoch. »Entschuldigen Sie… *Entschuldigen* Sie! Sie können da nicht einfach rein.« Der beherrschte Ton wird etwas schriller.

Ich beachte sie nicht, drängle mich an ihrem Schreibtisch vorbei und platze durch die Tür in…

… ein völlig leeres Zimmer.

Verflucht. Wie es aussieht, hat sie die Wahrheit gesagt. Und wie verhalte ich mich jetzt? Ich habe mich bereits total lächerlich gemacht, und mir fällt nur ein Weg ein, die Situation wenigstens noch ein bisschen zu meinem Vorteil zu gestalten. Es ist vielleicht kindisch, aber ich kann Ihnen gar nicht sagen, wie sehr ich es genieße, den verdammten Brief aus der Tasche zu ziehen und in lauter kleine Schnipsel zu zerreißen. Dann streue ich sie wie Konfetti über Dan Slaters viel zu aufgeräumten Schreibtisch.

Ich drehe mich um, sehe Miss Selbstgefällig, die mit offenem Mund dasteht, von oben herab an und marschiere hoch erhobenen Hauptes zurück zum Aufzug. Mein majestätischer Abgang wird nur durch das dreckige Geschirrtuch verunglimpft, das aus der Potasche meiner Jeans hängt und in den zugleitenden Türen des Lifts stecken bleibt, als ich hineingehe. Das gibt dem einzigen, älteren Benutzer im Anzug die Möglichkeit, einen Blick auf meinen rosa Tanga zu werfen.

Als ich zum Tate's zurückkomme, hat Louis zugemacht und ist gegangen. Doch er hat mir einen Zettel hinterlassen, auf dem steht, dass er sich mit Freunden trifft, ich ihn aber auf dem Handy erreichen kann, falls ich ein offenes Ohr oder jemanden brauche, der die Kaution bezahlt, um mich aus dem Gefängnis zu holen. Obwohl es besser wäre, so fährt er fort, zu diesem Zweck Tanya anzurufen, da er gegenwärtig nur zwölf Pfund fünfzig, einen halben Riegel Mars und einen Dreierpack Kondome in der Tasche hat, bei dem eins fehlt.

Der Gute.

Das zaubert ein Lächeln auf mein Gesicht, das erste seit dem ziemlich durchgeknallten in Dan Slaters Büro. Auf dem Heimweg habe ich die ganze Zeit die Stirn gerunzelt wie ein kurzsichtiger Patient, der versucht, die Testreihen beim Optiker zu entziffern. Wahrscheinlich habe ich jetzt mehr Falten als ein Klingone.

Warum nur habe ich das getan?

Zugegeben, ich war verärgert, aber ich gehöre normalerweise nicht zu den Cholerikern. Insbesondere, wenn das Cholerische mit den Worten »dumme, überflüssige Handlung« einhergeht. Ich brauche in der Tat ein offenes Ohr, aber auch ein vernünftiges. Jemand, der nicht nur aus Liebe zu mir mein Handeln gutheißt und immer auf meiner Seite steht, selbst wenn ich dem Vatikan den Krieg erkläre. Jemand, der nicht davor zurückschreckt, es mir zu sagen, wenn ich mich falsch verhalten habe, und der bereit ist, mir dabei zu helfen, eine vernünftige Lösung für meine Probleme zu finden.

Ich rufe Grace an, muss mir aber sagen lassen, dass sie heute nicht in der Arbeit ist.

Ich versuche es bei ihr zu Hause, wo nur der Anrufbeantworter drangeht.

Ich versuche es auf ihrem Handy. Es ist ausgeschaltet.

Man braucht kein Genie zu sein, um zu ahnen, wo und bei

wem sie gerade ist. Grace ist noch tiefer in die Welt eines Stuart mit u abgetaucht. Jeder Satz, den sie dieser Tage von sich gibt, fängt mit den Worten »Stuart sagt« an. Das heißt, wenn wir sie überhaupt mal erwischen. Ich behaupte ja gar nicht, dass sie kein Recht auf ein eigenes Leben hat. Natürlich hat sie das. Vielleicht waren wir ein bisschen zu unzertrennlich, als wir noch beide Single waren, doch seit sie Stuart kennt, scheinen wir mit beängstigender Geschwindigkeit das andere Extrem erreicht zu haben.

Sie fehlt mir. Ich bin daran gewöhnt, dass Grace immer für mich da war, sobald ich sie brauchte. Das gilt natürlich für beide Seiten. Würde es zumindest, wenn sie mal da wäre.

Also rufe ich Tanya an. Sie ist zwar in der Arbeit, nimmt sich aber trotzdem eine halbe Stunde Zeit für mich. Ich beklage mich über den »Satan« Slater und über abhanden gekommene beste Freundinnen, ohne auch nur einmal Luft zu holen.

»Wir müssen einen draufmachen«, verkündet sie, als ich mich schließlich ausgekotzt habe. »Und wir müssen Grace überzeugen mitzukommen. Das wird euch beiden gut tun. Denk nicht mehr an deine Geschäftssorgen. Wir haben viel nachzuholen.«

Zu meiner Überraschung gelingt es uns tatsächlich, Grace für einen Abend von Stuart wegzulocken, indem wir einen gemütlichen Weiberabend im Tate's einberufen, nur für uns drei. Fast wie bei den Freimaurern. Mit Anwesenheitspflicht. Von Vorteil ist, dass an diesem Abend rein zufällig heiße Himbeeren mit Vanillesoße auf der Tageskarte stehen, Grays Lieblingsnachtisch.

Doch der Abend fängt nicht gerade gut an. Als Grace kommt, klebt sie an ihrem Handy und verbringt die ersten zwanzig Minuten zusammengerollt in einem Sessel neben dem Feuer. Sie hat Stuart an der Strippe, der, wenn man seinen Ohren trauen darf, umgetauft und mit einem grässlich rührseligen Kosenamen belegt wurde, der so ähnlich klingt wie Stuey-Pooey. Tanya, die so nah wie möglich sitzt, um zu lauschen, ohne bemerkt zu werden, tut so, als müsse sie sich in ihr Weinglas übergeben.

Nach weiteren unerträglichen fünf Minuten voller »Küsschen, Küsschen«, »Leg du auf« und »DU FEHLST MIR SO« legt Grace endlich auf. »Wisst ihr was, ich glaube, der könnte es sein«, verkündet sie, als sie sich endlich zu uns gesellt. Sie seufzt glücklich und blickt versonnen in die Tiefen ihres Glases Chardonnay.

Es gelingt mir gerade noch, die Hand auf Tanyas Mund zu legen, bevor sie schreit. »Aber du kennst ihn doch kaum zwei Monate«, murmle ich und lasse schnell Tanya los, als Grace' Blick aus dem Weinglas auftaucht und auf uns fällt.

»Wie viel Zeit braucht die Liebe?«, antwortet sie philosophisch.

»Du bist in ihn verliebt!«, entfährt es Tanya, die mich wütend anblickt, als meine Hand wieder in Richtung ihres Mundes zuckt.

»Tja, um ehrlich zu sein, ich bin mir nicht sicher, aber ich glaube schon.«

»Aufs Klo!« Tanya schnappt meine Hand und zerrt mich hoch. »Sofort!«

»Was ist los?« Gray hört auf, in ihr Glas zu grinsen, und starrt Tanya überrascht an. »Wo wollt ihr hin?«

»Äh … ich muss mal eben Ollie ausleihen, ich meine, äh … ich muss, äh, ich muss was ausleihen … auf dem Klo, muss ich mir, du weißt schon, was für die Frau … Tampons«, stottert Tanya ein bisschen zu laut, als ihrem Hirn endlich eine überzeugende Ausrede einfällt, um mich zu einem Kriegsrat unter vier Augen zu entführen. »Wir sind gleich wieder da!«

Gray sieht uns verwirrt hinterher, als Tanya mich quer durchs Restaurant in die Küche statt ins Klo schleift.

»Es ist schlimmer, als ich dachte«, japst sie, als die Tür hinter uns zufällt und Mel, die eine kurze Kaffeepause einlegt, uns erstaunt anblinzelt.

»Wovon redest du?«

»Ich habe das schon mal erlebt, nicht mit Gray, aber ich habe das schon erlebt.«

»Wovon redest du?«, wiederhole ich verzweifelt.

»Sie ist verliebt.«

»Sie ist nicht verliebt. Das glaubt sie nur. Sie hatte eine Gehirnwäsche.«

»Eher eine Gehirnamputation. Was findet sie nur an ihm? Als Nächstes heiraten sie womöglich und bekommen …«, Tanya schluckt, bevor sie das Wort aussprechen kann, »… Kinder! Kannst du dir eine Herde kleiner Stuart-Klone vorstellen, die in Minicordhosen und Minipolohemden rumlaufen! Brrg!«

»Jetzt übertreibst du aber, meine Liebe. Sie kennt ihn doch erst seit einigen Wochen, da wird wohl kaum schon von Heiraten die Rede sein.«

»Natürlich wird er ihr einen Antrag machen«, beharrt Tanya, »bevor sie wieder zu sich kommt und ihn in die Wüste schickt! Der kann sein Glück wahrscheinlich gar nicht fassen. Hält mal eben an, um einen Wagen aus dem Graben zu ziehen und hat anschließend eine Frau an der Angel, die sonst unerreichbar für ihn wäre. Außerdem ist er konservativer als irgendjemand, den ich kenne, und bei so einem wird geheiratet …«

»Meinst du?«

Tanya nickt nachdrücklich. »Darauf verwette ich den Betrag, den ich monatlich für Klamotten ausgebe«, fügt sie ernst hinzu.

Als wir zum Tisch zurückkommen, ist Grace Gott sei Dank zu scharf darauf, wieder auf ihren Stuart mit u zu sprechen zu kommen, um uns über unser plötzliches Verschwinden in der

Küche zu löchern. »Er kommt am Samstag zu einem Tete-à-tete zu mir«, erklärt sie uns als Erstes, »nur er, ich, gutes Essen und leise Musik.«

»Das willst du doch nicht wirklich machen!«, rufe ich, da mir Tanyas düstere Vorwarnungen bezüglich drohender Heiratsanträge sofort wieder einfallen.

»Aber warum denn nicht?«

»Weil … äh … weil …«, stammle ich blödsinnig.

»Weil«, eilt Tanya mir zu Hilfe, »du den halben Abend in der Küche zubringen würdest, um sicherzugehen, dass nichts anbrennt. Und bevor ihr ins Bett geht, müsstest du den ganzen Abwasch machen; er nimmt sonst vielleicht an, du wärst total schlampig, weil du alles bis zum Morgen stehen lässt.«

»Ich habe einen Geschirrspüler, Tan.«

»Ja, schon, aber du musst ihn einräumen, und er ist vielleicht einer von denen, die es für den Gipfel der Schlampigkeit halten, wenn du deine Kochtöpfe nicht von Hand spülst.«

»Warum kommt ihr nicht einfach hierher?«, schlage ich vor. Eine Idee beginnt in meinem Kopf zu reifen. Tanya, die auf Zack ist, hält mir auf unserer Seite unter dem Tisch anerkennend den hochgestreckten Daumen hin, so dass nur ich es sehe. »So können wir dich im Auge behalten … äh, ich meine, die Dinge. Du weißt schon, sicherstellen, dass alles glatt läuft. Du kannst die Schmuseecke haben.« Ich deute auf den Tisch in der Nische, an den wir immer die Liebespärchen setzen, weil er so diskret ist. Er geht auf den kleinen Hinterhof hinaus, der gerade groß genug ist, um einige Kletterpflanzen und einen Springbrunnen zu beherbergen. Darauf hat Louis beharrt; oben drauf steht ein kleiner Cupido auf Zehenspitzen, dessen Bogen genau auf die am Tisch Sitzenden deutet.

»Genau«, ermutigt Tanya sie, »dann musst du zu Hause nur noch den Champagner kaltstellen und die Bettdecke anwärmen.«

»Das würdest du für mich tun?« Ein seliges Lächeln breitet sich auf Grays Gesicht aus. Sie beugt sich über den Tisch und umarmt mich. »Das ist klasse.«

»Kein Problem, du bist meine beste Freundin. Ich würde alles tun, um dich glücklich zu machen.«

Ich unterdrücke das Schuldbewusstsein, das in mir aufsteigt, mit dem Gedanken, dass wir ja wirklich versuchen, sie glücklich zu machen. Wir versuchen, sie vor sich selbst zu beschützen. Grace würde umgekehrt das Gleiche für uns tun. Einmal hat sie mich sogar davor bewahrt, im Schlussverkauf ein Gucci-Kleid zu erstehen, von dem ich meinte, ich müsste es unbedingt haben. Ich hatte mich Hals über Kopf in dieses Kleid verliebt und war felsenfest davon überzeugt, mich sofort in Liz Hurley zu verwandeln, sobald ich es anzog. Doch Grace wusste, dass es mir nicht wirklich stand, wie sehr auch das Schaufenster unter meinem keuchenden Atem beschlagen mochte, und dass ich es mir nicht wirklich leisten konnte. Zugegeben, als sie mich schreiend und um mich schlagend wegzerrte, habe ich sie gehasst, doch mein Konto und mein Geschmackssinn waren ihr hinterher sehr dankbar.

Tanya hat sichtlich die gleichen Schuldgefühle. Sie bleibt noch, nachdem Grace nach Hause zurückgeeilt ist, um sich unter die Decke zu kuscheln und ungestört das übliche Gute-Nacht-Telefonat mit ihrem Stuart führen zu können. Zusammen leeren wir die zweite Flasche des Abends.

»Ich bin sicher, er ist ein anständiger Kerl, aber ich bin genauso sicher, dass er nicht der Richtige für Gray ist.« Betrübt schüttelt sie den Kopf. »Vielleicht sollten wir uns besser nicht einmischen, aber ich kann nicht mit ansehen, wie sie aus den falschen Gründen eine feste Beziehung eingeht.«

»Stimmt. Wenn sie mit dem Kerl eine Affäre haben muss, okay. Das ist ihr gutes Recht, und wir dürfen uns nicht einmischen. Und solange sie glücklich ist, würden wir das auch nicht. Aber das ist so, als würde man Madonna mit Steve Davies verkuppeln. Wir wissen ja, dass so was im Chaos endet, sobald es nicht mehr aufregend und neu ist, Mrs. Langweilig zu sein… »Meinst du, wir hätten uns besser aus der Gestaltung dieses ›Tete-à-tetes‹ rausgehalten?«

Tanya nimmt einen großen Schluck Wein und schüttelt nachdrücklich den Kopf. »Ganz sicher nicht. Wir behalten die Sache ja auch nur ganz vorsichtig im Auge, das ist alles. Es wäre schließlich nicht gut für die beiden, zu schnell zu intim zu werden, oder?«

»Vielleicht mischen wir uns besser nicht ein?«

»Wir mischen uns nicht wirklich ein, sondern stellen nur sicher, dass das Ganze nicht außer Kontrolle gerät. Wir handeln in Grays Interesse, sozusagen.«

»Wir können einfach im Hintergrund Posten beziehen und darauf achten, dass alles glatt läuft.«

»Wie ein Oberkellner bei einem wichtigen Bankett«, fügt Tanya hinzu. »Um sicherzustellen, dass alles seinen Gang geht und die Etikette nicht verletzt wird.«

»Aus geziemender Entfernung«, ergänze ich.

»Wir mischen uns doch nicht… *wir doch nicht!*« stimmt Tanya zu.

»Sie sind da!«, ruft Mel uns in bester Jack-Nicholson-Manier zu und kommt Teller balancierend herein. Tanya, Louis und ich stürzen zur Tür und stecken die Köpfe hindurch, einer über dem anderen, wie Indianergesichter am Totempfahl.

Stuart hält Grace die Tür auf. Er hat sich von seiner geliebten Cordhose getrennt, trägt aber immer noch das drei Jahre alte Armani-Sakko. Er scheint seinen Kleiderschrank nach der reichlich zerknitterten Hose durchwühlt zu haben, die wohl mal dazu gepasst hat, jetzt aber aufgrund mangelnden Gebrauchs einen Tick dunkler als das Sakko ist. Das Polohemd hat einem Hemd weichen müssen, und wenn mich nicht alles täuscht, trägt er sogar eine Krawatte!

Louis, Tanya und ich sehen uns mit hochgezogenen Brauen an. Auf unseren Gesichtern spiegelt sich ein und dieselbe Sorge: Stuart in Hemd und Krawatte kommt einer RIESIGEN Anstrengung gleich.

»Bist du sicher, dass du sie in die Schmuseecke setzen willst?«, fragt Tanya beunruhigt.

»Wir haben es Gray bereits versprochen.«

»Aber die ist *viel* zu romantisch.«

»Dann sollten wir sie besser schnell ent-romantisieren, was«, befindet Louis und schlüpft durch die Küchentür.

Mel geht ebenfalls wieder hinaus, um Grace und Stuart zu ihrem Tisch zu führen. Sie hält die beiden lange genug an der Bar fest, damit Louis hastig die Kerzen auspusten, die Deckenbeleuchtung einschalten und die Vase mit den roten und gelben Rosen verschwinden lassen kann, die den Tisch schmückte. Dann tauscht er »Diva« von Annie Lennox gegen eine entzückend schrille Scheibe von Motorhead aus, woraufhin meine anderen Gäste überrascht von ihren Tellern aufblicken.

Ich halte das für einen Overkill. Bevor alle das Restaurant verlassen, hole ich »The Ace of Spades« aus dem CD-Spieler und schiebe etwas weniger Hartes hinein, wenn auch nichts so Herzergreifendes wie »Diva«. Ich kann sehen, wie Mel kichernd zur Küche zurückkehrt, nachdem sie Grace und Stuart an ihren Tisch gebracht hat.

»Du wirst nicht glauben, was Louis gemacht hat.« Sie packt mich am Arm und zieht mich hinter sich her durch die Schwingtüren der Küche.

»Wollen wir wetten?«, entgegne ich. »Sag schon.«

»Als er Stuarts Jacke nahm, hat er sie neben die Heizung gehängt und einige unverpackte Pralinen in die Tasche geschmuggelt«, kichert sie. »Sobald er also hineinfasst…« Sie tut so, als würde sie in ihre Jackentasche greifen. Ihr Gesicht verzieht sich bei der Vorstellung von der klebrigen Masse, die Stuart vorfinden wird, sobald er sein Sakko wieder anzieht.

»O nein, das ist wirklich gemein!«, rufe ich, wobei ich mir ein bisschen mies vorkomme, aber nicht mies genug, um hinzugehen und sie wieder herauszuholen.

»Das ist noch nicht alles«, fährt Mel fort, den Blick auf die Tür gerichtet. »Er hat Stuart auf einem der alten Schulstühle Platz nehmen lassen – du weißt schon, die wir eigentlich nur für den Tisch ganz hinten nehmen können, weil sie für die anderen zu niedrig sind –, und jetzt sieht er aus wie ein Kind bei Tisch. Die Tischkante befindet sich in etwa auf Brusthöhe! Und du weißt doch, dass diese Stühle leichte Ausbuchtungen für den Po haben. Tja, da hat er ein bisschen Bleiche hineingegossen, auf beiden Seiten, sodass er beim Aufstehen ein paar richtig schöne Flecken auf dem Hosenboden haben wird …«

»O nein!« Ich stöhne. »Das ist schrecklich …«

»Wage es bloß nicht!«, warnt Tanya mich.

»Was denn?«, halte ich ihr unschuldig entgegen.

»Ich kenne dich, du bist immer viel zu gutmütig. Wage es nicht, rauszugehen und ihn zu retten. Das ist eine einmalige Gelegenheit für Grace zu erkennen, was für ein Schwachkopf dieser Stuart ist. Und wenn wir ihr bei dieser Erkenntnis auf die Sprünge helfen müssen, dann sei's drum. Ich lasse nicht zu, dass du Mitleid mit dem Kerl hast und unsere Pläne durchkreuzt.«

Louis kommt mit dem Bestellblock wedelnd herein. »Bestellung für die Schmuseecke! Stuey-Pooey will als Vorspeise die Suppe«, verkündet Louis mit dämonischem Grinsen und reibt sich voller Schadenfreude die Hände. »Eine bessere Wahl hätte er gar nicht treffen können. Ooh, was für Möglichkeiten sich uns da eröffnen!«

Während ich für Grace die heiße Makrele in frischem Ingwer zubereite, füllt Louis für Stuart eine Schale mit dampfender, hausgemachter Suppe, die über dem Wasserbad köchelt, und macht sich an die Arbeit. Eine alles andere als prisenhafte Prise Pfeffer und ein gar nicht so kleiner Spritzer Tabasco werden dem hinzugefügt, was eigentlich eine frische Tomatensuppe mit Basilikum sein sollte. Anschließend fügt er einen Zweig frischer Petersilie und einen Löffel Crème fraîche hinzu, damit das Ganze verführerisch und harmlos aussieht. Plötzlich fällt ihm noch etwas ein: Er kehrt zum Küchenschrank zurück, greift nach dem Glas mit dem Knoblauchpfeffer und mischt einen ganzen Teelöffel davon hinein.

Zwei Minuten, nachdem er sie bedient hat, platzt Louis wieder in die Küche. »Er hat sich gerade den Magen aus dem Leib gehustet, alles quer über den Tisch«, kreischt er entzückt. »Es war widerlich! Er hat einen großen Löffel voll gegessen, während er noch am Reden war, und dann Grace mit Suppenbröckchen bedeckt!«

Louis tanzt um den Küchentisch wie ein Indianer bei einem Kriegstanz. »Und das war erst ein Vorgeschmack auf den Hauptgang!« Er lacht durchtrieben.

Im Laufe der nächsten Stunde unterwirft Louis Stuart jeder denkbaren Gemeinheit, die ein Kellner einem Gast nur zufügen kann, abgesehen davon, ihm ins Essen zu spucken. Als sie beim Nachtisch angelangt sind, hat Stuart mehr Essen auf der Kleidung als im Magen.

»Ein Tuch bitte!«, jubelt Louis und platzt rückwärts durch die Schwingtüren, um dann in Windeseile zum Spülbecken zu stürzen.

»Was hast du jetzt wieder angestellt?«

Louis taucht aus dem Schränkchen unter dem Spülbecken auf, wo ich die Putzmittel aufbewahre, und grinst von einem Ohr zum anderen. »Sagen wir einfach, wenn er seinen Wein noch trinken will, dann muss er ihn wohl von seinem Hosenlatz saugen!«

»Louis!«, rufe ich. In meiner Stimme schwingen Bewunderung und Entrüstung mit. »Also wirklich!«

»Na ja, er griff in die Tasche, und ich dachte, er holt vielleicht ein Schächtelchen von Tiffany oder so was hervor.«

»Er hat nur sein Taschentuch rausgezogen, um die Soße wegzuwischen, die du ihm während des Hauptgangs über die Krawatte gegossen hast«, verkündet Melanie, die mit einem Stapel dreckigem Geschirr durch die Schwingtüren kommt.

»Tja, das ging wohl schief«, versucht Louis sich zu rechtfertigen, »jetzt schmusen sie auch noch!«

»Ich hab doch gesagt, dass du sie nicht in die Schmuseecke setzten sollst«, jault Tanya vorwurfsvoll, bevor sie zur Tür eilt, um ins Restaurant zu lugen. »Ooh, brrg!«, kreischt sie entsetzt, »jetzt tun sie's schon wieder, und auch noch mit den Zungen! So muss es sein, wenn man eine Schnecke kaut, die der Koch nicht gekocht hat!«

»In seiner Hose ist eine Ausbeulung!«, verkündet Louis.

»Da schaut man nicht hin, Louis!«

»Doch nicht *so* eine Ausbeulung, es sei denn, er hat eckige Eier.«

»Das bildest du dir ein. Wir werden schon alle paranoid und meinen, er könnte jeden Augenblick auf die Knie sinken und einen Riesendiamanten aus der rechten Tasche ziehen.«

»Paranoid hin oder her, ich sehe die Ausbeulung«, beharrt Louis.

»Es ist wohl an mir, die Situation zu retten«, lasse ich verlauten. Ich gehe zu einer der Küchenschubladen und wühle darin herum, bis meine Finger sich um Plan B schließen.

»Wie wär's mit ein bisschen abführender Schokolade auf seinem Nachtisch, anstelle der echten?« Ich winke mit einem kleinen Riegel Ex-lax, einem Abführmittel.

»Ollie, du wirst doch nicht!«, kreischt Tanya und schlägt voller Schadenfreude und Entsetzen die Hände vor den Mund.

»Wahrscheinlich ist das ein bisschen zu viel des Guten«, erwidere ich und lege den Riegel wieder auf den Tisch.

»Es wird ihn schon nicht umbringen!« Louis schlüpft an den Tisch, schnappt sich den Riegel und beginnt, ihn mit einer kleinen Reibe über Stuarts Schokoladenkaramellkuchen zu zerbröseln. »Es wird ihn nur für den Rest des Abends außer Gefecht setzen.«

Wir sehen Louis mit einer Mischung aus Begeisterung und Ekel hinterher, als er Stuarts Dessert hinausträgt. Niemand versucht, ihn aufzuhalten. Wir stecken sogar alle die Köpfe durch die Tür und beobachten, wie Stuart den letzten Bissen in den Mund schiebt. Und wir geben keinen Mucks von uns, um ihn daran zu hindern. Eilig pickt Stuart jeden Krümel vom Teller, wohl aus Angst davor, dass Louis jeden Moment herbeistürzen und auch diesen Gang noch in seinen Schoß kippen könnte. Wenigstens sieht er aus, als hätte es ihm geschmeckt!

Mit dem Kaffee lassen sie sich Zeit. Sie rühren ihn kaum an, sondern sitzen nur da und grinsen sich dümmlich in einer nervig-sentimentalen Weise an, dass man Lust bekommt, ihnen ein bisschen Hirn einzubläuen. Als »Ace of Spades« zum achten Mal läuft und schon seit langem meine anderen Gäste vertrieben hat, steckt Grace ihren Kopf zur Küchentür herein, um uns zu sagen, dass sie jetzt aufbrechen. Glücklich lächelnd bedankt sie sich bei jedem der dort Versammelten. Fast hätte sie dabei noch Tanya entdeckt, die sich schnell unter den Tisch verkrümelt hat.

»Wir fahren jetzt«, teilt sie uns strahlend mit. »Danke für alles, euch allen. Wir hatten einen zauberhaften Abend – außer Stuarts Hose, die den Abend nicht so gut überstanden hat! Aber das macht nichts, so habe ich wenigstens eine gute Ausrede, um sie ihm schleunigst auszuziehen!« Sie hält inne, und das Lächeln wird durchtrieben. »Und jetzt fahren wir zurück zu mir und verbringen eine zauberhafte Nacht.«

Sie blickt mich an. »Ich ruf dich morgen früh an. Dann erzähle ich dir alles brühwarm!«

»Bitte nicht! Nicht brühwarm.« Tanya taucht unter dem Tisch auf, kratzt sich einen kalten, gekochten Tortellino vom Knie ihrer Calvin-Klein-Jeans und verzieht das Gesicht, als Grace glücklich zurück ins Restaurant trippelt und sich bei Stuart unterhakt, der an der Tür wartet.

»Kannst du dir vorstellen, wie er nackt aussieht?«

»Könnte ich, will ich aber nicht«, entgegne ich schaudernd.

»Wie sah er aus?«, fragt Tanya Louis, der Stuart in das Sakko geholfen hat, bevor sie aufbrachen.

»Ich weiß nicht, ich habe ihn auch noch nicht nackt gesehen.«

»Als sie gingen, natürlich.« Tanya verdreht die Augen. »Also wirklich!«

»Na ja, genau genommen war er ein bisschen grün im Gesicht...«

»Das ist wahrscheinlich nur ein frommer Wunsch; es braucht etwas, bevor das Zeug wirkt.«

»Ihr Taxi ist gerade um die Ecke gebogen«, verkündet Mel, die Wache schiebt.

Das ist unser Stichwort. »Schnell! Zum Batmobil!«, kreischt Louis aufgeregt.

»Bei dir erhält das Wort Dramatik eine ganz neue Bedeutung«, seufzt Tanya und folgt ihm zur Hintertür.

Mel bleibt zurück, um abzuschließen, während wir zu Louis ramponiertem Union-Jack-Mini stürzen, uns in die Enge des mit Müll übersäten Inneren zwängen und nach Islington aufmachen, so schnell es der asthmatische alte Motor zulässt. Mit einer Hand steuernd, greift Louis mit der anderen unter meinen Sitz. Er fängt gefährlich an zu schlingern, als er nach einer Plastiktüte angelt, die auf dem Boden liegt.

»Sei so lieb, Ollie, und gib sie mir.«

Ich taste nach der blau gestreiften Einkaufstüte und leere auf Louis' Geheiß den Inhalt aus. Eines der weichen blauen Dinger gebe ich Tanya, die auf dem Rücksitz zusammengepfercht ist, eines behalte ich selbst, und das dritte reiche ich Louis. Er zieht es sich mit einer Hand über, während er mit der anderen schaltet und mit den Knien steuert.

»Kapuzenmützen!«, rufe ich, als Louis die Wolle über sein stacheliges blaues Haar stülpt.

»Willst du etwa, dass Gray uns sieht?«

»Lieber das, als mich von der Polizei wegen versuchten Einbruchs einbuchten zu lassen!«

»Marineblau?«, ruft Tanya enttäuscht von hinten. »Nicht wirklich meine Farbe. Hast du keine in Schwarz?«

»Also, ich zieh die nicht auf.«

»Aber ich habe sie extra dafür gekauft«, nuschelt Louis, den Mund voller blauer Wolle.

Seufzend ziehe ich mir das unförmige Teil über, um Louis nicht vor den Kopf zu stoßen, denn ich kann sehen, wie seine Unterlippe in dem Mundschlitz seiner juckenden, schrecklichen Kopfbedeckung zittert.

Dieses modische Accessoire hat nur einen Vorteil. Als wir geparkt haben und die Straßen zu Grace' Haus entlang laufen wie ein paar Möchtegern-Mitglieder einer Sondereinheit, verdeckt die Mütze wenigstens die Schamröte, die mir ins Gesicht schießt.

»Wir sind drei Engel für Charlie«, kichert Louis, der von Schatten zu Schatten schlüpft und die Hände vor sich verschränkt hat, als würde er eine Knarre halten.

»Eher drei Deppen für Charlie!«, grolle ich. »Was musstest du auch so weit weg parken?«

»Na ja, ich hab mir gedacht, dass Grace sich nicht über mein Auto wundert, wenn ich es vor meinem Haus abstelle. Hätte ich aber vor ihrem Haus geparkt…«

»Äh … Louis, ich kann mir nicht vorstellen, dass Grace um diese nachtschlafende Zeit durch die Straßen läuft und nach deinem Auto Ausschau hält.«

»Genau«, stöhnt Tanya, die in Miu-Miu, Gucci und einem Restposten der Army aus einem Ramschladen hinter uns hertrippelt. »Ich weiß ja, dass du die extra gekauft hast, Louis, aber ich muss meine jetzt abziehen.« Sie schiebt einen manikürten Fingernagel unter den Wollkragen ihrer Mütze und kratzt sich abwesend. »Es macht mich wahnsinnig, wie die juckt!«

Ich huste kläglich. »Sei froh, dass es nur juckt. Bei mir fühlt es sich an, als hätte ich einen Pelzball verschluckt.«

»Schon gut, schon gut, ihr könnt sie abnehmen«, lenkt Louis ungnädig ein. »Aber macht mir keinen Vorwurf, wenn ihr bei *Crimewatch* im Fernsehen auftaucht.«

Wir verschaffen uns mit dem Schlüssel, den Grace mir bei ihrem Einzug gegeben hat, Zugang zu ihrem abgeriegelten Garten. Grace' dreistöckiges Haus stammt aus der Viktorianischen Epoche; die Küche liegt im Souterrain und die Wohnebene im Hochparterre.

Nach einigem pantomimischen Hin und Her beschließen wir, dass Louis auf die metallene Mülltonne steigen und ins Wohnzimmer lugen wird, um uns zu berichten, was er sieht. Dummerweise schmiegt sich seine grüne Boot-Cut-Hose aus Schlangenlederimitat ein bisschen zu eng an seinen kleinen Knackarsch und er kann den nötigen großen Schritt nicht machen, um auf seinen Ausguck zu gelangen. Also steigt er schließlich auf einen der Griffe.

»Kannst du was sehen?«, fragt Tanya ungeduldig, während er gefährlich schwankt und das eine Bein nach hinten streckt wie eine Ballerina, um das Gleichgewicht zu halten.

»Pssst. Noch nicht.«

Dann kommt ein leiser, unterdrückter Aufschrei und ein lauter, eher ununterdrückter Aufprall, als Louis vom Rand der

Mülltonne fällt. Sekunden später taucht Grace' Gesicht am Fenster auf.

Ich höre, wie Tanya neben mir »Mist!« murmelt, als wir versuchen, uns lautlos in den Schatten eines großen Flieders zurückzuziehen. Als Louis anfängt, wie eine Katze zu maunzen, halte ich mir hastig die Hand vor den Mund, um ein Kichern zu unterdrücken.

»Miau, Miau«, heult er wenig überzeugend.

Auch Tanya fängt an zu kichern und bedeckt ihr Gesicht mit dem orangefarbenen Kragen ihrer Wildlederjacke von Harvey Nichols, um nicht gehört zu werden.

Nach ein paar Minuten zieht Louis ein Kohlblatt aus der Hosentasche und rappelt sich hoch. Er reibt sich das linke Knie und verzieht das Gesicht. »Ich glaub, ich hab mir den Knöchel verstaucht.«

»Du siehst ein bisschen blass aus.«

»Woher willst du das wissen, ich hab doch die Kapuzenmütze auf?«

»Dein Gesicht schimmert hindurch wie eine fluoreszierende Glühbirne.«

Da Louis so schlaff wie das weggeworfene Kohlblatt wirkt, beschließen wir, dass nun ich an der Reihe bin mit Klettern. Vorsichtig linse ich in Grace' Wohnzimmer. Glücklicherweise scheint Louis belämmertes Katzengeheul Grace überzeugt zu haben; andererseits hat sie heute Abend auch schon einiges getrunken. Sie ist zum Sofa zurückgekehrt, auf dessen Ecke Stuart kauert. Er sieht ein bisschen nervös aus, seine Cordhose ist hochgerutscht und gibt den Blick frei auf das Karomuster seiner Socken.

»Was siehst du?«, ruft Tanya zu mir hinauf.

»Sie schenkt Wein ein«, zische ich.

»Keinen Champagner?«

»Nein, sieht nach einer Flasche Rotwein aus.«

Ein kollektiver Seufzer der Erleichterung ist zu hören.

»Wo ist er?«

»Auf dem Sofa … und sie jetzt auch.«

»Und!«

»Sie stoßen an … sie trinken beide …«

»Und!«

»Er hat sein Glas auf den Tisch gestellt … er streckt die Hand nach ihr aus … jetzt hat er auch ihr Glas genommen und auf den Tisch gestellt.«

»Ollie!«

»Er beugt sich vor, um sie zu küssen!«

»Ooh, bitte nicht«, haucht Louis schaudernd und schlägt entsetzt die Hände vors Gesicht.

»Alles in Ordnung … er hat aufgehört.«

Louis nimmt die Hände vom Gesicht und blickt hoffnungsvoll auf.

»Mist, doch nicht, er greift in seine Tasche!«

»O Gott, bitte nicht!«, schreit Louis. »Ich hab euch doch gesagt, da ist etwas drin!«

»Moment … er hält inne … er hat die Hand vor den Mund gepresst … er ist aufgestanden …«

Wir atmen alle hörbar auf.

»Und weg ist er!«, kreische ich etwas zu laut.

Selbst die anderen können das Tapp, Tapp, Tapp von Stuarts Fußtritten hören, als er, immer zwei Stufen auf einmal nehmend, nach oben in Grace' Bad stürzt und die Tür hinter sich zuschlägt. Ich kann sehen, wie Grace' Kopf unentschlossen zwischen Fenster und Tür hin und her geht wie bei einem Zuschauer in Wimbledon. Sie fragt sich, ob sie Stuart folgen oder den seltsamen Geräuschen vor ihrem Fenster nachgehen soll. Als sie zur Tür geht und sich somit für die Stuart-Option entscheidet, beschließen wir, dass es an der Zeit ist, einen raschen und lautlosen Abgang zu machen.

Kapitel 3

Am nächsten Morgen stehe ich in der Küche und bin gerade dabei, Käse für ein Gratin mit Meeresfrüchten zu reiben, als das Telefon klingelt.

»Ich bin's, Ollie.« Grace. Sie hört sich erstaunlich fröhlich an.

»Alles in Ordnung?«, frage ich vorsichtig, lege die Reibe weg, bevor meine Finger mangels Konzentration geschnitzelt werden, und umklammere den Hörer mit meiner käseverschmierten Hand.

»Ja, danke.«

Anscheinend haben wir Stuart nicht ins Jenseits befördert, aber ist auch die Beziehung noch gesund und munter?

»Was machst du heute Abend?«, erkundigt sie sich beiläufig.

»Habe frei«, antworte ich nervös. »Wieso?«

»Weil wir ausgehen. Du, ich und Tan.«

»Ausgehen?«, echoe ich, schockiert darüber, dass Grace anscheinend doch noch weiß, was das ist. Soll das bedeuten, dass unser teuflischer Plan funktioniert hat? Es ist das erste Mal, dass Grace vorschlägt, etwas zu unternehmen, seit sie uns Stuart vorgestellt hat.

»Genau. Wir treffen uns um acht im Blake's. Ach, und Ollie, sei bitte pünktlich.«

Kaum habe ich aufgelegt, klingelt es erneut. Tanya. Sie hat die gleiche Vorladung erhalten.

»Glaubst du, das bedeutet, dass es geklappt hat?«, fragt sie voller Hoffnung. »Ein Abend ohne Stuart ist doch eindeutig ein Schritt in die richtige Richtung.«

»Keine Ahnung. Aber es ist viel versprechend. Kommt Louis auch?«

»Grace sagte, dass sie ihn gefragt hat, aber er muss arbeiten.«

»Ich dachte, dass ich ihm heute Abend frei gegeben hätte. Ich weiß doch, dass meine zwei studentischen Aushilfen kommen, um Mel beizustehen.«

»Hast du auch, er arbeitet heute Abend nicht für dich. Sie drehen eine Kampfszene für die Serie *EastEnders*, in der er eins mit einer Glasflasche über die Rübe kriegt. Es ist einer von Louis großen Träumen, einmal körperlich von einem Serienhelden angegriffen zu werden.«

Wir treffen Grace in der Kneipe in Soho, wo wir auch Stuey-Pooey vorgestellt worden sind. Sie hat einen Ecktisch in Beschlag genommen und wartet auf uns, während sie an einem großen Glas Weißwein nippt. Sie ist also wieder beim Alkohol.

Das muss ein gutes Zeichen sein. Hoffe ich.

Grace umarmt uns zur Begrüßung und schenkt dann jeder ein Glas aus der Flasche gekühlten Chardonnays ein, die mitten auf dem Tisch steht. Sie wirkt seltsam ruhig, als Tanya und ich Platz nehmen.

»Hallo, Babe!«

»Und, hattest du gestern eine schöne Nacht?«

Grace antwortet nicht. Sie sieht uns nur durch gesenkte Wimpern an. Ihr Blick wandert von Tanya zu mir und zurück. Sie hat einen wirklich befremdlichen Ausdruck im Gesicht. Als wolle sie jeden Moment in Tränen ausbrechen oder so etwas.

Wir tauschen einen hoffnungsvollen Blick und wollen gerade einen passenden mitleidsvollen Ausdruck aufsetzen, als Grace ihre Linke unter dem Tisch hervorzieht und sie unter unseren Nasen schwenkt. Sie platzt fast vor Stolz. Der Grund dafür ist sofort verständlich, wenn man den Fels in der Größe des Planeten Jupiter betrachtet, der fest auf dem weißgoldenen Ring an ihrem Ringfinger sitzt.

»O mein Gott!«, kreischt Tanya und schlägt die Hände vor den Mund.

»Ist das nicht fabelhaft?«, fragt Grace strahlend.

Es war nicht gerade das, was Tanyas Reaktion andeutete. Wir starren sie beide schweigend und mit offenem Mund an.

Grace' Lächeln verschwindet abrupt. »Was ist los? Ihr scheint nicht besonders glücklich zu sein.«

»Sprachlos«, murmelt Tanya und schnappt ihr Glas. Als sie feststellt, dass es leer ist, muss sie auf die gekühlte Flasche zurückgreifen, um sie gegen ihre heiße Stirn zu pressen.

»Sprachlos«, echoe ich und nicke betäubt.

»Champagner«, knurrt Tanya trocken.

»Champagner«, wiederhole ich wie ein Papagei.

Beruhigt darüber, dass wir anscheinend auf ihr Wohl anstoßen wollen, obwohl der Champagner eigentlich eine Schocktherapie ist, strahlt Grace uns an und lässt sich plappernd darüber aus, dass sie davon träumte, im Frühjahr zu heiraten, seit sie zum ersten Mal *Eine Braut für sieben Brüder* gesehen hat. Tanya dagegen wird weißer als das Tischtuch, auf das sie sich stützt.

»Also hattest du gestern einen schönen Abend?«, stammle ich schließlich, nachdem der Kellner uns allen ein stärkendes Glas Moët eingeschenkt hat.

»O Himmel, ja. Er war wundervoll, vielen Dank, Ollie.«

Stuart muss die Konstitution eines Ochsen haben. Louis hat mindestens einen halben Riegel Ex-lax über seinen Kuchen geraspelt, und wir alle haben ihn zum Bad sprinten sehen wie Kate und Leo zum letzten Rettungsboot. Er muss sich erstaunlich schnell erholt haben.

Tanya kann ihre Neugier nicht länger im Zaum halten. Gott sei Dank geht sie halbwegs subtil vor. »Und wie geht's Stuart?

Louis meinte, er hätte ein bisschen blass um die Nase ausgesehen, als ihr gegangen seid. Ein bisschen grün. Wir dachten, dass er so viel Wein vielleicht nicht gewohnt ist.«

»Wein? Nein! Er hat kaum etwas getrunken, dank Louis. Himmel, als Ober ist er wirklich eine Zumutung, Ollie. Ich finde, du solltest ihn hinter die Bar verbannen!«

»Oh, ich fand nur, dass er ein wenig angeschlagen aussah, das ist alles. Waren wohl die Nerven, du weißt schon, die Vorbereitung für den Kniefall.«

»Nein, du hast Recht, es ging ihm überhaupt nicht gut. Das lag aber sicher nicht am Alkohol. Er hat die Nacht auf dem Klo verbracht, weil er sich den Magen verdorben hatte. Heute Morgen war es ihm schrecklich peinlich.«

»O nein, wie furchtbar!« Ich trete Tanya unter dem Tisch, und das Grinsen, das sich auf ihre Lippen schleichen wollte, wird durch einen passenderen, wenn auch geheuchelten Ausdruck der Anteilnahme ersetzt.

»Woran es wohl lag?«

»Er meint, er hätte wohl ein verdorbenes Sandwich zu Mittag gegessen, mit Garnelen oder so was.«

»Also nichts, was ich euch vorgesetzt habe …«

»Himmel, nein! Wir hatten doch beide so ziemlich das Gleiche. Es konnte also nicht an dir liegen, Ollie. Übrigens war es absolut köstlich.«

»Und trotzdem hat er es geschafft, für seinen Antrag einen Kniefall zu machen.«

»Na ja, da er sowieso schon am Boden war …« Sie kichert.

»Und das hat dich auch nicht abgebracht, die Tatsache, dass er die ganze Nacht …«

»Ganz und gar nicht!« Grace lacht. »Eher im Gegenteil. Es hat mir gezeigt, wie sehr ich ihn liebe.«

»Aber wie …« Tanya und ich wechseln einen entsetzten Blick, den Grace in ihrer Ekstase glücklicherweise übersieht.

»Na ja, da mir immer noch etwas an ihm lag, nachdem er die ganze Nacht auf meinem Klo verbracht hatte … Wisst ihr, ich hatte so ein Gefühl, dass er mir vielleicht einen Antrag machen wollte, und um ehrlich zu sein, hat mir das etwas Kopfzerbrechen bereitet.«

»Kopfzerbrechen?«

»Ja. Wir kennen uns schließlich noch nicht sehr lange, und ich dachte, es wäre ein bisschen zu früh für etwas so … so … na ja, Dauerhaftes. Doch mir liegt wirklich viel an ihm, und es wäre sehr schwierig gewesen, es ihm schonend beizubringen und die Beziehung nicht zu gefährden.« Sie hält inne und seufzt glücklich. »Aber letzte Nacht ist mir klar geworden, dass ich ihn vielleicht doch genug liebe, um jetzt schon eine solche Verpflichtung einzugehen.«

Die schreckliche Erkenntnis trifft uns beide wie ein Schlag.

»Also war es unser …« setzt Tanya an, bevor sie gleichzeitig Mund und Augen zukneift.

»Mehr Champagner!«, blöke ich und winke dem Kellner. Er kommt in Erwartung eines üppigen Trinkgelds von Seiten dieser großzügigen Konsumenten herbeigeeilt, oder zumindest in der Hoffnung darauf, Tanyas Telefonnummer aus ihr herauszukitzeln, sobald sie eine Spur betrunkener ist.

Grace hält mich am Handgelenk fest, als ich dem wartenden Kellner ganz mechanisch einige Scheine reichen will. »Steck dein Geld wieder ein.« Sie greift nach ihrer Handtasche, die an der Stuhllehne hängt. »Das geht auf meine Kosten. Als Dankeschön für gestern Abend. Schließlich hast du eine entscheidende Rolle in einer der wichtigsten Nächte meines Lebens gespielt.«

»Hätte ich das gewusst«, murmle ich vor mich hin, nehme mein frisches Champagnerglas und kippe es runter wie Limonade. »Hätte ich das gewusst.«

Am nächsten Morgen finden Tanya und ich uns zu einer Krisenbesprechung und zu einem Katerfrühstück bei Lorna's ein, wo einen die Spiegeleier entweder umbringen oder aufbauen. Und heute brauchen wir beide etwas Aufbauendes. Vergangene Nacht haben wir genug Champagner getrunken, um ein ganzes Nonnenkloster voller Sorgen darin zu ertränken.

Ich unternehme den heroischen Versuch, mich durch drei Scheiben Speck, zwei Spiegeleier, einen Berg unglaublich fettiger Pilze, gebackene Bohnen und zwei kleine Bratwürstchen zu futtern, ohne mich über den Teller zu erbrechen.

Tanya, die grüner ist als ein Fußballfeld vor dem Anpfiff, stochert lustlos in einem Berg Rührei herum und brummelt vor sich hin, dass man besser mit dem anfangen soll, womit man aufgehört hat.

Was mich betrifft, so wird mir allein bei dem Gedanken an einen Tropfen Alkohol so übel, dass sich mein Innerstes nach Außen stülpen möchte. Wir haben uns in drei Stunden durch die gleiche Anzahl Flaschen Premier Cru gearbeitet, von denen Grace höchstens anderthalb Gläser schaffte, bevor sie zurück in die verlobte Glückseligkeit zu Stuart eilte. Das bedeutet, dass Tanya und ich weit mehr als zwei Flaschen geleert haben.

»Sich mit dem zu trösten, ist ein Schuss, der nach hinten losgeht«, verkündet Tanya. Sie türmt ihre Eier zu einem gelben Hügel auf, bevor sie sie übellaunig zu Brei zermanscht.

»Falls du von Gray redest, irrst du dich meiner Meinung nach. Sie hat sich schon vor Ewigkeiten von Arty getrennt.«

»Ich weiß, aber ich glaube, dass sie noch nicht wirklich über ihn hinweg ist.«

»Die Tatsache, dass sie gerade eingewilligt hat, einen anderen Mann zu heiraten, scheint das Gegenteil anzudeuten.«

»Das!« Tanya schnaubt verächtlich. »Das ist ein eindeutiges Zeichen. Sich Hals über Kopf an einen anderen zu ketten, einen, der *überhaupt* nicht passt! Das *darf* sie nicht!«

»Hat sie aber.«

»Aber warum? Ich bin dreiunddreißig, Kleines, und ich habe nie den Drang verspürt, jemandem die Ehe zu versprechen.«

»Eine Frage der Erziehung. Du weißt doch, wie ihre Eltern sind. Wenn sie nicht mit dreißig verheiratet ist, gilt sie als Versagerin.«

»Aber warum Stuart?«

»Weil er sie gefragt hat.«

»Aber er ist nicht gut für sie. Sieht sie das denn nicht?«

»Offensichtlich nicht. Ich glaube, sie ist von dem ganzen Drumherum geblendet. Ein Mann hat ihr das angeboten, was sie sich gewünscht hat, seit sie klein war. Da hält sie sich nicht damit auf, den Typen näher zu betrachten, von dem der Antrag kommt, sondern denkt nur noch an das Märchen, das Kleid, die Kirche, den Kuchen, die Geschenke und das ganze romantische Tralala.«

»Das ist ein wenig hart, Ollie. Ich dachte immer, das ganze romantische Tralala konzentriert sich auf den Typen an sich. Sicher kann das Drumherum ganz nett sein, aber würdest du wirklich ein Fratzengesicht heiraten, nur um dreiunddreißig Toaster und Flitterwochen auf Korfu zu bekommen?«

»Mag sein, dass ich ein bisschen melodramatisch werde, aber ich mache mir eben Sorgen um sie. Findest du nicht, dass es besser wäre, wenn Gray Stuart erst noch genauer kennen lernt? Ich habe manchmal *Monate* gebraucht, um zu erkennen, dass der Typ, mit dem ich mich da eingelassen habe, ein totaler Schwachkopf ist. Und sie kennt Stuart erst seit kurzem. Deshalb glaube ich, sie sollte nichts überstürzen, nur weil er ihr das ultimative Kompliment gemacht und einen richtigen Antrag vorgebracht hat.«

»Du hast Recht. Wir mögen Stuart vielleicht nicht besonders, aber wir würden es uns nicht träumen lassen, uns einzumischen, wenn wir der Überzeugung wären, sie handelt richtig.« Tanya setzt ein entschlossenes Gesicht auf. »Weißt du was? Wir als ihre besten Freunde haben die Pflicht, sie davor zu bewahren, solch einen Riesenfehler zu begehen.«

»Du stellst also Antrag auf Einspruch?«

Tanya erschaudert. »Bitte nimm dieses Wort nicht in den Mund! Es macht mir Angst.«

»Welches Wort?«

»Antrag…«, flüstert sie, als wäre es obszön, und erschaudert wieder.

»Sorry. Also, mit anderen Worten: Wie wollen wir Gray davon abhalten, ihr Leben zu ruinieren?«

»Na ja, ich hatte gehofft, du hättest eine Idee.«

»Stuart um die Ecke bringen?«, schlage ich mit einem teuflischen Lächeln vor.

»Nicht schlecht, aber leider unrealistisch.«

»Pro Jahr werden tausend Menschen vom Blitz getroffen«, entgegne ich hoffnungsvoll und kaue mürrisch an einem verkohlten Stück Speck.

»Wir könnten Gray in die Klapse einweisen lassen. Gründe dafür hätten wir.«

»Ich finde immer noch, wir sollten Stuart um die Ecke bringen.«

Tanya schüttelt den Kopf. »Ich verstehe einfach nicht, warum sie das tut.«

»Wie ich schon sagte, ein Mann, der um deine Hand anhält, ist das ultimative Kompliment. Denk doch mal nach: Im Grunde sagt er dir damit, dass du so wundervoll und traumhaft bist, dass er sich nicht vorstellen kann, den Rest seines Lebens ohne dich zu verbringen.«

»Trottel!«, knurrt Tanya. »Zugegeben, so was ist Balsam für die Seele, aber das bedeutet noch lange nicht, dass sie einwilligen muss. Ich habe auch schon einige Anträge erhalten«, verkündet sie selbstgefällig. »Und habe ich etwa ja gesagt?«

»Ich habe noch nie einen Heiratsantrag erhalten.« Plötzlich ärgert es mich ein bisschen, dass ich die Einzige unter uns bin, vor der noch kein Mann auf den Knien gelegen und darum gebettelt hat, Teil meines weiteren Lebens zu sein. »Nur unsittliche Anträge.«

»Du Glückliche.«

»Vielleicht hat sie kein erfülltes Leben.«

»Und wenn wir es füllen, kommt sie über ihn hinweg«, schlägt Tanya hoffnungsvoll vor.

»Gut möglich. Was also machen wir? Sie hat einen guten Job und ein schönes Zuhause.«

»Und einen furchtbaren Geschmack in Sachen Männer.«

»Na ja, er ist nicht gerade der Typ, auf den sie unserer Meinung nach steht...«

»Sehr freundlich ausgedrückt, Ollie. Er ist ein Depp.«

»Meinst du, unser Urteil könnte durch Eifersucht getrübt sein?«

»Was, etwa, weil Gray diese altmodische Kniefallerfahrung samt Felsbrocken in der Tasche machen durfte? Das ist nicht gerade das, wovon alle Frauen träumen, weißt du.«

»Das meinte ich doch gar nicht«, lenke ich einen Tick zu hastig ein und schüttle den Kopf, um die plötzliche Vorstellung eines Richard Gere auf einem weißen Ross zu zerstreuen, der einen Klunker in der Größe des Millennium Dome am Ende seiner Lanze trägt und unter meinem Schlafzimmerfenster ausharrt. Wo um Himmels willen kam die her!

»Was dann? Eifersüchtig worauf?«

»Na ja, wir sind seit Ewigkeiten befreundet; du, ich, Gray und Louis. Die vier Musketiere. Und dann kommt Stuart, und schon ist alles anders.«

Tanya schürzt die Lippen. »Nein, das glaube ich nicht. Sie hatte vorher schon feste Beziehungen, und nie haben wir das Bedürfnis verspürt, sie aus denen loszueisen.«

»Aber keiner von denen hat ihr einen Antrag gemacht.«

»Ich glaube, Arty hat ihr mehrere gemacht.«

»Schon, aber nur, wenn er so besoffen war, dass er sich am nächsten Morgen an nichts mehr erinnern konnte. Sie hat ihn nie ernst genommen.«

Tanya schüttelt den Kopf. »Wir alle haben ein schlechtes Gefühl. Ich finde, wir sollten unserem Instinkt vertrauen. Stuart ist nicht der Richtige für Gray. Du, ich und Louis, wir alle denken so. Sagt dir das nichts?«

»Doch. Wir sind ALLE eifersüchtig«, witzle ich verzagt.

»Wohl kaum. Heiraten ist im Moment für keinen von uns ein Hauptanliegen. Du hast zu viel Angst davor, verletzt und alt zu werden. Ich kenne dich: Heiraten und Kinder kriegen ist für dich ein entscheidender Schritt in Richtung Mittelalter, und du willst noch nicht erwachsen werden, stimmt's? Louis' Lebenswandel bedeutet, dass er für was Konventionelles nicht in Frage kommt, und ich habe zu viel Angst davor, etwas zu verpassen, wenn ich mich binde. Ich kann mir also nicht vorstellen, dass wir eifersüchtig sind, weil sie heiratet.«

»So weit waren wir schon«, seufze ich gereizt.

»Außerdem …«, fährt Tanya mit Nachdruck fort, »lieben wir sie viel zu sehr, um ihr das große Glück zu missgönnen. Also trifft deine Eifersuchtstheorie über uns vier meiner Meinung nach genauso wenig zu. Fänden wir, dass Stuart Gray glücklich machen würde, wären wir alle für diese Hochzeit. Sind wir aber nicht, und deshalb finden wir es auch nicht, oder umgekehrt, je nachdem, wie man es sieht.«

»Was also sollen wir tun?«

»Ich glaube, ich habe eine Idee.«

»Na los, raus damit. Obwohl ich immer noch finde, wir sollten …«

»Ich weiß, ich weiß«, fällt Tanya mir genervt ins Wort. »Stuart um die Ecke bringen.«

»Du hast also eine bessere Idee?«

Tanya nickt. »Wir müssen einen anderen für sie finden.«

»Einfach so.«

»Ich behaupte nicht, dass es so einfach ist, aber einen Versuch ist es sicher wert. Wenn wir jemanden ganz Tolles für sie auftreiben, erkennt sie vielleicht, dass Stuart doch nicht so scharf ist.«

»Wie heißt es so schön: Die Kirschen in Nachbars Garten …«

»Wir müssen sie nur dazu bringen, einen Blick über den Gartenzaun zu werfen.«

»Verstehe.« Allmählich erwärme ich mich für die Idee. »Wir könnten sie mit Simon verkuppeln.«

»Mit meinem Bruder?«, entgegnet Tanya ungläubig.

»Na ja, sie hegte doch immer eine unerwiderte Zuneigung zu ihm.«

»Aber das war vor sechs Jahren. Und wie du ganz richtig sagtest, war sie unerwidert, was bedeutet, dass Simon sie nicht erwiderte.«

»Ich weiß, aber jetzt sind beide reifer.«

»Stimmt, und sie hatten reichlich Gelegenheit, zueinander zu finden, falls einem von ihnen danach zumute war.«

»Hast du nicht irgendeinen Ex, der ihr gefallen könnte …«

»Hunderte; aber mal ehrlich: Würde Gray die wollen, nachdem ich sie abgelegt habe?«, scherzt Tanya.

»Stimmt«, antworte ich leichthin.

Tanya tritt mich unter dem Tisch.

»Du hast es zuerst gesagt«, stöhne ich und reibe mein schmerzendes Schienbein.

»Ich weiß.« Tanya, der es anscheinend besser geht, spießt einen meiner Pilze auf und kaut gedankenverloren. »Wir gehen mit ihr ins Fitnessstudio.«

»Fitnessstudio?«

»Genau der richtige Ort, um anzufangen«, schwärmt Tanya. »Knallenges Lycra, schwitzende Körper, stramme Muskelberge.«

»Alles, wovon Frauen träumen«, stichle ich und reiche ihr eine Papierserviette. »Wisch dir den Mund ab, Schätzchen, du fängst schon an zu geifern.«

»Nein, ich meine es ernst. Ich nehme sie mit zu einer Stunde bei meinem Privattrainer. Er ist einfach süß, eine mächtige Masse männlich-markanter Muskeln.«

»Und du glaubst, das hilft?«

»Das wird es, wenn sie nur einen kurzen Vergleich zu Stuarts, wie soll ich sagen, *Schwabbel*hintern zieht.«

»Der ist gar nicht so verkehrt.«

»Hast du etwa darauf geachtet?«

»Na klar. Wer kauft schon gern die Katze im Sack …«

»Ach, und wo ein guter Sack ist, ist auch ein guter Hintern.«

»Genau. Ich dachte mir, der Rest ist so unattraktiv, dass er doch an anderer Stelle etwas in petto haben muss.«

»Tja, sein Hintern war es sicher nicht, ich hab nämlich auch drauf geachtet. Vielleicht ist er *doch* bestückt wie ein Esel.«

»Sollte mich nicht überraschen …«

»Nicht?«

»Sonst bleibt ja nichts, oder?«

»Die schillernde Persönlichkeit.«

»Hast du davon irgendwas bemerkt?« Niedergeschlagen schüttle ich den Kopf. »Er muss genial im Bett sein.«

»Oh, zugegeben, das wäre ein Grund.«

»Schon, aber keine Basis für eine lange und glückliche Ehe.«

»Hm, ich weiß nicht …«

»Kannst du mal für einen Moment an etwas anderes denken, Tanny? Es ist wichtig.«

»Aber wenn sie doch glücklich ist, sollten wir es nicht kaputtmachen.«

»Jetzt fall mir bloß nicht in den Rücken, nur, weil er vielleicht im Bett Spitze ist. Im Moment mag sie ja glauben, glücklich zu sein, aber wie lange bleibt das so? Verdammt noch mal, sie kennt ihn doch erst seit zwei Monaten.«

»Vielleicht muss sie ja heiraten?«

»Nein … dass hätte sie uns doch erzählt.«

»Tja, das Schlimmste steht uns noch bevor.«

»Ach ja? Und das wäre?«

»Wie sollen wir es Louis beibringen?«

»Meinst du, dass es ein Schlag für ihn wäre?«

»Er hat immer gesagt, dass er Gray heiraten würde, wenn er nicht schwul wäre.«

»Dann ist das vielleicht die Lösung.«

»Vergiss es. Sie würden sich nur darüber streiten, wer das Kleid tragen darf!«

»Nein, nein; nein, nein, nein, nein, nein; nein, nein, nein; nein …«

»Ich weiß ja, dass du gesagt hast, es wäre ein Schlag für ihn …«, ich sehe Tanya zerknirscht an, »aber wenn ich geahnt hätte, *was* für einer, hätte ich es ihm erst gesagt, wenn … nie.«

Tanya legt die Stirn in Falten und legt beruhigend eine Hand auf Louis gekrümmte Schultern, der gerade den Küchentisch im Tate's vollschluchzt. »Keine Sorge, mein Lieber, wir sind genauso dagegen wie du. Ollie und ich hatten ein langes Gespräch. Wir haben einen Plan.«

»Ja?« Louis hört auf, seinen Kopf verzweifelt gegen die Tischplatte zu rammen, und sieht voller Hoffnung auf.

»Einen *schlauään* Plan«, sage ich mit dümmlichem französischem Akzent, um ihn zum Lachen zu bringen. Es klappt nicht, und ich sitze leicht verlegen und ratlos da.

Ich mache »Pst«, weil Tanya kichert – nicht wegen meiner misslungenen Nachahmung von Inspektor Clouseau, sondern wegen Louis. Es ist ein ziemlich ungeeigneter Moment, um über Louis zu lachen, weil er ernstlich erschüttert ist. Und wenn ich die Tatsache ignorieren kann, dass eine zerdrückte Erbse vom Sonntagsmahl mitten auf seiner Stirn prangt wie bei einem Inder, dann kann es auch Tanya.

»Wir werden sie davon überzeugen, dass es völlig verrückt ist, Stuey-Pooeys Antrag anzunehmen, indem wir sie mit einer endlosen Reihe attraktiver, interessanter, solventer, erfolgreicher und knackiger Singles zusammenbringen«, erkläre ich ihm und entferne geschickt die Erbse, indem ich so tue, als würde ich ihm die Haare aus der Stirn streichen.

»Und wo sollen wir eurer Meinung nach diesen endlosen Vorrat an Vollkommenheit hernehmen?«, fragt Louis und sieht uns misstrauisch aus großen, tränenschimmernden blauen Augen an. »Denn falls ihr nicht eine Menge Leute kennt, die ich nicht kenne... Oder habt ihr zufällig von einem neuen Zauberladen gehört, wo man bis zum Umfallen umwerfend schnuckelige Schnuckiputzis kaufen kann? *Toy Boys R Us* vielleicht? Oder das kleine Paradies für große Mädchen?«

»Ach, das ist doch nur eine Formsache.« Tanya macht eine wegwerfende Handbewegung. »Es dürfte nicht schwer sein, jemanden aufzutreiben, der attraktiver als Stuart mit u ist.«

»Ein schlecht gelaunter, kannibalischer Pygmäe mit Glatze und einem Zwei-Zentimeter-Pimmel wäre attraktiver als Stuart mit u«, giftet Louis eifersüchtig.

»Ich denke, dass ist ein bisschen übertrieben, aber wie um Himmels willen hat ein Mann wie er es nur geschafft, dass unsere Gray die Hosen runterlässt?«

»Was für eine Frage«, Louis sieht uns verbittert an, »wo rohe Kräfte sinnlos walten, da kann kein Knopf die Hose halten!«

Vielleicht hat Tanya ja Recht. Meine Schwester Ella behauptet immer, der beste Weg, über einen Mann hinwegzukommen, sei der, sich einen anderen zu suchen.

Ich arbeite immer noch an dieser Theorie.

Nicht, dass es irgendwelche Männer gäbe, über die ich hinwegkommen müsste. Ich hatte einige lose Beziehungen, aber nicht mehr – für Männer habe ich sowieso keine Zeit. Das Tate's war in den vergangenen zwei Jahren mein Lebensinhalt. Doch ich behaupte auch nicht, ich wäre eine Nonne.

Ich halte schon Ausschau. Aber nicht zu sehr. Dafür bin ich viel zu argwöhnisch.

Männer versprechen einem das Blaue vom Himmel, und zum Schluss sitzt man in der Tinte. Sie halten uns für romantisch. Ich glaube, es ist unmöglich, dass unsere romantischen Ideale je von einem Mann erfüllt werden, denn soviel ich mitbekommen habe, wollen sie gar nicht dasselbe von einer Beziehung wie wir Frauen. Ein Bekannter von mir beharrt darauf, dass Männer sich nie wirklich verlieben, zumindest nicht so wie Frauen. Klar können sie vernarrt sein, manchmal sogar besessen, aber ist das dann Liebe, so wie Frauen sie erleben? Er behauptet steif und fest, das sei für Männer undenkbar. Und der Großteil der Männer, die heiraten, tut das aus ganz anderen Gründen als aus Liebe, die von Dummheit bis zu Bequemlichkeit reichen.

Natürlich bin ich dieser Theorie nachgegangen. Bei den Männern, die auf meine Befragung antworteten, ohne in schallendes Gelächter auszubrechen oder verängstigt den Rückzug anzutreten, steht es bisher sechzig zu vierzig; sechzig Prozent stimmen dieser eher unheimlichen Theorie zu, und vierzig Prozent behaupten, sie sei komplett falsch. Ich hoffe nur, dass die sechzig Prozent ihr einfach deshalb zustimmen, weil sie noch nie das zweifelhafte Vergnügen hatten, selbst einmal wirklich verliebt zu sein.

Sogar Claude habe ich nach seiner Meinung gefragt, doch seine Antwort bestand in der traurigen alten Leier davon, dass »die Liebe ein weites Feld« sei, wozu er viel sagend eine große italienische Salami schwenkte. An diesem Punkt habe ich aufgegeben, doch es war ein weiterer Nagel zum Sarg meines versteinerten Liebeslebens.

Unser erster Versuch, Gray von ihrer rosaroten Wolke zurück in die Realität zu holen, findet in Tanyas reichlich exklusivem Fitnessclub in den Docklands statt. Er gehört zu jener Sorte, wo ich es normalerweise nicht wagen würde, mich zu entblößen. Hier absolvieren schöne junge Frauen perfekt geschminkt ihr Workout, und das in Gymnastikanzügen aus Zahnseide und zwei kleinen Schmierkäseecken. Leeren natürlich, denn Käse wäre viel zu fetthaltig. Ich frage mich, ob ich damit durchkäme, ein knöchellanges Sweatshirt zu tragen. Mit einsdreiundsechzig und siebenundfünfzig Kilo bin ich sicherlich nicht fett, aber wenn ich neben einer fünfzig Kilo leichten, dafür aber zehn Zentimeter größeren Spargelstange stehe, fühle ich mich garantiert so.

Jetzt stehen wir im Warteraum.

Und warten.

Tanya hat für uns eine Stunde mit ihrem Privattrainer vereinbart, der netterweise Mr. Brawn heißt – was so viel wie Mr. Muckis bedeutet. Mr. Brawn hat bereits zehn Minuten Verspätung. Gray schnürt ihre Nikes zum fünften Mal, fingert an den Sportsocken herum und sieht wiederholt auf die Uhr. Zweifelsohne wünscht sie sich, sie könnte mit Stuey-Pooey auf dem Sofa kuscheln und eine Gartensendung anschauen, was sie allem vorzuziehen scheint, das dieser Club bisher bietet.

»Wo zum Teufel steckt er?«, zische ich Tanya zu. »Gray könnte jeden Moment auf die Idee kommen, sich zu entschuldigen und zu gehen.«

»Er wird jeden Augenblick hier sein«, beruhigt sie mich. »Bringt wahrscheinlich gerade seine Bizepse auf Hochglanz.«

»Glaubst du, sie gefällt ihm?«

»Muss sie gar nicht, er ist ein professioneller Flirter. Außerdem zwingen wir sie ja nicht, mit dem Kerl auszugehen, wir wollen nur, dass sie sieht, was die Welt sonst noch zu bieten hat.«

»Sie weiß bereits, was die Welt sonst noch zu bieten hat.«

»Und hat sich dennoch für Stuart entschieden?«

»Vielleicht verbirgt sich unter dem ganzen Cordsamt doch der Körper eines Athleten.«

»Na, dann sollte er ihn zurückgeben, weil das Verschwendung ist!«, witzelt Tanya. »Ooh, schau, da ist er.«

Ich folge Tanyas Blick und sehe den Inbegriff eines Mannes auf uns zusteuern. Er ist etwa einsachtzig groß und einen Meter breit. Nie zuvor habe ich einen solch perfekten, stählernen goldbraunen Körper gesehen. Kein abschreckender Muskelprotz, sondern ein wohl proportionierter und atemberaubend gut aussehender Typ. Ein goldlockiger griechischer Adonis. Er schreitet durch ein Spalier von Frauen, die ihm mit offenem Mund hinterherstarren.

»Mädels, das ist Eric«, verkündet Tanya stolz.

Drei Köpfe neigen sich in schöner Eintracht, als Eric breit grinst und sich bückt, um einige Gewichte aufzuheben.

»Jetzt sieh dir doch nur mal diesen Knackarsch an …«, haucht Tanya leise, als hätte sie ihn nicht schon hunderte von Malen gesehen.

»Knackig«, stimmt Gray zu. Zu Ehren dieses perfekten Hinterteils legen wir eine Schweigeminute ein. Dann fügt Gray hinzu: »Aber der Name passt irgendwie nicht, fürchte ich.«

»Was soll das denn heißen?« Tanyas Blick schweift überrascht von Eric zu Grace.

»Er besteht den Kreischtest nicht«, erkläre ich. »Du musst

dir vorstellen, wie du seinen Namen auf dem Höhepunkt der Lust brüllst, und ›O Eric, mach's mir, Eric‹ klingt einfach nicht wirklich überzeugend.«

»Unter diesem Aspekt habe ich das noch nie betrachtet.« Tanya schielt wieder auf Erics unglaublich durchtrainierten Gluteus Maximus und legt versunken den Finger auf die Lippen. »Mann könnte ihm einen Spitznamen geben«, schlägt sie schließlich vor. »Ich benutze normalerweise sowieso immer denselben, entweder Babe oder Hengst, passt beides.« Tanya zuckt die Achseln, als wir sie entsetzt ansehen. »Es scheint ihnen zu gefallen. Kaum nennt man einen Kerl Hengst, scheint er zu glauben, du glaubst, er sei einer. Außerdem vermeidet man so, den falschen Namen zu kreischen, wenn man unter der Decke zur Tat schreitet.«

»Stuart ist auch nicht gerade als Name geeignet, den man voller Leidenschaft brüllen kann«, sage ich vorsichtig zu Grace.

»Ooh, ich weiß nicht.« Plötzlich wird sie zum ersten Mal an diesem Morgen munter. »Ich finde, es ist ein schöner Name. Stark und maskulin. Hört sich an wie aus *Braveheart*.«

Tanya und ich wechseln einen ungläubigen Blick. Sie muss wirklich und wahrhaftig besessen sein, um so etwas zu denken.

Liebe macht blind. Ein weiser Satz, der sich im Verlauf der nächsten Stunde erneut bestätigt.

Als Halbgott Eric alle Übungen durchexerziert und den Großteil der Muskeln in seinem erstaunlich wohlgeformten Körper spielen lässt, verrenken sich alle anwesenden Frauen die Köpfe. Selbst ich beobachte ihn mit kaum zu verhehlender Begierde.

Grace dagegen wirkt zu meinem Erstaunen absolut unbeteiligt. Ich habe manchmal drei Stunden neben Grace und Tanya in einer Kneipe gesessen, während sie die Vor- oder auch Nachteile der Hintern eines jeden Mannes begutachteten und kommentierten, der an unserem Tisch vorbeikam. Erics Hintern wird von Grace nicht einmal eines zweiten Blickes gewürdigt, obwohl er die knackigsten Pobacken hat, die ich seit langem gesehen habe.

Schlimmer noch: Sie, die normalerweise diejenige war, die uns nach jedem Ausflug ins nächstbeste Pub schleppte, gesellt sich nach der Stunde noch nicht mal auf ein Gläschen Wein zu uns ins benachbarte Bistro. Stattdessen eilt sie fort, um so schnell wie möglich auf die Autobahn zu kommen und in Weltrekordzeit nach Leicester zu gelangen, wo sie den Rest des Wochenendes verbringt.

»Tja, hat wohl nicht wirklich funktioniert, was?«, bemerke ich mürrisch, als Tanya mir ein Glas Frascati einschenkt. »Und was jetzt?«

»Wir haben unsere Ansicht darüber, dass Stuart nicht der Richtige für sie ist, nicht geändert, also versuchen wir es weiter.«

»Was also machen wir als Nächstes?«

»Keine Sorge.« Tanya prostet mir zu. »Ich habe da noch einiges in petto.«

Grace' Umerziehung gestaltet sich viel schwieriger, als wir annahmen. Nach zahllosen Einladungen zu gemeinsamen Unternehmungen, bei denen sie die ideale Gelegenheit hätte, einen weitaus passenderen Mann zu treffen, von denen sie aber die meisten ausschlägt, befinden wir, dass wir ein bisschen geschickter vorgehen müssen.

Unsere erste Idee sieht vor, ihr Auto zu sabotieren, sodass Tanyas süßer, umtriebiger Mechaniker vorbeikommen und den Funken überspringen lassen kann. Tanyas Mechaniker ist ein totaler Augenschmaus. Denken Sie sich dazu noch einen ölverschmierten Overall und den erfahrenen, machohaften Umgang mit einem großen Schraubenschlüssel, und fertig ist das Bild. Grays Traummann.

Zumindest in unseren Träumen.

Die Realität sieht anders aus. Sie macht ihm eine Tasse Tee, bietet ihm Kekse an und überlässt ihn dann seiner Arbeit, während sie sich zurückzieht, um eine Stunde lang mit Stuart zu telefonieren.

Nächster Versuch. Wir hantieren mit einem Schraubenschlüssel an ihren Wasserleitungen herum und lassen dann Tanyas persönlichen Klempner kommen, um ihre Röhren mal ordentlich durchzupusten. Denken Sie sich einen Typen, dem Tanya zwölf von zehn möglichen Punkten für seine Technik gibt, stecken Sie ihn in zerrissene Jeans und bringen Sie ihn in einem heißen Badezimmer zum Schwitzen. Wäre sie noch die Alte, würde Grace innerhalb von zehn Minuten zur Tat schreiten, fünfzehn, falls sie subtil vorgehen würde. Sie macht ihm eine Tasse Tee, hält sich nicht damit auf, ihm einen Keks anzubieten, und überlässt ihn dann seiner Arbeit, während sie sich zurückzieht, um den ganzen Abend mit Stuart zu telefonieren.

In unserer Verzweiflung schicken wir Tanya auf Pirsch in die benachbarten Kneipen, um diejenige mit den schnuckeligsten Gästen und den hübschesten Kellnern auszumachen – damit sie jederzeit von sexy Typen umgeben ist, sobald wir es endlich einmal schaffen, sie auf ein Gläschen wegzulocken. Wir fangen sogar an, ihr vorbezahlte Pizzas zu schicken, als wir entdecken, dass der Ausfahrer vom Pizzaservice um die Ecke Ewan McGregor wie aus dem Gesicht geschnitten ist. Als Nächstes täusche ich eine Erkältung vor und schicke Grace wegen eines Grippemittels erst in die Apotheke, deren Verkäufer auf den ersten Blick wie George Clooney mit Brille aussieht, und anschließend zu meinem Fischhändler, der echt sexy und ein Experte im Flirten ist.

Louis schleust sie sogar auf das Set eines Filmdrehs ein, wo er eine kleine Rolle hat, sodass sie Feuer für den neuesten Verehrer von Jude Law fangen kann, berichtet uns anschließend aber ungläubig, dass sie sich mehr für das Catering begeistern konnte als für die neuesten Filmschönlinge.

Was ist aus Grace, der Partylöwin, geworden, Grace, der Männerheldin, Grace, der Unersättlichen? Fast kommt es uns vor, als trüge sie seit neuestem Scheuklappen gegen Männer. Vorbei sind die Zeiten, als ihr Blick einem kecken Po in engen Jeans folgte, einem frechen Grinsen oder einem schelmischen Blick aus lachenden Augen.

Aus purer Verzweiflung hat Tanya schließlich nicht so sehr einen Geistesblitz als vielmehr einen geistigen Aussetzer. »Ich hab's«, verkündet sie während einer unserer Sitzungen zum Thema »Rettet Grace«. »Ich kaufe ihr einfach einen Mann.«

»Na ja, die gibt's wohl kaum bei Harvey Nichols: Die dortige Herrenabteilung verkauft Kleidung für Kerle, nicht die Kerle an sich.«

Tanya überhört den Einwurf, greift sich stattdessen die gelben Seiten und blättert zum Buchstaben »B«. Als sie die gesuchte Seite aufgeschlagen hat, dreht sie das Buch zu mir um.

»Begleitservice!«, platze ich heraus.

»Genau.«

»Das kannst du nicht bringen.«

»Nenn mir einen Grund, warum nicht.«

»Ich kann dir mehr als einen nennen! Grace rastet aus.«

»Warum denn, vielleicht gefällt's ihr ja. Einfach jemand, der sie ausführt, gepflegt mit ihr isst, sie geistreich unterhält und ihr vor Augen führt, was ein richtiger Mann ist.«

»Was denn – arrogant, ignorant und egoistisch?«

»Jetzt komm schon, einen Versuch ist es doch wert, oder?«

Ich schüttele den Kopf. »Ich weiß, das Wasser steht uns bis zum Hals, aber …«

Tanya lässt die Schultern hängen, legt aber trotzdem die Gelben Seiten weg. »Du hast ja Recht. Aber was jetzt?«

»Kennst du zufällig einen Zeitungshändler, dessen Austräger wie Jean Claude van Damme aussieht?« Ich lächle sie zaghaft an.

»Was? Ein Brüsseler Muskelberg, der auf einem Chopper durch Islington kurvt? Das wäre zu schön, um wahr zu sein. Mein Zeitungsausträger ist mindestens .... oooh, also mindestens ... zwölf.«

»Na ja, früher hatte sie doch mal eine Phase, in der sie auf jüngere Männer stand ...«

Claude hat sich krank gemeldet, weil er angeblich nach einem Wochenende in Amsterdam eine leichte Lebensmittelvergiftung hat. Allgemein besteht jedoch Einigkeit darüber, dass es sich eher um einen ernsten Fall von Alkoholvergiftung handelt. Was auch immer der Grund sein mag, er darf sich nicht in der Nähe meiner Küche blicken lassen, bis er wieder hergestellt ist. Deshalb fungiere ich seit einer Woche als Chefkoch.

Ich mag Essen. Streichen Sie das – ich liebe Essen. Ich besitze ein Restaurant, weshalb das sozusagen Hand in Hand geht. Doch obwohl ich wirklich gern koche, habe ich dabei eher so was wie private Dinnerpartys mit Freunden im Sinn, und keine Drei-Gänge-Menüs für fünfzig Personen.

Heute hätte ich eigentlich meinen freien Abend haben sollen. Von Rechts wegen hätte ich aufgedonnert irgendwo in einem Club mit Tanya einen drauf machen sollen.

Die Realität sieht anders aus. Gerade befinde ich mich in einem Ringkampf mit einem frisch gekochten Hummer. Ich war diejenige, die ihn kochen musste, weshalb der Abend nicht besonders gut angefangen hat. Ich hatte mir überlegt, ihn humaner zu behandeln und ihn vorher zu töten, bis das verdammte Ding beschloss, dass Angriff die beste Verteidigung ist. Es ist Louis' Aufgabe sicherzustellen, dass der Erste-Hilfe-Kasten immer gut bestückt ist. Jetzt trage ich ein Snoopy-Pflaster um den linken Daumen und ein unleidliches Stirnrunzeln im Gesicht.

Wenn wir das Restaurant zu viert schmeißen, kommen wir gerade so hin. Mel übernimmt den größten Teil des Servierens, Louis kümmert sich um die Bar und einige der kleineren Tische, Claude macht die Küche und ich packe überall mit an, sei es beim Kochen, wenn es um exotische Gerichte oder das Anrichten geht, beim Bierzapfen, Bestellungen entgegennehmen oder Abwaschen. Und es gibt noch zwei studentische Aushilfen, die bei freien Tagen oder Urlauben einspringen oder wenn es zu chaotisch läuft, um allein mit allem fertig zu werden. Doch es ist zu spät, um eine von ihnen anzurufen. Sie haben sich wahrscheinlich längst in ihre schicksten Klamotten geworfen und machen die Stadt unsicher.

Was eigentlich auch ich vorhatte!

Das Leben ist hart.

»Knackiger Kerl in Sicht!«

Der Abend ist halb herum. Melanie bahnt sich – Hintern voran – einen Weg in die Küche. Sie jongliert mit Geschirr und Gläsern, die sie eilig in den Ausguss stellt.

»Wo ist mein Lippenstift?«, ruft sie und schaut sich suchend nach ihrer Handtasche um. »Ich muss meine Lippen nachziehen!«

»So toll, hm?« Ich ringe mir ein schwaches Lächeln ab.

»Besser. Ich musste ihre Bestellung gleich zweimal aufnehmen. Ich war so mit Geifern beschäftigt, dass ihre erste wie weggewischt war. Und Louis bringt ihnen andauernd Drinks, die sie gar nicht bestellt haben, damit er ihm auf den Zahn fühlen kann.«

Louis kommt mit einem breiten Grinsen auf dem hübschen Gesicht in die Küche. »Lass sofort Gray kommen!«, zwitschert er aufgeregt. »Das nenne ich einen echten Mann.«

»Im Gegensatz zu was?«, fauche ich.

»Er trieft nur so vor Sexappeal.«

»Wehe, wenn er auf meinen Fußboden trieft, ich habe Stunden gebraucht, um ihn sauber zu bekommen.«

»Oje, welche Laus ist der denn über die Leber gelaufen?«, stichelt Melanie.

»Gar keine«, kontert Louis kichernd. »Deshalb ist sie ja so griesgrämig.«

»Zur Zeit gibt es so viele andere Dinge, die mich nerven, da kommt ein auffälliges Vakuum in Sachen Sex erst ganz weit hinten auf meiner Liste der größten Sorgen.«

»Als da wären?«

»Mal abgesehen davon, dass ich einen Koch habe, der anscheinend so gut wie nie für mich kocht, hat meine beste Freundin gerade eingewilligt, einen Anorak zu ehelichen, den sie, wenn's hochkommt, gerade mal zwei Minuten kennt. Und das Geschäft, dass ich in zwei Jahren aufgebaut habe, steht kurz davor, mir von einem gierigen Immobilienhai weggenommen zu werden ...«

»Vermute ich richtig, dass es nicht der geeignete Zeitpunkt für Louis und mich ist, in unser übliches ›Always look on the bright side of life‹ auszubrechen?« Mel lächelt mir aufmunternd zu.

»Du vermutest richtig«, knurre ich.

Mel wirft Louis einen viel sagenden Blick zu und flüchtet zurück ins Restaurant – angeblich, um weitere Bestellungen aufzunehmen. Louis sieht auf meine gerunzelte Stirn. »Er ist sehr attraktiv«, schmeichelt er. »Du solltest mal einen Blick auf ihn werfen, das würde dich bestimmt aufmuntern.«

»Könntest du bitte aufhören, dich an den Gästen aufzugeilen, und ein bisschen arbeiten, Louis? Wir sind zu schwach besetzt, um heute Abend etwas zu vermasseln.«

»Jawohl, Sir!«, mokiert sich Louis, salutiert militärisch und marschiert im Stechschritt aus der Küche. Ich pfeffere den widerspenstigen, obwohl toten Hummer auf den Tisch, lasse mich auf einen Stuhl sinken und greife nach dem Kaffee, den Mel mir schon vor zehn Minuten gemacht hat. Überraschung, Überraschung, er ist eiskalt und eklig.

Ich fühle mich schlecht. Ich weiß, dass ich Mel und Louis nicht so angiften sollte. Die beiden arbeiten genauso hart wie ich und schaffen es trotzdem irgendwie, die meiste Zeit niederschmetternd fröhlich zu bleiben.

Ich tausche den Kaffee gegen ein Glas Wein, nehme einen großen Schluck und beschließe, ein Lächeln aufzusetzen. Es bringt nichts, sich Sorgen zu machen. Sorgen ändern nie etwas am Ergebnis, sie machen nur das Warten schlimmer. Ist es nicht eigenartig, dass man so richtig im Selbstmitleid badet, wenn man Kummer hat? Ist man aber glücklich, zerbricht man sich so lange den Kopf, weil man irgendwann wieder Kummer haben könnte, dass man es gar nicht genießen kann. Es sollte umgekehrt sein. Man sollte sich im Glück aalen, und wenn man richtig angenervt ist, sollte man sich darauf freuen, bald darüber hinweg zu sein. Doch unsere Welt ist voller Pessimisten, und ich bin einer davon. Warum optimistisch sein und enttäuscht werden, wenn man pessimistisch sein und vielleicht positiv überrascht werden kann? Ich muss meine Einstellung zum Leben überdenken und sollte das Glück genießen, wenn ich es zu fassen kriege, statt mir darüber den Kopf zu zerbrechen, wie flüchtig es sein könnte. Das einzige Problem eines Optimisten besteht darin, dass man seine Fröhlichkeit als leicht durchgeknallt missverstehen kann. Schließlich kann wohl nur so jemand einen Grund finden, über Missgeschicke zu lächeln. Falls Sie nicht wissen, was ich meine, versuchen Sie mal, einen Tag lang jeden dümmlich anzulächeln, den Sie treffen. Sie werden sehen, dass die Leute anfangen, Ihnen nervös auszuweichen, als hätten Sie eine ansteckende Krankheit.

Ich frage mich oft, ob es irgendjemanden gibt, dem noch nie ein Unglück passiert ist. Jemanden, der spielend durchs Leben geht, eine glückliche Kindheit hatte, immer zu Weihnachten bekam, was er sich wünschte, jede Prüfung beim ersten Anlauf bestand, jeden Job bekam, an dem sein zufriedenes Herz hing, und nie in der Liebe enttäuscht wurde. Ich könnte diese glückliche Idylle zerstören, indem ich sage, dass nicht alles in ihrem Leben perfekt ist, da viele Menschen solch schamlose Glückskinder beneiden und hassen, doch wahrscheinlich sind sie zu sehr in ihre kleine perfekte Welt eingelullt, um darauf einen Deut zu geben. Vielleicht liegt darin der Schlüssel zum Glück – in purer, egozentrischer Selbstsucht, sodass die Schicksale anderer noch nicht mal ein leises Zucken der Tränenkanäle bewirken.

Vielleicht sollte ich aufhören, mir Sorgen um Grace zu machen. Zusehen, wie sie ihr Leben ruiniert, wenn sie das unbedingt will. Ich weiß, dass ich das nie könnte, da mir zu viel an ihr liegt. Dasselbe gilt für das Tate's. Ich kann höchstens beschließen, mir nicht mehr alles so zu Herzen zu nehmen. Positiver zu denken. Das werde ich tun.

Gesagt, getan. Als Erstes knacke ich endlich den Hummer. Gerade ist es mir gelungen, ein Lächeln aufzusetzen, das viel angenehmer als das Stirnrunzeln von vorhin ist, als Louis im Stechschritt zurück in die Küche marschiert. Zwischen Nase und Oberlippe hat er sich das abgebrochene Ende eines Taschenkamms geklemmt. Er schickt ein *Sieg Heil* hinterher, und ich fange an zu kichern.

»Ooh, ein Lachen!« Der Kamm fällt herunter, als Louis die Lippen bewegt. »Das ist viel besser. Ich würde ja sagen, weiter so, aber du wirst im Restaurant verlangt, Kindchen, in deiner Eigenschaft als ›Chef‹.«

Ich höre auf zu lachen. »Wieso?«

»Mr. Knackig; er will mit dem Inhaber sprechen.«

Mein Entschluss, positiver zu denken, gerät sofort ins Wanken. »Na klasse! Als ob ich nicht schon genug um die Ohren hätte. Wo liegt das Problem?«

»Keine Ahnung, vielleicht will er dir ja zu deinen Kochkünsten gratulieren ...«

»Kann er nicht einen Brief schreiben?«

»Ollie!«

»Schon gut, schon gut«, brummle ich und streiche mir das schweißnasse Haar aus der Stirn. »Ich komme ja.«

Eifrig treibt Louis mich aus der Küche und deutet auf einen der Alkoven. »Er sitzt da drüben – der in dem blauen Pullover.«

Ich folge Louis' Zeigefinger. Mr. Knackig sitzt mit drei Freunden in der Schmuseecke. Ein anderer Typ und zwei Frauen, die mich aus dem sicheren Schutz ihrer Designerklamotten von oben herab mustern.

»Sie wollten mich sprechen«, seufze ich reichlich ungnädig und genervt. Was erwarten die von mir? Dass ich in Gucci koche?

Er dreht sich zu mir um, und ich finde mich einem steten Blick aus blau-grauen Augen gegenüber. Plötzlich ärgert es mich, dass ich meine ausgebeulte Kochhose, eine fleckige Küchenschürze, kein Make-up und ein reichlich unkleidsames Haarnetz trage, um meine wilde braune Mähne zu bändigen.

Mel hatte Recht, er sieht fantastisch aus. Es ist nicht das Gesicht, obwohl allein das verdammt attraktiv ist: kantig und männlich.

Es ist die Haltung. Diese blauen Augen blicken herausfordernd und selbstbewusst. Gleichzeitig kann man sich gut vorstellen, dass sie jeden Moment vor Lachen aufblitzen könnten. Doch leider nicht in diesem Moment. Sie sehen eher verwirrt aus.

»Ich hatte nach dem Inhaber gefragt, Oliver Tate.«

»Olivia. Olivia Tate.« Ich halte ihm die Rechte hin, bemerke, dass sie klebrig ist von den Säften des vor kurzem verstorbenen Hummers, und wische sie hastig am Hosenbein ab. »Richtige Person, falsches Geschlecht.«

»Oh, ich weiß nicht«, entgegnet er und ergreift meine Hand. »Ich glaube fast, als Frau sind Sie mir lieber.«

Obwohl das offensichtlich ein Kompliment ist, kriege ich bei seinen Worten eine Gänsehaut. Die Sorte rieche ich Meilen gegen den Wind. Ein weiterer Herzensbrecher. Zu attraktiv, um wahr zu sein. Erfolgreich und intelligent. Und er verströmt genau die Art Erotik, die nicht nur auf einen selbst, sondern auch auf eine ganze Reihe anderer Frauen unwiderstehlich wirkt.

Diese Art Erotik verströmt er gerade genau in meine Richtung. Tja, hier hat er es mit einer Frau zu tun, die um ihres eigenen Wohlergehens willen verdammt scharf darauf achten wird zu widerstehen.

»Und Sie sind?«, frage ich kurz angebunden.

»Daniel.« Er hält mir die Hand hin. »Daniel *Slater*. Obwohl ich den Eindruck habe, Sie kennen mich besser als ›Das Schwein‹.«

»Er ist nur gekommen, um mich zu erniedrigen«, jammere ich.

Erschöpft habe ich das Gesicht auf die Theke sinken lassen. Es ist halb eins, und es ist uns endlich gelungen, die letzten Gäste hinauszukomplimentieren. Auch Dan Slater, der zwar nicht wieder versucht hat, mit mir zu sprechen, aber doch unter den Letzten war, die gingen, nachdem er anscheinend stundenlang an einem Kaffee und einem großen Brandy genuckelt hat.

»Ich glaube, er kam, um dich zu verprügeln«, sagt Louis grinsend und schenkt mir ebenfalls einen großen Brandy ein. »Wie gut, *dass* du eine Frau bist. Obwohl ich im Moment«, fügt er mit gerümpfter Nase hinzu, »weit femininer aussehe als du.«

»Was spielt das für eine Rolle? Wenn er einen Kampf will, kann er ihn verdammt noch mal haben!«, übergehe ich seine gutmütige Fopperei. Obwohl ich im Moment wohl keine Chance hätte zu gewinnen: Ich fühle mich so schlaff und ausgewrungen wie der Lappen, mit dem Louis gerade die Abtropftabletts abwischt.

Ich nippe an meinem Brandy und spüre, wie der starke Alkohol durch meine Kehle rinnt und meinen Magen wärmt.

»Statt dich mit ihm anzulegen, tätest du besser daran, ihn auf deine Seite zu bringen. Ich glaube immer noch, dass man mit Charme weiterkommt als mit Schimpfen.«

»Nun, ich kann so charmant sein, wie du willst …«

»Oh, gut«, seufzt Louis erleichtert.

»… wenn ich ihm einen Pflasterstein über den Schädel ziehe.«

Louis kichert. »Weißt du was? Ich glaube, er war nur hier, um dir auf den Zahn zu fühlen. Jetzt ist ihm wahrscheinlich klar, dass er Ärger am Hals hat, und …«, verschmitzt fällt er in einen chinesischen Akzent, »es ist immel gut zu wissen, wel del gegnelische Glashüpfel ist.«

»Tja, wenigstens weiß *ich* jetzt, wie ich ihm zu begegnen habe.«

»Ach ja?«

»Ja.« Ich sehe Louis an und grinse teuflisch. »Falls er mir jemals wieder über den Weg hüpft, muss ich einfach nur *Gas geben.*«

Louis macht sich auf den Heimweg, und ich beschließe, dass ich ein bisschen Mitgefühl und Verständnis nötig habe. Also greife ich zum Telefon und rufe die Nummer an, wo ich beides garantiert immer bekomme, und das zu jeder Tages- und Nachtzeit, auch wenn ich es gar nicht verdiene.

Ich muss es mindestens zwölf Mal klingeln lassen, bevor

endlich ein ziemlich schroffes und verschlafenes »Hallo« ertönt.

»Tanya? Bist du noch wach?«

»Nein, ich schlafe tief und fest.« Ihre Stimme trieft förmlich vor Sarkasmus.

»Habe ich dich aufgeweckt? Sorry«, schniefe ich selbstmitleidig.

»Komm schon, Kleines, wann gehe ich je zum *Schlafen* ins Bett?«, spottet sie.

Dieses Mal schniefe ich noch etwas auffälliger.

Und dieses Mal merkt Tanya es. »Ollie, Kindchen!«, ruft sie, lässt den zynischen Unterton weg und klingt plötzlich sehr besorgt. »Was ist passiert, um Himmels willen?«

Ich kann hören, wie die Decke raschelt, als sie sich im Bett aufsetzt. »Ich kann einfach nicht mehr!«, heule ich.

»Ich bin sofort bei dir.«

Innerhalb von zwanzig Minuten ist sie da. Zu diesem Zeitpunkt habe ich mich wieder ein bisschen gefangen, hauptsächlich dank einer netten Flasche Australian Shiraz und eines großen Tellers mit belegten Broten.

Ich sehe mit verquollenen Augen aus meiner üblichen Position zu ihr auf – Küche, Kopf auf dem Tisch. »Danke, dass du gekommen bist. Ich brauche dringend vernünftige Gesellschaft.«

»Und da hast du mich angerufen?«, witzelt Tanya und schnappt sich das große Glas Rotwein, das ich in ihre Richtung schiebe. »Was zum Teufel ist los, Ol?«

»Ich hatte heute Abend unerwarteten Besuch.«

»Jetzt sag nicht, dass du Grace gesehen hast. Ich könnte schwören, sie ist von Außerirdischen entführt worden, so lange habe ich sie nicht mehr getroffen.«

»Nein, nicht Grace.«

»Na, wer dann?«

»Dan Slater«, erwidere ich, wobei ich die drei Silben genauso dramatisch rolle wie meine Augäpfel.

»Wer?«

So viel zu meinem Versuch à la Sarah Bernhardt. Sie kann sich noch nicht mal an den Namen erinnern! »Slater Enterprises …?«, helfe ich nach.

»Der! Du machst Witze … Der ist hierher zu dir gekommen? *Der* Dan Slater.«

»*Der* Dan Slater. Höchstpersönlich.«

»Aber warum?«

Ich zucke die Achseln. »Das weiß ich genauso wenig wie du.«

»Na los, erzähl mir alles … wie ist er? Ein Scheusal? Hatte er etwa auch einen Buckel?«

»Na ja, so was in der Art, aber ich fürchte, dass das mehr in sexueller Hinsicht zu verstehen ist.«

»Soll das heißen, du warst mit ihm in der Kiste?« Ihre perfekt gezupften Augenbrauen schießen in die Höhe.

»Natürlich nicht, du Dummerchen. Aber ich würde ihn nicht von der Bettkante stoßen. Er ist echt scharf … nein, ist er nicht, er ist ein Schwein.«

»Ein Schwein, und auch noch scharf.« Tanja seufzt. »Genau, wie ich sie mag. Wie wäre es, wenn ich mit ihm in die Kiste steige, wenn dir das unangenehm ist? Ich könnte dir dann ein paar kompromittierende Fotos besorgen, mit denen du ihn erpressen kannst.«

»Tut mir Leid, Louis will das bereits übernehmen. Du hättest ihn heute Abend mal erleben sollen. Er ist ständig in die Küche und wieder raus gerannt, wie ein Aufziehmännchen. Seine Zunge hing so weit heraus, dass er sich die Schuhe damit hätte ablecken können. Und von wegen Slater ins Essen spucken – alles wie weggeblasen. Er hat ihm sogar eine Extraportion Krabben gebracht und ihm die besten Happen aus dem Obstsalat herausgepickt – er hat ihn mit der Zunge serviert statt mit einem Löffel. Er sah so appetitlich aus, dass er zum Essen fast zu schade war. All die kleinen Sternenfrüchte, mit denen er die Schale liebevoll dekoriert hatte …«, ereifere ich mich sarkastisch.

»Jetzt hab ich's. Wie wäre es, wenn du es doch mit ihm machst? Du weißt schon, ihm die Mieterhöhung in Naturalien zahlst.«

»Eher sterbe ich.« Ich setze mein beleidigtes Märtyrergesicht auf.

»Ich kann mir Schlimmeres vorstellen.« Tanya zwinkert mir zu. »Du hast bereits zugegeben, dass du ihn nicht von der Bettkante stoßen würdest, nur weil er im Bett Kekse isst. Obwohl mir weit bessere Dinge einfallen, an denen man im Bett knabbern kann … Nein, mal im Ernst, wenn du etwas mit ihm anfängst, vergisst er die Mieterhöhung vielleicht.«

»Soll ich etwa meinen Körper verkaufen!«, entgegne ich entrüstet.

»Besser als dein Restaurant. Außerdem würdest du deinen Körper nicht verkaufen, sondern ihn nur verleihen.«

»Jetzt komm schon, Tan, ich brauche einen ernsthaften Vorschlag … Ich werde einfach die Preise anheben.«

»Dann bleiben die Gäste weg.«

»Die Gehälter kürzen!«

»Klar, ausgerechnet du! Ich kenne dich, du hast ein großes, weiches Herz. Die einzige in diesem Restaurant, die am Monatsende mit weniger dastehen würde, wärst du …«

»Mein Auto verkaufen?«

»Du hängst an dieser Kiste. Außerdem brauchst du keine einmalige Finanzspritze, die würde nicht lange reichen … Eine Fleischspritze dagegen …«

»Tanya, du bist furchtbar!«

»Hast du eine bessere Idee?«

Ich schweige.

»Also wird dir nichts anderes übrig bleiben, als mit ihm zu schlafen.«

»Entweder das oder ich vergifte ihn, wenn er das nächste Mal zum Essen kommt.« Ich schneide eine Grimasse.

»Na ja, wenn du nicht mit ihm schlafen, sondern ihn sowieso vergiften willst, kann ich dann mal mit ihm schlafen, bevor du ihn um die Ecke bringst?«

»Tanny, du hast den Kerl doch noch nie gesehen!«

»Ich weiß.« Sie grinst und beißt herzhaft in eines meiner Brote. »Aber wenn du auf ihn stehst, dann muss er verdammt gut sein.«

»Ich sagte nicht, dass ich auf ihn stehe!«

»Nicht in Worten, aber du musst es auch gar nicht *sagen*, Kindchen«, nuschelt sie, den Mund voller Schinken und Leerdamer. »Ich errate es auch so.«

»Nur weil ich sagte, er sei scharf, bedeutet das noch nicht, dass ich den Kerl auch haben will. Ich meine, ich gebe gerne zu, dass äh … Catherine Zeta Jones … scharf ist, und das würde ich jedem ins Gesicht sagen, aber das bedeutet doch nicht, dass ich mit ihr ins Bett gehen will.«

»Nein, dafür bist du viel zu straight.«

»Was soll ich nur machen, Tan? Ich habe so hart dafür gearbeitet, dieses Restaurant aufzubauen. Und dann kommt einfach dieser Kerl und droht damit, mir alles wegzunehmen.«

»Warum hängst du die Plackerei nicht einfach an den Nagel, suchst dir einen reichen Mann und gibst dich dem Luxusleben hin?«

»Und worin finde ich dann meine Erfüllung?«

»Machst du Witze? Weißt du, wie viele Frauen sich so ein Leben wünschen und es dann auch kriegen? Das ist, als würde man bei der Beziehungsolympiade Gold gewinnen.«

»Tja, mein Stil ist das sicher nicht. Wenn der Mann erfolgreich ist, umso besser, aber ich meine doch, das Einzige, was man von einer Beziehung erwarten sollte, ist eben das... eine Beziehung... und keine Rückzugsmöglichkeit von harter Arbeit, persönlichem Ehrgeiz oder der Notwendigkeit einer eigenen Altersvorsorge.«

»Das ist das Problem«, scherzt Tanya, »ich gebe eben lieber das Geld anderer Leute aus. Es macht mir keinen Spaß, mein eigenes auszugeben!«

»Ich weiß doch, dass du das nicht ernst meinst!«

»Vielleicht nicht ganz, aber ich bin nicht so versessen darauf, unabhängig zu sein, wie du. Wenn ein Mann ankäme, der mich mit Sparkonten und Goldcards überhäufen will, würde ich glaube ich nicht zu verbissen darauf bestehen, weiter mit meinen Büropumps fest im Leben zu stehen.«

Tanyas Lebensziel mag darin bestehen, einen Mann mit unbeschränktem Kredit zu finden, aber das entspricht nicht unbedingt meinem Ideal von Unabhängigkeit. Sein ganzes Leben ist man anderen gegenüber verantwortlich. Als Kind sind es Eltern, Geschwister, Lehrer; als Erwachsener sind es immer noch Eltern und Geschwister. Die Lehrer sind glücklicherweise nur noch eine verschwommene Erinnerung, doch wenn man nicht aufpasst, werden sie durch etwas weitaus Schlimmeres ersetzt – Vorgesetzte. Das ist einer der Gründe, warum ich mich selbständig gemacht habe. Leider musste ich seither erfahren, dass es da draußen immer noch Leute gibt, die nur darauf warten, einem zu sagen, was man zu tun und zu lassen hat. Tatsache ist, dass meine Liste gewaltig angewachsen ist; jetzt mischen sich nicht nur behördliche Wichtigtuer bei mir ein, sondern auch noch ein Koch, im Vergleich zu dem alle früheren zahme, fügsame Strammsteher waren.

Und nun habe ich auch noch einen Kerl am Hals, der versucht, mir die Suppe zu versalzen.

Von mir aus soll er ruhig Anlauf nehmen und in einen Bottich voller kalter, klebriger Kuhfladen klatschen. Zugegeben, das Gebäude gehört ihm. Zugegeben, ich habe dem bisherigen Vermieter eine extrem niedrige Miete gezahlt, weil er meinen Hintern, meinen Hauswein und meinen handgemachten Hefezopf gleichermaßen zu schätzen wusste – aber nur Letztere in die Hände bekam, ehrlich. Zugegeben, es ist gut möglich, dass es durchaus vernünftig wäre, mit einer Mieterhöhung zu rechnen, und zugegeben, ich hätte deren Vorboten gegenüber vielleicht nicht ganz so grob sein sollen, doch wenn man in unserer Ellenbogengesellschaft ums Überleben kämpft, dann kann man verdammt noch mal am wenigsten von einer jungen Frau erwarten, dass sie vernünftig ist.

Außerdem steht immer noch das Gerücht über den Abriss im Raum. Er könnte mich ganz leicht rausekeln und dann hereinspazieren und mein geliebtes Tate's auseinander nehmen, es in eine piekfeine Prunkvilla für irgendeinen schnieken Schnösel verwandeln. Vielleicht hat Tanya ja Recht, und diese Situation verlangt nach drastischen Maßnahmen, nach Attacken unter der Gürtellinie. Meine Entschlossenheit wächst.

»Dein Körper ist deine Waffe«, erklärt Tanya mir, als könne sie Gedanken lesen.

»Verdrehst du da nicht etwas? Ich dachte, es heißt, mein Körper ist mein Heiligtum.«

»Okay, mein Körper ist mein Heiligtum«, wiederholt Tanya. »Also zieh deine Schuhe aus und tritt ein!«

»Ich habe es satt, mir von anderen vorschreiben zu lassen, was ich tun soll«, erkläre ich entschlossen und übergehe ihren Spruch.

»Och, ich weiß nicht, im richtigen Moment kann das echt Spaß machen.«

»Dreht sich denn bei dir *alles* um Sex?«

Tanya neigt den Kopf und denkt einen Moment nach. »Yep«, antwortet sie schließlich. »Und Shoppen … Es ist schwerer, in seichtem Wasser zu ertrinken«, fügt sie scherzhaft hinzu.

Kapitel 4

Tanya ist mit einem ihrer glühenderen und solventeren Verehrer in eine Woche Luxus entschwebt: sieben Tage Verhätscheln pur auf den Bahamas. Wäre sie nicht eine meiner besten Freundinnen, ich könnte wirklich und wahrhaftig anfangen, sie zu hassen. Eine Woche Erholung und Entspannung unter strahlender Sonne wäre jetzt genau das Richtige für mich. Denn obwohl wir gerade den längsten Tag hatten und es jetzt offiziell Sommer ist, ist das Wetter immer noch eindeutig mies.

Ich bin total am Ende. Ich scheine hauptsächlich zu schuften oder schwarzzusehen – oder beides gleichzeitig, was bei weitem schlimmer ist.

Ich sehe schwarz, weil Stuart mit u zu einem festen Bestandteil in Grace' Leben zu werden droht. Ich sehe schwarz, weil mir der Verlust des Tate's droht, das abgesehen von meinen Freunden der einzige feste Bestandteil in *meinem* Leben ist. Wenn mir nicht bald etwas einfällt, um die angekündigte Mieterhöhung zu verkraften, befürchte ich, dass es einen traurigen Abschied von zwei Jahren großer Mühen geben wird; liebevoller Mühen, von denen Abschied zu nehmen mir das Herz brechen würde.

Heute nieselt es wieder, was bestens zu meiner Stimmung passt. Also laufe ich zum Floristen nebenan, um nicht nur das Restaurant mit frischen Blumen aufzuheitern, sondern hoffentlich mich gleich mit. Als ich, den Arm voller leuchtend gelber Narzissen, aus dem Geschäft trete, entdecke ich ein bekanntes Gesicht, das aus der Tür des benachbarten Antiquitätenhändlers kommt. Ich schnappe nach Luft und ziehe mich hastig in die relative Sicherheit und Anonymität des Geschäftseingangs zurück.

Dan Slater.

Er ist in Begleitung zweier Anzugträger, und einer der Männer lässt gerade einen großen Zollstock in der Innentasche seines Boss-Jacketts verschwinden. Was zum Teufel treiben die hier?

Ich schleiche mich näher heran, beziehe hinter einem großen, günstig stehenden Lorbeerbaum Stellung und gebe vor, mich für einen Eimer Nelken zu interessieren. Ich kann gerade so aufschnappen, was sie sagen, solange kein Auto vorbeifährt. Der Mann mit dem Zollstock wendet sich an Dan Slater.

»Du hast Recht, er ist perfekt. Ich glaube, das kommt richtig gut. Und beschädigt wird auch gar nicht so viel.«

Leider ist das alles, was ich erlauschen kann, bevor ein großer Laster lautstark vorbeirumpelt und ich das Gleichgewicht verliere, weil ich mich zu weit vorgebeugt habe, um besser zu hören. Fast wäre ich mit einem Ohr in dem zurechtgestutzten Lorbeerbaum hängen geblieben. Dafür stecke ich nun mit dem Gesicht in den Nelken. So verdecken die tiefroten Blumen wenigstens mein tiefrotes Gesicht, und ich entgehe haarscharf einer Entdeckung, als Dan Slater und sein Gefolge direkt an mir vorbeimarschieren. Kaum ist der letzte be-bosste (und ziemlich muskulöse – hey, als Frau achte ich auf so was) Hintern aus meinem geblümten Blickwinkel verschwunden, stürze ich Narzissen streuend zurück zum Tate's und platze Türen schlagend und hochdramatisch in die Küche.

»Du errätst nie, wen ich gerade beim Antiquitätenhändler nebenan gesehen habe!«, schnaufe ich asthmatisch und stütze mich mit der freien Hand auf den Tisch, um wieder zu Atem zu kommen.

»Dan Slater«, erwidert Mel prompt und steckt ihren Bestellblock in die Tasche ihrer weißen Kellnerschürze. »Mit zwei anderen Typen.«

»Woher weißt du das?«

»Sie sind gerade ins Restaurant gekommen.«

»Du machst Witze!«, kreische ich und lasse den Rest der tropfenden Narzissen auf die Terrakotta-Fliesen fallen.

»Ich weiß schon, ich weiß«, seufzt Mel und steckt auch ihren Stift weg. »Er ist der Feind und muss deshalb umgehend aus dem Restaurant entfernt werden.«

»Von wegen!« Ich knie nieder, sammle die Blumen auf und lege sie ins Spülbecken, das ich mit kaltem Wasser fülle.

»Was sagst du da?« Überrascht sieht sie mich an.

»Wo sitzen sie?«

»Na ja, ich habe ihnen noch keinen Tisch zugewiesen. Dachte, ich hole erst die Erlaubnis ein!«, fügt sie trocken hinzu.

»Und wo sind sie jetzt?«

»Sie nehmen einen Drink an der Bar. Warum?«

»Setz sie in den hinteren Alkoven. Ist er frei?«

»Ja. Die zwei Turteltauben, die dort gesessen haben, sind gerade gegangen. Der Himmel weiß, wie sie es geschafft haben, überhaupt etwas zu essen. Ihre Münder hatten sich die letzten anderthalb Stunden aneinander festgesogen. Aber es ist schön, zwei so glückliche Menschen zu sehen.«

»Vermutlich«, murmle ich geistesabwesend.

»Genau, dann bekomme ich nämlich mehr Trinkgeld! Die beiden haben mir einen Zwanziger gegeben! Keine Ahnung, ob sie in Spendierlaune waren oder nur so ineinander verschlungen, dass sie es nicht einmal bemerkt hätten, wenn sie mir ihr ganzes Geld dagelassen hätten! Apropos Aufmerksamkeit«, stichelt Mel, »hörst du mir überhaupt zu?«

»Nein«, entgegne ich wahrheitsgemäß. »Tut mir Leid, Mel, aber ich habe gerade gesehen, wie Dan Slater und sein Hofstaat mit einem Zollstock aus dem Antiquitätengeschäft marschiert sind.«

»Wirklich?«, fragt sie, nun ebenfalls beunruhigt. »Was führen sie deiner Meinung nach im Schilde?«

»Ich bin mir nicht sicher, aber ich werde es verdammt noch mal herausfinden. Bring sie an ihren Tisch, Mel, und lass es mich wissen, wenn sie sitzen.«

Fünf Minuten später gibt Mel mir das vereinbarte Zeichen und ich schleiche mich heimlich hinter die Bar, deren entferntes Ende bestens als Lauschposten geeignet ist, da man dort nicht gesehen werden kann. Ich drehe die Musik etwas leiser und fange an, langsam ein Tablett Gläser zu polieren.

Die erste Stimme, die ich höre, ist mir fremd. »Ich glaube, du kannst wirklich froh sein, so etwas gefunden zu haben, er ist wirklich ideal.« Das muss der Dritte im Bunde sein. Der, der draußen nichts gesagt hat.

»Ja, ich habe Ewigkeiten nach so etwas gesucht.« Diese Stimme erkenne ich sofort. Meine Nemesis. Dämon Dan. »Glaubt ihr, ihr könnt die Arbeiten termingerecht durchführen?«

»Klar, kein Problem.« Ich erkenne die Stimme des Mannes mit dem Zollstock wieder. »Zwei Monate hast du gesagt, oder?«

»Wir haben ein bisschen mehr Zeit. Ich habe beschlossen, bis nach dem Sommer zu warten, um die Wohnungen auf den Markt zu werfen, sagen wir September.«

Mel, die viel zu neugierig ist, um der Versuchung zu widerstehen mitzulauschen, ergreift meinen Arm. Mit offenem Mund sehen wir uns an.

»Wohnungen!«, hauche ich entsetzt.

Mel bringt mich mit einem »Pst« zum Schweigen, als Dan Slater erneut zum Sprechen ansetzt. »Aber genug von der Arbeit. Lasst uns das Essen genießen. Das ist nämlich echt gut hier.«

»Na, wenn es so appetitlich ist wie die Bedienung …« Der andere Mann lacht anerkennend. »Die ist umwerfend. Sieht aus wie Scary Spice.«

Bei diesem Kompliment verwandelt sich Mels Stirnrunzeln in ein breites Grinsen.

»Ja, sie ist süß, nicht wahr? Aber ob ihr es glaubt oder nicht, die Inhaberin ist auch nicht von schlechten Eltern.«

War das wirklich Dan Slaters Stimme? Mit hochgezogenen Brauen sehe ich die immer noch grinsende Mel an. Dan Slater hat mir gerade ein Kompliment gemacht. Ich schwanke zwischen dem Verlangen, mich lächerlich geschmeichelt zu fühlen und ihm mit der Linken einen Haken zu versetzen.

»Wirklich?« Wieder der Zollstockmann, und er lacht.

»Yep. Reagiert mit einem großen R wie Rotzfrech!«

Ich schwanke nicht mehr. Jetzt frage ich mich nur noch, womit ich ihm am besten eine verpasse.

Dan spricht immer noch. »Letzte Woche hat sie Edina Mason am Telefon dazu gebracht, in die Luft zu gehen. Ihr wisst doch, wie viel sie sich darauf einbildet, in jeder Situation so beherrscht und bedächtig zu sein …«

Unfähig, mich noch länger zurückzuhalten, stürze ich, Melanie auf den Fersen, in die Küche und stoße das Kreischen aus, das ich mühsam unterdrückt hatte.

»Alles in Ordnung?«, fragt Mel besorgt, als ich an den Küchentisch sinke und den Kopf in den Händen vergrabe.

Ich schüttle den Kopf.

»Vielleicht hast du ihn falsch verstanden.«

Ich werfe Mel einen vernichtenden Blick zu. »Wenn es sich für dich nicht danach angehört hat, als wollten sie den Komplex hier in Wohnungen umwandeln, wonach dann?«

»Ooh, ich weiß, es hat sich schlimm angehört, hm? Aber du hast nur einen Teil des Gesprächs aufgeschnappt …«

Mel entscheidet, dass es wohl keine gute Idee ist, diesen

Punkt weiterzuverfolgen. »Soll ich mit dem Servieren weitermachen?«, fragt sie verunsichert.

Niedergeschlagen lächle ich ihr zu. Natürlich soll sie servieren. Und zwar mir. Die Drei. Auf einem Silbertablett. Wie auf Kommando sehe ich Daniel Slater vor mir, mit gebundenen Händen und einem großen, roten Apfel im Mund, und ich piekse ihn mit einem Metallspieß in eine besonders schmerzhafte Gegend.

»Ja, du kannst weitermachen mit dem Servieren«, antworte ich schließlich. »Aber sei bitte so gut und vergiss nicht, eine Menge Arsen über ihre Vorspeisen zu kippen, okay?«

Aus irgendeinem Grund gebe ich mir mit ihrem Essen besondere Mühe. Vielleicht bilde ich mir unbewusst ein, dass es ihnen widerstrebt, das Restaurant zu schließen, wenn ihnen klar wird, wie gut es ist. In meinem Innern jedoch brodelt es stärker als das Bœuf Bourguignon, das ich im Ofen habe. Und als Mel hereinkommt, um mir zu sagen, dass sie aufbrechen, kann ich mich nicht länger beherrschen. Ich laufe Daniel Slater hinterher. Er hat gerade seinen Mantel angezogen und geht als letzter zur Tür.

»Entschuldigen Sie.« Ich klopfe ihm auf die Schulter. Hart.

Überrascht dreht er sich um.

»Die durchgeknallte Inhaberin möchte sie kurz sprechen.«

Es macht mich noch wütender, als ein Lächeln seine Lippen umspielt. »Hier scheinen die Wände Ohren zu haben«, erwidert er offensichtlich amüsiert, und seine blau-grauen Augen funkeln.

»Darauf können Sie Gift nehmen!«, fauche ich. Meine Wut ist inzwischen größer als die Scham, die ich jetzt empfinden könnte, weil ich gelauscht habe. »Und ich weiß auch genau, was Sie im Schilde führen!«

»Ach ja?«

»Ja! Einfach mit ihren kriecherischen Handlangern hier anzutanzen! Sie glauben wohl, Sie bekommen immer Ihren Willen, was? Da sind Sie bei mir an der falschen Adresse, Freundchen! Auf keinen Fall lasse ich zu, dass Sie das Tate's in einen überteuerten Zweitwohnsitz für einen Trottel mit überzogenem Ego verwandeln.«

Das Lächeln verschwindet. »Wie bitte?«

»Sie haben schon verstanden. Wenn Sie glauben, Sie können mein Restaurant einfach so zumachen, dann haben Sie sich geirrt. Ich habe hart dafür geschuftet, und ich bin verdammt stolz darauf. Ich werde nicht zulassen, dass ein dahergelaufener, Geld scheißender, engstirniger Geschäftsmann mir das alles wegnimmt!«

Die blau-grauen Augen blicken jetzt alles andere als amüsiert; genau genommen wirken sie sogar ziemlich kalt. »Ich schlage vor, dass Sie erst einmal den Sachverhalt durchschauen, bevor Sie unbegründete Anschuldigungen erheben, Miss Tate.«

Jetzt spricht der formelle, total souveräne Geschäftsmann, und o Mann, was finde ich ihn einschüchternd. Nicht einschüchternd genug, um mich an einer Antwort zu hindern, doch bevor ich auch nur den Mund aufmachen kann, hat er sich bereits umgedreht und das Restaurant verlassen. Ich starre mit offenem Mund auf die geschlossene Tür.

»Unverschämt!«, platze ich heraus und übersehe die Tatsache, dass mein verbaler Angriff gegen den Mann vor allen meinen Gästen auch nicht gerade als höflich gelten kann.

Alle meine Gäste … Oje …

Als ich mich umdrehe, sehe ich die Blicke *aller meiner Gäste* unverblümt auf mir ruhen. Mein Gesicht überzieht sich mit einer tiefen Röte, als sie langsam, einer nach dem anderen anfangen zu klatschen, und unter lautem Beifall haste ich hochrot zurück in die Küche.

Am nächsten Morgen weckt mich ein Anruf von Gray. »Was hast du am Wochenende vor?«, fragt sie nach einer kurzen Begrüßung.

»Arbeiten, wie üblich«, erwidere ich gähnend und schäle mich aus der Decke. »Warum?«

»Wir würden dich gerne am Samstag zum Abendessen einladen.«

»Wir?«

»Stuart und ich. Wir dachten, es wäre nett, wenn du ein paar von Stuarts Freunden kennen lernst.«

»Soll das heißen, er hat welche?«

Die Bemerkung prallt glatt an Gray ab. Sie bricht in schallendes Gelächter aus. »Ollie, du bist vielleicht eine Nummer! Ich habe versucht, Tan anzurufen, aber sie ist nicht da.«

»Sie ist verreist.«

»Oh.« Gray hört sich enttäuscht an. »Das hat sie mir gar nicht gesagt.«

»Na ja, du warst in letzter Zeit ein bisschen …«, ich suche nach den richtigen Worten, »… sagen wir, schwer erreichbar.«

»Viel beschäftigt trifft es besser.« Gray kichert lüstern, ihre Stimme trieft vor sexuellen Andeutungen. »Ich habe euch ein bisschen vernachlässigt, hm? Das ist einer der Gründe für das Abendessen. Wo ist sie hingefahren?«

»Der Reiche hat sie auf die Bahamas eingeladen.«

»Welcher genau? Ich dachte, sie wären alle reich.«

»Nicht alle.«

»Wenn er nicht begütert ist, muss er andere Qualitäten haben, hm? Ich weiß doch, worauf Tanya Wert legt.«

»Ein großes Vermögen …«

»Oder einen großen Schwanz!«, beendet sie Tanyas Motto an meiner Stelle. »Na, ich Glückskind, ich scheine einen Mann mit beidem gefunden zu haben.«

»Ja«, seufze ich. »Nur schade, dass er keine Persönlichkeit hat.«

Wieder lacht Gray schallend. »Also wirklich, Ol, du bist zum Schießen. Das mit Tanya ist schade, jetzt fehlt mir eine Person.«

»Hast du Louis gefragt?«

»Würde ich ja, aber ich brauche eine Frau.«

»Na ja, dann passt es doch fast… Willst du mir etwa sagen, dass ihr diese Nummer Männlein/Weiblein, Männlein/Weiblein durchzieht? Können wir uns nicht wie sonst ganz zwanglos treffen?«

»Bloß nicht! Das ist meine erste Dinnerparty mit Stuart. Die will ich richtig aufziehen.«

»Das wird er dir übel nehmen.«

»Louis versteht das schon… Ich hebe ihm was vom Nachtisch auf.«

»Oh, dann ist ja alles gut«, spotte ich.

»Na ja, wenn ich jemanden für ihn wüsste, wäre es was anderes, aber ich fürchte, dass Stuarts Freunde alle ziemlich straight sind.«

»Das glaube ich gern«, entgegne ich trocken. Die ersten Worte von Grays letztem Satz dringen langsam in meinen müden Schädel vor. »Moment mal… Du versuchst doch nicht etwa, mich zu verkuppeln?«

»*Moi?*« Gray spielt die Ahnungslose. »Würde ich so etwas jemals tun?«

»Ja.«

»Aber ich kann dich doch gar nicht verkuppeln, nicht wahr? Ich meine, ich kann dich nicht dazu zwingen, einem Mann um den Hals zu fallen, nur weil ich dich beim Essen neben ihn setze. Doch als deine Freundin kann ich die Tür zu den Naschereien ein bisschen weiter aufstoßen – damit du ein bisschen in der Dessertkarte blättern kannst.«

»Die einzige Dessertkarte, in der ich blättere, ist die vom Tate's«, murre ich. »Wie ich schon sagte, Gray, ich muss arbeiten.«

»Aber du bist die Chefin, Ollie.« Grace schlägt einen flehenden Ton an. »Bitte, bitte, kannst du dir nicht einen Abend freigeben? Ich wünsche mir so, dass du kommst. Du bist meine *älteste* und *besteste* Freundin auf der ganzen Welt. Ohne dich wäre es nicht das Gleiche, absolut nicht.«

»Das ist seelische Erpressung, Gray.«

»Ich weiß«, antwortet sie fröhlich. »Funktioniert's?«

»Na gut«, entgegne ich ungnädig. »Ich bin dabei. Wann und wo?«

»Bei mir, punkt acht Uhr. Komm nicht zu spät.«

»Soll ich was mitbringen?«

»Musst du nicht.«

»Vielleicht eine widerlich fette Nachspeise?«

»Alles im Griff. Bring nur dich mit und komm nicht zu spät«, wiederholt sie. »Ich kenne dich.«

Samstagabend. Ich überlasse Louis das Restaurant. Er schmollt, weil Grays Einladung ihn nicht mit einschließt. Ich dagegen schnappe mir ein Taxi zu Grays Reihenhäuschen in Islington.

Ich komme zu spät. Aber ich komme immer zu spät, und ich gestehe, dass ich insgeheim längst davon ausgehe, dass andere Leute damit rechnen und es mir zugestehen.

Als ich endlich eintreffe, sitzen schon alle beim ersten Gang, heißen Garnelen mit Salsasoße – ein Rezept, das Gray von meiner Speisekarte stibitzt hat. Mein Stuhl ist anklagend leer und befindet sich obendrein in der Mitte des langen Tisches, an dem jetzt zwölf Personen sitzen, und zwar immer abwechselnd Männlein/Weiblein, wie angedroht. Doch ich fühle mich gleich etwas besser, als ich entdecke, dass der Stuhl zu meiner Linken ebenfalls noch leer ist.

»Ich bin also nicht die Letzte«, flöte ich stolz, als Gray mich ins Zimmer schiebt, nachdem sie mich mit leicht verzweifeltem Gesichtsausdruck eingelassen und hastig auf beide Wangen geküsst hat.

»Tut mir Leid, meine Liebe, aber der Inhaber *dieses* Stuhls war pünktlich.« Stimme und Gesicht sind ein einziger Vorwurf. »Er ist wahrscheinlich nur gerade mal für kleine Jungs.« Sie schiebt mich ins Zimmer wie eine herrische Grundschullehrerin einen widerstrebenden Neuankömmling in die Klasse. »Ich würde dich gern vorstellen, aber ich fürchte, mein Ofen ruft.«

»Könnte ich dir nicht helfen?«, frage ich hoffnungsvoll, denn beim Anblick dieses Raumes voller Fremder fühle ich mich plötzlich etwas verzagt.

»Kommt nicht in Frage. Heute ist dein freier Abend. Du darfst dich der Küche nicht weiter als bis auf drei Meter nähern.«

»Es macht mir nichts aus, wirklich.«

»Bleib hier«, warnt Gray mich streng. »Unterhalte dich.«

Mit diesen Worten lässt sie mich stehen und verschwindet in der Küche, wobei ihr Rock um die Knie weht, nicht um die Knöchel, wie ich erleichtert vermelden kann. Also betrete ich das Esszimmer und quetsche mich an den bereits sitzenden Gästen vorbei, wie ein schuldbewusster Kinobesucher, der mitten im Showdown aufs Klo muss. Verlegen nehme ich Platz und lasse verstohlen meinen Blick durch den Raum schweifen, während ich so tue, als würde ich an meiner Serviette nesteln. Grays Dinnerparty für Freunde scheint mir eher eine Dinnerparty für Stuarts Freunde statt für unsere zu sein.

Bei näherem Hinsehen stellt sich heraus, dass mir drei Gesichter vertraut sind. Stuart, der mir grüßend zulächelt, als ich mich setze; die Frau zu seiner Linken, deren Name mir entfallen ist, die aber wohl mit Grace arbeitet; und Cornelia, die in ihren besten Momenten schon ein Mauerblümchen ist und jetzt noch verlegener wirkt als ich. Himmel, ich wünschte, Tanya und Louis wären hier. Ich habe so ein Gefühl, dass dieser Abend nicht besonders angenehm wird.

Der Mann zu meiner Rechten, der seiner Nachbarin gerade ein Glas Wein einschenkt, dreht sich lächelnd zu mir um. »Rot oder weiß?«, fragt er, bevor das freundliche Lächeln verschwindet und durch einen Blick ungläubigen Staunens ersetzt wird, der sich sofort auf meinem Gesicht spiegelt.

Meine Vorahnungen waren richtig.

»Sie!«, platzen wir gleichzeitig heraus, und mein entsetzter Gesichtsausdruck wird umgehend von meinem Wein ausschenkenden Nachbarn imitiert.

Ich sitze neben Dan Slater.

Ich bin versucht, mich zu kneifen, um zu sehen, ob ich schlafe und einen Alptraum habe. »Was zum Teufel machen Sie denn hier?«, zische ich einen Tick zu laut, sodass Stuart seine höfliche, wenn auch reichlich gestelzte Konversation mit Cornelia unterbricht und besorgt herübersieht.

»Essen«, entgegnet er frech, und wie zum Beweis stellt er die Weinflasche ab, ohne mein Glas gefüllt zu haben, und greift wieder zur Gabel.

»Das sehe ich«, gifte ich. »Ich frage mich nur, wie es kommt, dass Sie im Haus meiner besten Freundin zu Abend essen.«

Er hört kurz auf, Garnelen in seinen Mund zu schaufeln, und sieht mich mit hochgezogenen Brauen an. »Sie sind Grace' beste Freundin?«, spottet er laut. »Ich wusste ja, dass diese Frau zu gut ist, um wahr zu sein.«

»Was wollen Sie damit sagen?«, frage ich wutschnaubend.

Er legt die Gabel hin und sieht mich unverblümt an. »Sie ist bezaubernd, einfach perfekt. Die Sache musste einen Haken haben ... und *das sind Sie.*« Er lächelt süffisant und dreht sich dann zu der schönen, wenn auch etwas pferdegesichtigen Blondine zu seiner Rechten um. Er vertieft sich in ein Gespräch mit ihr und zeigt mir seinen breiten Rücken und eine absolut kalte Schulter. Ich starre mit offenem Mund auf besagten breiten Rücken, total verblüfft über die Unverschämtheit dieses Mannes. Zugegeben, nach der letzten Konversation – oder eher noch Konfrontation – hatte ich nicht wirklich eine vergnügliche Atmosphäre für unser nächstes Treffen erwartet, aber ich hatte auch nicht erwartet, mich aus Anlass eines Abendessens an seiner Seite wiederzufinden.

Ich denke gerade darüber nach, in einem Anfall kindlichen Zorns eine in Salsasoße getränkte Riesengarnele hinten in sein Ben-Sherman-Hemd zu stopfen, als sich jemand auf den leeren Stuhl links von mir gleiten lässt.

»Ah, ich hoffe, da sitzt die Frau meiner Träume«, flüstert eine raue Stimme.

»Wie bitte?« Ich drehe mich um und sehe mich einem äußerst gut aussehenden Mann gegenüber, der seinen überaus attraktiven Hintern auf den Stuhl platziert. Er hat wuscheliges, goldbraunes Haar und blitzende grüne Augen, die mich just in diesem Moment sehr freundlich anlächeln.

Unter uns gesagt, das hier hat mehr von einem Blind-Date als von einem Abendessen. »Die beiden da«, er deutet auf Stuart und Gray, die gerade zurückgekehrt ist, um warme Brötchen zu verteilen und ein Küsschen auf Stuarts Kopf drückt, als sie an ihm vorbeikommt. »Die beiden sind so verdammt glückselig und glücklich darüber, verlobt zu sein, dass sie meinen, für all die armen Singles unter ihren Freunden Cupido spielen zu müssen. »Ich hatte schon Angst, dass sie mich mit dem Blaustrumpf da drüben verkuppeln wollen«, er deutet mit einem Kopfnicken zu Cornelia, Grays Chefin, »aber jetzt hoffe ich, dass du es bist.«

Er reicht mir die Hand. »Ich bin Finn, Finnian Connelly.«

Er grinst mich entwaffnend an, die grünen Augen blitzen im Kerzenlicht. »Ich bin Journalist. Pass also besser auf, was du sagst. Ich bin eine schreckliche Plaudertasche.«

»Ollie Tate«, antworte ich und erwidere seinen Händedruck, der warm und fest ist.

Er hält meine Hand einen Sekundenbruchteil zu lang, bevor er sie loslässt und mich fragt: »Und wie passt du in dieses Szenario?« Er deutet mit einer langgliedrigen Hand auf den Tisch und die anderen Gäste.

»Ich bin Grace' beste Freundin – wir kennen uns, seit wir klein waren.«

Er lächelt nachdenklich. »Und was machst du jetzt, Ollie Tate? Mal abgesehen davon, Grace' beste Freundin zu sein?«

»Ich betreibe ein Restaurant in Battersea«, entgegne ich und werfe einen verstohlenen Blick über die Schulter zu Daniel Slater, der mir immer noch den Rücken zudreht. »Ein *sehr gutes* Restaurant!«, füge ich lauter hinzu.

»Ah… Schönheit, kulinarische Fähigkeiten und zweifelsohne freier Zugang zu ihrem eigenen Weinkeller. Ich glaube, du könntest wirklich meine Traumfrau sein.«

Just in diesem Moment taucht Grace mit einem Teller Garnelen auf und stellt ihn scheppernd vor mir ab. Wahrscheinlich ist sie immer noch angenervt, dass ich eine halbe Stunde zu spät gekommen bin.

»Und was ist mit dir? Wenn ich richtig verstanden habe, bist du ein Freund von Stuart. Kennst du ihn schon lange?«, frage ich Finn, als Grace zurück in die Küche stolziert ist, nachdem sie mir über die Schulter mehrere bedeutsame Blicke zugeworfen hat.

»Etwa fünf Jahre, glaube ich. Ich habe ihn kennen gelernt, als ich für ein Wirtschaftsmagazin arbeitete. Habe ihn für einen Artikel über junge, aufstrebende Geschäftsleute interviewt. Er ist ein netter Kerl, ein bisschen gesetzt vielleicht, aber sehr zuverlässig. Wir haben beide eine Leidenschaft für Autos. Ich fahre gern schnell, und er bastelt gern unter der Haube herum.«

»Und wahrscheinlich kennst du *den* da auch.« Ich deute mit dem Kopf auf den Blödmann hinter mir.

»Dan Slater? Ja, ich kenne ihn, aber nicht näher. Er ist im Vorstand von Stuarts Unternehmen. Ich wollte ihn auch interviewen, aber er hat mich hingehalten. Hat wahrscheinlich zu viele zwielichtige Deals unter Verschluss, um einen Journalisten in seine Büros zu lassen.«

»Wirklich?«, hake ich interessiert nach.

»Reine Spekulation, meine Liebe.« Finn strahlt zufrieden. »Aber ich ziehe es vor, immer das Schlechteste von den Menschen zu denken, das verkauft sich besser. Ehrlich gesagt, weiß ich nicht viel über den Mann. Unsere gesellschaftlichen Kreise gleichen in etwa den olympischen Ringen.« Mit den Händen malt er zwei sich überschneidende Kreise in die Luft. »Deshalb neigen wir dazu, auf Partys übereinander zu stolpern, aber mehr auch nicht.«

»Könntest du ihm beim nächsten Stolpern nicht gleich einen Tritt verpassen, damit er aus dem Fenster fliegt oder so etwas«, murmle ich.

Finn, der gerade an seinem Wein nippt, schafft es mühsam, ihn nicht wieder auszuspucken, als er vor Lachen losprustet. »Er ist eigentlich ein netter Kerl.«

»Aus irgendeinem Grund fällt es mir schwer, das zu glauben.«

»Er hat eine ganze Menge Geld investiert, um Stuart auf die Beine zu helfen – als stiller Teilhaber, sozusagen.«

»Oh, wie uneigennützig von ihm«, erwidere ich sarkastisch. Wütend starre ich auf Dans breite Schultern – ein Windfang, der nicht eine kühle Brise, sondern jegliche Wärme blockiert, die dieser Mann je ausstrahlen könnte. Ich wette, er hat sichergestellt, dass seine Investitionen einen verdammt hohen Gewinn ausschütten.

»Hast du irgendwelche stillen Teilhaber, Ollie Tate?«

»O nein. Ich trage die Verantwortung ganz allein«, erwidere ich laut, mehr in Dämon Dans Richtung als in Finns. »So mag ich es lieber.«

»Das ist nicht die Art stiller Teilhaber, die ich meinte.«

Ich sehe von Dan wieder zu Finn, der mir verstohlen zuzwinkert. Ein kokettes Lächeln breitet sich langsam auf seinem Gesicht aus. Bevor ich Gelegenheit habe, mir eine passende, geistreiche Antwort auszudenken, ist Grace zurück. Sie schnappt sich meinen Teller, bevor ich auch nur eine Garnele essen konnte. Dann schnappt sie mit der freien Hand auch noch meinen Arm, um mich hochzuziehen.

»Ollie, meine Liebe, würde es dir etwas ausmachen, mir in der Küche ein bisschen zur Hand zu gehen?«

»Aber ich dachte, du hast mir verboten ...«

»Ab in die Küche, Ollie«, zischt sie. »Sofort!«

Wie kann ich mich einer solchen Order widersetzen? Ich stehe auf und folge ihr.

»Was ist los?« Sobald wir in Grays blitzblanker Küche sind, blicke ich mich nach dem kulinarischen Desaster um, um dessentwillen sie mich bestimmt geholt hat. Doch weder steigt aus dem Ofen Rauch auf, noch ist ihr ein Soufflé auf den Boden geklatscht.

Grace wirkt plötzlich etwas verlegen. »Tut mir Leid, Kleines, aber du musst mir einen Gefallen tun.«

»Ach so. Jetzt sag nicht, ich soll dir eine widerlich gehaltvolle Nachspeise zaubern, damit du behaupten kannst, du hast sie selbst gemacht.«

»Nicht ganz. Es geht um Finn.«

»Was ist mit ihm? Bitte erzähl mir nicht, er ist schwul. Louis kriegt immer die gut aussehenden Männer ab.«

Gray fängt schallend an zu lachen. »Finn und schwul? Das glaube ich nicht! Aber falls er es wäre, säße *sicher* Louis neben ihm.«

»Wo also liegt das Problem?«

»Du sollst aufhören, ihn so mit Beschlag zu belegen. Ich versuche, ihn mit Cornelia zusammenzubringen.«

»Cornelia? Ah. Dann hatte er also doch Recht.«

»Hat er es etwa bemerkt?«

»Na ja, du gehst nicht gerade subtil vor, Gray.«

»Also, wenn er es weiß, was hält er deiner Meinung nach von der Idee?«

»Ich fürchte, er ist nicht gerade sehr angetan.«

»Bist du sicher?«

»Er hat sie Blaustrumpf genannt.«

»Oh. Na ja, das heißt ja noch nicht, dass er sie nicht mag.«

»Nicht?«

»Du bist nicht gerade hilfreich. Ich setze dich neben den absolut knackigsten Kerl im Zimmer, kannst du also nicht ein bisschen mit ihm reden?«

»Du meinst Dan Slater!«, kreische ich. »Einen glückseligen Moment lang war es mir fast gelungen zu verdrängen, dass er hier ist!«

»Kennst du ihn etwa?«

»Ihn kennen! Der ist doch das Schwein, das versucht, mir das Tate's wegzunehmen.«

»Dan? Aber nicht doch! So etwas würde er nie tun, er ist zauberhaft.«

»Seine verdammte Firma hat das Gebäude gekauft. Was zum Teufel hat er hier zu suchen, Gray?«

»Er ist mit Stuart befreundet. Na ja, eigentlich kennen sie sich von der Arbeit. Bis auf das Geschäftliche haben sie nicht so viel gemeinsam. Aber ich finde ihn zauberhaft, also habe ich darauf bestanden, ihn einzuladen. Ich brauche so viele begehrte Junggesellen, wie ich nur in die Finger bekommen kann!«

Mir schwant Furchtbares. »Er ist doch nicht etwa derjenige, den du mit mir … du weißt schon.«

»Verkuppeln willst? Dan? Nein … Dan hat eine Freundin. Na ja, das stimmt nicht ganz; genau genommen hat Dan mehrere Freundinnen. Ich glaube, er ist lose mit Miranda liiert – die dort neben ihm sitzt –, obwohl sie wohl mehr von ihm will, wenn ich das richtig verstanden habe. Aber das ist auch nur zu verständlich, er ist einfach zauberhaft, findest du nicht?«

»Das ist nicht gerade das erste Wort, das mir einfallen würde, wenn ich ihn beschreiben sollte«, grolle ich.

»Ach. Was dann?«

»Arrogant.«

Gray nickt. »Sehr. Aber auf eine verdammt attraktive Weise.«

»Selbstgefällig.«

»Aber unglaublich scharfsinnig.«

»Egoistisch.«

»Dazu hat er allen Grund.«

»Rücksichtslos.«

»Ich weiß, ist das nicht unglaublich sexy?«

»Himmel, Gray. Du bist ja ein One-Woman-Fanclub.«

»Tja, wenn ich nicht vorher Stuart getroffen hätte …« Sie zwinkert mir zu.

Typisch. Tanya und ich haben uns einen abgebrochen, um jemanden aufzutreiben, der Gray davon überzeugt, dass Stuart viel eher der langweilig Falsche als der wunderbar Richtige ist, und schließlich gesteht sie, ausgerechnet auf den Kerl zu fliegen, den ich ihr selbst dann nicht wünschen würde, wenn sie die zwei einzigen fruchtbaren Menschen wären, die auf diesem Planeten übrig sind.

Zurück auf meinem Platz, fällt mir ein, dass ich Gray gar nicht gefragt habe, mit wem sie eigentlich *mich* verkuppeln will.

Inzwischen hat Gray Finn auf nicht allzu subtile Weise vorübergehend auf den Stuhl neben Cornelia verfrachtet. Er war plötzlich frei geworden, indem sie Stuart unter falschem Vorwand in die Küche geschickt hat. Das bedeutet, dass jetzt ich einen leeren Platz neben mir habe, und obendrein das schreckliche Gefühl, dass er nicht lange leer bleiben wird. Nachdem Gray also einen fluchtbereiten Finn neben den »Blaustrumpf« verfrachtet hat, besteht kein Zweifel daran, dass sie meinen eigenen »Anwärter« in Sicht bringen wird. Ich sehe mich am Tisch um und versuche herauszufinden, welcher der Männer darauf vorbereitet wird, an meinem Altar geopfert zu werden. Ich weiß, dass es weder Stuart noch Finn oder – dankenswerterweise – Dämon Dan ist. Also bleiben nur noch drei weitere Optionen. So man sie denn Optionen nennen kann.

Der erste, der links von Cornelia sitzt, ist entschieden nichts für mich. Er misst vom Scheitel bis zur bestrumpften Fußsohle mindestens einsfünfundneunzig. Wie ich das wissen kann, fragen Sie, wo er doch sitzt? Ganz einfach, besagte bestrumpfte Füße lugen nämlich auf meiner Seite unter der Tischdecke hervor. Und dafür müsste ein kleinerer Mann sich schon gewaltig strecken. Grace weiß nur zu gut, dass ich keine Männer mag, bei denen ich auf eine Kiste klettern muss. Und schon gar keinen, der so grässlich gemusterte Socken trägt, mit kleinen, gestickten Rauten, die in einer ordentlichen, spießigen Linie über die Seiten laufen. Außerdem bestätigt die Tatsache, dass er ganz offensichtlich unter dem Tisch mit seiner Nachbarin zur Linken rumfummelt, einer stämmigen Brünetten, dass er sicher nicht für mich bestimmt ist. Dem Himmel sei Dank.

Die zweite Möglichkeit, auf der anderen Seite von Dämon Dans pferdegesichtiger Blondine, kann ich nicht wirklich sehen, ohne mich an Dämon Dan vorbeizulehnen. Und diesem speziellen Herrn möchte ich zu diesem Zeitpunkt wirklich nicht zu nahe kommen – zu keinem Zeitpunkt, um ehrlich zu sein. Ich weiß nicht, was mir mehr Kopfzerbrechen bereitet: die Tatsache, dass er rechts von mir sitzt, oder die Tatsache, dass Grace hofft, ich würde mich Hals über Kopf in die Person verlieben, die bald schon links von mir sitzen wird.

Ich will nach Hause! Ich könnte eine plötzliche Unpässlichkeit vortäuschen und mich entschuldigen. Ich bin hin und her gerissen: Entweder bekomme ich sofort eine tödliche Infektion oder ich bleibe und vergifte Dan Slater langsam und mit jedem Gang etwas mehr. Ich bin überzeugt, dass Gray irgendwo in ihrer Abstellkammer Rattengift hat.

Der dritte Typ ist mindestens Mitte Fünfzig und so kahl wie ein polierter Golfball. Er ist sicher sehr nett, aber genauso sicher würde Grace auch nicht annehmen, ich hätte aufgrund akuten Männermangels radikal meinen Geschmack geändert und wäre nun bereit, mit jemandem auszugehen, der aussieht wie mein Vater.

Das bedeutet, dass der zweite Typ für mich bestimmt sein muss. Die pferdegesichtige Blondine zu Dämon Dans Rechter verschwindet auf der Toilette, und Dämon Dan selbst beugt sich vor, um der Frau gegenüber das Brot zu reichen. So ist die dritte Option des Abends plötzlich in Sicht.

Ich glaube, ich lasse davon ab, Dan umzubringen, und bringe stattdessen mich selbst um. Der Kerl könnte glatt Stuarts Bruder sein. Er hat den gleichen Haarschnitt, allerdings nicht in Dunkel, sondern in vagem Blond, die gleiche Hornbrille und das gleiche öde, gesetzte Auftreten. Gerade konzentriert er sich ganz ernst auf sein Essen und spießt mit der rechten Hand Garnelen auf, während er mit der Linken ständig die Brille hochschiebt, die seinem nach unten gerichteten Blick folgt und in Richtung Teller rutscht. Ich beobachte, wie er die letzten paar Garnelen einzeln von seinem Teller pickt, dann ein Stück Brot abbricht und säuberlich jeden einzelnen Tropfen der Soße vom

Porzellan wischt. Als er damit fertig ist, nimmt er einen Schluck Wasser – kein Wein in seinem Glas, wie ich bemerke – und tupft sich sorgfältig den Mund mit der cremefarbenen Batistserviette ab.

Hilfe.

Grace hat nur darauf gewartet, dass er fertig ist mit Essen. Als Stuart aus der Küche zurückkommt, fädelt sie einen weiteren Sitzplatzwechsel ein. Sie flüstert ihm etwas ins Ohr, sieht bedeutsam zu mir herüber, packt ihn am Handgelenk und schleift ihn mehr oder weniger um den Tisch herum zu meinem Platz. Es hilft nichts, dass er genauso unwillig zu sein scheint wie ich, was das Treffen anbelangt. Grace ist die Einzige, die lächelt.

»Ollie, ich möchte dir jemanden vorstellen«, verkündet sie glücklich strahlend. »Das ist Stuarts bester Freund, Leo. Leo, das ist *meine* beste Freundin, Olivia.«

O nein. Bester Freund trifft beste Freundin. Ich hätte es mir denken können. Sie versucht, einen Stuart-Klon für mich zu finden. Die Romanze, die sie erlebt, für mich zu wiederholen. Ich kann es Gray nicht verübeln. Sie liebt mich und will, dass ich genauso glücklich werde, wie sie meint zu sein. Ich verstehe nur nicht, wie sie annehmen kann, dass es der Schlüssel zu diesem Glück ist, mich mit einem weiteren Stuart zu verkuppeln.

Leo setzt sich auf den Stuhl neben mir. Er lächelt unsicher.

Ich lächle.

Er lächelt erneut.

Ich lächle.

Er lächelt.

Gerade suche ich im Geiste nach einer Entschuldigung, um mich erneut in die Küche zu verkrümeln, als das Schwein zu meiner Rechten verächtlich lachend durch die Nase schnaubt. Idiot. Er hat alles mitgekriegt und genießt nun jede Sekunde meines Unbehagens. Ich wende mich wieder zu Leo um. Er entspricht so wenig meinem Typ wie eine Nacktschnecke, aber diesmal bin ich wild entschlossen zu fesseln und zu faszinieren, nur um es Sie-wissen-schon-wem zu zeigen.

Strahlend lächle ich Leo zu.

Er erwidert das Lächeln.

Unser Gelächle dauert länger, als ich es je für möglich gehalten hätte, aber mir fällt immer noch nichts ein, das ich sagen könnte.

Sein Grinsen wird breiter und sichtlich verkrampfter, doch wir schweigen beide.

O nein, nicht schon wieder. Ich stelle nur zu bald fest, dass Leo Stuart nicht nur äußerlich ähnelt, sondern auch in Bezug auf seine Gesprächsbegabung. Ich frage mich, ob die Wissenschaftler nach dem Klonen von Schafen und Schweinen einen Schritt weitergegangen sind und es nur noch nicht in den Medien verkündet haben.

Schließlich gelingt es uns, ein bisschen höflich miteinander zu plaudern, aber das Ganze ist erbarmungswürdig. Ich habe noch nicht einmal ein Glas Wein getrunken, um etwas lockerer zu werden. Ich versuche es mit meinem Nonnenwitz. Den bringe ich in der Regel nur, wenn ich betrunken bin, aber im Moment bin ich verzweifelt.

Er verzieht noch nicht einmal die Mundwinkel.

Und es hilft auch nicht, dass Finn mich dauernd zum Kichern bringt, was ziemlich würdelos wirkt. Sobald er sich für unbeobachtet hält, schielt er düster zu mir herüber, legt die Hände an die Kehle, verdreht die Augen und streckt die Zunge heraus, um anzudeuten, dass er gerade von Cornelia zu Tode gelangweilt wird. Ich kann hören, wie sie ihn über die Meriten der Fernsehwerbung im Gegensatz zu den Printmedien zutextet. Finn ist nicht einmal so anständig zu erröten, als Gray von einer weiteren Expedition in die Küche zurückkehrt, um den

Hauptgang zu holen (noch ein Rezept, dass sie von meiner Speisekarte stibitzt hat), und ihn dabei ertappt, wie er sich einen Finger ins Ohr steckt und so tut, als würde er abdrücken.

Ich weiß nicht, wie ich es schaffe, meine Blase im Zaum zu halten, als er im vollen Bewusstsein, dass Grace wieder sitzt und ihn beobachtet, verstohlen eine Hand hinter Cornelias Rücken hält und Drehbewegungen nachahmt, als würde er einen Leierkasten spielen. Selbst Grace hat in diesem Moment Schwierigkeiten, ihren grimmigen Gesichtsausdruck beizubehalten. Sie versteckt ihr Gesicht hinter ihrem Weinglas und lacht so hemmungslos, dass Stuart anfängt, ihr auf den Rücken zu klopfen, weil er irrtümlich annimmt, sie habe sich verschluckt. Finn sieht zu mir herüber und verdreht erneut die Augen, deutet auf Leo und gähnt.

Ich nicke. Als ich bereits darüber nachdenke, statt Dan Slater mir selbst eine Portion Rattengift zu verabreichen, um den Abend schneller zu beenden, unternimmt Finn einen Versuch, Cornelia à la Steve McQueen zu entkommen: Er lässt sein Brötchen fallen, taucht im wahren Sinn des Wortes unter dem Tisch ab und auf meiner Seite wieder auf, wobei er vorgibt, komplett die Orientierung verloren zu haben.

»Tut mir Leid, Kumpel, aber das hier ist mein Platz.« Er greift nach der von Gray sorgfältig gemalten Tischkarte und schwenkt sie unter Leos Nase.

Leo ist viel zu höflich und konfrontationsscheu, um seinen Platz zu behaupten, und landet nach einem etwas verunsicherten Blick in die Runde auf Stuarts Platz neben Cornelia.

»Die Reise nach Jerusalem«, kommentiert Finn grinsend und setzt sich neben mich. »Ich hatte gehofft, du rettest mich vor Nerv-nelia, aber dann habe ich gesehen, dass du viel mehr der Rettung bedurftest als ich.«

»*Vielen* Dank«, murmle ich mit zusammengekniffenen Lippen wie ein Bauchredner.

»Sehe ich es richtig, dass du mit dem Großen L nicht so gut auskamst? Sein Name ist übrigens nicht wirklich Leo.«

»Nicht?«

»Nein, sondern Lionel. Er hat ihn getauscht, um mehr Erfolg bei den Frauen zu haben.«

»Wie schade, dass es nicht funktioniert! Entschuldige, das hört sich ganz schön gehässig an, was? Er scheint wirklich ein netter Kerl zu sein, aber… na ja, sagen wir einfach, ich hatte schon interessantere Unterhaltungen mit sprechenden Papageien.«

»Ich weiß nicht, mit Cornelia scheint er ganz gut auszukommen.«

Ich sehe zu Cornelia und Leo hinüber und stelle überrascht fest, dass sie in ein lebhaftes Gespräch vertieft sind. »Na, jetzt zweifle ich aber wirklich an mir!«, rufe ich.

Finn grinst. »Hey!« Er entdeckt mein leeres Weinglas, hebt es hoch und wirft einen angeekelten Blick auf die saubere Oberfläche. »Das geht aber nicht, du hattest ja noch gar nichts zu trinken.«

»Ich weiß«, sage ich spitz. »Ein gewisser Jemand hat die Flaschen mit Beschlag belegt.«

Das ist ein bisschen geflunkert. Ich habe mich nämlich einfach nicht getraut, Dämon Dan um den Wein zu bitten. Demzufolge ist mein Glas leer, und auf meinen Kartoffeln fehlt der Pfeffer, denn die große Pfeffermühle steht ebenfalls jenseits der Berliner Mauer seines breiten Rückens. Finn steht auf, beugt sich über mich, streift unbeabsichtigt mit dem Ärmel seines blauen Hemds von Yves Saint Laurent durch die Soße von Dan Slaters Rindfleisch in Bier und schnappt sich die Flasche, die vor Dan und Pferdegesicht steht. Dann füllt er mit Nachdruck mein Glas.

»Cheers«, ruft er und stößt mit mir an.

»Mein Retter!«, erwidere ich und nehme dankbar einen

großen Schluck. Ich spüre, wie das stärkende Nass angenehm warm durch meine Kehle in den Magen rinnt.

»Ich glaube fast, wir haben ihnen einen Gefallen getan.« Finn deutet auf Leo und Cornelia. »Sie scheinen gut zueinander zu passen, im Gegensatz zu einigen anderen Leuten am Tisch. Ich will nicht gemein sein, aber ich weiß wirklich nicht, wie der alte Stuart es geschafft hat, diese tolle Frau an die Angel zu kriegen.« Finn seufzt auf, als Grace sich vorbeugt, um einen Kuss auf Stuarts leicht gerötete Wange zu hauchen.

»Hört, hört.« Ich erhebe mein kürzlich gefülltes Glas. »Ganz meine Meinung.«

»Du scheinst auch nicht begeistert zu sein?«

»Bleibt das unter uns?«

»Ich bin die Verschwiegenheit in Person.«

»Du bist Journalist.«

»Okay, ich bin die Gerissenheit in Person, aber ich erzähle es nicht weiter, versprochen.«

»Na gut«, äußere ich vorsichtig. »Ich bin sicher, er ist ein echt netter Kerl ...«

»Oh, er ist ein netter Kerl«, versichert mir Finn. »Dafür kann ich mich verbürgen.«

»Aber wir sind davon überzeugt, dass er nicht der Richtige für Grace ist.«

»Wir?«

»Ich und so gut wie jeder, der sie kennt. Die beiden ...«

»Passen nicht zueinander?«

»Na ja, das kann man so nicht sagen. Schließlich scheinen sie wirklich gut miteinander auszukommen. Aber sie sind so verschieden.«

»Wie heißt es so schön? Gegensätze ziehen sich an. Und wenn sie zueinander passen ...«

»Sie mögen sich anziehend finden, aber reicht das, um glücklich zu werden? Und sie mögen im Moment miteinander auskommen, doch Gray ist ein echter Partyfreak, na ja, zumindest war sie es bis jetzt, und Stuart ist, nun ja, also …«

»Ein Langweiler?«, schlägt Finn vor, während ich nach einem etwas netteren Wort suche.

»Na ja … ein sehr netter. Ich mache mir Sorgen, dass Gray sich fragt, was sie sich dabei bloß gedacht hat, sobald die erste Verliebtheit vorüber ist.«

Finn schenkt mir nach und sieht verständnisvoll drein. »Du meinst, Stuart ist langweilig, weil er so ruhig ist und lieber zu Hause als in Clubs rumhängt. Ist dir noch nie der Gedanke gekommen, dass Grace ihre Meinung darüber, wie sie ihr Leben gestalten will, geändert haben könnte? Schließlich entwickelt ihr euch beide weiter. Ihr seid keine Kinder mehr und könnt euch die Nächte um die Ohren schlagen …«

Entrüstet sehe ich ihn an und entdecke, dass er frech von einem Ohr zum anderen grinst. »Sag das nicht mal im Scherz!«, tadle ich ihn. »Ich glaube nämlich, dass das einer der Gründe ist, warum sie zusammen sind.«

»Wirklich?«

»Wirklich. Grace hat das Alter erreicht, in dem sie meint, sie solle heiraten. Und Stuart hatte das große Glück, zur richtigen Zeit an der richtigen Stelle zu sein.«

»Das glaubst du?«

»Na ja … ach, ich weiß nicht …« Ich beschließe, dass es besser ist, dieses Thema nicht weiterzuverfolgen. Ich mag mich zwar unglaublich wohl fühlen in Finns Gesellschaft, aber ich kenne den Mann schließlich nicht sehr gut, und er ist ein Freund von Stuart …

Also Richtungswechsel. »Und wie sieht's bei dir aus? Wenn ich richtig verstanden habe, bist du jung, frei und Single, sonst wärst du wohl nicht zu dieser Dinnerparty eingeladen worden.«

»Noch, aber wenn es nach Grace geht, wohl nicht mehr lange«, scherzt er verschreckt.

Jemand klopft mit einem Messer gegen ein Weinglas, und Stuart erhebt sich.

»Tut mir Leid, euch zu unterbrechen«, entschuldigt er sich nervös. »Aber ich wollte mich bei allen für ihr Kommen bedanken. Ich weiß, dass ihr alle unglaublich beschäftigt seid, und wir wissen es zu schätzen, dass ihr heute die Anstrengung auf euch genommen habt, hier zu sein.« Er hält inne, um sich zu räuspern und die Brille wieder hochzuschieben. »Und«, fährt er an Grace gewandt fort, »wie ihr alle wisst, habe ich diese bezaubernde Frau vor kurzem gebeten, die Meine zu werden, und zur großen Überraschung einer ganzen Menge Leute …«, ich könnte schwören, dass er mich ansieht, »… mich eingeschlossen …«, höfliches Lachen, »… hat sie ja gesagt. Entgegen der verbreiteten Meinung bin ich schließlich nicht ganz vertrottelt …« Vielleicht bin ich paranoid, aber ich bin überzeugt, dass er mich erneut ansieht. »… und bevor sie Gelegenheit hat, ihre Meinung zu ändern …« Er unterbricht sich und lächelt Grace zu, die sein Lächeln erwidert und ihm liebevoll und ermutigend aufs Bein klopft. »… habe ich sie deshalb davon überzeugt, alles ganz offiziell zu machen, und ich möchte diese Gelegenheit nutzen, da wir uns in der Gesellschaft guter Freunde befinden, euch zu bitten, in euren Terminkalendern den zweiten September freizuhalten …« Wieder hält er inne, diesmal, um die Pointe vorzubereiten. »Den Tag unserer Hochzeit.«

Ein Ende des Tisches bricht in einen kurzen, aber begeisterten Applaus aus. Jemand pfeift. Ich meine das Knacken zu hören, als meine Kinnlade auf die Tischkante trifft. Aber das sind ja nur noch zwei Monate!

Leo war anscheinend eingeweiht, denn jetzt taucht er mit einer Magnumflasche Champagner aus der Küche auf, die er Stuart reicht, um dann ein Tablett mit Gläsern zu holen. Stuart, der die Schutzfolie und den Draht mit einer schwungvollen Bewegung entfernt hat, kämpft jetzt peinlicherweise mit dem Korken und übergibt schließlich an Grace, die etwas von ihrer üblichen Form zeigt – na ja, üblich, bevor sie an Stuffy geriet – , den Korken an die Decke knallen lässt und den Tisch wie nach einem Sieg beim Grand Prix vollspritzt.

»Hey, heb was davon zum Trinken auf!«, grölt Finn, duckt sich, um einem Schaumstrahl auszuweichen, und streckt dann sein Glas aus, um etwas davon einzufangen.

Um den Tisch erschallen Glückwünsche. Ich versuche mich anzuschließen, doch mir versagt die Stimme. Zwei Monate, sage ich mir immer und immer wieder, wie eine Schallplatte, die hängt. Zwei Monate.

»Was machen wir jetzt?«, frage ich niedergeschlagen.

»Wir können uns voll laufen lassen«, schlägt Finn vor, der meine Worte aufgeschnappt hat und meint, ich rede mit ihm.

Obwohl das eigentlich nicht der Fall war, scheint mir sein Vorschlag in diesem speziellen Moment die beste Alternative zu sein. »Auf diese Idee stoße ich an«, erwidere ich und mache es auch.

»Freut mich, dass du meiner Meinung bist. Wir haben nur ein Problem: Der Vorrat geht zur Neige.« Finn hält die Flasche, die wir vorhin abkommandiert haben, über mein Glas, und ein müdes Rinnsal ergießt sich tropfend aus dem Hals. Hoffnungsvoll sieht er zu der Magnumflasche Champagner hinüber, doch Grace' begeisterte Dusche für ihre Gäste bedeutet, dass nach einem Tropfen für jeden zum Anstoßen die Flasche so gut wie leer ist.

»Einer der Vorteile, die beste Freundin der Gastgeberin zu sein«, beruhige ich ihn, »ist es zu wissen, wo sie den Alkohol versteckt hat.«

Ich schleiche mich so unauffällig wie möglich vom Tisch fort und schnappe mir zwei Flaschen Roten aus Grace' Weinregal. Mich selbst zu bedienen verursacht mir nicht allzu viel

Kopfzerbrechen, da ich ihr den größten Teil zum Einkaufspreis beim Großhändler besorge. Grace kommt in die Küche, um das Dessert zu holen, sieht meinem Kampf zu, und entkorkt schließlich die zweite Flasche für mich.

»Man sollte meinen, dass du darin inzwischen Experte bist.« Sie macht den Kühlschrank auf und holt noch zwei Flaschen Weißwein heraus. »Ich stell mal besser noch zwei davon hin, der Champagner hat gerade mal zwei Sekunden gereicht!«, erklärt sie lachend. Dann sieht sie mich fragend an. »Du hast von deinem kaum etwas getrunken, Liebes. Alles in Ordnung?«

Ich nicke zögernd. »War nur ein bisschen überrascht, das ist alles.«

Schuldbewusst sieht Grace mich an. »Es tut mir Leid, dass ich es dir nicht vorher gesagt habe. Das wollte ich eigentlich, aber es hätte die Überraschung kaputtgemacht, nicht?«

»Weiß nicht. Aber ich glaube, ich hätte gerne eine Vorwarnung gehabt!«

»Du freust dich doch für mich, oder?« Fragend sieht sie mich an.

Ich zögere den Bruchteil einer Sekunde zu lange, bevor ich mich zu einem strahlenden Grinsen zwinge, gerade noch rechtzeitig, um zu verhindern, dass das Lächeln auf Grace' Gesicht völlig verschwindet. »Na klar doch. Wenn du glücklich bist, bin ich es auch. Das weißt du doch.« Vermutlich kommt das der Wahrheit am nächsten.

»Du *scheinst* nicht gerade glücklich zu sein«, sagt sie vorwurfsvoll.

Ich atme tief durch. Ich will Grace nicht anlügen, und außerdem ist es vielleicht an der Zeit, meine Zweifel zu äußern. Es ist vielleicht nicht der passende Moment, wenn man bedenkt, dass Stuart gerade den Termin für ihre Hochzeit verkündet hat. Aber wann kommt der passende Moment, um seiner besten Freundin zu sagen, dass man der Meinung ist, der Mann, den zu heiraten sie vorhat, sei eine totale Platzverschwendung? Es gelingt mir, einige Worte zu finden, die etwas diplomatischer sind.

»Das liegt wohl daran, dass ich mir Sorgen um dich mache. Das alles geht irgendwie so schnell. Ich meine, ihr kennt euch doch wirklich noch nicht lange, oder, und er ist so anders als du …«

»Gegensätze ziehen sich an«, flötet sie glückselig und holt frische Gläser aus einem Hängeschrank.

»Na ja, aber muss man deshalb gleich heiraten? Ihr hattet noch nicht mal eine Verlobungsparty. Oh, ich vergaß, Stuart mag ja keine Partys, nicht wahr?«, kann ich nicht umhin, sarkastisch hinzuzufügen.

»Das ist nicht der einzige Grund, warum wir keine gemacht haben.« Grace verdreht die Augen. »Es ist keine Pflicht, weißt du.«

»Vermutlich«, nuschle ich. »Warum sich mit einer Verlobungsfeier aufhalten, wenn man gleich die Hochzeit haben kann!«

Grace sieht mich forschend an. »Du bist *nicht* glücklich über das Ganze, stimmt's?«

»Wie ich schon sagte, ich mache mir Sorgen. Du scheinst dich sehr verändert zu haben, seit du ihn kennst.«

»Ich habe mich nicht verändert. Zugegeben, ich gehe nicht mehr so oft weg, aber das ist normal, wenn man eine feste Beziehung hat. Ich bin immer noch ich: verrückt, manchmal auch dumm … Klar, ich bin nicht mehr so impulsiv, mal abgesehen von der Heirat mit Stuart. Man könnte sagen, dass das typisch für mich ist, so Hals über Kopf zu heiraten.«

»Dem ist eine gewisse, perverse Logik nicht abzusprechen«, gebe ich traurig lächelnd zu. »Du bist mir doch nicht böse, oder?«

»Natürlich nicht.« Grace stellt den zweiten Weißwein, den

sie gerade entkorken wollte, zur Seite und umarmt mich. »Es freut mich riesig, dass du dir Sorgen machst. Das bedeutet, dass ich dir nicht egal bin.«

»Das weißt du doch, du Schaf«, schimpfe ich zärtlich.

»Keine Sorge. Ich bin wahnsinnig glücklich. Und jetzt sei ein gutes Kind und bring den Wein raus. Ach, und greif nicht alles für dich ab, ich weiß doch, wie du bist.«

Mir bleibt keine andere Wahl, als zum Tisch zurückzukehren und mich hemmungslos zu betrinken. Ich platziere einen Rotwein und einen Weißwein so weit entfernt von Dan Slater wie möglich, die zwei anderen Flaschen stelle ich zwischen Finn und mir ab, so dass die anderen auf unserer Seite des Tisches darauf Zugriff haben, sie aber doch zu *unserer* unmittelbaren Verfügung stehen.

Als Nachtisch serviert Grace, dieser Chocoholic, den gleichen Schokoladenkuchen, den ich auch im Tate's anbiete. Doch sie hat einen Extrakrug heiße Schokoladensoße hinzugefügt – für alle, die genauso vernascht sind wie sie selbst. Stuart schiebt sich gerade ein Riesenstück Kuchen in den Rachen, und das mit mehr Begeisterung, als ich je bei ihm gesehen habe. Man sollte meinen, dass er nach seiner letzten Erfahrung mit diesem Schokoladenkuchen erst mal bedient ist.

Am Tisch sitzen lauter Naschkatzen. Der Einzige, der nicht nach dem Krug mit der Schokoladensoße giert, ist Dan Slater.

Ich hätte wissen müssen, dass er nicht auf Süßes steht. Er ist viel zu sauer. Endlich gelingt es mir, den Krug in die Hände zu bekommen, doch ich muss ihn sofort gegen Finn verteidigen.

»Du hast mehr Soße als ich«, ruft er lauthals, attackiert meinen Teller mit dem Löffel und schaufelt den größten Teil der Soße auf sein eigenes Stück Kuchen.

»Das stimmt überhaupt nicht«, heule ich. »Gib sie sofort zurück!«

Wir setzen zu einem Löffelgefecht an. Ich versuche, die entwendete Soße zurückzuerobern und versage bitterlich. Der einzige Löffel, den ich ergattern kann, landet auf der cremefarbenen Batistdecke, was mir überaus peinlich ist.

Dan Slater lacht nicht mehr über mich. Und er spricht nach wie vor nicht mit mir. Er hat mir den größten Teil des Abends die kalte Schulter gezeigt und mit einer widerlich albernen Miranda geplaudert, die ihr langes blondes Haar so oft kokett über die Schulter geschleudert hat, dass es mich überraschen würde, wenn sie davon kein Schleudertrauma bekäme. Doch angesichts solch kindischen Schokosoßenverhaltens wird mir jetzt Dans Aufmerksamkeit in Form eines überaus missbilligenden Blickes zuteil.

Das spornt mich nur noch an, weiter ungezogen zu sein. Ich bin versucht, mit einem Löffel Schokoladenkuchen auf ihn zu zielen, beschließe dann aber, dass ich damit nur gutes Essen verschwenden würde.

Um diejenigen ihrer Gäste, die noch nicht bei ihrem vorbestimmten Partner gelandet sind, zu ermutigen, beschließt Grace im Anschluss an den Nachtisch, den Kaffee im Wohnzimmer zu servieren. Nachdem wir allein mindestens anderthalb Flaschen Wein gepichelt haben, sind Finn und ich inzwischen ziemlich angeheitert. Wir kichern wie verrückt, schlagen den Kaffee aus und ordern stattdessen eine Flasche Brandy. Dann lassen wir uns in eine Ecke von Grace' großem rotem Sofa fallen, wo wir unsere eigene Zwei-Mann-Clique bilden.

»Was um Himmels willen legt denn der auf?« Finn verzieht das Gesicht, als Stuart eine neue CD in Grays Stereoanlage schiebt. »Ich dachte, das hier ist eine Party und keine Parteiveranstaltung!« Er gähnt auffällig. »Das ist ja zum Einschlafen.«

»Vielleicht ist das ihre Art, uns zu sagen, dass es an der Zeit ist, nach Hause zu gehen!«, scherze ich.

»Kaum.« Finn wirft einen Blick auf die Uhr. »Es ist erst halb zwölf.«

»Na, wenn er damit seine Zeit, ins Bett zu gehen, nicht längst überschritten hat!«

»Er sieht wirklich etwas müde aus.« Finn taxiert Stuart mit zusammengekniffenen Augen. Sein Kopf schwankt, und er versucht mit aller Gewalt, sich aufrecht zu halten. »Vielleicht sollten wir etwas unternehmen, um ihn wieder wach zu machen?«

»Unbedingt. Was schlägst du vor?«, nuschle ich, nehme noch einen Schluck Brandy und ziehe eine Grimasse, als er brennend durch meine Kehle gleitet.

Finn zwinkert mir mit schräg geneigtem Kopf zu. »Ich habe da eine Idee«, verkündet er. »Bin gleich wieder da.«

Er lässt sich vom Sofa auf den Boden gleiten und schlängelt sich wie ein Guerillakämpfer über den Teppich zum CD-Spieler hinüber. Ich mache mir fast in die Hose vor Lachen, als er sich um die Knöchel derjenigen windet, die noch etwas nüchterner sind und ungläubig auf ihn herabstarren. Manche lachen, manche – man muss wohl keine Namen nennen – sehen missbilligend drein. Über dem sanften Geklimper von Bach kann ich Finn hören, der die Melodie zu *Mission Impossible* summt. Sobald er den CD-Spieler erreicht hat, bricht die Musik ab, weil er das Concerto gegen eine andere CD auswechselt. Dann kriecht er mit einem durchtriebenen Grinsen auf dem hübschen Lausbubengesicht zu mir zurück.

»Mission ausgeführt!«, krächzt er und lässt sich zu den Klängen von Fat Boy Slim wieder aufs Sofa plumpsen. »Lust zu tanzen?«

Ich hätte nie gedacht, das ich zu »Funk Soul Brother« quer durch Grays Wohnzimmer hüpfen würde, schon gar nicht vor einer Gruppe Leute, die mich die letzten paar Stunden vorwurfsvoll angestarrt haben. Aber da haben Sie mich, wie ich um einen persischen Teppich tanze, mit den Armen eine Eisenbahn imitiere und mit dem Kopf schlenkere wie ein Wackeldackel auf der Ablage in einem dahinbrausenden Auto.

Vielleicht hätte ich nicht so viel trinken sollen.

Die Tatsache, dass ich so viel getrunken habe, macht sich jetzt nicht nur in meinem Verhalten bemerkbar, sondern auch in meiner Blase. Was reingeht, muss wieder raus. Plötzlich habe ich ein dringendes Bedürfnis. Also sage ich Finn, dass ich mal eben für kleine Mädchen müsse, unterbreche unsere Zwei-Mann-Show und schwanke nach oben ins Bad. Ich setze mich auf die Toilette und schließe die Augen, weil ich aufgrund meines Alkoholkonsums plötzlich sehr müde bin. Dann reiße ich sie wieder auf, da sich der Raum zu drehen beginnt.

Ich bleibe mindestens zehn Minuten sitzen und warte, dass der Schwindel vorübergeht und meine Beine sich nicht mehr wie Pudding anfühlen. Als ich mich endlich so weit erholt habe, um meinen Schlüpfer hochziehen und wieder nach unten stapfen zu können, sehe ich, wie Grace den aufbrechenden Gästen im Flur hinterherwinkt.

Durch den Alkoholschleier stelle ich höchst erleichtert fest, dass sie Mühe hat, ihren missbilligenden Gesichtsausdruck zu wahren. Mein Verhalten amüsiert sie, und sie ringt darum, die Fassung zu behalten und nicht in schallendes Gelächter auszubrechen. »Böse Ollie«, tadelt sie mich und schnappt meinen Arm, als ich auf der letzten Stufe gefährlich ins Taumeln gerate.

»Tut mir Leid«, nuschle ich und umklammere ihre Hand.

»Ich glaube, du musst schleunigst nach Hause ins Bett.«

»Kann ich Finn mitnehmen?« Ich grinse lasziv. »Ich glaube, der gefällt mir.«

»Ein andermal, Kleines. Dan bringt dich nach Hause.«

»Was! O nein, das wird er nicht!« Ich weiche zurück, als hätte Grace mir gerade mit einer Gehirnamputation gedroht, statt mir einen Chauffeur zu organisieren. »Ich nehme ein Taxi. Oder ich mache eine Sternenwanderung …«

»Von wegen Sterne«, scherzt Grace. »Ollie, Kindchen, du bist selbst sternhagelvoll.«

»Wäre nicht das erste Mal«, lalle ich, ziehe mich bis zur Wohnzimmertür zurück und lehne mich dankbar an den Rahmen. »Ich hatte einen WUNderschönen Abend, Gray.«

»Das sehe ich«, bemerkt Grace trocken, verdreht die Augen und wischt mir sanft die Schokoladensoße aus dem linken Mundwinkel.

»Und ich werde ihn nicht kaputtmachen, indem ich mich von diesem Depp heimbringen lasse.«

»Ich lasse dich nicht allein nach Hause.«

»Ich werde nicht allein sein, sondern in einem Taxi. Außerdem hat Finn gesagt, er würde auf mich aufpassen«, behaupte ich trotzig.

Mit der Spitze ihres flachen, bestickten Pumps stößt Grace die Tür zum Wohnzimmer auf, um mir Finn zu zeigen, der bewusstlos auf dem Sofa liegt. Sein linker Arm baumelt herunter, die Hand liegt in einer Schüssel mit Avocadodip, den es vor meiner Ankunft zum Aperitif gegeben hatte.

»Ach ja?« Sie lacht leise. »Und wer passt auf ihn auf?«

Dan verabschiedet sich mit einem Händedruck von Stuart. Durch die nun offene Tür erblickt er mich, wie ich schwankend im Flur stehe. Er verkürzt seinen Abschied und kommt in die Diele, wobei er sich ein Kaschmirsakko überwirft. Er bedankt sich herzlich bei Grace für den schönen Abend und küsst sie auf die Wange. Doch obwohl er sie angelächelt hat, ist sein Gesicht seltsam ausdruckslos, als er mich ansieht.

Grace hilft mir in den Mantel und legt meine Finger, die mir nicht mehr gehorchen wollen, um den Griff meiner Handtasche, bevor sie mich auf beide Wangen küsst und zur Tür hinausschiebt. Es gelingt mir, die drei Stufen zum Bürgersteig zu bewältigen, ohne umzukippen. Dan Slaters Auto steht hundert Meter weiter unten am Straßenrand. Er muss mich nicht schreiend und um mich schlagend mit sich zerren, doch mein schmollendes Gesicht sagt deutlich, dass ich ihm sein »freundliches« Eingreifen übel nehme. Ich stelle fest, dass ich zu betrunken bin, um zu protestieren, als er mich auf den Beifahrersitz seines großen schwarzen BMW verfrachtet, dann selbst einsteigt, sich über mich beugt und nach dem Sicherheitsgurt greift. Er streift mich flüchtig, als er ihn quer über meine Brust legt.

Unfreiwillig atme ich seinen Geruch ein, als sein Körper meinen berührt. Ich muss zugeben, dass er verdammt gut riecht. Was für eine Schande, dass er so ein herzloses Schwein ist. Als ich mein umnebeltes und betrunkenes Hirn daran erinnert habe, gelingt es mir, ihn angemessen zornig anzustarren, als er den Gurt einrasten lässt. Er quittiert meinen Blick eigenartigerweise mit Erheiterung, in die sich leichte Verlegenheit mischt. Bevor ich jedoch Gelegenheit habe, unerträglich grob zu jemandem zu sein, der zwar ein echtes Schwein, aber doch ein hinreichend nettes echtes Schwein ist, um die Sternhagelvolle nach Hause zu bringen, lullt mich das gleichmäßige Röhren des starken Motors glücklicherweise in den Schlaf.

Als ich aufwache, verrät mir die glimmende Digitaluhr im Armaturenbrett, dass es ein Uhr morgens ist und dass vierzig Minuten vergangen sind, seit wir Grays Haus verlassen haben. Der Motor ist aus. Als ich mich orientierungslos umsehe, merke ich, dass Dan einfach still dasitzt und mich ansieht. Verlegen sehe ich aus dem Fenster und bin sehr erleichtert, als ich das Schild des Tate's auf der anderen Straßenseite entdecke. Er hat mich tatsächlich nach Hause gebracht.

Aber was habe ich anderes erwartet? Dass er mich auf dem Heimweg umbringt und dann Besitz von meinem verwaisten Restaurant ergreift?

Mein Kopf zumindest fühlt sich verwaist an. Ich glaube, mein Gehirn hat sich vor circa vier Gläsern Wein verabschiedet. Normalerweise braucht man keine vierzig Minuten von Grace zu mir. Wie lange stehen wir hier schon? Vielleicht hat er darauf gewartet, dass ich von selbst aufwache. Wahrscheinlich hat er gedacht, dass ich ihm mit der Handtasche eins überziehe, wenn er mich wachrüttelt.

Obwohl mein angeborener Hang zu guten Manieren mir unter dem Einfluss des Alkohols und meiner gemischten Gefühle für diesen Mann etwas abhanden gekommen ist, spüre ich, dass es vielleicht doch angebracht wäre, mich dafür zu bedanken, heil zurück in meiner Bleibe zu sein. Doch als ich den Mund aufmache, um ein knappes *merci beaucoup* zu nuscheln, ist leider das Einzige, was kommt, ein lauter Rülpser. Sofort halte ich mir den Mund zu, doch nicht, um weitere Rülpser zu unterdrücken – glücklicherweise, oder unglücklicherweise, ganz wie man es nimmt, war das ein Rülpser, der alle anderen überflüssig macht, und ich glaube nicht, dass ich in den kommenden zwei Jahren wieder einen hinbekomme –, nein, meine Hand liegt auf meinem Mund, um das höchst unangebrachte Kichern zu unterdrücken, in das ich auszubrechen drohe.

Ich kichere immer noch, als Dan aussteigt, um das Auto herumgeht und mir die Tür öffnet. Ich kichere auch noch, als er meine zitternde, den Schlüssel umklammernde Hand zum Schloss der Eingangstür führt, und ich kichere weiter – der Himmel weiß, warum –, als er mich mehr oder weniger die Treppe hochträgt und mehrere Türen aufstoßen muss, bevor er die zum Schlafzimmer findet. Er positioniert mich dergestalt, dass ich mich rückwärts aufs Bett fallen lassen kann, und sieht mit amüsiert hochgezogenem Mundwinkel zu, als ich das auch prompt tue.

Blinzelnd sehe ich zu ihm auf.

Er blickt auf mich hinunter. Er sagt nichts, und er macht auch keine Anstalten zu gehen.

Unglücklicherweise verspüre ich das Bedürfnis, das Schweigen zu brechen. Und was noch schlimmer ist: Ich bin nicht in einem Zustand, um etwas auch nur annähernd Vernünftiges von mir zu geben. »Willst du mich nicht zudecken? Und mir eine Gutenachtgeschichte vorlesen?«, ist das Erste, was über meine Lippen kommt.

Ich weiß, ich sollte eigentlich entsetzt über mein Verhalten sein, und ich glaube, auch einen kleinen Aufschrei aus dem noch zurechnungsfähigen Teil meines Gehirns zu vernehmen, der unter anderthalb Litern Rotwein und größeren Mengen Brandy, die gegenwärtig in mir zirkulieren, begraben ist. Doch offen gesagt bin ich so besoffen, dass ich zwar noch mitkriege, was ich tue, aber mich nicht mehr dafür schäme. »Nein?«, frage ich, als er sich nicht rührt. »Wir wäre es dann mit einem Gutenachtkuss?«

Uups.

Obwohl mein Alkoholpegel hoch genug ist, um so einen Spruch loszulassen, ist er nicht hoch genug, um die Scham zu vergessen, etwas so Hochnotpeinliches gesagt zu haben. Doch gerade als mein Gesicht die gleiche dunkelrote Farbe annimmt wie meine Bettdecke, huscht ein Lächeln über Dan Slaters ausdrucksloses Gesicht, und ich beobachte völlig verblüfft, wie er zum Bett herüberkommt, sich über mich beugt und mir ganz sacht den zärtlichsten aller zärtlichen Küsse auf die Lippen haucht.

Als ich am nächsten Morgen erwache, bemerke ich einen Eimer neben meinem Bett, ein großes Glas Wasser auf dem Nachttisch und einen unsichtbaren Mann, der mit einem Presslufthammer meinen Schädel bearbeitet.

Ich kriege nie einen Kater. Zumindest sehr selten. Junge, ich muss letzte Nacht SO besoffen gewesen sein, um mich jetzt SO schlecht zu fühlen. Die fünf Sekunden Gnadenfrist, in der ich orientierungslos und erst halb wach bin, sind vorüber. Nun kehrt auch die Erinnerung zurück. Als mir wieder einfällt, wie der Abend geendet hat, fühle ich mich plötzlich noch zehn Mal schlechter. Oje.

Schaudernd verkrieche ich mich wieder unter der Decke, als könnte ich so das Schamgefühl fern halten, das wie eine Flutwelle über mich hereinzubrechen droht.

Ich habe Dan Slater gebeten, mich zuzudecken.

Wie konnte ich nur! Die Dinge standen bereits schlecht genug zwischen uns, bevor ich auch noch den letzten Rest Würde verlieren musste!

Plötzlich kommt mir ein anderer furchtbarer Gedanke. Ich kann mich nicht daran erinnern, mich ausgezogen zu haben. Ich sehe mich im Zimmer um und stoße einen erleichterten Seufzer aus, als ich meine wild verstreuten Klamotten sehe. Nur ich kann so unordentlich sein. Solange ich keinen wilden Striptease vor ihm hingelegt habe. Arrrg! Habe meine Kleider in einem trunkenen Anfall von Sexgier fallen lassen.

Und dann fällt mir der schlimmste Teil wieder ein. »Heilige Scheiße!«, kreische ich und setze mich kerzengerade auf. Ich habe ihn gebeten, mir einen Gutenachtkuss zu geben.

Und er hat es getan!

Und dann bin ich bewusstlos geworden.

Wieder wird mein Gesicht so rot wie meine Decke. Daniel Slater hat mich geküsst. Aber warum nur hat er das getan? Okay, ich habe ihn gebeten, aber er wusste, dass ich total blau war. Die Bestürzung verschlimmert meinen Kater, bis mir allmählich dämmert, dass Daniel Slater mich wahrscheinlich nur deshalb geküsst hat, weil er wusste, dass ich am nächsten Morgen aufwachen und vor Scham am liebsten sterben würde!

Wieder ein Punkt für Dan Slater!

Ich höre Geräusche aus dem Restaurant unter mir. Als ich einen Blick auf meinen Wecker werfe, sterbe ich fast vor Schreck, denn es ist schon zwei Uhr nachmittags. Ich hätte eigentlich vor mehr als vier Stunden mit der Arbeit beginnen sollen. Es überrascht mich, dass sie mich nicht angerufen oder an die Tür gehämmert haben, um mich wach zu kriegen. Ich kann hören, wie ein Kochtopf krachend an die Wand fliegt, gefolgt von einem Schwall Kraftausdrücke. Also muss heute eine der seltenen Gelegenheiten sein, bei denen Claude tatsächlich mal zur Arbeit erscheint.

Gute, alte Mel. Anscheinend hat sie, resolut wie immer, die Dinge in die Hand genommen. Und da sie sich denken konnte, in welchem Zustand ich bin, hat sie mich ausschlafen lassen.

Ich rufe unten an.

Mel nimmt ab. Obwohl Claude einem ganz schön Angst machen kann, wenn er seine Chefkochallüren hat, hört sie sich ganz fröhlich an. »Ah!«, ruft sie. »Ollie! Also weilst du wieder unter den Wachen und Nüchternen?«

»Ich bin wohl wach, aber ich weiß nicht, ob ich nüchtern bin.«

»Und, war's schön gestern Abend? Oder kannst du dich nicht erinnern?«

»Frag lieber nicht«, seufze ich eingedenk meiner letzten Worte an besagtem gestrigem Abend. »Wie läuft's bei euch?«

»Louis schmollt noch immer, weil er gestern nicht mit durfte, und Claude ist wie üblich guter Dinge«, fügt sie hinzu, wobei ihre Stimme vor Sarkasmus trieft. »Obwohl er noch gar nicht zum Brandy gegriffen hat.«

»Du hörst dich erstaunlich ruhig an, wenn man die Umstände bedenkt.«

»Wenn ich mir so betrachte, was für einen Mordsaufstand die zwei machen, dann wird mir klar, wie angenehm und unkompliziert mein Leben doch ist. Deshalb fühle ich mich auch dazu berechtigt, unglaublich selbstgefällig über den Dingen zu schweben, was eine doppelte Konsequenz hat: Ich fühle mich gut, und das treibt die beiden zur Weißglut.«

»Also braucht ihr mich eigentlich gar nicht?«, frage ich hoffnungsvoll.

»Ooh, ich bin so großmütig anzunehmen, dass wir vielleicht gerade so ohne dich zurechtkommen, zumindest bis morgen…« Sie lacht.

»Du bist ein Engel, Mel. Erinnere mich dran, dir eine Gehaltserhöhung zu geben, sobald ich es mir leisten kann.«

Ich will mich gerade wieder in den Kissen vergraben, als das Telefon klingelt. »Morgen, du alte Schnapsdrossel«, erklingt eine freundliche Stimme in der Leitung. Grace.

Ich stöhne innerlich auf. »Ich weiß! Es tut mir so Leid, Grace. Hab ich mich total danebenbenommen?«

»Leider ja, fürchte ich. Aber du warst sehr unterhaltsam, also vergebe ich dir, Kleines. Außerdem«, fügt sie glücklich hinzu, »hast du Punkte gut gemacht. Rate mal, warum.«

»Kann nicht, hab Kopfschmerzen.«

»Leo geht heute Abend mit Cornelia aus.«

»Was! Siehst du, ich hab dir einen Gefallen getan.« Ich fange an zu lachen, doch dadurch schmerzt mein Kopf nur noch mehr. »Bedeutet das, dass du es mir nicht übel nimmst, wenn ich Finn wieder sehe?«

»Bist du sicher, dass du das willst? Laut Stuart ist er ein ganz schöner Schwerenöter.«

Im Vergleich zu Stuart wäre sogar ein Franziskanermönch ein Schwerenöter.

»Vielleicht. Aber erst einmal muss er mich anrufen.«

»Erst einmal muss er sich von seinem Koma erholen«, entfährt es Grace. »Du hättest ihn sehen sollen, Ollie. Wir haben ihn schließlich zugedeckt und die Nacht auf dem Sofa schlafen lassen. Er ist dann irgendwann vor dem Mittagessen aufgewacht und war immer noch zu knülle, um nach Hause fahren zu können. Also haben wir ihn in ein Taxi gesetzt.«

»In diesem Fall kann ich von Glück sagen, wenn er sich überhaupt an mich erinnert«, seufze ich.

»Du könntest von Glück sagen, wenn er es nicht tut!«, scherzt Grace. »Was ist mit Dan?«

»Was soll mit ihm sein?«, entgegne ich verdrossen, da ich höchst peinlich berührt bin.

»Hat er dich heil nach Hause gebracht?«

»Ja, danke.« Ich beschließe, dass es sicherer ist, das Thema Dan Slater zu meiden. Im Moment halte ich es sogar für das Beste, so zu tun, als gäbe es ihn gar nicht. »Weißt du noch, ob ich Finn meine Nummer gegeben habe?«, frage ich in dem Versuch, das Thema zu wechseln.

»Na, wenn *du* es schon nicht mehr weißt, wie um Himmels willen soll ich es dann wissen?«, spottet sie.

»Ich glaube schon.«

»Wahrscheinlich hat er sie sowieso verloren.«

»Warum das denn?«

»Weil er so ziemlich alles verloren hat: den Großteil seiner grauen Zellen, das Frühstück, das ich versucht habe, ihm einzuflößen, als er endlich aufwachte ...«

»Ich weiß, wovon du redest!«, stöhne ich. »Auch ich fühle mich heute Morgen etwas angeschlagen.«

»Daran bist du ganz allein schuld. Stuart hält dich für komplett verrückt, weißt du.«

»So?« Ich weiß nicht, ob das aus seinem Mund eine Beleidigung oder ein Kompliment ist.

»Yep. Für durchgeknallt.«

»Sag ihm, ich hätte halt nicht mehr alle Tassen im Schrank. Ach, und Gray, wenn Finn meine Nummer *wirklich* nicht mehr hat, dann gibst du sie ihm, ja?«

»Nicht gerade sehr subtil, oder?«

»Gib sie ihm einfach, Gray.«

»Vielleicht solltest du dich ein bisschen distanzierter geben.«

»Ich bin seit mehr als zwei Jahren Single, Grace. Wie viel distanzierter soll ich deiner Meinung nach noch sein?«

In dem Versuch, jeden Gedanken an Dan Slater in den Teil meines Gehirns mit der Aufschrift »Zugang verboten« zu verbannen, wo ich die peinlichsten Zwischenfälle meines Lebens, die PIN meiner Kreditkarte und das Versteck für die Ersatzschlüssel meines Autos gespeichert habe, wende ich meine Aufmerksamkeit Finn zu.

Ich mag Finn. Es ist eine Weile her, dass ich einen Mann so mochte. Es ist nicht so, als wäre ich total abgeneigt, eine Beziehung einzugehen. Die Tatsache, dass ich die letzten zwei Jahre damit verbracht habe, mein eigenes Unternehmen aufzubauen, brachte es mit sich, dass ich nicht viel Zeit für andere Dinge hatte. Nicht, dass ich der Meinung wäre, viel zu verpassen: Beziehungen sind ein viel zu unheimliches Gut. Sie erzeugen eine Art Unsicherheit, mit der ich schlecht umgehen kann. Plötzlich findet man sich mit der einen Sache im Leben wieder, die man Angst hat zu verlieren: eine schreckliche Verantwortung. Es ist ja nicht so, dass man den Mann im eigenen Schlüpfer festkleben kann, damit man ihn nicht verlegt, so sehr der Mann das wahrscheinlich genießen würde. Ich bevorzuge meine Freunde; sie sind längst nicht so anstrengend und bei weitem rücksichtsvoller. Zumindest meistens.

Außerdem ist es eine allseits bekannte Tatsache, dass die Männer einen nur so lange wollen, bis sie einen haben. Der alte Jagdinstinkt. Das geht auf die Höhlenmenschen zurück. Sobald sie einem ein paar Mal eins über die Rübe gegeben haben, ist man weit weniger attraktiv. Dann müssen sie wieder losziehen und eine Frau auftreiben, die ein paar Beulen weniger am Kopf hat. Deshalb habe ich beschlossen, lieber weiter

Reißaus zu nehmen. Da müsste schon ein Linford Christie kommen, um mich einzuholen, doch selbst wenn Sie es wären und es täten, würde ich wahrscheinlich sowieso nicht auf Sie stehen. Ich bin heikler als ein Inspektor von der Gesundheitsbehörde in einem Lebensmittelgeschäft.

Zu dumm, was für Details einen von einem Kerl abbringen können. Zeigen Sie mir den perfekten, anständigen Mann, ich werde immer ein Haar in der Suppe finden. Ich wage gar nicht, mir auszumalen, wie es wäre, wenn ich Kinder hätte, besonders eine Tochter. Ich glaube, ich wäre die schlimmste zukünftige Schwiegermutter der Welt. Im Vergleich zu mir ist die spanische Inquisition ein freundliches Verhör. Wahrscheinlich würde ich einen von diesen Unmöglichkeitstests à la Sindbad verlangen: Wenn Sie meine Tochter heiraten wollen, dann müssen Sie mir ein violettes Chinchilla mit einer Federboa bringen, das auf dem Tisch tanzt und dazu »If you wanna be my lover« singt. Sie können keins auftreiben? Pech! Legen Sie Ihren Kopf auf diesen Holzblock, damit ich ihn abhacken kann.

Finn ist der erste Mann seit Ewigkeiten, der mich länger beschäftigt als eine trunkene Nanosekunde. Dabei hat mich mein Single-Status bisher gar nicht so besonders gestört. Heiraten und Kinder kriegen. Ich *glaube*, dass ich das will, doch dass das auch etwas ist, vor dem ich höllisch Angst habe.

Ich sage nur eins: Wenn Aschenputtel gewusst hätte, welch gewaltige Auswirkung sie auf die Frauenwelt haben würde, dann hätte sie es sich zweimal überlegt, ob sie den Mund aufmacht und die unsterblichen Wort »Eines Tages wird mein Prinz kommen« spricht. Er mag ja kommen, aber dann lässt er einen im nassen Gartenbeet schlafen, verschwindet vor dem Frühstück und taucht nie wieder auf, obwohl er es versprochen hat. Vergessen Sie den Schönling, der auf seinem Hottehü angeritten kommt und bekümmerte Maiden rettet; wer ist denn überhaupt Schuld an ihrem Kummer, das wüsste ich gern! Die Männer! Die sind's.

Dan Slater ist kein strahlender Prinz. Er ist der Schwarze Ritter. Er wütet in seinem schwarzen BMW überall in London, will sein eigenes Tyrannenreich aufbauen und scheißt auf die Leibeigenen.

Und Finn? Könnte er mein Sir Lancelot sein? Ich weiß es wirklich nicht, aber ich könnte mir vorstellen, dass er einen ziemlich guten Hofnarren abgibt. Und ich habe festgestellt, dass Sinn für Humor viel wichtiger sein kann als die Neigung, seinen Mantel über Pfützen zu werfen.

Vielleicht hatte Gray ja die richtige Eingebung. Einen vernünftigen Mann an Land ziehen statt eines tatendurstigen, aber teuflischen Ritters, der rücksichtslos mit seinem schnaubenden, schäumenden Streitross Frauenherzen plattmacht. Will sagen, wenn man einen Mann ohne Persönlichkeit hat, der nie ausgeht, es sei denn, mit einem selbst, dann muss man sich auch nie den Kopf darüber zerbrechen, was er vielleicht gerade ausfrisst. Meine Beziehungen haben immer damit geendet, dass ich von den Männern enttäuscht war. Ich glaube fast, meine Ideale in Sachen Männer sind viel zu hoch gegriffen. Wie konnte ich beispielsweise nur Integrität auf meine Liste setzen?

Ein integrer Mann?

Und die Kinder bringt der Klapperstorch.

Kapitel 5

Tanya ist aus dem Urlaub zurück. Sie ist knusprig braun und verströmt die strahlende Gesundheit aller Verhätschelten. »*Was* hat er getan!«, kreischt sie so laut, dass die Leute am Nachbartisch trotz der hämmernden Musik in der Bar beunruhigt zu uns herübersehen.

Tanya hat sich gerade erst von der Neuigkeit erholt, dass Grace in weniger als zwei Monaten heiratet. Vielleicht hätte ich die Story von Daniel Slater und dem Kuss im Vollrausch ein andermal erzählen sollen.

»Na ja, genau genommen habe ich ihn aufgefordert«, entgegne ich und sehe beschämt auf den Tisch.

»Schon, aber du warst total blau«, erklärt Tanya. »Du weißt, was das bedeutet, oder?«

»Ja, totale Erniedrigung.«

Tanya übergeht meinen Einwand. »Es bedeutet, dass er dich mag.«

»Mach dich nicht lächerlich.« Mein Kopf fährt so schnell hoch, dass ich in meinem Nacken einen stechenden Schmerz verspüre.

»Würdest du jemanden küssen, den du nicht magst?«, fragt Tanya geradeheraus.

»Vermutlich nicht, nein.« Ich greife nach meinem Weinglas und suche Zuflucht in seinem tröstenden Inhalt. »Aber das hier ist etwas anderes.«

»Ach ja?«

»Weil ich, wie ich schon sagte, betrunken war und ihn aufgefordert habe.«

»Schon, aber er hätte ja einfach gehen können.«

»Das wäre die vernünftige Alternative gewesen, ja.«

»Das sagt doch alles. Er mag dich.«

»Ich bleibe lieber bei meiner Theorie. Die ist wahrscheinlicher.«

»Was, dass es ein abgekartetes Spiel ist?«

»Um meine Moral zu untergraben, genau.«

»Und warum sollte er so etwas tun?«, fragt sie spöttisch.

»Weil er sich das Tate's unter den Nagel reißen will.«

»Das Gebäude gehört ihm bereits, Ollie.«

»Schon, aber er kann es nicht sanieren, solange mein Restaurant und ich drin sind, oder?«

»Und du bist ganz sicher, dass er das vorhat?«

»Ziemlich sicher, ja. Ich habe dir doch erzählt, dass er und seine Spießgesellen im Restaurant waren, oder?«

»Schon, aber was du gehört hast, beweist noch gar nichts. Sie hätten über alles und nichts reden können. Außerdem hat er dir doch gesagt, dass du alles missverstanden hast.«

»Mir wird er das wohl am allerwenigsten erzählen.«

Tanya seufzt. »Okay, also sagen wir mal, es stimmt. Warum sollte es dann seiner Sache dienlich sein, dich zu küssen?«

»Keine Ahnung«, stottere ich. »Um mich zu verunsichern. Um mich dazu zu bringen, das Land zu verlassen. Keine Ahnung«, wiederhole ich verzweifelt.

»Bist du dir sicher, dass das alles war? Du weißt schon, der Kuss. Sonst ist nichts passiert?«

»Ja!«, jaule ich. »Natürlich war das alles … glaube ich … oje … nein!« Ich atme tief durch und versuche, den rationellen Teil meines Gehirns zu aktivieren. Ich kann mich nicht daran erinnern, wie ich ins Bett gekommen bin. Aufs Bett schon, aber wie bin meine Klamotten losgeworden … Und dann waren da noch das Glas Wasser und der Eimer, den er aus der Küche geholt hat. Also ist er nicht sofort gegangen, nachdem er mich geküsst und – aus welchem seltsamen Grund auch immer – meiner betrunkenen Aufforderung gehorcht hat.

Tanya neigt den Kopf und lächelt. »Und … wie war's?«, fragt sie.

»O Tanya, nein, bitte frag mich nicht danach!«, jammere ich. Mein Gehirn versucht noch immer, die Erlebnisse dieser Nacht zu entwirren.

»Komm schon, Ol. Du hast mit Dan Slater geschmust. Ich will Einzelheiten.«

»Ich war besoffen. Zwei Sekunden später war ich bewusstlos.«

»Das könnte die Wirkung des Kusses gewesen sein!«

»So gut war er nicht!«

»Aha, jetzt kommen wir der Sache näher. Also war er nicht gut?«

»Das habe ich nicht gesagt! Ich meinte nur, dass ich nicht wegen des Kusses bewusstlos geworden bin. Ich habe ihm nicht den Gefallen getan, vor Entzücken taumelnd in ein Koma der Leidenschaft zu fallen.«

»Also war es zwar kein schlechter Kuss, aber es war auch nicht der beste, den du je bekommen hast. Du weißt schon, bei dem das Höschengummi rutscht und der Schlüpfer schlüpfrig wird.«

»Wenn man bedenkt, was gerade vorgefallen ist, ist das nicht gerade eine einfühlsame Frage, Tanya!«

»Scheiß auf das Einfühlsam.« Tanya grinst durchtrieben und schenkt mir in der Hoffnung Wein nach, der Alkohol möge meine Zunge lösen. »Dan Slater hört sich einfach sexy an; ich will wissen, wie es war, mit diesem Kerl zu knutschen.«

»Ich behalte mir das Recht vor, diese Frage nicht zu beantworten, weil ich mich selbst belasten könnte«, murmle ich und weigere mich, sie anzusehen.

»Es *war* gut, stimmt's?«, kräht Tanya triumphierend, als wäre sie Hercule Poirot und hätte gerade den Mörder gefunden.

Ich nicke, sehe aber immer noch nicht auf.

»Ja.« Tanya klatscht in die Hände, rutscht vom Stuhl und fängt an, kindisch um den Tisch zu tanzen. »Ich hab's gewusst«, trällert sie, tritt hinter mich und legt mir die Hände auf die Schultern. »Ich wusste es von Anfang an. Du warst immer viel zu aufgebracht über ihn. Ein todsicherer Hinweis.«

»Gut, ich geb's zu!«, knurre ich widerwillig, als sie mir über die Schulter blickt und mich zwingt, ihr geradewegs in die Augen zu sehen. »Ich finde ihn attraktiv... auf eine abstoßende Weise.«

»Was meinst du denn damit?«

»Ich meine, dass er ein attraktiver Mann ist, aber kein attraktiver Mensch. Bei der Art, wie er gerade mein Leben durcheinander bringt, sollte ich *nicht* auf ihn stehen.«

»Hört sich vernünftig an«, stimmt Tanya mir zu. »Die Menschen sind ganz schön pervers. Wir scheinen immer auf die Falschen zu fliegen, die wir eigentlich nicht mögen sollten.«

»Könnte das Grace und Stuart erklären?«, denke ich laut.

»Nichts könnte Grace und Stuart erklären.« Tanya runzelt die Stirn. »Zumindest nichts, was nicht in *Akte X* passen würde«, fügt sie ein bisschen zu laut hinzu.

Ich mache »Pst«, als Grace, die dieses sonntägliche Vormittagstrinkgelage einberufen hat, mit einer weiteren Flasche Wein von der Theke zurückkehrt. Sie grinst uns an und knallt den kalten Chardonnay zwischen unsere Gläser. Dann verstaut sie ihre Geldbörse wieder in ihrer großen Handtasche, wühlt ein bisschen darin herum und zieht eine Agenda hervor, die wirklich zu groß zum Herumtragen ist. Sie steckt voller Ausschnitte aus Zeitschriften, von denen manche auf den Tisch fallen, als sie den richtigen Monat sucht.

»Also, ich habe euch hergebeten, weil...«

»Du uns schrecklich vermisst hast und uns unbedingt sehen wolltest«, fällt Tanya mit leicht sarkastischem Unterton ein.

»Na ja, das auch.« Grace lacht kurz auf. »Aber außerdem brauche ich ein paar Angaben von euch.« Wieder rumort sie in ihrer Tasche und zieht einen Bleistift heraus, dessen zerkautes Ende sofort in ihrem Mund verschwindet, um noch weiter benagt zu werden.

»Gehen wir mal wieder aus?«, fragt Tanya aufgeregt.

»Wie in den alten Tagen«, füge ich wehmütig hinzu.

»Wir gehen auf Kleiderjagd.«

»Shopping! Klasse.« Tanya fängt sofort an zu strahlen. »Suchst du was Bestimmtes?«

»Na ja, doch, ja!« Mit hochgezogenen Brauen sieht Grace Tanya an. »Aber nur ein paar kleine, unbedeutende Dinge wie ähm… ein *Braut*kleid, *Braut*schuhe, *Braut*wäsche und ähm, na ja…« Sie bricht ab und lächelt uns hoffnungsvoll zu. »Wir brauchen wohl auch zwei Kleider für die *Braut*jungfern…«

»Brautjungfern?«, wiederholt Tanya vorsichtig.

»Klar. Was würde euch gefallen?« Grace greift nach einem der Ausschnitte und wedelt mit dem Hochglanzfoto eines lächelnden blonden Models in einer rosaroten, ausgefallenen Kreation. Anhand des kleinen Sträußchens und des Blumenschmucks im Haar erkenne ich, dass es sich um ein Brautjungfernkleid handelt und nicht um etwas aus dem altjüngferlichen Katalog der Verbrechen gegen den guten Geschmack.

»Soll das heißen, ich… äh… wir, Ollie und ich…«

»Wollt ihr?« Grace sieht uns flehend an.

Ich werfe einen Blick auf Tanya, deren Lippen und Augenbrauen zu einem Ausdruck verzogen sind, als wolle sie um Hilfe rufen.

»Natürlich wollen wir, du Dummerchen.« Ich schließe Grace in die Arme, und Tränen steigen mir in die Augen. Ich weiß nicht, ob ich vor Stolz platzen oder vor Schreck umkippen soll. Es ist eine Ehre für mich, Grace' Brautjungfer zu sein. Ich wünschte nur, sie würde auch einen Mann heiraten, der sie für den Rest ihres Lebens glücklich machen könnte, wie er das ja auch gelobt.

»Tan?«, fragt Grace zaghaft. »Ich weiß, das ist nicht ganz dein Ding, aber ich verspreche, dass ich dich nicht in etwas allzu Grässliches stecke.«

»Wie kann ich da nein sagen?«, entgegnet Tanya.

»Kannst du nicht.« Ich sehe sie warnend an, doch glücklicherweise war ich die Einzige, der die Betonung aufgefallen war, die aus dieser Frage eindeutig nicht die rhetorische machte, für die Grace sie hielt.

»Ich komme mir so mies vor.« Lustlos wischt Tanya mit einem Tuch ein Tablett ab, stellt es zurück unter den Zapfhahn und greift nach dem nächsten.

Tanya, die Gute, hat die Designerklamotten abgelegt, sich in Jeans und ein altes Sweatshirt geworfen und hilft mir jetzt, die Bar im Tate's auf Vordermann zu bringen. Normalerweise wäre auch Grace mit von der Partie gewesen. Früher einmal war das unser monatliches Ritual. Ich hatte an diesen Abenden geschlossen, und wir vier trafen uns, um die Zapfsäulen zu säubern und die große Menge Bier zu trinken, die sonst verschwendet worden wäre, was in der Regel in einer großen Party endete.

Heute sind nur Tan und ich da. Louis, der sich normalerweise auch dazugesellt, hat einen Auftritt. Wir hatten auch Grace gefragt, ob sie mitmachen und Stuart mitbringen wolle, doch anscheinend nimmt Stuffy sie dieses Wochenende zu einer Dampf-Rally mit. Nachdem sie also ihre Agenda mit den Ausschnitten aus Brautzeitschriften wieder eingesteckt hatte, ist sie nach unserem Morgenschwatz schnurstracks auf die Autobahn Richtung Leicestershire entschwunden. Indem sie uns darüber aufgeklärte, dass sich hinter einer solchen Veranstaltung eine Ausstellung von Traktoren verbirgt, hat Grace Tanya grausam desillusioniert, die dachte, dass man bei einer Dampf-Rally in die Sauna geht und anschließend nackt in einen kalten See sprintet. Das ist sehr schade, denn ich glaube, Stuart war kurz davor, mächtig in ihrem Ansehen zu steigen.

»Wir tun alles, was in unserer Macht steht, um diese verdammte Hochzeit zu sabotieren, und dann lächle ich süßlich und willige ein, ihre Brautjungfer zu sein.« Tanya schüttelt den Kopf. »Ich war noch nie zuvor Brautjungfer.«

»Bei mir ist es schon das dritte Mal.«

»Dreimal eine Brautjungfer, nie …«

»Eine Braut«, beende ich den Spruch für sie. »So schlimm ist das auch wieder nicht, wenn man bedenkt, dass ich nie jemanden getroffen habe, den ich hätte heiraten wollen.«

»Ach, arme Ollie!« Tanya umarmt mich. »Ich weiß, was uns aufmuntern wird!«, ruft sie. »Lass uns clubben gehen.«

»Was anderes fällt dir auch nie ein.«

»Nein, im Ernst, lass uns richtig einen draufmachen. Das lenkt dich ab.«

»Was, einen Ort aufzusuchen, der nur so strotzt vor gut gebauten Neunzehnjährigen in Outfits aus weniger Stoff als meiner Unterwäsche, die ihre knackigen, zellulitisfreien Körper auf der Tanzfläche durchschütteln – das soll mir helfen, mich besser zu fühlen?«

»Jede Menge Alkohol, jede Menge fetziger Musik und anschließend ein Abstecher zum All-Night-Burger«, lockt Tanya.

»Ich sage Louis Bescheid.«

»Er ist nicht der Einzige, den ich mitzunehmen gedachte.«

»Jetzt sag nicht, du willst deine letzte Eroberung mitschleppen? Das würde dich doch nur einengen.«

»Ich soll einen Kerl *in* einen Club mitnehmen? Das hieße ja Eulen nach Athen tragen. Nein, ich dachte an Gray.«

»Du machst wohl Witze!«, erwidere ich ungehalten. »Grace ist seit Ewigkeiten nicht mit uns weg gewesen. Heute Morgen habe ich sie zum ersten Mal seit ihrer Dinnerparty gesehen.«

»Eben. Das könnte unser nächster Schritt sein, um sie von du-weißt-schon-wem abzubringen. Wir finden einen anderen für sie und müssen im Gegenzug kein rosa Satin tragen...«, lockt Tanya.

»Sie wird nicht kommen. Hat wahrscheinlich längst einen spannenden Makramee-Abend mit Stuffy Stuart geplant. ›Oh, ich werde heute wohl nicht können‹, äffe ich Grace nach. ›Stuart und ich haben vereinbart, seinen Landrover auseinander zu nehmen. Morgen? Tut mir Leid, da habe ich auch schon was vor. Er braucht jemanden, der die Schafe festhält, damit sie nicht so zappeln...‹«.

»Sie kommt«, erklärt Tanya wissend und unterdrückt ein Kichern angesichts meiner gemeinen Einlage. »Sag ihr einfach, du wärst furchtbar deprimiert, und nur ihre Gesellschaft könne dich davon abhalten, dich von der Tower Bridge zu stürzen, bevor die Nacht um ist. Du weißt doch, wie ihr das Herz aufgeht bei einem traurigen Fall. Man muss sich nur Stuart anschauen...«

Nach viel gutem Zureden schaffen wir es schließlich, Grace für unseren Girlie-Abend am kommenden Freitag zu gewinnen. Wir haben vereinbart, uns alle bei Tanya zu treffen, um uns in Schale zu schmeißen. Ein Ritual, das ich schwer vermisst habe, seit Grace sich zu einer Stubenhockerin entwickelt hat.

Meine Laune bessert sich tatsächlich, als ich mich in eines von Tanyas sexy Moschino-Kleidchen zwänge und meine fantastischen neuen Schuhe von Christian Louboutin anziehe, denen ich beim letzten Schlussverkauf nicht widerstehen konnte. Für sie hatte ich sogar extra meine Notfall-Kreditkarte gezückt.

Ich drehe mich vor dem Spiegel und lächle. Ich bin ja so daran gewöhnt, meine Restaurantklamotten zu tragen. Im Moment ersetze ich sie allerdings oft durch immer fleckigere Küchenschürzen, da Claude in letzter Zeit allzu häufig durch Abwesenheit glänzt. Ich hatte ganz vergessen, wie ich mit ein bisschen Kriegsbemalung aussehe, doch das Ergebnis gefällt mir durchaus. Vielleicht könnte auch ich heute Abend ein bisschen Spaß haben und mich von dem drohenden Verhängnis ablenken, das Grays Hochzeit und das Begräbnis des Tate's für mich bedeuten. Ich spüre einen lange verschwundenen Optimismus in mir und drehe mich zu den beiden anderen um, die sich um eines meiner Lieblingskleider von Karen Millen balgen.

»Alberne Gänse, beeilt euch und werft euch in Schale, damit wir die Stadt unsicher machen können. Ich habe so ein Gefühl, dass wir einen ausgelassenen Abend vor uns haben! Oh, und lass Tanya das Kleid anziehen, Louis«, füge ich hinzu, als Grace aus dem Bad kommt. »Ich fürchte, es steht ihr viel besser.«

»O Mann, was fühle ich mich alt«, seufze ich, als ich eine weitere Truppe kichernder, Bacardi nippender Neunzehnjähriger vorbeistolzieren sehe, die unverschämt jung, geschmeidig und einfach fantastisch aussehen.

»*Du* fühlst dich alt! Du bist fünf Jahre jünger als ich!«, entfährt es Tanya. »Wenn du alt bist, bin ich ein Tattergreis. Diese letzte Aussage musst du nicht kommentieren!«, warnt sie mich, als ein Lächeln meine Lippen umspielt. »Dabei hat eine reife Frau viel mehr zu bieten als so ein junger Hüpfer.«

»Ich glaube, dieses Wort mag ich nicht … reif.«

»Zum Beispiel intelligente Unterhaltung«, spinnt Tanya unbeeindruckt ihre Bambitheorie weiter. »Oder eine ausgeglichenere Lebenshaltung, finanzielle Unabhängigkeit, ausgefeilte Sexpraktiken.«

»Zellulitis, Falten und eine biologische Uhr, die sich in eine Zeitbombe verwandelt hat«, füge ich aufgekratzt hinzu.

Sie bringt mich mit einem vernichtenden Blick zum Schweigen. »Eine jüngere Frau dagegen«, fährt sie mit Nachdruck fort, »hat geringfügig schlankere Beine... zumindest manchmal«, der vernichtende Blick folgt einer Siebzehnjährigen mit Babyspeck, deren breiter Hintern in einem nicht ganz so breiten Kleid steckt, »und macht weit mehr Theater. Apropos Theater, wo ist eigentlich Gray?«

Louis seufzt schwer und wirft ihr einen Blick zu. »Dreimal darfst du raten«, entgegnet er.

»Sie ist doch nicht etwa schon gegangen?«, fragt Tanya entsetzt. »Es ist erst halb zwölf!«

»So schlimm ist es auch wieder nicht«, antwortet er. »Aber ihr erinnert euch doch bestimmt an die Telefonzellen im Foyer... Sagen wir einfach, eine von ihnen ist wahrscheinlich gerade ein heißer Draht nach Leicestershire.«

Niedergeschlagen schüttelt Tanya den Kopf. »Ich glaube, ich brauche was zu trinken!«

Sie kehrt mit einer Flasche Champagner und vier Gläsern in der anderen Hand von der Bar zurück.

»Ooh, Champagner!«, ruft Gray, die von ihrem Telefonat mit Stuffy zurück ist und gierig die Flasche ansieht. »Mein Lieblingsgetränk! Was feiern wir denn? Nicht, dass ich einen Anlass bräuchte. Her damit!«

»Ich habe dich seit drei Wochen nicht gesehen. Wenn das kein Grund ist, dass wir mal wieder alle vier zusammen sind«, entgegnet Tanya sarkastisch, verteilt das schäumende Nass auf vier Gläser und reicht Gray das erste.

»Tut mir Leid, Kleines. Aber du weißt ja, wie das ist, ein neuer Mann…«

»Und die alten Freunde sind abgehakt.« Tanya sieht sie vorwurfsvoll an.

»*Das* wollte ich nicht sagen.« Gray schneidet eine Grimasse und erhebt ihr Glas, um einen Toast auszubringen. »Auf meine Freunde.«

»Freunde«, wiederholen wir feierlich, gerührt von diesem Lob.

»Die einen immer noch lieben, obwohl sie sich arg vernachlässigt fühlen!«, zieht Gray Tanya auf und umarmt sie, als Tan einen Schmollmund macht.

»Ich hätte dich ja zu dem Essen eingeladen«, versichert sie ihr. »Es ist doch nicht meine Schuld, dass du verreist warst und den ganzen Spaß verpasst hast.«

Mitfühlend lächle ich Louis zu, denn ich weiß, dass es ihn immer noch wurmt, nicht einmal auf der Gästeliste gestanden zu haben. »Apropos«, frage ich sie in dem Versuch, das Thema zu wechseln, weil Louis anfängt, ernsthaft zu schmollen. »Hast du Finn meine Nummer gegeben?«

»Na klar. Hat er noch nicht angerufen?«

»Vermutlich hat er es versucht, während ich unten im Restaurant war«, antworte ich ausweichend, da ich nicht glatt verneinen und mir und den anderen eingestehen will, dass er sich wahrscheinlich nicht die Mühe gemacht hat.

Ungläubig sieht Grace mich an. »Er ist sowieso nicht dein Typ«, erklärt sie sanft, damit ich nicht so enttäuscht bin.

»Woher willst du das wissen?«

»Na ja, er ist süß, aber nicht besonders zuverlässig. Du brauchst jemanden, der seriöser ist, stärker… Jemanden wie Dan Slater«, fügt sie listig hinzu.

»Was!«, explodiere ich.

»Dan mag dich.«

»Nein, das tut er verflucht noch mal nicht«, entgegne ich und werfe Tanya einen warnenden Blick zu, als sie den Mund aufmacht, um mir zu widersprechen. Ich habe Grace nichts von unserem kleinen Speicheltausch erzählt, und ich habe auch nicht die Absicht, es jetzt zu tun, weil ich damit ihre fehlgeleitete Fantasie nur noch weiter ankurbeln würde.

»Und warum hat er dich dann bitte schön nach Hause gefahren?«, beharrt Grace.

»Weil du ihn darum gebeten hast«, entgegne ich aufgebracht.

»Hab ich nicht«, antwortet sie und leert ihr Glas. »Er hat's angeboten.«

»Wirklich?«

»Yep, *und* er hat sich nach dir erkundigt.«

»Ich hoffe, du hast ihm nichts gesagt!«, grolle ich und verstecke das Gesicht in meinem Glas, um sie nicht ansehen zu müssen.

»Keine intimen Details, nein, aber ich habe ihn nach dem Restaurant gefragt.«

»Nein, Grace, das hast du nicht!« Besorgt sehe ich sie an. »Du hast mir versprochen, den Mund zu halten.«

»Ich kann doch nicht einfach zusehen, wie du dich abrackerst. Willst du nicht wissen, was er gesagt hat?«

»Ehrlich gesagt bin ich mir nicht sicher.«

»Egal, ich sag's dir sowieso«, beharrt Grace. »Er sagte, dass er eigentlich nur mal in das Restaurant gehen wollte, um einen Blick auf die Person zu erhaschen, die seine unschlagbare Edina Mason schlagen konnte…«

»Edina Mason?«

»Seine Sekretärin… Entschuldigung, seine Vorstandsassistentin. Anscheinend ist sie geradezu widerlich tüchtig, aber ein echter Drachen, und du bist die Einzige, der es je gelungen ist, sie sprachlos zu machen. Und außerdem hat er behauptet, er hätte keine Ahnung von der Mieterhöhung gehabt, die die Wohnungsverwaltung angesetzt hat.«

»Ich hätte mir denken können, dass er alles leugnet.«

»Vielleicht stimmt es aber auch. Er scheint mir aufrichtig zu sein.«

»Klar, schließlich kennst du ihn auch schon sechs Wochen. Du lässt dich nur von einem attraktiven Gesicht täuschen.«

Sie stürzt sich auf meine Bemerkung wie ein kreisender Geier. »Ah, also gibst du zu, dass du ihn attraktiv findest.«

»Wer würde das nicht finden?«, weiche ich aus. »Aber darum geht es überhaupt nicht. Es geht darum, dass seine Firma meine Existenz bedroht, und das reicht, um ihn in meinen Augen zu einem totalen Deppen zu machen.«

Ich schenke mir nach und nehme einen stärkenden Schluck von unserem Lieblingsgesöff. »Wie dem auch sei«, füge ich hinzu, da ich unbedingt das Thema wechseln will. »Ich dachte, wir sind hier, um unsere Probleme zu vergessen, nicht, um darüber zu reden. Ich will auch einen Toast ausbringen.« Ich halte inne und suche nach einem Einfall. Der Toast ist nicht die Folge eines verzweifelten Drangs, auf etwas anzustoßen, er ist eine Ausrede, um Grace von diesem Schwein Dan Slater abzubringen und noch etwas zu trinken. »Auf… äh… auf…«

Tanya kommt mir zu Hilfe. »Auf alle Männer, die wir schon geliebt haben«, verkündet sie, »und die Legionen, die noch kommen.«

Louis und Grace wiederholen den Toast mit unterschiedlicher Begeisterung; Grace verstummt, bevor sie zu dem Teil mit den zukünftigen Männern kommt. Das fällt auch den beiden anderen auf. Tan greift sofort nach Grace' fast leerem Champagnerkelch und füllt ihn zum dritten Mal bis zum Rand.

»Versucht ihr, mich betrunken zu machen?«

»Ja!«, rufen wir einstimmig und schenken ihr noch einmal nach.

Die nächste halbe Stunde verbringen wir damit, Grace Alkohol einzuflößen und ihr attraktive Männer zu zeigen. Wir haben bemerkt, dass sie sich umso mehr für das andere Geschlecht erwärmt, je angeheiterter sie ist. Und nicht gerade überraschend muss sie bald aufs Klo.

»Was reingeht, muss auch wieder raus«, zwitschert sie.

»Sie ist knülle«, flüstert Tanya mir glücklich zu.

»Nur ein bisschen«, entgegne ich. »Wochenlang nur Mineralwasser. Das bringt einen in Sachen Alkohol ganz schön aus der Übung.«

Tanya, Louis und ich nutzen die Gelegenheit, den Raum nach einem potenziellen Opfer zu durchforsten. Wir haben leicht unterschiedliche Geschmäcker. Louis scheint auf geschmeidige Glatzköpfe mit Ganzkörper-Piercing zu stehen, die Grace meiner Meinung nach überhaupt nicht gefallen würden. Tanya fährt auf hübsche Gesichter und teure Uhren ab. Ich bin mehr auf der Suche nach einem Doppelgänger von Brad Pitt, nicht für mich – ich bin eher ein Tom-Cruise-Typ –, aber ich weiß, dass Grace auf ihn abfährt, insbesondere seit sie gesehen hat, wie er sich durch *Fight Club* schwitzt.

Nach fünf Minuten gelingt es mir, jemanden auszumachen, den wir alle drei echt knackig finden und, was noch wichtiger ist, den auch Grace unserer Meinung nach echt knackig finden wird. »Der da ist doch gut.« Ich zeige ihn den beiden anderen.

Tanya starrt zum anderen Ende der Bar hinüber.

»Welcher?«

»Dunkle Haare, grünes Hemd.«

»Kann sein Gesicht nicht erkennen.«

»Ein zweiter Greg Wise.«

»Hört sich viel versprechend an.«

Er blickt in unsere Richtung, und Tanya atmet scharf ein. »Du hast Recht«, sie atmet aus und seufzt lustvoll. »Er *ist* gut. So gut, dass ich nichts dagegen hätte, ihn selbst mal auszuprobieren.«

»Ich weiß, aber denk an unsere Mission.«

»Können wir nicht einen anderen für sie auftreiben, hier wimmelt es doch von Männern.«

»Schon«, erklärt Louis ihr, »aber es wimmelt nicht von Männern, die Grace gut genug gefallen würden, um sie von Stuffy Stuart abzubringen. Du wirst wohl um Grace' willen das Opfer bringen müssen.«

»Schon gut, schon gut.« Tanya hebt beschwichtigend die Hände. »Grace kann ihn haben.«

»Und wie kriegen wir sie zusammen?«

»Ein klarer Fall für das platteste Klischee überhaupt.« Tanya steht auf.

»Was hast du vor?«

»Wart's ab.« Sie lächelt.

Sie stolziert zur Bar hinüber, dicht gefolgt von mir und Louis, und steuert zielstrebig den Erwählten an. Sie lehnt sich gegen die Theke und platzt mit dem unsterblichen Satz heraus: »Entschuldige, aber meine Freundin steht auf dich.« Sie bewerkstelligt das in einer so offensichtlich gekünstelten Weise, dass der Typ in schallendes Gelächter ausbricht, statt uns zu sagen, wir sollen abzischen.

»Ach, wirklich?« Er grinst Tanya an und runzelt amüsiert und ungläubig die Stirn.

»Wirklich«, versichert ihm Tanya und deutet auf Grace, die gerade von der Toilette zurückkommt.

Ein günstiger Moment. Ihr Haar ist ein bisschen verwuschelt, weil sie es kurz unter den Händetrockner gehalten hat, und sie trägt einen Tick zu viel Lippenstift, den sie hastig vor dem rauchgeschwärzten Toilettenspiegel nachgezogen hat. Sie wirkt etwas betrunken, etwas liederlich und einfach hinreißend.

»Wow«, entfährt es ihm anerkennend. »In diesem Fall kann ich mich wirklich glücklich schätzen.« Er spricht mit dezentem irischem Akzent – ein zusätzliches Aphrodisiakum, wobei seine Stimme ohnehin schon unglaublich sexy ist. Aus der Nähe betrachtet sieht er Greg Wise noch viel ähnlicher als zuvor. Er hat wilde, schwarze Locken, kantige Wangen und rauchgraue Augen.

Es stellt sich heraus, dass er Declan heißt und bei einem Junggesellenabschied mitmischt. Als Trauzeuge hat Declan die Aufgabe zu verhindern, dass der Bräutigam nackt an die London Bridge gebunden oder in den Zug nach Aberdeen gesetzt wird, und deshalb ist er relativ nüchtern. Der Rest der Bande dagegen trampelt gerade sturzbetrunken durch den Club und wechselt sich damit ab, bewusstlos zu werden. Declan ist darum recht dankbar für ein bisschen Gesellschaft.

Während Tanya zurückbleibt, um Declan in Grace' Interesse anzubaggern, nehmen Louis und ich uns Gray vor.

»Ich hatte fast vergessen, was für ein Spaß es ist, mit euch auszugehen«, verkündet sie, als wir uns wieder zu ihr setzen und den letzten Champagner in ihr Glas leeren – allerdings kommt nicht mehr als ein Rinnsal heraus. »Oh schade, alles alle!«, schmollt sie.

Wie aufs Stichwort kehrt Tanya mit dem deliziösen Declan im Schlepptau an den Tisch zurück. Er hat eine neue Flasche in der Hand. »Grace, dieser fantastische Mann hier ist Declan«, erklärt Tanya ihr. »Declan, das ist Grace.«

Lächelnd beugt Declan sich vor und füllt ihr Glas.

»Cheers, Declan.« Grace prostet ihm zu. »Auf dich.«

»Er gefällt ihr«, flüstert Louis mir zu.

»Wem auch nicht?«, entgegne ich. »Aber woher weißt du das?«

»Sie hat nicht gesagt, er soll Leine ziehen«, erwidert Louis geradeheraus. »Eine Premiere heute Abend.«

Ich glaube, Louis hat Recht. Ich beobachte, wie Grace auf ihrer schmalen Sitzbank zur Seite rutscht, um Declan Platz zu machen. Sie lächelt ihm zu, als er sich neben sie setzt und sich viel näher an sie drängt, als er eigentlich müsste. Sie plaudern über eine Stunde miteinander und arbeiten sich bis zum Boden von Declans Champagnerflasche vor. Ich kann nicht verstehen, was sie reden, aber sie scheinen sich bestens zu amüsieren.

Tanya hält begeistert ihre Daumen hoch, als sie viel später zusammen aufstehen. Wir verfolgen, wie Declan Gray auf die Tanzfläche führt und sie zu einem zärtlichen Kuss an seine männlich breite Brust zieht. Dummerweise verlieren wir sie in der Menge tanzender Pärchen, die eine schnelle Fummelei zu einem langsamen Fox hinlegen, nur zu bald aus den Augen. So kommt es, dass wir uns selber mehr oder weniger aufs Rumschmusen verlegen, damit wir näher herankommen und die Fortschritte verfolgen können. Da zwei verschlungene Mädchen viel zu viel männliche Aufmerksamkeit auf sich ziehen, schnappen wir uns Louis und tanzen beide mehr oder weniger mit ihm und mit uns. Schwerfällig manövrieren wir in seltsamer schmusender Dreieinigkeit über die Tanzfläche, bis sie wieder in Sicht sind.

»Küssen sie sich?«, fragt Louis, der ihnen den Rücken zudreht.

Tanya verrenkt sich den Hals, um über die Schulter zu schauen. »Nein, ich glaube, ihr Kopf ist nur im Vollrausch an seine Brust gesunken.«

Eine Herde besoffener Kerle stürmt über die Tanzfläche, die Arme um die Schultern gelegt wie ein Rugby-Team beim Schlachtruf. Als die Sicht wieder frei ist, sind Grace und Declan verschwunden.

Wir teilen uns schnell auf und schwärmen in verschiedene Richtungen aus, um zu sehen, ob wir sie irgendwo entdecken können. Tanya und ich treffen uns zehn Minuten später an unserem Tisch wieder. Keiner von uns ist es gelungen, sie zu finden. Louis aber, der wenige Minuten nach uns außer Atem zurückkommt, hatte mehr Glück.

»Hast du sie gefunden?«, erkundigt sich Tanya.

Louis, der immer noch nach Luft ringt, nickt aufgeregt. »Sie ist mit dem deliziösen Declan nach draußen gegangen«, keucht er und grinst glücklich.

»Ja!« Tanya und ich ballen triumphierend die Faust. »Wir haben's geschafft, endlich!« Sie schnappt mich und wir hoppeln über die Tanzfläche wie zwei grinsende Deppen, dann schnappen wir uns Louis und gehen zum Tisch zurück, um zur Feier noch ein Gläschen zu trinken.

Zwanzig Minuten später, als wir gerade eine weitere Flasche Moët in Angriff genommen haben, torkelt Grace wieder herein, allein, aber mit Declans Jackett über den Schultern.

»Was für ein netter Mann«, nuschelt sie glücklich, lässt sich auf den Stuhl neben mir plumpsen und stibitzt mein Glas.

»Wirklich?«, fragen wir wie aus einem Mund.

»Ja, sooo liebenswürdig.« Sie unterbricht sich, weil sie Schluckauf hat. »Er hat mir seine Jacke geliehen, weil es draußen kalt ist.«

»Und was genau habt ihr draußen gemacht …«, hakt Tanya nach.

»Na ja, er war so nett …«

»Ja«, helfen wir ihr weiter.

»Mir sein Handy zu leihen, damit ich Stuart anrufen kann. Es war ein wuuunderschöner Abend, wirklich, aber ich vermisse ihn ja SOOO.«

»Aaaah!« Tanya kreischt laut, ihr Kopf fällt nach vorn, und sie stößt die Stirn verzweifelt gegen die Tischplatte.

»Alles in Ordnung?«, lallt Grace, beugt sich vor und tätschelt wirkungslos Tans Schulter.

»Ja, ihr geht's gut.« Ich seufze tief. »Sie hatte nur einen etwas stressigen Abend.«

»Was für eine Verschwendung...«, murmelt Tanya vor sich hin. »Was für eine elende Verschwendung.« Langsam hebt sie den Kopf und sieht zu mir hoch. Aus den funkelnden grünen Augen spricht plötzlich Entschlossenheit. Sie greift nach ihrem Glas, kippt den Rest Champagner hinunter, steht dann auf und schnappt sich das Jackett, das Gray abgelegt hat.

»Wo willst du hin?«

Tanya hält die Jacke vors Gesicht und atmet den Duft nach Mann und CK One ein. Dann lächelt sie mir lüstern zu. »Der Besitzer dieser Jacke ist zum Anbeißen, und wenn Gray ihn nicht will...«

Ich bin fix und fertig. Nach dem reichlich weinseligen Freitagabend haben Louis und ich gestern noch eine Privatparty drangehängt, bis zwei Uhr früh durchgemacht und die nächsten anderthalb Stunden mit Aufräumen zugebracht. Dann musste ich bereits um sieben Uhr morgens wieder aufstehen, um die ausgebuchte Mittagsschicht des Sonntags vorzubereiten. Louis hat seinen freien Tag; so viel Glück habe ich nicht. Wenn ich nicht aufpasse, schlafe ich mit dem Kopf in der Bratpfanne ein. Ich habe mir bereits zweimal die Augenbrauen angesengt, weil ich zwar die Soße vom Herd genommen, meinen Kopf aber vergessen habe.

Ich bringe den größten Teil des Mittagsansturms hinter mich und überlasse es dann Melanie, Claude und einer meiner studentischen Aushilfen, mit den letzten Zuckungen der sonntäglichen Esser zurechtzukommen. Ich gehe nach oben und lasse mich rückwärts aufs Bett fallen, zu müde, um auch nur die Schürze abzunehmen oder mich ins Bad zu schleppen, wo ich das Übermaß an Frittierfett abwaschen könnte. Doch ich habe die Augen noch keine dreißig Sekunden geschlossen, als es klopft. Stöhnend schleppe ich mich zur Tür.

»Könnt ihr nicht mal zwei Minuten ohne mich zurechtkommen? Es ist mir egal, ob gerade die gesamte Mannschaft von Arsenal London im Bus angekarrt wurde und nach einem Vier-Gänge-Menü verlangt. Ich komme nicht wieder runter«, verkünde ich und reiße die Tür auf.

Ich brauche einen Moment, um das Gesicht des Mannes wiederzuerkennen, der da auf meiner Türschwelle steht. Es ist ein sehr attraktives Gesicht mit lebhaften grünen Augen und einem Mund, dessen Winkel bei meinem Anblick zucken. Und wenn ich von Anblick rede, dann meine ich einen echten »Anblick«. *Er* ist tadellos, aber lässig angezogen, in schwarzer Hose und einem beigen Pullover von Nicole Fahri. Sein von der Sonne gebleichtes goldbraunes Haar ist gepflegt und nachlässig-sorgfältig verwuschelt.

Ich habe Butter im Haar, dunkelrote Kohlflecken überall auf der Hose, angesengte Augenbrauen, die wahrscheinlich immer noch kokeln, und eine Spur angetrockneter Soße auf der Stirn.

Das perfekte Timing.

»Hallo, Finn«, murmle ich und erhöhe mein attraktives Aussehen noch, indem ich mir den Schlaf aus den Augen reibe, der prompt an meiner Wange kleben bleibt.

Vielleicht habe ich ja Glück und er steht auf den Look der katastrophalen Köchin – SCHÖN WÄR'S.

Doch Finn gibt keinen Kommentar ab. Stattdessen beugt er sich vor und küsst mich auf die Wange, die nicht mit Augenschmiere bedeckt ist. Er grinst breit. »Du riechst wundervoll!«, eröffnet er.

»Ach ja?« Ich fahre erstaunt zurück, sowohl wegen des Kusses als auch wegen des Kompliments.

»Aber hallo. Roastbeef und Yorkshire Pudding. Lecker. Ich

könnte dich aufessen.« Er schaut genauer hin. »Oder auch von dir essen. Es kleben genug Speisereste an dir, um noch mindestens drei weitere Personen zu verköstigen.«

»Oje.«

»Nein, ist doch toll, du siehst aus wie abstrakte Kunst.«

Es mag zwar blöd klingen, aber es ist das Netteste, was ein Mann in letzter Zeit zu mir gesagt hat. So ein kleines Kompliment tut dem angeknacksten Selbstbewusstsein einer Frau echt gut. Er grinst mich an. Ebenmäßige weiße Zähne. Ich würde das Lächeln ja erwidern, aber wahrscheinlich sitzt ein Stück Kruste vom Schweinebraten zwischen meinen Vorderzähnen.

»Tut mir Leid, dass ich nicht vorher angerufen habe. Aber neben einem Großteil meiner kleinen grauen Zellen ist mir bei Grace' Party auch deine Telefonnummer abhanden gekommen. Das heißt, falls du sie mir überhaupt gegeben hast. Ich fürchte, ich kann mich nicht mehr daran erinnern. Ich weiß, dass ich sie auch von Grace hätte bekommen können«, fügt er hinzu und spricht damit den Gedanken aus, der mir gerade durch den Kopf fuhr, »aber ich mag es, die Leute zu überraschen. Das ist wohl der Journalist in mir. Hättest du gern einen Journalisten in dir?«

»Wie bitte?«

Er bricht in schallendes Gelächter aus. »Du hast richtig verstanden. Einen Versuch ist es wert. Aber wenn dir nicht nach hemmungslosem Sex am Nachmittag ist, wie wäre es dann mit einem Drink?«

»Ich hatte vor, diesen Nachmittag im Bett zu verbringen ... allein und im Tiefschlaf!«, betone ich, als das durchtriebene Grinsen auf Finns Gesicht zurückkehrt.

»Der erste Teil hörte sich viel versprechend an ... Komm schon, Ollie, ich brauche ein bisschen Gesellschaft. Mir fällt niemand sonst ein, mit dem ich den Rest des Tages verbringen möchte.«

Noch ein Kompliment. Es gefällt mir. Außerdem war ich in letzter Zeit so viel hier, dass es mir wohl einmal ganz gut täte rauszukommen. Einige Stunden alles hinter mir zu lassen und mal für wenigstens zehn Minuten an etwas anderes als Essen zu denken.

»Ich dachte, wir könnten ein bisschen raus aufs Land fahren und zu Abend essen«, fährt Finn fort, der meint, er müsse mir die Sache schmackhaft machen, da ich noch nicht geantwortet habe.

Na ja, es ist zwar immer noch Essen, aber wenn jemand anders es kocht, wer wird da Nein sagen? »Hört sich klasse an. Aber …«, ich deute auf mein Outfit. »Ich glaube, ich sollte mich vorher noch umziehen.«

»Musst du nicht. Ich mag diesen raubeinigen Charme.«

»Ich sehe raubeinig aus! In diesem Fall ziehe ich mich ganz sicher um!«

Für diese besondere, gutmütige Beleidigung lasse ich Finn warten, während ich nicht nur dusche und mich umziehe, sondern auch noch mein Haar style, Make-up auflege und drei verschiedene Outfits ausprobiere.

»Wow, du hast ja ordentlich geschrubbt, was?«, schwärmt er, als ich endlich aus dem Schlafzimmer auftauche.

Ich weiß nicht, warum ich mir so viel Mühe mit meiner Frisur gegeben habe: Finn fährt einen alten MG Roadster. Ausnahmsweise scheint die Sonne, also ist das Verdeck heruntergeklappt. Als wir den Pub in Warwick erreichen, den er für das Abendessen ausgesucht hat, sehe ich aus, als hätte ich einen großen, verfilzten Bienenstock auf dem Kopf.

Während ich auf der Damentoilette versuche, mit einem Kamm durch mein Haar zu fahren, bestellt Finn schon mal die Getränke und belegt einen Tisch auf der Terrasse, die auf den Fluss hinausgeht.

»Hat Grace uns schon vergeben?«, fragt Finn und reicht

mir einen großen Gin Tonic, als ich ihm gegenüber Platz nehme.

»Was, dass wir uns haben voll laufen lassen oder dass wir ihre Kupplerei durchkreuzt haben?«, frage ich und greife dankbar zu.

»Sowohl als auch.«

»Ja, in beiderlei Hinsicht, Gott sei Dank. Hast du schon von Leo und Cornelia gehört?«

»Nein, aber ich kann mir schon denken, was du erzählen willst. Ich sagte ja, dass sie gut zusammenpassen. Für so was habe ich einen Riecher.« Er tippt sich mit einem Finger an die Nase, während er das sagt. »Wenn wir schon beim Thema sind: Willst du mir nicht erzählen, warum du Dan Slater so verabscheust?«

Oje. Musste er diesen Namen erwähnen? Seit jenem Abend habe ich diesen Mann in die dunkelsten Ecken meines Bewusstseins verdrängt und vergeblich gehofft, ich könne es vergessen... Sie wissen schon, was genau ich vergessen will.

»Nun?«, hakt er nach.

»War das so offensichtlich?«

»Yep«, erwidert Finn unumwunden. »Selbst wenn man die Körpersprache außer Acht lässt, war die Aufforderung, ihn aus dem Fenster zu stoßen, doch ein dezenter Hinweis.«

Eine Pause entsteht, als eine Bedienung uns die Karten reicht, die ich mit Kennermiene studiere, wie ich hoffe. Ich schwanke zwischen dem hausgemachten Fischgratin und dem spanischen Hühnchen.

»Es ist ganz einfach«, setze ich an, als ich mich endlich für den Fisch entschieden habe und Finn ein Medium-Steak bestellt hat. »Seine Firma hat im Grunde meine ganze Straße aufgekauft.«

»Ah, verstehe«, sagt er langsam.

»Und was macht so ein Immobilienhai normalerweise?«

»Äh … luxussanieren und weiter verscherbeln«, seufzt er wissend.

»Genau. Ich habe mir zwei Jahre lang den Arsch aufgerissen, um mein Restaurant aufzubauen, und dann kommt Slater Enterprises.«

»Vielleicht will er gar nicht sanieren?«, wendet Finn ein.

»Was sonst sollten sie mit den ganzen Gebäuden vorhaben?«

»Da wären zum Beispiel die Mieteinnahmen …«

»Wem sagst du das. Das Erste, was ich von ihnen bekam, war eine Mieterhöhung. Kurz danach kam ein Angebot für eine Übernahme. Ich hoffe nur, wir können die Erhöhung wieder reinholen und uns irgendwie durchwursteln. Dabei bin ich es leid, mich immer durchzuwursteln. Es fing allmählich an, gut zu laufen, und das habe ich genossen!«

Ich erzähle Finn, dass ich Dan mit zwei anderen Anzugträgern aus dem Antiquitätengeschäft habe kommen sehen, und auch, dass ich ihr anschließendes Gespräch im Tate's belauschen konnte. Den Teil, wie ich Dan Slater anschließend verbal attackiert habe, lasse ich allerdings weg.

Finn lehnt sich zurück und hört zu. Er tut nicht nur so, nein, er ist wirklich ganz Ohr. Es tut gut, mit jemandem reden zu können, der nicht irgendwie in die ganze Sache verwickelt ist. Mit jemandem, der objektiv ist, unvoreingenommen. Ich schimpfe mich durch das ganze Essen, ohne dass er mich unterbricht. Balsam für meine Seele, aber wohl kaum ein spannender Abend für ihn.

Ich breche verwirrt ab und entschuldige mich. Er überhört meine Entschuldigung einfach, verschränkt stattdessen die Hände und stützt das Kinn darauf. Dann sieht er mir unumwunden in die Augen. »Warum setzt du nicht einfach die Vorteile ein, die du nun einmal hast?«, fragt er.

»Als da wären?«

»Na ja, mal abgesehen von zwei unglaublichen … Augen …« Sein charmant durchtriebenes Grinsen hält mich davon ab, Finn bei diesen Worten einen Tritt vors Schienbein zu verpassen. »Wie steht's mit dem Restaurant?«

»Das liegt ja nahe. Glaubst du etwa, ich hätte nicht nach Möglichkeiten gesucht, das Geschäft anzukurbeln? Wir können es nicht vergrößern. Wir schließen sowieso nur, wenn es sich nicht rechnet zu öffnen. Ich habe meine Lieferanten bereits bis an die Grenzen ihres Profits heruntergehandelt, und ich habe auf so gut wie alles auf der Speisekarte und an der Bar zwei Prozent aufgeschlagen. Ich habe getan, was ich konnte.«

»Bist du sicher? Man isst ja nicht nur mittags und abends, weißt du.«

»Worauf willst du hinaus, Finn?«

»Denk mal drüber nach. Wenn ich über Nacht bliebe, würden wir dann bei dir frühstücken oder woanders hingehen?«

»Was?«

»Denk über die Frage nach, nicht über die Konnotationen.«

»Gut«, entgegne ich gedankenverloren. »Na ja, wohl bei mir, weil in der Nähe nichts Geeignetes ist … Es gibt da was bei Tan um die Ecke, aber das ist Meilen entfernt.«

Allmählich dämmert es mir. Die Idee ist so simpel wie genial. »O Finn, ich liebe dich!«, kreische ich, springe auf und schlinge die Arme um seinen Hals.

»Es ist ein bisschen früh, um schon von Liebe zu sprechen«, murmelt er lachend in mein Haar, »aber du könntest deine Dankbarkeit auf andere Art zeigen.«

»O ja, natürlich.« Ich lehne mich noch enger an ihn und sehe lächelnd zu ihm auf. Als er gerade annimmt, ich würde gleich einen Kuss auf seine wartend gespitzten Lippen drücken, beuge ich mich zur Seite, ziehe meine Tasche unter dem Stuhl hervor und zücke meine Brieftasche. »Ich lade dich ein …«

Es ist Montag; das Tate's ist wie üblich an diesem Abend geschlossen. Deshalb haben Tanya und ich das Restaurant für uns allein. Wir genießen einen der seltenen Abende zu zweit, an einem meiner besten Tische, mit einer Flasche meines teuersten Rotweins und einem Festmahl, das aus einem großen Teller Resten und sich verlockend ringelnder, doch widerlich fetter Cumberland-Würstchen besteht.

»Ich glaube, ich habe eine Lösung für meine Finanzkrise gefunden«, verkünde ich und schneide genussvoll eines der knackigen Würstchen an.

Tanya ist noch immer völlig erschüttert von der Tatsache, dass ich anscheinend zum ersten Mal seit Ewigkeiten etwas unternommen habe, was ihrer Meinung nach einem Date gleichkommt. »Wann kriege ich Finn denn endlich zu sehen?«

»Oh … lass mich nachdenken … wahrscheinlich … nie?«

»Das glaube ich weniger, Schätzchen. Du weißt, was sich gehört: Neue Eroberungen müssen vorgestellt werden. So lautet die Regel. Selbst Stuart mit u musste sich dieser Regel unterwerfen. Leider!«

»Er ist keine Eroberung. Wir waren nur mal was trinken, Tan, das ist alles.«

»Kann ja sein, aber bei dir ist das wie bei Elisabeth der Ersten, die ihre Verlobung bekannt gibt! Komm schon, erzähl mal, wie ist er?«

»Nett.«

»Nett!«, kreischt sie entsetzt. »Nett! Bitte nimm dieses Wort nicht mehr in den Mund, Ollie. Sonst denke ich noch, du schlägst denselben traurigen Weg ein wie unsere arme Grace.«

»Nein! Doch nicht diese Art nett!«, beeile ich mich, ihr zu versichern. »Finn würde dir gefallen, er ist witzig.«

»Na ja, wenigstens etwas.«

»Aber egal«, falle ich ihr ins Wort, »ich habe dir etwas viel Wichtigeres zu erzählen …«

»Ja, entschuldige.«

»Also, wie ich schon sagte, ich … also Finn und mir … uns ist eine Möglichkeit eingefallen, genug Geld einzunehmen, um die Mieterhöhung zu kompensieren.«

»Willst du also doch deinen Körper verkaufen?«, stichelt sie.

»Wohl kaum. Ich glaube nicht, dass ich mit zwei Pfund fünfzig weit komme«, scherze ich. »Nein. Mir ist etwas viel Besseres eingefallen. Ich werde einfach die Vorteile einsetzen, die ich bereits habe, und daraus Profit schlagen«, erkläre ich ihr, indem ich Finns weise Worte aufgreife.

»Also *wirst* du deinen Körper verkaufen.«

»Komm aus der Gosse, Tanya, ich spreche vom Restaurant. Ich werde demnächst auch Frühstück anbieten.«

Sie denkt einen Moment nach und kaut schweigend auf einer Gabel Kartoffeln und Kohl. »Bist du sicher, dass das kostendeckend ist?«, fragt sie schließlich vorsichtig.

»Ich habe mir die Mühe gemacht, mal ein paar Zahlen durchzurechnen, und ich bin davon überzeugt, dass es funktioniert. Claude brauche ich nicht kommen zu lassen. Ich kann die Küche übernehmen, was vorteilhaft ist, wenn man bedenkt, dass meine Arbeit so ziemlich das Einzige ist, was hier zur Zeit umsonst ist, und Louis sagte, er könne ein paar Extraschichten brauchen.«

»Und seine Schauspielerei?«

»Na ja, er ist zwar überzeugt, dass sie bei *EastEnders* noch einen schwulen Charakter einbauen könnten, aber bisher ist der Anruf der Casting-Agentur ausgeblieben.«

»Und in der Zwischenzeit mimt er weiterhin den begabtesten Kellners Londons.«

»Ja, und er hat versprochen, nicht jedem Gast etwas vorzusingen, der auch nur entfernt nach einem Talent-Scout von EMI aussieht.«

»Und keinen Hamlet mehr beim Servieren. Es kann einem

ganz schön den Appetit verderben, wenn er, eine halbe Honigmelone in der Hand, in ein ›Ach armer Yorick!‹ ausbricht. Insbesondere, wenn er anschließend wild mit einem Steakmesser drauflos sticht und in die Soße mit den Waldfrüchten haut – lauter kleine rote Spritzer… igitt!« Tanya schaudert.

»Glücklicherweise macht er das nur in der Küche! Aber egal, was hältst du davon?«

»Von was?«

»Von meiner Idee mit dem Frühstück.«

Sie schüttelt den Kopf. »Tut mir Leid, ich habe immer noch Visionen von einem wild gewordenen Louis. Aber hört sich klasse an«, fährt sie wenig überzeugend fort. »Wenn du sicher bist, dass du mit der zusätzlichen Arbeit fertig wirst.«

»Das muss ich wohl, oder? Entweder das oder schließen. Und es kommt überhaupt nicht in die Tüte, dass dieses Schwein Dan Slater mich schlägt.«

»Ich hätte nichts dagegen, wenn er mich etwas schlagen würde…«, sinniert Tanya mit einem abwesenden Ausdruck in den Augen. »Ein nettes Stück glitschiger Sellerie, Handschellen, vielleicht ein bisschen Leder… Ich würde mir ja auch die Augen verbinden lassen, aber dann könnte ich nicht sehen, was er zu bieten hat…«

Leider sind nicht alle so begeistert von meiner Idee wie Finn, Louis und Tanya.

»Was hast du vor?«, ruft Grace entrüstet.

Es ist Dienstagnachmittag, der Mittagstrubel ist gerade vorbei. Grace und ich sitzen in der Restaurantküche und blättern einige Zeitschriften voller Rüschen durch, die sich Brautjungfernmode schimpfen.

»Man könnte meinen, ich hätte dir gerade eröffnet, dass ich im Tate's Table-Dancing veranstalten will«, grolle ich und überblättere hastig ein abstoßendes pastellrosa Gebilde, bei dessen Anblick selbst der eingefleischteste Fan der Siebziger einen Herzanfall bekäme.

»Wenn man bedenkt, was es dir bringen wird, kommt es aufs Gleiche raus, Ollie. Du hast Jahre gebraucht, um dir einen guten Ruf aufzubauen, Jetzt soll das alles den Bach runtergehen, nur weil du das Tate's in eine billige Frühstückskneipe umwandeln willst!«

»Wenn da nicht dein widerlicher Freund Dan-das-Schwein wäre, müsste ich nicht einmal darüber nachdenken«, entgegne ich patzig.

»Dan? Dan würde sich mit so etwas nicht abgeben.«

»Ach, ist sich der werte Herr etwa zu schade für jemanden wie mich? Dann wüsste ich gern, warum er ständig hier isst. Das nenne ich Sich-abgeben-mit. Der bezahlt gar nicht erst jemanden, um mir auf die Pelle zu rücken, das macht er gleich selbst.«

»Dan isst hier?«

»Tu bloß nicht so überrascht, schließlich haben wir einen ziemlich guten Ruf«, spotte ich. »Sogar gut genug für jemanden, der so hoch über mir steht wie Daniel Slater.«

»Du weißt genau, dass ich es nicht so gemeint habe, Kleines.« Gray lässt sich nicht provozieren, sondern schaut nur einen Moment versonnen vor sich hin und lächelt dann rätselhaft.

»Du brauchst gar nicht so zu grinsen«, murre ich verdrießlich.

»Ich hatte gerade einen sehr amüsanten Gedanken.«

»Wie schön, dass wenigstens einer die Situation amüsant findet.«

Sie blickt mich vorwurfsvoll an.

»Schon gut, schon gut, also warum ist Dämon Dan deiner Meinung nach plötzlich dazu übergegangen, sein Gesicht in meinem Restaurant zu zeigen, wenn es nicht Teil seines raffinierten Komplotts ist, um mich hier rauszuekeln?«

Gray behält ihr Mona-Lisa-Lächeln bei.

»Komm schon!«, bettle ich. »Spuck's aus.«

»Also…«, gibt sie schließlich zu, indem sie mich schüchtern ansieht, »vielleicht steht er einfach auf dich.«

»Auf mich stehen!«, stammle ich. »Klar, und ich tanze nackt auf deiner Hochzeit!«, fahre ich sarkastisch fort.

»Das ist gar nicht so unwahrscheinlich«, das Mona-Lisa-Lächeln wird zu einem breiten Grinsen, »kommt ganz darauf an, wie viel Schampus du dir hinter die Binde gießt, wenn ich nicht hinsehe!«

»Fang nicht wieder damit an, Gray. Der Abend neulich hat mir gereicht. Heute gibt es keine Entschuldigung, du bist nüchtern. Dass Daniel Slater auf mich steht, ist in etwa so wahrscheinlich wie die Tatsache, dass ich mein Restaurant kampflos aufgebe«, erkläre ich ihr und bin insgeheim froh, dass ich die Geschichte mit dem »Kuss« nie erwähnt habe.

»Für mich macht das Sinn: Warum sonst sollte er plötzlich hier essen? Und außerdem *hat* er darauf bestanden, dich nach Hause zu fahren…«

»Ich sagte dir doch…«

»Um Himmels willen, Ollie, hör auf mit deiner Verschwörungstheorie, ja?«

»Zumindest ist sie wahrscheinlicher als deine Theorie.«

»Ich sehe nicht, dass es ihm weiterhilft, dir zusätzliche Einnahmen zu verschaffen, wenn sein wahres Ziel angeblich darin besteht, dich hier rauszukriegen. Wir waren ein paar Mal mit Dan aus, und es war wirklich nett.«

»O ja, kann ich mir vorstellen«, entgegne ich trocken.

»Und warum auch nicht«, antwortet Grace geduldig. »Er ist Single, solvent und super-sexy.«

»O Mann, Grace, du bist ja ein One-Woman-Fanclub. Der Himmel weiß, warum du Stuart heiratest…«

»Um eine sehr glückliche Frau zu werden«, erwidert Grace

selbstgefällig. »Vielleicht sollte ich Cupido spielen und meinen Zauberstab auf dich und Dan richten, damit wir eine Doppelhochzeit veranstalten können.«

Grace duckt sich, als ich ein Päckchen Speck nach ihr werfe – hart. »Du willst das Ganze wohl noch schlimmer machen«, murmle ich und klaube die Speckscheiben aus der Kiste mit dem geschnittenen Weißbrot, in die sie gefallen sind. »Außerdem hat Cupido keinen Zauberstab, sondern einen Bogen, und der ist bei weitem tödlicher. Du kannst ruhig einen Pfeil mitten in Schwein Dans Herz abfeuern, wenn du willst, solange es ein *wirklich* scharfer ist.«

»Ich meine es ernst, meine Liebe. Es ist nur plausibel, dass er hier isst, weil er *dich* genauso mag wie das Essen.«

»Na klasse, dann kann er mich ja einfach seiner Liste hinzufügen, was? Eine weitere Nummer in seinem gar nicht so kleinen schwarzen Büchlein. Gleich unter der armen Miranda, dieser pferdegesichtigen, wasserstoffblonden Blondine …«

»Die Liste ist gar nicht so lang«, kontert Grace, die meine Tirade gegen Miranda überhört. »Ich glaube, dass er einfach noch nicht die Richtige gefunden hat.«

»Versuch mal, das Miranda zu erklären.«

»Nur weil *sie* sich für die Richtige hält, heißt das noch lange nicht, dass auch Dan dieser Meinung ist.«

»Ich kann mir vorstellen, dass es ziemlich schwer sein dürfte, die richtige Frau für Dan Slater zu finden.«

»O ja«, sinniert Gray, an der mein Sarkasmus abprallt. »Sie muss jemand ganz Besonderes sein.«

»Sie muss eine Heilige sein.«

»Sie muss sehr attraktiv sein. Du bist sehr attraktiv, weißt du.«

»Ooh, ich weiß«, höhne ich. »Speck wirkt Wunder für Ihre Haut.«

»Sie muss sehr klug sein. Humorvoll. Fesselnd. Unabhängig. Vielleicht ist sie selbständig …«

»Hör mit den Anspielungen auf, Grace, deine Fantasie geht mit dir durch. Im übrigen bin ich nicht mehr lange selbständig, wenn es nach Dan Slater geht.«

»Hör mal, ich bin mir ziemlich sicher, dass Dan damit *persönlich* nichts zu tun hat. Aber wenn du willst, könnte ich Stuart bitten, ein Wort mit …«

»Wage es bloß nicht«, warne ich sie. »Ich schlage meine Schlachten selbst, vielen Dank.«

»Was, etwa mit acht Pfund Speck und zwölf aufgeschnittenen Brotlaiben?«

»Lass die Witze, das ist schließlich der Schlüssel zu meiner finanziellen Absicherung.«

»Es ist dir ernst mit der Frühstückerei, was?«

»Yep«, erwidere ich nachdrücklich.

»Ich muss gestehen, ich bewundere deine Entschlossenheit. Aber mal ehrlich, Öl, Speck und Eier … das ist wohl kaum Haute Cuisine.«

»Dann muss ich es eben zur *neuen* Haute Cuisine machen. Ich werde in ganz London berühmt sein für meine Smileys aus zwei Spiegeleiern und einem knusprigen Streifen Speck. Aber Witz hin, Witz her, es ist mir egal, ob das Junk-Food ist, Grace, solange es mir die Möglichkeit bietet zu überleben.«

»Steht es denn wirklich so schlecht?«

»Das wird es, sobald die Mieterhöhung greift«, gestehe ich. »Ich brauche drastische Maßnahmen, und das ist die Lösung.«

Grace nimmt meine Hand und drückt sie sanft. »Wenn das so ist, hoffe ich, dass es funktioniert.«

»Ich auch, Gray. Ich auch.«

»So!« Sie lässt meine Hand los, grinst breit und greift nach der aufgeschlagenen Zeitschrift für Brautmoden. »Jetzt machen wir besser weiter und suchen Tan und dir ein Kleid aus. Sonst tanzt du wirklich nackt auf meiner Hochzeit!«

Kapitel 6

Die Küchentür geht auf, und Tanyas tadellos frisierter Kopf lugt um die Ecke. »Halloooo.« Sie grinst breit. »Wollte mal sehen, wie es so läuft an deinem ersten Frühstückstag. Ich hätte ja auch eine Schale Müsli bestellt, um meine Solidarität zu beweisen, aber dem Andrang nach zu schließen hast du die gar nicht nötig.«

»Ich bin die Königin des Bratfetts«, antworte ich grinsend und wedle mit einem Pfannenwender. »Und denke bereits über eine Namensänderung nach: Aus dem Tate's wird das Travolta! Statt Olivia Newton John tanzt hier Olivia Bacon Brot.«

Tanya kommt zu mir und drückt mich fest an sich, wobei sie riskiert, ihre schicke Gucci-Jacke von oben bis unten der Heerschar Flecken hinterlassender Substanzen wie Bratfett und Bohnensaft auszusetzen. »Um ehrlich zu sein, ich hätte nicht gedacht, dass hier in der Gegend großer Bedarf an einer billigen Frühstückskneipe besteht.«

»Machst du Witze? Hier sind bereits ganze Tanzklassen aus der Schule um die Ecke angetreten, um ein komplettes englisches Frühstück runterzuschlingen! Ich sollte meine Karte vergessen und nur noch Eier mit Speck anbieten. Gute alte englische Frittierfreuden. Wer hätte je gedacht, dass daraus die neue Haute Cuisine wird«, jauchze ich und denke insgeheim an mein Gespräch mit der alles andere als zuversichtlichen Grace.

»Ich muss gestehen, dass ich Zweifel hatte«, eröffnet Tanya grinsend. »Aber ich freue mich, dass ich mich getäuscht habe.«

»Keine Sorge, Babe, Grace hielt es auch nicht für eine tolle Idee, sie hat ihre Bedenken nur lauter artikuliert!«

»Wo wir gerade von Grace sprechen, obwohl wir das eigentlich gar nicht tun, aber tun sollten ... Ich meine, ich weiß ja, dass du in letzter Zeit viel um die Ohren hattest ...« Sie bricht ab und sieht zu, wie ich zwei Spiegeleier auf einen Teller gleiten lasse, auf dem bereits Speck und Pilze warten. »Aber diese verdammte Hochzeit rückt näher und näher, und sie scheint immer noch entschlossen, ja zu sagen.«

»Was also schlägst du vor?«

»Wir müssen unsere Kampagne ausweiten. Bisher hat nichts von dem, was wir versucht haben, funktioniert.«

»Vielleicht sollten wir daraus Schlüsse ziehen?«

»Genau, zum Beispiel, dass drastischere Maßnahmen erforderlich sind.«

»Genau, zum Beispiel, sie in Ruhe zu lassen. Ich bin zu der Erkenntnis gelangt, dass wir ihr Leben nicht versauen sollten, wenn Grace glücklich ist.«

»Glaubst du, sie ist glücklich?«

»Sie glaubt es, und darauf kommt es schließlich an, oder?«

»Schon, zumindest bis zwei Wochen nach der Hochzeit, wenn ihr bewusst wird, dass sie gelobt hat, den Rest ihres Lebens mit einem langweiligen Trottel zu verbringen.«

»Na ja, jetzt, wo du es sagst ... Irgendwelche Vorschläge?«

»Als ihre Brautjungfern sind wir geradezu verpflichtet, etwas für ihren Abschied vom Singledasein zu planen.«

»Tanya! Wenn wir nicht wollen, dass sie diese Hochzeit durchzieht, dann wäre es das Allerletzte, einen Junggesellinnenabschied für sie zu organisieren!«

»Ich weiß, aber ich finde, es ist ein wirklich guter Vorwand, um sie auf eine Männerjagd erster Güte mitzunehmen. Natürlich ohne dass sie weiß, dass es sich um eine Männerjagd handelt.«

»Vermutlich hast du Recht«, sage ich achselzuckend. »Was hast du im Sinn?«

»Ich hatte gehofft, du hättest eine Idee.«

»Eigentlich bist du die Frau mit den Ideen.«

Tanya kaut auf der Unterlippe. Ich kann beinahe hören, wie ihr Gehirn arbeitet. »Wie wäre es mit einer Wochenendreise?«, äußert sie schließlich. »Ein Weiberausflug mit dem Ziel, bis zum Umfallen zu trinken, zu tanzen und Männer aufzureißen?«

»Gute Idee. Und wohin?«

»Keine Ahnung... Wie wär's mit Blackpool? Eines der Mädels von der Arbeit war dort, und sie sagte, dass auf eine Frau fünf Kerle kämen.«

»Klar, eine Bande besoffener Idioten, die auf eine schnelle Nummer aus sind... wirklich verlockend.«

»Was schwebt dir denn so vor?«

»Vielleicht etwas, was ein klein wenig romantischer ist?«

»Bognor?«, fragt Tanya spöttisch.

»Rom«, antworte ich.

»Italien?«

»Zumindest lag es dort, als ich das letzte Mal nachgesehen habe, ja.«

Plötzlich fängt Tanya an zu strahlen. »Ooh, italienische Männer. Italienische Schuhe. Italienische Handtaschen. Italienische Klamotten«, haucht sie, und mit jedem Ausruf steigert sich ihre Begeisterung.

»Verstehe ich richtig, dass du einverstanden bist?«

»Einverstanden? Ich gehe sofort packen!«

Eine halbe Stunde später lugt ein weiterer Kopf zur Küchentür herein.

»Wie läuft's?« Finns freundliches, hübsches Gesicht strahlt mich an. Er scheint nicht zu merken, dass sein sonst so tadellos sitzendes Haar ihm über die Stirn fällt und sein linkes Auge verdeckt.

»Einfach bestens.« Ich höre auf, Pilze zu waschen, um ihn in meine leicht feuchten Arme zu schließen. »Du bist wunderbar. Und du kommst gerade richtig zu einem echt englischen Frühstück. Geht natürlich aufs Haus.«

»Ich würde ja gern«, erklärt Finn grinsend und pellt ein Stück Pilzhaut von der Schulter seines blassblauen Ben-Sherman-Hemdes. »Doch es freut dich sicher zu hören, dass du gar keine freien Tische mehr hast. Selbst die vor dem Restaurant sind besetzt, und es ist nicht gerade warm heute. Ich hab's: Wie wäre es, wenn ich dich an einem der nächsten Abende auf etwas zu trinken einlade, um zu feiern, da du ja im Moment so traumhaft viel zu tun hast?«

»Ich habe eine bessere Idee. Wie wäre es, wenn ich *dich* auf etwas zu trinken einlade, um mich zu bedanken? Schließlich war das hier deine Idee.«

»Nicht so sehr meine Idee … von mir war nur der Auslöser. Die Arbeit machst schließlich du.«

»Warum packen wir es nicht gleich richtig an und essen zusammen, dann können wir uns gegenseitig gratulieren.«

Mel verdreht die Augen. »Finns und Ollies Eigenlobclub. Na klasse.«

»Hört sich zumindest klasse an«, entgegnet er und zeigt Mel die Zunge. »Wie wär's mit heute Abend?«

»Geht nicht, ich arbeite.«

»Und morgen?«

»Das Gleiche.«

»Donnerstag?«

»Dreimal darfst du raten.«

»Freitag?«

Mein entschuldigendes Lächeln spricht Bände.

»Gibt es irgendwelche Abende, an denen du nicht arbeitest?«

»Ja, klar… etwa zwei pro Monat, und Tanya hat alle in den nächsten vier Monaten gebucht. Ich hab's: Warum kommst du nicht hierher? Ich glaube, ich kann mir einen freien Abend gönnen, wenn ich in der Nähe bleibe, falls du verstehst, was ich meine. Dann bin ich quasi zur Stelle, falls es Probleme gibt.«

»Das kann man aber kaum Ausgehen nennen…«

»Das Essen ist wirklich gut hier…«, versuche ich, ihn zu überreden. »Und ich garantiere dir, dass du den besten Tisch bekommst. Vielleicht gibt es sogar eine After-Work-Party, wenn die Inhaberin guter Dinge ist…«

Er denkt einen Moment nach und grinst dann breit. »Überzeugt. Solange du versprichst, nicht den ganzen Abend in der Küche zuzubringen, während ich mutterseelenallein im Restaurant hocke.«

»Falls das passiert, verspreche ich, dir Mel und eine große Flasche Schampus zu schicken, um dir Gesellschaft zu leisten«, biete ich an.

»Einverstanden!«

Mel wird knallrot, als Finn ihr grinsend zuwinkert. »Und wann?«

»Wäre Donnerstag okay für dich? Ich glaube, da haben wir noch nicht viele Reservierungen.«

»Die Verabredung steht.«

»Ooh, die *Verabredung* steht«, spottet Mel, kaum ist Finn aus der Tür. »Weißt du überhaupt noch, was das ist, Ollie? Nein, Moment mal, du hattest letzte Woche schon eine mit ihm, nicht wahr? Also ist das offiziell eure *zweite*. Meine Güte, unsere Ollie hat ihre zweite Verabredung, bedeutet das etwa… nein, das kann doch nicht sein… du willst doch nicht etwa eine *Beziehung* anfangen…« Sie tut so, als sänke sie ohnmächtig auf einen der Küchenstühle.

»Hör schon auf«, befehle ich ihr gutmütig. »Wir sind bloß Freunde.«

»Das ist das älteste Klischee der Welt. ›Wir sind bloß gute Freunde‹ … von wegen!«

»Es mag ein Klischee sein, aber in diesem Fall stimmt es«, beharre ich.

Trotz Mels Zweifeln stimmt es. Finn ist großartig. Vielleicht ein bisschen zu perfekt für mich. Jeder Mann, der mehr Zeit im Badezimmer verbringt als ich, verwirrt mich. Doch er ist einfach fantastisch anzusehen, unterhaltsam und lustig, freundlich, aufmerksam, intelligent, aber sexy … doch, das ist er. Unbestreitbar. Aber ist es die Art sexy, die *ich* mag? Ich weiß nicht. Wir kommen wirklich gut miteinander aus, aber hat er auch das gewisse »Etwas«, nach dem ich suche? Leider handelt es sich um ein »Etwas«, von dem ich auch nicht weiß, was es ist, bis ich es gefunden habe. Wie also soll ich wissen, ob er das gewisse »Etwas« hat oder nicht, wenn ich nicht einmal weiß, wonach ich suche? Ich befürchte allerdings, dass er es nicht hat, denn wenn er es hätte, würde ich mich nicht fragen, ob er es hat oder nicht, ich weiß. Verwirrt? Keine Sorge. Das bin ich auch, aber dahinter steckt irgendwo eine seltsame weibliche Logik.

Es ist schon erschreckend, dass die Gefühle, die am ehesten echtem Verlangen gleichen und die in letzter Zeit in mir geweckt wurden, durch etwas ausgelöst wurden, von dem ich vorgebe, es habe nie stattgefunden.

Dieser Kuss.

Sie erinnern sich vielleicht an den fraglichen Moment. O ja, ich war vielleicht blau und kurz davor, das Bewusstsein zu verlieren, doch nicht, bevor mich eine Welle heißer Lust durchfahren hatte. Nein, ich würde es Tanya gegenüber NIE zugeben, selbst wenn mein Leben davon abhinge. Dieser Kuss hat tumultartige Gefühle in mir ausgelöst, doch unter dem

Entsetzen, der Verwirrung sogar dem Widerwillen war unbestreitbar auch ein großer Funke Anziehung. In der Tat war es weit mehr als nur ein Funke, es war ein großes, sich drehendes Feuerrad, das sich jedes Mal erneut in meinem Magen überschlägt, wenn ich nur daran zurückdenke.

Dan Slater ist arrogant, unverschämt, unerträglich, unhöflich, ein totaler und kompletter Arsch mit einem großen A, aber so sexy… Jemand soll mir ein Tuch reichen, ich fange an zu geifern. Leider fühle ich mich ihm gegenüber unsicher. Das verheißt nichts Gutes. Wenn ich eine Beziehung mit jemandem wie Dan hätte, würde ich den Rest meines Lebens damit zubringen, die Scharen von Frauen abzuwehren, die sich ihm zu Füßen werfen. Aber wovon rede ich da? Eine Beziehung mit Dan Slater? Die einzige Beziehung, die ich zu Dan Slater habe, ist unser gegenseitiger Hass. Mein Leben wäre um vieles einfacher, wenn ich nicht so auf diesen Kerl stehen würde.

Ach du meine Güte, ich habe zugegeben, dass ich auf ihn stehe. Auf Dan Slater. Schlecht.

Ollie Tate, der Drama-Junkie: Warum einfach, wenn es auch kompliziert geht?

Der Donnerstagabend kommt schneller als die Achterbahn in Disneyworld. Louis und Mel haben darauf bestanden, dass Finn und ich den Alkoven neben Cupido bekommen. Als ich protestiere, lügen sie das Blaue vom Himmel herunter und behaupten, es sei der einzig freie Tisch für diesen Abend. Ich gehe unter großem Tamtam das Buch mit den Reservierungen durch und entdecke, dass es eine auffällige Menge Smiths gibt, die für verschiedene, »speziell ausgewählte« Tische eingetragen sind. Ich weiß mit an Sicherheit grenzender Wahrscheinlichkeit, dass keiner von ihnen auftauchen wird.

Finn verspätet sich etwas. Ich nutze die Gelegenheit, in der

Küche nach dem Rechten zu sehen, damit der Abend hoffentlich problemlos verläuft.

Ich kann Claude und Louis wie üblich streiten hören, als ich mich der Küche nähere. Claudes breiter schottischer Akzent ist laut genug, um auch über der leisen Musik im Restaurant gehört zu werden.

»Schieb deinen fetten Arsch zur Seite, du alte Tunte. Ich versuch gerade, meinen Coque in den Vin zu stecken!«

»Wir wussten schon immer, dass du dein Ding so ziemlich überall reinsteckst, du schottische Schlampe. Aber das geht wirklich zu weit, selbst für einen Perversen«, kontert Louis.

Als ich die Küche erreiche, um dazwischenzugehen, spielen sie einmal mehr Star Wars. Wie üblich mimt Louis, ein Baguette als Lichtschwert in der Hand, Luke »Lauwarm« Skywalker, während Claude, dessen feiste rote Wangen wabbeln, als er den Schlag pariert, einen bizarren Darth »Depp« Vader abgibt – in seiner blau karierten Kochhose und dem weißen Kittel. Fünfzig Benson-and-Hedges pro Tag lassen ihn mächtig schnaufen, als er eine riesige Salami schwingt. Noch ein Salamischwerthieb, und Louis Baguette war einmal.

»Meine Rede: Ein Mann mit einem großen Schweineschwert gewinnt locker gegen einen Mann mit einem Brocken Brot«, stichelt Claude.

Louis blickt verwirrt auf das kleine Stück Baguette, das ihm geblieben ist.

»Nutze die Macht des Fleisches, Lauwarm«, schnarrt Claude in bester Alec-Guinness-Manier und fuchtelt provozierend mit der Salami vor Louis herum.

Mit einem breiten, dämonischen Grinsen schnappt Louis sich eine Schüssel voller Hackfleisch und Farce und schleudert den Inhalt in Claudes Richtung. Claude fuchtelt wie wild mit seiner Salami.

»Duck dich, schnell!«, brüllt Louis, als er mich in der Tür entdeckt. »Ungekochte Fliegende Organe im Anflug.«

Claudes Salami trifft auf den Fleischklops, und das Ganze explodiert wie der Todesstern am Ende von *Star Wars.*

»Kindsköpfe!«, seufzt Mel, die gerade zur Tür hereinkommt, über meine Schulter lugt und das Ergebnis betrachtet. »Keine Sorge, Ollie, ich spiele das Kindermädchen, während du dich entspannst und mit einem gut aussehenden Mann isst…« Sie schiebt sich an mir vorbei und tadelt Claude mit einem lauten »Tztz«, als sie niederkniet, um das Hackfleisch vom Fußboden zu kratzen. »Kannst du dich nicht wenigstens einmal wie ein Erwachsener benehmen?«, seufzt sie.

»Ach, jetzt war ich wieder der böse Bube, was, meine kleine Glucke. Hier, nimm das…« Er drückt ihr einen Pfannenwender riesigen Ausmaßes in die Hand, dreht sich um und beugt sich über den Küchentisch. »Ich bin bereit, meine Strafe entgegenzunehmen…«

Finn trifft um Viertel nach acht ein, eine hinreißend aussehende und duftende Erscheinung. Die Haare sind wie üblich sorgfältig verwuschelt, und die grünen Augen blitzen vor Vergnügen, als er mir einen Kuss auf beide Wangen drückt. Das amüsiert die beiden anderen königlich, die im Hintergrund herumlungern – so nah wie möglich, ohne zu aufdringlich zu wirken.

Als ich ihn zu unserem Tisch bringe, muss ich leider feststellen, dass Mel und Louis von meinem Aufenthalt in der Küche profitiert und sich wirklich etwas haben einfallen lassen, um sicherzustellen, dass die Schmuseecke der Liebe noch förderlicher ist als sonst; genau genommen haben sie es derart übertrieben, dass man sie jetzt leicht in Bumsecke umtaufen könnte.

Ich sterbe fast vor Scham, als ich die zusätzlichen Kerzen auf Tisch und Fensterbank erblicke sowie die kleine Glasvase mit roten Rosen, die Louis und Mel aufgestellt haben. Sogar rosa Rosenblätter haben sie wie Konfetti über den Holztisch gestreut, und die üblichen Tate's-Streichhölzer haben sie gegen einen Dreierpack Kondome ausgetauscht.

Ich bedeute Finn, Platz zu nehmen und entferne hastig die kitschigen herzförmigen Serviettenringe aus rotem Plastik, die Louis ebenfalls hinzugefügt hat. Dann fege ich einen Großteil des Konfetti auf den Boden, während Finn mir amüsiert zusieht.

»Wirklich, heutzutage kriegt man kein gescheites Personal mehr«, erkläre ich trocken und ziemlich laut, fest davon überzeugt, dass das fragliche »Personal« lauscht. Vorhin haben sie sich beinahe darum gebalgt, wer uns heute Abend bedienen darf, bis sie sich darauf geeinigt haben, uns abwechselnd zu bespitzeln und sich gegenseitig den neuesten Stand der Dinge zu berichten.

Um ihnen so wenig Gelegenheit wie möglich zu geben, an den Tisch zu kommen, habe ich bereits die Speisekarten und eine offene Flasche Rotwein zum Tisch gebracht. Außerdem wartet in einem Eiskübel eine gute Flasche Weißwein. Zusammen mit dem Korkenzieher, frischem Brot und Butter macht das vier Gelegenheiten weniger für die beiden, hier aufzutauchen.

»Du musst es mir nachsehen, wenn ich einschlafe«, erkläre ich Finn entschuldigend, während ich ihm ein Glas Rotwein eingieße. »Diese Morgenschichten machen mich total fertig!«

»Ich werde dir gar nichts nachsehen«, entgegnet Finn lachend. »Das wäre eine üble Beleidigung und ich müsste daraus schließen, dass du mich total langweilig findest.«

»Wenn man bedenkt, dass du bei Grace' Abendessen auf mir eingepennt bist, ist es nur gerecht, würde ich sagen.«

»Ich habe immerhin gewartet, bis du aus dem Zimmer warst«, kontert Finn.

Mel, die anscheinend bei der Auslosung, wer zuerst bedienen darf, gewonnen hat, taucht reichlich verfrüht auf, um unsere Bestellung entgegenzunehmen. Wir haben uns vor höchstens zwei Minuten hingesetzt, doch sie kann ihre Neugier nicht länger bezähmen. »Was darf ich euch bringen?«, zwitschert sie fröhlich und zwinkert mir nachhaltig und viel zu auffällig zu.

Finn, der trotz meines hastigen Versuchs, den Tisch zu säubern, jedes einzelne Extra bemerkt hat, genau wie das übereifrige, wartende Personal, zwinkert mir ebenfalls zu, doch Mel sieht es nicht. »Tja«, sagt er gedehnt, lehnt sich zurück und greift nach der Karte. Ich habe diesen Ausdruck schon einmal auf seinem Gesicht gesehen, als er sich von Grace' Sofa gleiten ließ, um den Ausfall gegen die Stereoanlage zu starten. »Ich glaube, ich hätte gern die *Austern*, dann ein Steak, schön *zart*.« Er schnurrt das letzte Wort mehr oder weniger. »Keine Kartoffeln, bitte, das wäre vergebliche *Liebes*müh. Salat, aber bloß *keine Zwiebeln*. Und als Nachtisch, denke ich, bietet sich die Torte mit *Passions*früchten an, einer Frucht der *Liebe*.«

Mels Gesichtsausdruck ist sehenswert.

»Glaubst du, es hat funktioniert?«, fragt er lachend, sobald auch ich gewählt habe und Mel eilig in Richtung Küche verschwunden ist, um dem wartenden Louis Bericht zu erstatten.

»Ganz sicher. Unsere Köpfe müssten eigentlich so rot sein wie dein *zartes* Steak.«

»Ich war ganz schön gemein, was?«

»Nein. Das geschieht ihnen recht. Außerdem glaube ich, dass sie hochzufrieden mit dem Abend sind.«

»Die Sache hat nur einen Haken.«

»Welchen denn?«

»Ich mag keine Austern.«

»Du machst Witze.«

»Ich fürchte nein. Ich hasse sie! Ich will gar nicht erst versuchen zu beschreiben, wie sich das meiner Meinung nach anfühlt, was man da schluckt. Brrg.« Er schaudert bei dem Gedanken.

»Kein Problem. Du kannst etwas von meinen Garnelen abhaben.«

»Nichts für ungut, aber damit geben wir den Lästermäulern zusätzlich Nahrung. Kann ich auch was von deinen Fritten abhaben? Ich liebe Titten … äh … Fritten.«

Als die Vorspeisen kommen, verstecken wir die Austern in dem Orangenbäumchen auf dem Fensterbrett und machen uns dann einen Spaß daraus, die Riesengarnelen zu schälen und uns so lasziv wie möglich gegenseitig damit zu füttern. Wir lutschen uns jedes Mal auffällig die Finger ab und lecken uns die Lippen, sobald einer von ihnen in unsere Richtung sieht.

Heute Abend bin ich froh darüber, dass es im Restaurant ruhig zugeht. Wie ich vermutet hatte, taucht nicht ein Einziger der angeblich für heute gebuchten Smiths auf. Bisher ist der Abend ohne Zwischenfälle verlaufen. Zumindest, wenn man von Louis und Mels häufigen Versuchen absieht, unauffällig an uns vorbeizuschleichen, um den Stand der Dinge abzuchecken. Nicht, dass es bisher etwas zu checken gegeben hätte. Nur die vorgetäuschten Spielchen ihnen zuliebe.

Seit sie uns den Hauptgang serviert haben, hatten sie keinen Vorwand mehr, an den Tisch zu kommen. Louis brummelt im Hintergrund wie eine verängstigte Schmeißfliege hinter einer Fensterscheibe. »Alles in Ordnung?«

»Bestens, danke.«

»Ja, alles perfekt«, stimmt Finn zu. »Ich bin beeindruckt.« Obwohl er damit andeuten will, dass er vom Essen beeindruckt ist, stellt Finn sicher, dass er bei diesen Worten mich anschaut und nicht Louis.

Das bleibt nicht unbemerkt. Louis zwinkert mir aufgeregt zu. Ich übersehe ihn.

»Kann ich euch noch etwas bringen?«

»Nein, danke«, antworte ich kurz angebunden.

»Vielleicht noch etwas Wein?«

»Wir haben noch reichlich, *wie du siehst.*« Ich starre ihn wütend an und bedeute ihm mit den Augen zu verschwinden.

Louis grinst frech, zieht sich aber brav zurück.

»Also wirklich!« Ich wende mich wieder an Finn. »Sind deine Freunde auch so neugierig? Ich bin froh, dass Tanyas Verabredung für heute Theaterkarten hatte, sonst würde sie jetzt mit dem Mann des Abends am Nebentisch sitzen und herüberwinken.«

»Tanya?«

»Oh, du kennst sie noch gar nicht, oder? Sie wäre normalerweise auch zu Grace' Dinnerparty gekommen, war aber verreist. Ich muss euch miteinander bekannt machen, sie wird dir gefallen. Sie ist dir nämlich sehr ähnlich.«

»Was, total süß, aber leicht durchgeknallt?«

»Volltreffer... aber ich glaube, dass du sie bei letzterem schlägst«, ziehe ich ihn auf.

Finn zeigt mir die Zunge und greift dann nach dem Burgunder, um mir nachzuschenken.

Ich lege die Hand auf mein Glas. »Für mich nichts mehr, danke. Von Rotwein werde ich immer müde, und heute Abend brauche ich keinen Schlaftrunk.«

»Und ich dachte, ich würde vor Geist nur so sprühen«, scherzt er erneut.

Während des Hauptgangs, den Finn glücklicherweise gewählt hat, weil er wirklich Steak mag, entdecken wir, dass wir beide auf Bücher von Douglas Adams stehen, genauso wie auf Billy Connelly und Victoria Wood, aber nur live, und dass wir die »Ist ja irre«-Filme abgöttisch lieben. Gerade erzähle ich

Finn meinen geliebten Nonnenwitz, weil ich weiß, dass er ihn auch nüchtern zu würdigen weiß, als die Restauranttür aufgeht und – Dan Slater hereinkommt.

Ich breche mitten im Witz ab und sitze mit offenem Mund da, während eine aufgeregte und scharwenzelnde Mel den Versuch aufgibt, uns zu belauschen, und zu ihm stürzt, um ihn und seine Begleiter an einen Tisch zu bringen.

Er ist wieder da.

Ich glaube es einfach nicht. Wohin ich mich auch wende, er ist da. Ich kann nicht einmal schlafen, ohne dass er sich in meinen Träumen breit macht, in der Regel auf höchst beunruhigende Weise. Ich erkenne die zwei Männer an seiner Seite wieder. Der Zollstockmann und der andere, der mit im Antiquitätengeschäft war. Wahrscheinlich sind sie zum Vermessen gekommen! Falls sie es wagen, hier drin einen Zollstock zu zücken, können sie sich auf etwas gefasst machen.

Auch Finn hat sie entdeckt. »Was macht der denn hier?«, fragt er.

»Das wüsste ich auch gern. Du glaubst gar nicht, wie oft er hier gegessen hat, seit sie nahezu die ganze Straße aufgekauft haben.«

»Wahrscheinlich kontrollieren sie ihre Investition.« Finn verrenkt sich den Kopf, um zu sehen, wer bei Dan sitzt. »Den kenne ich nicht«, sagt er und deutet verstohlen auf den Zollstockmann, »aber der andere heißt Rupert Lock. Ein Architekt.«

»Woher weißt du das?«

»Das ist eine Sache, über die ich heute Abend mit dir sprechen wollte. Ich habe mich ein bisschen für dich umgehört. Es hat Vorteile, mit einem Journalisten befreundet zu sein, weißt du. Mal abgesehen von denen, die auf der Hand liegen. Du weißt schon, Charme, Geist, hinreißend gutes Aussehen …«

»Und was hast du herausbekommen?«, unterbreche ich ihn lachend.

»Ich habe bei der Bezirksregierung nachgefragt. Dort liegt kein Antrag auf eine Baugenehmigung für diese Gegend hier vor. Allerdings hat Slater Enterprises das alte Lagerhaus am Ende der Straße gekauft. Dasjenige, in dem früher eine Lampenfabrik war.«

»Und?«

»Und sie haben einen Antrag gestellt, es in Wohnraum umzuwandeln – es sollen sechs Luxuswohnungen entstehen.«

»Aber nichts über das Tate's?«

»Noch nicht, nein.«

»Aber was hatte es mit dem Treiben nebenan auf sich, als ich sie aus dem Antiquitätengeschäft kommen sah?«

»Auch das habe ich gecheckt.«

»Wie?«

»Ganz einfach. Ich bin dort gewesen und habe gefragt, was sie wollten.«

»Und der Besitzer hat es dir erzählt?«

»Natürlich nicht sofort. Aber als ich ihm erklärte, wer sie sind, war er sehr hilfsbereit. Auch er macht sich Sorgen darüber, seinen Lebensunterhalt zu verlieren, weißt du. Du bist nicht die Einzige, die eine Mieterhöhung bekommen hat.«

»Und«, frage ich ungeduldig, »was haben sie dort gemacht?«

»Sie haben einen Ofen gekauft.«

»Einen Ofen!«

»Yep. Und zwar einen ziemlich beeindruckenden. Anscheinend ist er für ein abartig teures Penthouse im Nobelviertel Mayfair gedacht, das sie zur Zeit sanieren. Der Kerl in dem Geschäft hat mir die Lieferadresse gegeben, und ich habe sie überprüft.«

Ich spüre plötzlich, wie mein Gesicht den gleichen rosaroten Ton annimmt wie die Rosenblätter, die noch immer rund um unseren Tisch auf dem Boden liegen. Ich muss daran denken, wie ich Dan Slater öffentlich runtergeputzt habe, obwohl ich offensichtlich nur einen Teil ihres Gesprächs aufgeschnappt und völlig falsch verstanden hatte.

»Ach du meine Güte.«

»Was ist los, Ollie? Man sollte meinen, dass es sich um gute Neuigkeiten handelt.«

»Oh, sicher, natürlich, aber…« Ich erkläre Finn, was vorgefallen ist.

»Zerbrich dir nicht den Kopf«, beruhigt er mich, als die ganze unheilvolle Geschichte heraus ist, »nur weil sie noch keinen Antrag gestellt haben, heißt das nicht, dass es nicht dazu kommt. Sie erhöhen ihre Chancen auf eine Baugenehmigung für dieses Haus hier, wenn es kein blühendes Gewerbe mehr beherbergt. Also warten sie wahrscheinlich einfach ab, bis dein Pachtvertrag ausläuft, in der Hoffnung, dass du die Mieterhöhung des neuen nicht aufbringen kannst.«

»Meinst du?«

»Natürlich hoffe ich, dass das nicht der Fall ist, aber man kann die Möglichkeit nicht ausschließen, Ollie. Du musst darauf vorbereitet sein.«

»Das bin ich ja nun, dank deiner Hilfe.«

»Läuft es mit dem Frühstücksbetrieb immer noch gut?«

»Wie du weißt, sind wir immer noch in der ersten Woche, aber wenn sich die Dinge weiter so entwickeln wie im Moment, dann werde ich die zusätzliche Miete aufbringen können. Und wer weiß, vielleicht fällt am Ende sogar noch was ab.« Ich erhebe meine Glas. »Das verdanke ich dir«, wiederhole ich und schiele verstohlen zu Dan.

Finn lächelt bescheiden. »War mir ein Vergnügen. Aber du wärst früher oder später von selbst darauf gekommen. Ich habe die Sache nur etwas beschleunigt.«

»Wie wäre es, wenn wir das richtig feiern würden…« Ich

sehe mich nach Mel und Louis um, die beide zwischen meinem und Dan Slaters Tisch herumlungern, da sie nicht wissen, wo sich die interessanteren Szenen abspielen. Louis ist etwas schneller.

»Champagner, Louis. Und zwar einen guten!«

»Einen guten, soso. Und was ist der Anlass?«

»Wir feiern einfach die Tatsache, dass unser aller Chancen, nächsten Monat um die gleiche Zeit noch einen Job zu haben, gestiegen sind. Auch wenn es bestimmten Leuten nicht passt!«

Habe ich das laut genug gesagt, dass Dan Slater es hören konnte? Ich habe es sicher versucht, aber ich weiß nicht, ob man es verstehen konnte, bei dem Stimmengemurmel, den Essgeräuschen, dem Besteckklappern, dem Gläserklirren und der leisen Musik. Vielleicht hat er mich gehört. Er sieht mich einmal mehr missbilligend an, als ich lärmend den Korken knallen lasse und mit einem breiten, glücklichen Grinsen die Gläser fülle, womit ich hauptsächlich ihn ärgern möchte. Gefällt ihm wahrscheinlich gar nicht, dass ich feiere, da es schlechte Neuigkeiten für ihn und seine miesen Pläne bedeuten könnte!

Ich unterdrücke das überaus kindische Verlangen, ihm die Zunge zu zeigen, erhebe mein Glas und stoße mit Finn an. »Auf die Zukunft!«

»Auf die Zukunft«, wiederholt Finn und nimmt einen großen Schluck des prickelnden Getränks.

Ich schiele noch einmal verstohlen zu Schwein Dan hinüber. Er beobachtet uns immer noch und, o Mann, was sieht er angesäuert aus.

Gut.

Ich verspüre ein angenehmes Prickeln, das nicht der Champagner, sondern die Erkenntnis auslöst, dass zur Abwechslung mal ich *ihm* eins auswische, und nicht umgekehrt. In einem Anfall von Großmut und leichter Beschwipstheit schicken wir den Rest des Champagners zu Louis, Mel und Claude in die Küche, damit sie mit uns feiern können. Dann widmen wir uns unseren Nachspeisen, wobei Finn sicherstellt, dass er den Löwenanteil von meiner kassiert, bis wir uns fast mit den Löffeln duellieren. Danach gehen wir zum Kaffee über und balgen uns um die Minzschokolädchen, die es dazu gibt – trotz der Tatsache, dass Mel uns doppelt so viele wie üblich gegeben hat, da sie genau weiß, dass ich verrückt bin nach den Dingern.

Wir runden das Essen mit zwei großen Brandys ab, bei denen wir lange plaudernd und laut lachend sitzen. Irgendwann leert sich das Restaurant, und es bleiben nur noch wir beide, ein junges Pärchen in dem anderen Alkoven und Dan mit seinen Begleitern.

»Ich bin pappsatt«, verkünde ich glücklich und zufrieden, strecke mich auf dem Stuhl aus und streichle meinen vollen Bauch.

»Ja, das Essen ist nicht schlecht hier, was?«, scherzt Finn.

»Wahrscheinlich, weil einmal nicht ich gekocht habe. Ehrlich gesagt wäre ich vor Schreck fast umgekippt, als Claude heute Abend tatsächlich zur Arbeit erschien …«

»Ich bin froh darüber. Mel ist zwar echt sexy, aber es wäre nicht das Gleiche gewesen wie mit dir.«

»Ja, es war toll.«

»Kann ich dich nach Hause bringen?«, fragt Finn leise lächelnd und in dem vollen Bewusstsein, dass mein Zuhause nur fünf Schritte hinter der Küchentür liegt.

»Ooh.« In gespielter Unentschlossenheit atme ich scharf ein. »Lass mich nachdenken …« Ich zögere den Bruchteil einer Sekunde. »Also gut.«

Wir huschen vom Tisch fort, während Louis und Mel beide außer Sichtweite sind. Dan Slater sieht zu mir auf, als ich an ihm vorbeigehe. Ich könnte schwören, dass ein Lächeln seine Lippen umspielt. Dann hakt Finn sich bei mir unter und grüßt

Dan schweigend mit hochgezogenen Brauen. Dans Lächeln verschwindet, und er erwidert Finns Gruß mit einem knappen Nicken, bevor er sich prompt abwendet. Normalerweise gehe ich durch die Küche nach oben, aber um die neugierigen Blicke und das unvermeidliche Getuschel zu vermeiden, nehmen wir wie zwei ganz normale Gäste die Restauranttür und gehen die Straße hinunter bis zu der Gasse, durch die man zum Lieferanteneingang gelangt. Falls es zu weiteren Fragen kommt, und ich verwette nur zu gern das Restaurant, dass es dazu kommt, kann ich darauf beharren, dass ich Finn nur zum Wagen gebracht habe und dass die Einladung, doch noch auf einen Kaffee mitzukommen, sicher nicht von mir stammte.

Schweigend gelangen wir bis zur Haustür, an die sich Finn prompt mit dem Ellbogen lehnt. Dann blickt er mit leicht amüsiertem Gesichtsausdruck auf mich hinunter. »Tja, jetzt ist der Zeitpunkt gekommen«, sagt er, als ich in der Tasche nach dem Schlüssel krame.

»Welcher Zeitpunkt?«

»Der, an dem ich mich entscheiden muss, ob es richtig ist, dir einen Gutenachtkuss zu geben oder nicht.«

»Du bist doch sonst keiner, der zögert«, ziehe ich ihn auf, »aber ich wollte dich sowieso auf einen Kaffee hineinbitten.«

»Ich weiß, aber ich bin auch keiner, der sich den Mondschein entgehen lässt.«

Lächelnd schauen wir uns an und küssen uns: der leichteste und angenehmste Kuss, den ich je erlebt habe. Zu angenehm sogar … ich meine, ich hatte kein Feuerwerk erwartet, aber … Ich ziehe mich zurück und bemerke denselben leicht verwirrten Ausdruck auf Finns Gesicht.

»Ging es nur mir so?«, frage ich ihn.

Er schüttelt den Kopf. »Was ist mit dir?«

Ich schüttle ebenfalls den Kopf. »Nichts. Absolut nichts.«

»Kein Aufflackern, nichts«, stimmt er mir zu. Er sieht enttäuscht aus. »Können wir das noch mal probieren?«, fragt er seufzend. »Nur, um sicherzugehen.«

Ich nicke.

Wieder küssen wir uns.

Mein Blick wandert nach oben zum Dach, wo das Gras aus den Dachrinnen wächst. Ich befinde mich mitten in einer leidenschaftlichen Umarmung, und alles, woran ich denken kann, sind die Dachrinnen, die gereinigt werden müssen? Ich wende meinen Blick von dem Unkraut auf dem Dach ab und wieder Finns Gesicht zu, in der Hoffnung, dass der Anblick seiner süßen Gesichtszüge wenigstens etwas Erregung in mir auslöst.

Immer noch nichts.

Mein Blick wandert weiter über seine Schulter, während Finn, der offensichtlich zäher ist als ich – eine Frage männlichen Stolzes, vermute ich –, verbissen die Augen geschlossen hält und mir seinen besten Zungenkuss offeriert. Seine Hand gleitet über meinen Nacken, bis seine Finger mit meinem Haar spielen. Er küsst gut, das muss man ihm lassen, und meine Augen wollen sich ebenfalls gerade schließen, als ich sie plötzlich weit aufreiße. Ich bin mir sicher, ich sehe einen schwarzen BMW, der langsam am Ende der Gasse vorbeirollt.

Nein. Das kann nicht sein. Ich sehe Gespenster. Meine Paranoia gegen Dan Slater nimmt allmählich überhand. Zurück zur Arbeit. Oder besser zu Finn. Ich glaube, er hat aufgegeben.

»Wie war es diesmal?«, frage ich ihn und ziehe mich zurück, als sein Mund aufhört, sich zu bewegen.

Wieder schüttelt er den Kopf. »Immer noch nichts!«

»Bei mir auch nicht. Es war, als küsste ich meinen Bruder. Nicht, dass ich meinen Bruder küsse«, füge ich hastig hinzu. »Zumindest nicht auf den Mund.«

»Keine Sorge, ich weiß schon, was du meinst. Ich würde meinen Bruder auch nicht küssen.«

Das ist nicht gerecht. Der erste Mann seit Ewigkeiten, den

ich wirklich mag, und ich stehe nicht auf ihn. Das wäre für jedermann ein verflucht guter Kuss gewesen, doch meine perversen Hormone haben sich einfach geweigert zu reagieren.

Es bleibt nur eine Möglichkeit. »Freunde?«, frage ich ihn.

»Freunde«, antwortet er, ergreift meine ausgestreckte Hand und schüttelt sie.

»Man kann nie genug Freunde haben«, entfährt es uns beiden wie aus einem Mund.

»Willst du immer noch auf einen Kaffee reinkommen?«

Finns Gesicht hellt sich ein wenig auf. »Kriege ich dann auch *Camping – Ist ja irre* zu sehen?«, fragt er hoffnungsvoll.

»Darauf kannst du Gift nehmen.«

»Und kann ich das Bild einfrieren, wo Babs BH aufplatzt?«

»So oft du willst.«

»Dann aber schnell.«

Tanya taucht als erste am nächsten Morgen auf, um sich brühwarm berichten zu lassen, wie die »heiße Verabredung«, wie sie es nennt, gelaufen ist.

»Und?«, fragt sie und stibitzt sich eine Scheibe Toast, den ich gerade für einen Gast zubereitet habe. Dann lässt sie sich mit einer Tasse Tee und einem Glas Zitronenkonfitüre am Tisch nieder.

»Es war nett; wir hatten einen schönen Abend«, antworte ich zurückhaltend.

»Nett?«, giftet sie. »Schön? Fang nicht wieder so an.« Sie lässt die Butter links liegen und bestreicht ihren Vollkorntoast dick mit Marmelade. »Seit Stuart mit u habe ich genug von nett. Also, hast du ihn nach oben auf einen Kaffee eingeladen?«

»Yep.«

»Wirklich!«

»Freu dich nicht zu früh. Wir sind bis vier Uhr wach geblieben und haben uns »Ist ja irre«-Filme angesehen. Dann ist er auf dem Sofa eingepennt.«

»Das ist alles?«

»Das ist alles, fürchte ich.«

»Du hörst dich ein bisschen enttäuscht an.«

»Bin ich auch. Er ist süß, und wir kommen toll miteinander aus, aber – frag mich nicht, warum – der romantische Touch fehlt einfach. Wir sind gute Freunde, mehr nicht. Er ist dir ein bisschen ähnlich, weißt du, mal abgesehen von den offensichtlichen Unterschieden.«

»Jetzt sag nicht, dass er, abgesehen von der Anatomie, eine totale Schlampe ist?«

»Du hast's erfasst.«

»Wann ist er gegangen?«

»Noch gar nicht.«

»Was!« Der Toast, den Tanya in Richtung Mund dirigierte, fällt zurück auf den Teller.

»Er sitzt im Restaurant und frühstückt. Er wollte hier essen, aber ich brauche den Tisch«, bemerke ich spitz.

»Er ist immer noch hier, und du hast mich noch nicht vorgestellt!«

»Ich habe keine Zeit! Und keine Lust«, ziehe ich sie auf.

Tanya schnappt sich ihr Toastbrot und die Marmelade. »Welcher Tisch? Wenn du mich nicht vorstellst, mache ich es eben selber!«

»Ich kann es nicht fassen, dass man einen Termin vereinbaren muss, um Kleider anzuprobieren«, murmle ich, als Grace uns aufgeregt durch die Tür eines Ekel erregend exklusiven Brautmodengeschäfts schiebt.

Tanya sieht reichlich verängstigt aus. Ein Brautmodengeschäft zu betreten bedeutet für sie vermutlich das Gleiche wie eine Polizeiwache für einen entflohenen Gefangenen.

Ich muss gestehen, dass auch ich mir an meinem kostbaren freien Tag Schöneres vorstellen könnte, umso mehr, da ich mich zehn Minuten nach Betreten des Geschäfts in zehn Quadratkilometer von etwas quetschen muss, das die stämmige, fröhliche Verkäuferin optimistisch als »terrakotta« Taftkleid bezeichnet und das Grace anscheinend ausgesucht hat.

»Das ist doch kein Terrakotta, das ist Orange«, zischelt Tanya in der geräumigen Umkleide. »Ich sehe aus wie ein Pudding«, murmelt sie durch zusammengebissene Zähne. Ihr Gesicht ist rot, als sie erhitzt und entnervt in dem großen Ausschnitt auftaucht und sich wütend im Stoff verheddert. »Ein riesiger, fetter, grässlicher *oranger* Wackelpudding.«

»Wir dienen der Braut als Hintergrund«, erkläre ich ihr und ringe selbst um Fassung, als ich mein genauso abschreckendes Spiegelbild erblicke. »Obwohl ich zugeben muss, dass wir aussehen, als hätten wir überdimensionale Lampenschirme aus den Sechzigern an, müssen wir uns in Erinnerung rufen, dass die Hauptaufgabe der Brautjungfern darin besteht, die Braut ins rechte Licht zu rücken.«

»Jede sähe vor solchen Kleidern gut aus.«

»Lächeln«, ermahne ich sie, als wir uns an dem schweren Samtvorhang vorbei in den Geschäftsraum schieben. »Wenn Grace sie will, soll Grace sie haben.«

»Mit etwas Glück gibt sie sie vor der Hochzeit zurück«, tuschelt Tanya.

»Dein Wort in Gottes Ohr«, antworte ich.

Wir treten verkrampft lächelnd der wartenden Grace gegenüber.

»Oh, wow!«, entfährt es Grace. »Ihr seht … umwerfend aus! Einfach perfekt! Dreht euch mal.«

Widerstrebend drehen wir uns um die eigene Achse und müssen dann erkennen, dass Grace mit einem Tässchen Kaffee hinter uns sitzt und krampfhaft versucht, nicht in schallendes Gelächter auszubrechen.

»Du blöde Kuh!«, kreische ich, als mir klar wird, dass sie uns verulkt hat.

»Tut mir Leid, ich konnte einfach nicht widerstehen«, johlt sie und verschüttet Kaffee auf den roten Samtbezug ihres Sessels. »Eure Gesichter! Ich wünschte, ihr könntet eure Gesichter sehen! Ihr habt wirklich gedacht, ihr sollt diese grässlichen Dinger tragen, was?« Grace kugelt fast über den Boden vor Lachen. Sie sollte besser nicht in meine Nähe kugeln, sonst trete ich vielleicht zu.

»Ha, ha, ha!«, höhnt Tanya, greift hinter sich und beginnt reichlich erbost, die Haken des Miederoberteils zu lösen.

»Also die auf gar keinen Fall?«, frage ich ängstlich, bevor auch ich anfange, mich aus meinem Alptraum zu schälen.

»Glaubt ihr wirklich, ich würde euch so etwas tragen lassen?«, kichert Grace. »Nein, die echten sind viel, viel besser, und sooo unüblich. Ich hätte nie gedacht, dass man Kleider für Brautjungfern mit braunen Schottenkaros kriegen kann...« Beim Anblick unserer beiden entsetzten Gesichter lacht sie erneut. »Nein, auf so was steht ihr nicht... Wie wäre es dann mit dem romantischen Schäferinnen-Look? Ihr sähet so süß aus mit den Hütchen, und es wäre so leicht, die passenden Accessoires zu finden – in Leicestershire gibt es schließlich jede Menge Schafe!«

Kapitel 7

»Reisepass?«

»Ja.«

»Koffer mit angemessen sexy Klamotten, keine Röcke, die länger als bis zum Schritt sind?«

»Ja.«

»Flugtickets?«

»Ja.«

»Großartig! Jetzt fehlt uns nur noch das eigentliche Opfer.«

Der August ist da, und mit ihm endlich auch die Sonne. Die Vorhersage für das Wochenende ist sehr gut – welche Ironie, weil es ausgerechnet das Wochenende ist, an dem wir ohne das Wissen von Stuffy Stu mit u seine Grace aus dem Land entführen. Es ist Freitagnachmittag, und Louis und ich gehen die letzten Einzelheiten durch, bevor unser Flugzeug um neun Uhr abends abhebt.

»Ich habe es so arrangiert, dass ich sie um halb sieben im Büro abhole. Sie glaubt, dass wir dann hierher fahren, um uns umzuziehen und anschließend auszugehen«, erzähle ich ihm, während ich Grace' und mein Ticket sicher in meiner riesigen Lederhandtasche verstaue.

»Sie glaubt, wir gehen aus?« Louis lacht nervös.

»Was sonst hätte ich ihr erzählen sollen? Wenn ich ihr gesagt hätte, was wir wirklich vorhaben, wäre sie uns womöglich mit einer Ausrede gekommen, um nicht mit zu müssen. Es ist so eine Art Tradition, die Braut vor der Hochzeit zu einer Überraschungsparty zu entführen.«

»Und wie sollen wir sie durch den Flughafen kriegen?«

»Ich dachte, wir könnten ihr die Augen verbinden.«

»Oh ja, klar«, entgegnet Louis spöttisch. »Ding, Dong, dies ist der letzte Aufruf für den Flug Nummer 6969 nach Rom für alle zukünftigen Bräute, die hoffentlich dazu überredet werden können, ihre langweiligen Verlobten abzuschießen…«

»Ohrstöpsel?«, schlage ich verzagt vor.

»Wir müssen wohl einfach darauf hoffen, dass sie erfreut ist, wenn wir am Flughafen sind«, sagt Louis, als könne er eigentlich nicht glauben, dass das passieren könnte.

»Glaubst du, sie freut sich?«

»Na ja, wir haben ihr ja gesagt, dass es eine Überraschung ist, und sie schien ganz glücklich darüber zu sein.«

»Ich weiß, aber sie dachte wahrscheinlich nicht, dass wir einen Ort im Ausland meinten.«

Ich bin ausgesandt worden, um heimlich einen Koffer für Grace zu packen. Dazu hatte ich eine Nacht gewählt, die sie in Leicestershire bei Stuart verbringen wollte. Ich habe die Gelegenheit genutzt, den Koffer mit all ihren alten Kneifzangen-Höschen und sonstigen Aufreißern zu füllen. Ich bin mir sicher, dass sie ihr Fehlen nicht einmal bemerkt hat. Das Gewagteste, was sie in letzter Zeit getragen hat, war ein Rock in Knielänge.

Gegen halb sechs stehe ich vor Grace' Bürogebäude. Sie arbeitet zwar bis sechs, aber ich wollte kein Risiko eingehen. Sobald sie einen bepumpsten Zeh vor die Drehtür aus Glas setzt, werde ich sie in den Wagen verfrachten und davonbrausen. Wenn ich richtig verstanden habe, war der alte Stuffy nicht sonderlich erfreut über diesen Ausflug, der ihm als eine Nacht trunkener Ausschweifungen zu Ehren ihrer bevorstehenden Hochzeit angekündigt wurde. Ich würde es ihm zutrauen, dass er in letzter Minute einen Versuch unternimmt, sie noch zu sich zu locken.

Grace kommt um zehn nach sechs aus dem Gebäude und

lässt sich erschöpft neben mich plumpsen. Sie sieht müde aus und gesteht, dass sie sich an diesem Abend eigentlich nur noch wünscht, ein heißes Bad zu nehmen und früh ins Bett zu gehen.

Ein viel versprechender Anfang. Das einzig Gute daran ist, dass sie die erste Viertelstunde der Strecke die Augen geschlossen hält. Als sie sie wieder öffnet, sind wir schon recht weit gekommen. »Das ist aber nicht der Weg zum Tate's«, bemerkt sie und mustert die Umgebung.

»Ich weiß.«

»Warum ist das nicht der Weg zum Tate's?«, fragt Grace matt.

»Weil wir gar nicht zum Tate's fahren.« Ich grinse sie reichlich töricht an.

»Was habt ihr vor, Ollie?«

Ich lächle ihr erneut kurz zu, blinke und biege links ab.

»Ollie!«, beharrt sie und sieht plötzlich sehr viel wacher aus.

»Das ist dein Abschied vom Junggesellinnendasein, Schätzchen.«

»Das weiß ich bereits.«

»Also veranstalten wir eine Überraschungsparty für dich.«

»Oh, verstehe. Also, wenn es eine Überraschung ist, dann hättest du es mir einfach sagen können.«

»Vertrau mir, du wirst immer noch überrascht sein.«

»Eben darum bin ich ja so besorgt!«

Wir kriechen durch den dichten Berufsverkehr und kommen schließlich in Mayfair an. Ich halte im absoluten Halteverbot vor Tanyas Wohnung, wo mein Auto und ich regelmäßige Besucher sind, und drücke auf die Hupe. Zum ersten und einzigen Mal ist Tanya total organisiert, und ich muss nicht erst eine halbe Stunde warten, bevor sie auftaucht. Sie kommt auf lächerlich hohen Manolos aus der Tür getippelt, dicht gefolgt von Louis, der trotz des warmen Abends wie ein flauschiger kleiner

Teddy aussieht in seinem falschen Pelzmantel. Wir waren so schlau, ihr Gepäck schon am Vorabend in den Kofferraum zu laden, sodass Grace keinen Hinweis darauf erhält, dass wir drauf und dran sind, das Land zu verlassen. Doch die Tatsache, dass Louis einen altmodischen ledernen Fliegerhelm trägt, ist schon ein eindeutiger Fingerzeig! Glücklicherweise ist Grace so sehr an seinen ausgefallenen Kleidungsstil gewöhnt, dass sie es nicht einmal bemerkt.

Doch als wir schließlich auf die Autobahn zum Flughafen kommen und die Heathrow-Schilder sich häufen, geht Grace ein Licht auf. »Wir verreisen, stimmt's?«, fragt sie etwas misstrauisch. Niemand antwortet. »Wohin fahren wir?«

Tan, Louis und ich wechseln einen Blick und grinsen verschwörerisch.

»Ach, kommt schon, ihr müsst mir erzählen, wohin wir fahren!«

»Kommt nicht in Frage.« Louis streckt ihr die Zunge raus.

»Sonst wäre es doch keine Überraschung mehr, oder?«, fügt Tanya hinzu.

»Und was ist mit meinen Sachen? Ich habe nichts anzuziehen.«

»Keine Sorge.« Ich grinse und klimpere mit Grace' Hausschlüsseln, die auf dem Armaturenbrett lagen.

»Was ist mit Stuart?«

»Er kann nicht mit!«, entgegnet Louis eilig.

»Das meinte ich auch nicht, wie du sehr wohl weißt. Er glaubt, dass ich nur heute Abend ausgehe. Er erwartet mich um Mitternacht zu Hause in Islington.«

»Schon gut«, lenke ich ein, als ihre Stimme schrill wird. »Du hast einen Anruf, um ihm zu sagen, dass du heute nicht nach Hause kommst, in Ordnung?«

»Darf ich ihm nicht wenigstens verraten, wann ich zurückkomme? Das wäre nur fair, sonst macht er sich Sorgen.«

Trotz der geäußerten Bedenken kann ich erkennen, dass Gray eigentlich gespannt ist, auf eine unheimliche Art und Weise. Ich erkenne das Glitzern in ihren Augen wieder, und obwohl ihre Stimme ziemlich schrill klingt, würde ich die Einnahmen einer ganzen Woche darauf verwetten, dass das an der Erregung und nicht an der Verärgerung liegt. Ich reiche ihr mein Handy. »Sag ihm, dass du Sonntag zurückkommst… SEHR spät.«

»Sonntag!«, entfährt es Grace.

Ich zwinkere ihr zu, erleichtert darüber, dass sie nicht sofort verlangt, das Auto zu wenden und sie nach Hause zu bringen. Stattdessen tippt sie einfach ihre Nummer ein. Ich erkenne Stuarts Stimme, umso mehr, da er so laut spricht, dass nicht nur Grace ihn hört, sondern wir anderen auch.

»Er hörte sich nicht gerade begeistert an«, bemerke ich, als sie mir das Telefon zurückgibt.

»Nur ein bisschen besorgt, aber ich habe ihm versichert, dass ihr auf mich aufpasst.«

»Natürlich passen wir auf dich auf!« Louis legt ihr beruhigend den Arm um die Schultern. »Wenn wir bei Bewusstsein sind.«

Sobald wir einmal in der Abflughalle sind, gelingt es uns, Grace so weit abzulenken, dass wir es bis zum Flugzeug schaffen, ohne dass sie eigentlich weiß, wohin wir fliegen. Es ist schwierig, aber Tanya und der verführerische, endlose Duty-Free-Bereich erweisen sich als große Hilfe.

»Also, erzählt ihr mir jetzt endlich, wohin es geht?«, fragt sie, als wir auf unseren Plätzen sitzen.

»Also…«, setzt Tanya an.

»Meinst du nicht, die Tatsache, dass in großen Buchstaben Al*Italia* auf dem Flieger steht, hat etwas zu bedeuten?«, ziehe ich Grace auf.

»Italien!«, kreischt Grace. »Wir fliegen nach Italien?«

Wie auf Kommando ertönt die Stimme des Flugkapitäns, der mit schwerem Akzent spricht. »Guten Abend, meine Damen und Herren. Willkommen an Bord des Fluges 102 nach Rom…«

Grace' aufgeregter Schrei lässt den Rest seiner Ankündigung untergehen. »Rom, ach du meine Güte! Ich wollte schon immer nach Rom! Das wusstest du, oder? Oh, danke, danke, danke!«, quiekt sie und drückt den Knopf für den Steward. »Wodka!« erklärt sie ihm, als er durch den Mittelgang herbeieilt, um zu sehen, ob es ein Problem gibt. »Jede Menge Wodka, um mich zu bedanken. Ooh, was machen wir bloß zuerst: Ich will zum Viale Vaticano, zum Pantheon und in sämtliche Gallerias.«

»Sind das Clubs?«, fragt Tanya, die über Grace' Enthusiasmus lächeln muss.

»Nein, das ist Kultur«, entgegnet Louis trocken.

»O Schreck.«

Es ist weit nach Mitternacht, als wir schließlich im Hotel Vincenzi ankommen, das Louis sogleich und, wie ich denke, hoffnungsvoll in Hotel SinSexy umbenennt. Die Luft ist warm und still und schwer von den ungewöhnlichen und exotischen Gerüchen eines fremden Landes. Das Hotel selbst ist bezaubernd: ein imposanter Barockpalast, der vor Hunderten von Jahren erbaut wurde. Tanya und Louis sind ein bisschen enttäuscht, als sich herausstellt, dass ich zwei Doppelzimmer mit Verbindungstür gebucht habe. Das ist ihnen zufolge zwar ideal für eine mitternächtliche Kissenschlacht, aber nicht wirklich geeignet zum Aufreißen und Abschleppen. Grace und ich teilen ein Zimmer, Louis und Tanya das andere. Grace stapft verschlafen ins Badezimmer, während ich anfange, ihre Tasche auszupacken, damit sie nicht so genau mitbekommt, welche Sachen ich für sie eingepackt habe.

»Also gut«, flüstere ich den anderen zu, die das Hochgeschwindigkeitsauspacken perfektioniert haben und nun auf meinem Bett herumlümmeln und mir zusehen, wie ich die Kleider aus einer der Taschen hole. »Wir haben zwei Tage, um sie betrunken zu machen …«

»Und flachlegen zu lassen …«, platzt Louis einen Tick zu laut dazwischen und grinst breit.

»Das ist nicht ganz das, woran ich dachte.«

»Nicht?« Die beiden sehen mich ungläubig aus weit aufgerissenen Augen an.

»Na gut, also vielleicht ist mir diese Idee für den Bruchteil einer Sekunde durch den Kopf gegangen. Aber ich dachte, wir versuchen, ihr die Augen zu öffnen …«

»Und nicht die Beine«, kichert Louis.

»Ihr die Augen zu öffnen …«, beharre ich, »… für andere äh … Möglichkeiten.«

»Du meinst andere Männer«, verbessert Tanya.

»Ganz genau«, stimmt Louis ihr zu.

Ich bringe die beiden mit einem warnenden Blick zum Schweigen, als Grace aus dem Bad zurückkommt, sich am Schminktisch niederlässt und anfängt, sich mit Hilfe von Wattebäuschchen und Nivea abzuschminken.

»Was machst du da?«, fragt Louis.

»Äh … ins Bett gehen?« Ihr Spiegelbild sieht ihn fragend an. »Warum?«

»Das soll wohl ein Witz sein!«, jault er und fährt in die Höhe. »Die Nacht ist noch jung.«

»Kann sein, aber ich nicht mehr. Ich brauche meinen Schönheitsschlaf.«

»Aber ich dachte, wir würden ausgehen, die Stadt unsicher machen. Weißt du, in Rom …«

»Ich schätze, dass auch normale Römer um diese Zeit im Bett liegen, und genau dahin gehe ich jetzt auch«, verkündet

Grace. Schnell zieht sie sich aus und schlüpft in das Einzelbett neben meinem. Dann zieht sie die Decke bis zum Kinn hoch und wirft dem enttäuschten Louis einen trotzigen Blick zu.

Seine Unterlippe zittert leicht. Louis, der abgehärtete Clubber, hat sich auf ein Wochenende eingestellt, bei dem Schlaf nebensächlich ist.

Doch Grace lässt sich nicht umstimmen. »Ich brauche meinen Schlaf«, behauptet sie, als seine Lippe aufhört zu zittern und anfängt, heftiger zu wackeln als eine Hängebrücke im Sturm. Wie um ihre Ankündigung zu untermauern, knipst sie die Nachttischlampe auf ihrer Seite aus. Wir anderen sehen uns ungläubig an. Wo ist die alte Grace geblieben, die uns alle hochgescheucht hätte, um eine Bar zu finden, die noch offen ist?

»Ach, und erinnert mich daran, Stuart anzurufen«, murmelt sie, als sie den Kopf im Kissen vergräbt. »Ich hab versprochen, mich zu melden, sobald wir angekommen sind, aber ich schätze, es ist etwas zu spät, was?«

»Ganz genau, dazu ist es viel zu spät«, stimmt Tanya zu und zieht heimlich das Kabel des Telefons, das neben meinem Bett steht, aus der Steckdose. »Du willst ihn doch nicht aufwecken, nicht wahr?«

Um sechs Uhr werden wir von Louis geweckt. Ich wüsste gar zu gern, woher er diese Energie nimmt. Er benimmt sich wie ein überdrehter Labradorwelpe, und das nach nur vier Stunden Schlaf. Während ich mich mit Augen, die den Schlitzen auf einem Sparschwein ähneln, ins Bad schleppe, rennt er aufgescheucht zwischen den Zimmern hin und her und treibt uns alle an, als wäre er auf Speed.

Um acht sind wir alle geschniegelt und gestriegelt, haben im prunkvollen Restaurant des Hotels gefrühstückt, wo wir von gut aussehenden italienischen Kellnern bedient wurden, die ich leider nicht würdigen konnte, müde wie ich war, und sitzen nun in einem Taxi. Eine abgefahrene Art, um wach zu werden: Hinten sind beide Fenster heruntergekurbelt, und der Fahrer hält sich für Fittipaldi beim Großen Preis von Italien.

»Ich wünschte, Stuart könnte das alles sehen. Es ist *so* schön!« Grace hat sich aus einem der Fenster gelehnt und bewundert die herrliche Architektur.

»Ja… einfach fantastisch«, schnauft Louis, der aus dem anderen Fenster hängt, aber sicher nicht die Gemäuer meint. »O Mann, schaut euch nur den Knackarsch da an!« Er verrenkt sich beinahe den Hals, als der durchgeknallte Taxifahrer mit halsbrecherischer Geschwindigkeit um eine Kurve biegt.

»Ich würde mich für beides begeistern, Ärsche und Architektur«, bemerke ich trocken, »aber leider sehe ich nichts durch die Haare, die mir im Gesicht kleben!«

Grace verlangt es nach Kultur, Louis lechzt nach einer ausführlichen Fleischbeschau und Tanya spielt mit ihrer Gold-Card und brummelt alle fünf Sekunden etwas von Leder. Schließlich finden wir einen Kompromiss, und nach einem hektischen Vormittag, der aus einer Mixtur von Besichtigungen und Einkäufen bestand, landen wir schließlich in einer Bar.

Der Ersten von vielen. Das Julius Cäsars folgt. Dann das Big Mama in Trastevere. Die Tour führt uns nach drei Stunden schließlich bis Monte Testaccio, einer geballten Ansammlung von Kneipen, Restaurants und Menschen, die Tanya sofort und aus eindeutigen Gründen in Monte Testosteron umbenennt.

»So viele Männer und so wenig Zeit«, haucht sie und stürzt aufgeregt hin und her wie ein Kind in einem Süßwarenladen.

»Ich dachte immer, die italienischen Machos sind diejenigen, die herumlaufen und in Pobacken kneifen«, bemerke ich, sie beobachtend.

»Du weißt doch, dass Tanya für sexuelle Gleichberechtigung ist«, antwortet Grace grinsend.

Zehn Uhr Samstagabend. Wir haben uns irgendwie in eine schäbige Kneipe alias Disco verirrt, in die Louis unbedingt wollte, weil dort Carlsberg verkauft wird, und in diesem Stadium der Trunkenheit ist kein anderes Gesöff mehr gut genug.

Grace sorgt sich um Stuart. »Ich sollte ihn wirklich mal anrufen. Ich habe es heute Morgen vom Zimmer aus probiert, aber das Telefon ging nicht.«

Tanya lächelt verschlagen. Dank unseres bewusst hektischen Zeitplans und eines Parcours, der Telefone aller Art geschickt umgangen hat, ist es Grace immer noch nicht gelungen, wie versprochen Kontakt mit Stuffy aufzunehmen.

»Neben den Klos ist ein öffentliches Telefon«, teilt Louis ihr mit, während er mit einem Bündel Lira wedelt, um die Aufmerksamkeit eines trägen Barmanns zu erringen.

»Louis!«, kreischt Tanya, als Grace loszieht, um zu Hause anzurufen. »Warum zum Teufel hast du ihr das verraten?«

»Keine Panik«, flötet Louis. »Ich bin auf dem Weg zum Klo daran vorbeigekommen. Es ist kaputt. Sie ist so besoffen, dass sie zehn Minuten brauchen wird, um das zu kapieren, und bis dahin hat sie längst vergessen, dass sie Stuart anrufen wollte.«

Unglaublicherweise behält Louis Recht. Zehn Minuten später kommt Grace zurück und lässt sich neben mir auf die Sitzbank plumpsen. Ohne Stuart auch nur zu erwähnen, übersieht sie die große Auswahl Flaschen auf dem Tisch und beschließt aus heiterem Himmel, dass sie jetzt sofort und unbedingt ein Eis essen muss. So viel zum Thema Männerjagd. Ich bin überrascht, dass auch Tanya noch keinen aufgerissen hat. Sie hat rekordverdächtig geflirtet, aber das ist alles. Doch das ändert sich bald. Kurze Zeit später zerrt Tanya mich wegen ihrer neuesten Eroberung aufgeregt am Arm.

»Ollie! Du wirst es nicht glauben.«

»Was?«

»Ich habe Romeo gefunden!«

Vor meinem inneren Auge sehe ich Tanya über ein Balkongeländer gebeugt. »Was soll das heißen?«

»Ich habe einen süßen Typ aufgetan, und stell dir vor … er heißt wirklich Romeo.«

»Das soll wohl ein Witz sein!«

»Nein.« Breit grinsend schüttelt sie den Kopf.

»Na, wenn das kein gutes Omen ist«, verkündet Louis. »Wo ist Grace?«

»Die schläft, das Gesicht im Eis, glaube ich.«

»Weck sie auf und wisch sie ab, heute Nacht ist sie Julia.«

»Aber er ist *mein* Romeo.« Bockig runzelt Tanya die Stirn. »Ich habe ihn gefunden.«

»Sei großzügig, Tan«, schmeichelt Louis, »es ist für eine gute Sache.«

»Aber ich hatte noch nie einen Romeo …« Tanyas Unterlippe zittert, aber ich sehe, dass sie zögert. »Wahrscheinlich habe ich nie wieder …«

»Sag niemals nie«, entgegnet Louis. »Außerdem, wie kann man Grace besser von einem schrecklichen Fehlschritt abhalten als mit einem waschechten, lupenreinen, authentischen Romeo? Wie könnte sie da widerstehen?«

»Also gut, du kannst ihn haben«, lenkt Tanya seufzend ein. »Die Sache hat allerdings einen Haken – er spricht nur Italienisch.«

»Liebe kennt keinen sprachlichen Schranken«, erklärt Louis zuversichtlich.

»Dann geh du und rede mit ihm. Er hat nichts von dem verstanden, was ich ihm in den letzten zehn Minuten verklickert habe.« Tanya führt uns über die kleine, überfüllte Tanzfläche zu einem Tisch in einer dunklen Ecke. Dort plaudert eine kleinere und stämmigere Ausgabe von Fußballstar David Ginola mit zwei dunkelhaarigen, rehäugigen Freunden.

Als er Tanya bemerkt, blickt er auf und strahlt aufgeregt. »*Ciao bella*«, ruft er ihr zu und kommt zu uns herüber.

»Er ist nicht ganz das, was ich erwartet habe«, brülle ich Louis über die Musik zu.

»Was meinst du damit?«

»Na ja, er ist wohl kaum ein Leonardo DiCaprio.«

»Weiß nicht – ich finde ihn irgendwie süß.«

»Ich stehe nun mal nicht auf Männer, die meinen, wie toll sie aussehen, nur weil sie eine behaarte Brust haben.«

»Du musst auch nicht auf ihn stehen, Ollie, solange Grace es tut.«

»Meiner Meinung nach steht Grace zur Zeit auf gar nichts, es sei denn, es heißt Stuart. Ich kann nicht fassen, wie sehr sie sich verändert hat: Ist dir aufgefallen, dass wir in mindestens zehn Kneipen waren und sie so gut wie keinen der Anwärter eines Blickes gewürdigt hat?«

»Wahrscheinlich deshalb, weil sie so knülle ist, dass sie nicht geradeaus sehen kann.«

Tanya versucht, einem verblüfften Romeo zu erklären, dass er jemanden für uns verführen soll. Da seine ursprüngliche Absicht eindeutig darin bestand, *sie* zu verführen, findet er das alles reichlich verwirrend, fürchte ich. »Sie heiratet demnächst, also soll sie sich noch mal austoben«, erklärt Tanya, als würde sie mit einem Dreikäsehoch reden.

»Sie soll sich noch mehrmals austoben«, ergänzt Louis über Tanyas Schulter, »und hoffentlich zu dem Schluss kommen, dass es sich lohnt, damit weiterzumachen.«

»*Cosa?*« Romeo runzelte verwirrt seine hübsche Stirn.

»Lass mich mal, ich spreche ein bisschen Italienisch.« Louis drängelt sich an Tanya vorbei. »*Buona sera. Come stai?*«

Romeos verblüffter Gesichtsausdruck weicht bei diesen Worten in seiner geliebten Muttersprache einem breiten Grinsen. Bisher hat ihn der Anblick von Tanyas Ausschnitt ja noch genug bezirzt, um dieses englische Kauderwelsch in Kauf zu nehmen, aber allmählich hatte er doch genug.

»Ah, *buona sera.*« Seine Erleichterung ist offensichtlich. »*Parli Italiano?*«

»*Si, si.*« Louis nickt eifrig. »*La Telefono a sono.*«

»*Prego?*«, erkundigt sich Romeo verdutzt.

»Hast du nicht behauptet, du sprichst Italienisch?«, frage ich lachend.

»Das war Italienisch.«

»›Das Telefon klingelt‹ – ein wirklich wichtiger Satz, Louis.«

»Das war nur, um reinzukommen«, lallt er und wedelt wegwerfend mit der Hand. »Ich glaube, ich kann mich noch an genug erinnern, um ihm eine englische Anmache beizubringen. Danach dürfte es egal sein, welche Sprache er spricht. Sie ist wahrscheinlich dann sowieso ein zusätzlicher Anreiz.«

»Glaubst du?«

»Ja. Nicht, dass er zusätzliche Anreize bräuchte. Hast du die Ausbuchtung seiner Hose gesehen? Entweder ist er bestückt wie ein Esel oder er verkauft Salami und nimmt seine Ware mit nach Hause.«

Ich überlasse es Tanya und Louis, Romeo den einen, wichtigen Satz einzutrichtern, um Grace einen schwarzen Kaffee einzuflößen, nicht, weil sie nüchtern sein soll – betrunken ist sie uns lieber –, sondern um sie wach zu machen. Im Moment ist sie so fertig, dass sie einfach von ihrem Barhocker rutscht und nicht sehr anmutig auf den dreckigen Boden zu sinken droht. Sie wird Romeo kaum umwerfend finden, wenn sie bereits der Länge nach auf dem Boden der Kneipe liegt. Ich stehe da und beobachte, wie die geballte Ladung Koffein eines verdoppelten doppelten Espresso, den ich ihr gerade eingeflößt habe, durch ihre Adern zu pulsieren beginnt. Sie wacht weit genug auf, um zu merken, dass sie dringend aufs Klo muss, grinst mich schief an und taumelt in Richtung Damen davon.

Louis gesellt sich wenige Minuten später zu mir.

»Wie macht er sich?«, frage ich.

»Ich bin mir nicht sicher. Entweder habe ich ihm gerade erzählt, dass Grace auf ihn steht oder dass er meinen Kleiderschrank kaufen soll. Ich neige wohl dazu, das Italienische etwas mit dem Französischen zu verwechseln, fürchte ich. Aber seinen Aufreißer beherrscht er inzwischen fast perfekt, und als ich ihm gezeigt habe, wen er für uns anbaggern soll, war er gleich ganz begeistert. Das einzige Problem ist leider, dass er darauf bestanden hat, ich soll einen flotten Dreier organisieren, für ihn, Grace *und* Tanya. Ist sie schon wach?«

»Ja, sie ist nur kurz auf dem Klo, um sich ein bisschen kaltes Wasser ins Gesicht zu spritzen.«

»Perfekt.« Louis grinst. »Wir lassen Romeo auf sie los, sobald sie zurückkommt.«

Erwartungsvoll stellen wir uns an der Bar auf, nachdem wir Romeo entsandt haben, sie abzufangen und mit ihr zu verkehren – verbal natürlich. Zumindest vorerst. Dummerweise ist zu diesem Zeitpunkt die Tanzfläche brechend voll mit angetrunkenen Nachtschwärmern, die sich an Macarena versuchen, und selbst als ich mich auf den Barhocker stelle, kann ich weder Grace noch Romeo erblicken. Fünf Minuten später entdecken wir jedoch Grace, die zwischen einigen mit den Händen wedelnden und mit den Hüften kreisenden Betrunkenen hindurchtaumelt. Allein.

»Dieser schreckliche kleine Kerl hat mir gerade in den Hintern gekniffen und mir angeboten, mich auf eine ›schnelle Numero‹ zu ihm zu begleiten«, erzählt Grace entrüstet und lässt sich auf den Barhocker neben mir fallen.

»Und was hast du gemacht?«, hake ich schnell nach.

»Ihm gesagt, er soll sich verziehen. Er war zwar Italiener, aber das hat er genau verstanden.«

Wir sehen uns enttäuscht an. »Und was ist passiert?«

»Er tat, wie ihm befohlen«, kichert Grace. »Er verzog sich.«

»Er ist weg?«, fragt Tanya betroffen.

»Er ist da-a-lang!«, trällert Grace trunken und deutet zur Tür.

»O Romeo! Warum denn Romeo?«, nuschelt Tanya weinerlich.

»Er ist gerade auf seiner Piaggio davongeprescht«, sagt Louis und reicht ihr seine Flasche Sol.

»Wohl kaum der romantische Abgang, den Shakespeare im Sinn hatte«, murmle ich hinter meinem dritten Tequila.

Gegen Mittag sind wir zurück im Hotel, schließen die Fensterläden und purzeln in die Betten. Wir sinken alle gleichzeitig in Morpheus' Arme; bis auf Louis, den ich noch vage höre, bevor ich in einen tiefen, traumlosen Schlaf sinke, und der anscheinend im Bad Macarena summt.

Aus dem Nachbarzimmer dringt ein schriller Schrei und reißt mich aus dem totalen Blackout. Ich zwinge mich dazu, meine verklebten Augen zu öffnen, und sehe verschwommen, wie Tanya mit nacktem Hinterteil und in Panik in unser Zimmer stürzt.

»Ollie, Grace, Ollie, Grace.« Sie schwirrt zwischen unseren Betten hin und her wie eine große Schmeißfliege, die hinter einem Fenster gefangen ist. »Wacht auf, wacht auf!«

»Was denn? Was!«

»Wir haben unseren Flieger verpasst!«

»Was!« Ich setze mich viel zu schnell kerzengerade im Bett auf, woraufhin sich in meinem Kopf alles heftiger dreht als das Mädchen in *Der Exorzist*.

»Wir haben den Flieger verpasst?«, kreischt Grace, kullert aus dem Bett und klaubt ihre Kleider zusammen, die sie vor sechs Stunden auf dem Boden verstreut hat.

»Na ja, genau genommen noch nicht, aber der Flug geht in dreißig Minuten. Und ich glaube kaum, dass wir es schaffen, in dieser Zeit zu packen und zum Flughafen zu kommen, oder?«

»Mist! Mist! Mist!« Grace versucht gerade, ihr linkes Bein durch den rechten Ärmel der hauchzarten Strickjacke von Kokaï zu stecken, die sie gestern anhatte.

»Bedeutet das, dass ich weiterschlafen kann?«, frage ich müde, lege mich wieder hin und ziehe die Decke über den Kopf.

»Nein, verdammt noch mal!«, jault Grace und hüpft an mir vorbei. »Wir haben dreißig Minuten, und wir werden sehr wohl versuchen hinzukommen!«

Grace und ich laufen wie zwei Geistesgestörte durchs Zimmer, werfen Klamotten in Taschen, fegen ganze Regalbretter mit Deos und Shampoos einfach hinterher und schaffen es, innerhalb von acht Minuten in beiden Zimmern zu packen. Erst da merken wir, dass uns etwas Entscheidendes fehlt.

»Louis«, kreischt Grace. »Wo zum Teufel steckt Louis?«

»Wie ich ihn kenne, ist er wieder losgezogen!«, behauptet Tan, die uns die ganze Zeit nur im Weg gestanden hat.

»Das glaube ich nicht. Ich war vor zwei Stunden kurz wach, und da war er im Zimmer.«

»Du bist vor zwei Stunden wach gewesen!«, wiederholt Grace fassungslos. »Verdammt, warum hast du uns da nicht alle geweckt?«

Als Grace in der Hoffnung ins Badezimmer spurtet, dass Louis eventuell hinter dem Duschvorhang eingeschlafen ist, nutze ich die Gelegenheit, Tan zu befragen. »Hast du das mit Absicht getan?«

»Was denn?«

»Ich habe es Grace gegenüber nicht erwähnt, aber irgendjemand hat den Wecker ausgestellt.«

»Wirklich?«

»Ja. Ich hatte ihn so gestellt, dass wir genügend Zeit gehabt hätten. Hast du ihn ausgestellt?«

»Ich?« Sie legt eine Hand auf die Brust. »*Ich* soll so etwas getan haben?«

»Du warst es, stimmt's?«

Sie hält einen Moment mit aufgerissenem Mund inne, als sei sie entsetzt von dem Gedanken, dass ich ihr anscheinend so etwas zutraue. Dann seufzt sie in gespieltem Schuldbewusstsein. »Also gut, du hast mich ertappt. Ich geb's zu. Ich hab's getan. Bist du jetzt sauer?«

»Sauer!«, entfährt es mir. »Sauer! Ich bin stinksauer…« Tanyas Grinsen verschwindet. »Stinksauer«, fahre ich fort, »weil ich nicht von selbst darauf gekommen bin.« Ich drücke sie fest an mich. »Kluges Kind, jetzt können wir nur noch hoffen, dass wir Louis nicht finden, und dann sitzen wir in Rom fest!«

Leider ertönt zwei Minuten später ein Aufschrei, als Grace Louis endlich auf dem Balkon findet. Er ist immer noch selig betrunken und weiß von dem Chaos, das drinnen stattgefunden hat, gar nichts. Er räkelt sich auf einem Liegestuhl, eine Flasche Wodka in der einen Hand, ein Fernglas in der anderen – der Himmel weiß, woher er das hat. Es klebt förmlich an seinen Augäpfeln, damit er die italienische Ware im Angebot prüfen kann, die unten in ihren Sonntagsklamotten über die Straße paradiert. Die Ärsche sind knackiger als die so mancher römischen Skulptur, und die Designerjeans sehen aus, als wären sie aufgesprüht worden. Aus einem unerklärlichen Grund trägt er ein duftiges, geblümtes Sommerkleidchen, das Grace gehört, und dazu Dock Martins und schicke Ray-Bans. Und die ganze Zeit kichert er hohl bei seiner Spannerei. »Ich bin ein italienischer Lustmolch«, hechelt er, als wir ihn von seinem Liegestuhl hochhieven und ins Innere schleifen.

Keiner von uns ist sonderlich überrascht, als sich bei unserer Ankunft am Flughafen herausstellt, dass wir viel zu spät dran sind.

»Was zum Teufel sollen wir jetzt machen?«, fragt Grace mit zittriger Stimme und massiert sich die Schläfen, als zum Kater auch noch der Katzenjammer kommt.

»Den nächsten Flug nehmen«, lallt Louis fröhlich, völlig unbeeindruckt von der Tatsache, dass er keine Zeit zum Umziehen hatte, immer noch das pink-orange Kleidchen trägt und nun eine Mischung aus amüsierten, erstaunten und verängstigten Blicken von den anderen Reisenden erntet. Das liegt nicht allein an seiner Kleidung. Aufgrund der Tatsache, dass er immer noch hemmungslos hackedicht ist, erschien es uns leichter, das Gepäck zu tragen und Louis auf den Wagen zu laden.

»Das ist nicht so wie beim Busfahren, Louis!«, faucht Grace.

»Nicht?«

»Ich glaube nicht, dass in zehn Minuten der nächste geht, nein.«

Erstaunlicherweise ist Tanya von uns allen die Nüchternste, also wird sie zum Check-In entsandt, um das weitere Vorgehen zu besprechen. Zwanzig Minuten später ist sie wieder da. »Wollt ihr zuerst die gute oder die schlechte Nachricht?«

»Die gute, eindeutig die gute«, bettelt Grace, die offensichtlich an Stuffy denkt, der zu Hause auf sie wartet.

»Morgen in aller Frühe gibt es einen anderen Flug.«

»Hurra!« Grace ist die Einzige, die jubelt.

»Freu dich nicht zu früh. Wie ich bereits sagte, es gibt auch eine schlechte Nachricht.«

»Dann los, raus damit.«

»Es gibt nur noch zwei Plätze.«

»Tja, das ist schlecht. Wir fliegen entweder alle oder wir bleiben alle hier«, erkläre ich.

»Einer für alle«, grölt Louis.

»Und alle für einen«, fährt Grace leicht widerstrebend fort.

»Ich weiß, aber der nächste Flieger, in dem vier Plätze frei sind, geht erst am Mittwoch.« Tanya zwinkert mir voller Schadenfreude zu.

»Aber das ist in drei Tagen! Was sollen wir nur machen?«

»Ich habe uns auf die Warteliste für den Morgenflug setzen lassen, falls andere Passagiere nicht auftauchen. Wir können nur abwarten.«

»Ich schlage vor, dass wir zum Hotel zurückfahren und sehen, ob sie uns noch für eine Weile unterbringen können«, schlage ich vor.

»Ich finde, wir sollten hier warten«, widerspricht Grace besorgt. »Wenigstens bis wir wissen, ob wir morgen früh mitkommen.«

»Aber warum hier rumsitzen, wenn wir die Gelegenheit nutzen und noch mal ausgehen könnten?«

»Was, damit wir den nächsten Flieger auch verpassen?«, fragt Grace entnervt.

»Lenk sie weiter ab«, flüstert Tanya mir zu. »Ich habe uns gar nicht auf die Warteliste setzen lassen, sondern uns gleich für den Mittwochsflug eingetragen.«

»Kluges Kind!«

Wir suchen uns eine Ecke mit vier Sitzen und Blick auf die Startbahn. Gerade wollen wir es uns für die lange Wartezeit so bequem wie möglich machen, da stelle ich fest, dass einer von unserer Truppe abhanden gekommen ist. »Wo ist Grace?«, erkundige ich mich bei Tanya.

»Wahrscheinlich auf dem Klo.«

»Hat sie denn nichts gesagt?«

Als sie nach zwanzig Minuten immer noch nicht zurück ist,

fangen wir an, uns Sorgen zu machen. Gerade wollen wir einen Suchtrupp ausschicken, als ich sehe, wie sie sich durch die abreisenden Urlauber vor uns drängelt. Sie winkt mit zwei Flaschen billigem Champagner und sieht eindeutig fröhlicher aus als vor einer halben Stunde.

»Gray! Wo um Himmels willen hast du gesteckt? Wir haben uns Sorgen gemacht.«

Grace, die selbst keineswegs mehr besorgt aussieht, stellt den Schampus ab und grinst breit. »Ich habe unser kleines Transportproblem gelöst«, verkündet sie. Sie schnappt Louis, zerrt ihn hoch und verfrachtet ihn wieder auf den Gepäckwagen. »Na los, Rasselbande, es geht heimwärts.« Sie fängt an, ihre Taschen und Flaschen einzusammeln und sie auf den überraschten, sprachlosen Louis zu stapeln.

»Was? Und wie?«

»Wir werden mitgenommen.«

»Wie denn das?«

»Ich habe Stuart angerufen.«

»Und?«

»Wie ich schon sagte, er hat etwas für uns arrangiert.«

»Wie um alles in der Welt hat er das hingekriegt?«, frage ich und rapple mich hoch.

»Er hat Freunde in hohen Positionen«, äußert sie rätselhaft. »In sehr hohen Positionen. Zehntausend Meter hoch …«

»Wer hätte gedacht, dass dieser Dan Slater einen blöden Privatjet hat«, murre ich verdrießlich und klatsche mit einer zusammengerollten *Cosmopolitan* nach einer etwas zu hartnäckigen Fliege.

»Er gehört eigentlich nicht Dan, sondern einem Freund, der ihm noch einen Gefallen schuldete«, erwidert Grace, die mir einen Schluck aus ihrer so gut wie leeren Champagnerflasche anbietet.

»Freund! Gefallen! Ha! Wohl eher jemand, den er geschäftlich übers Ohr gehauen hat«, grolle ich und nehme einen großen Schluck.

»Das ist ja SO geil«, haucht Tanya wohl zum zwanzigsten Mal.

»So ein Arsch«, wiederhole ich, ebenfalls etwa zum zwanzigsten Mal.

Nach ihrer überraschenden Ankündigung hat Grace uns in ein Taxi verfrachtet und fünfzig Kilometer durch Staub und Hitze zu einem privaten Flugplatz gekarrt, der vor den Toren der Stadt liegt. Jetzt kauern wir im Schatten eines Olivenbaums, beobachten den Sonnenuntergang, schlürfen Schampus, benutzen unsere Taschen als Sitzgelegenheit und werden allmählich immer betrunkener, während wir darauf warten, dass Dämon Dan wie James Bond bei einer Rettungsmission herbeieilt.

So ein Arsch.

Die Maschine landet schließlich um zwei Uhr morgens, als ich gerade hinter einem Busch mein Geschäft verrichte, der einen Hauch zu stachelig ist, um seinen Hintern wirklich nahe heranschieben zu können. Die Scheinwerfer der Maschine schwenken über die Startbahn wie Suchlichter über einen Gefängnishof, verharren auf meinem Busch und veranlassen mich, hastig meinen String hochzuziehen, damit der Pilot nicht denkt, es gäbe heute Nacht zwei Monde.

Zu Tanyas riesiger Enttäuschung und meiner riesigen Erleichterung ist Dan nicht mitgekommen. Stuart mit u dagegen schon. Kaum ist der kleine Privatjet gelandet, taumelt er aus der Tür, bevor noch die Treppe ausgeklappt ist, und sinkt in die offenen Arme seiner wartenden Grace.

»Du glaubst gar nicht, welche Sorgen ich mir gemacht habe!«, sprudelt es aus ihm heraus. Er drückt sie so fest an sich, dass ich hören kann, wie sie nach Luft schnappt.

Bilde ich es mir nur ein, oder starrt Stuart mit u Tanya und mich wirklich *wütend* an? Na ja, man kann es nicht wirklich wütend nennen – ich kann mir nicht vorstellen, dass er in der Lage ist, seinen sanften, maßvollen Zügen einen Ausdruck zu verleihen, der etwas Boshaftes hat –, aber er sieht nicht besonders glücklich aus.

Jetzt habe ich doch ein etwas schlechtes Gewissen, bis Grace, die an Stuarts rührend beschützendem Arm hängt, sich beim Einsteigen zu uns umdreht, uns zuzwinkert und die leere Champagnerflasche schwenkt, die sie immer noch in der Hand hält. Sie nuschelt: »Echt klasse, Leute, es… war… echt… klasse.«

Den ganzen Flug über schmolle ich. Das mag zwar ein bisschen kleinlich erscheinen, aber ich kann mich des Eindrucks nicht erwehren, dass Dan Slater mir hiermit einmal mehr eins ausgewischt hat.

Tanya ist glücklich. Sie hat den ganzen Flug im Cockpit verbracht und den sexy Piloten angebaggert. Louis ist glücklich. Er hat den ganzen Flug damit verbracht, das Cremeschnittchen von einem Steward anzubaggern. Ein ganzer Steward für einen so kleinen Privatjet. So ein Arsch! Der einzige Dämpfer während dieser Reise ist für sie die Tatsache, dass Stuart und Grace fast den ganzen Flug die Lippen aufeinander gepresst hielten, als hätte das kleine Vakuum, das durch das Schließen der Tür entstanden war, dazu geführt, dass ihre Münder sich festsaugen und nie wieder getrennt werden können. Zumindest nicht bis zur Landung.

Der schwuchtelige Steward hört lange genug auf, Louis mit provozierend gespitzten Lippen anzuhimmeln, um mir etwas zu trinken anzubieten. Ich sehne mich verzweifelt nach etwas Alkoholischem, doch ich sehne mich noch verzweifelter danach, Dan Slater nicht noch mehr zu schulden, als ich ohnehin schon tue, wozu auch die Gastfreundschaft während des Fluges zählt. Ich sage mir, dass ich sowieso genug Alkohol im Blut habe, um bis England zu kommen, und falle schließlich in einen unruhigen Schlummer, der allerdings von einem höchst verstörenden Traum begleitet wird. Dan Slater, verkleidet als Supermann, versucht, einen Hubschrauber mit all meinen Freunden auf dem Dach des Tate's zu landen, während ich splitterfasernackt umherlaufe und nur eine Fliegenklatsche habe, um mich zu bedecken und das Restaurant vor der unmittelbaren Zerstörung zu bewahren, als der Hubschrauber sich in einen Meteoriten von der Größe eines kleinen Landes verwandelt.

Kapitel 8

Nachdem ich den Rest des Montags und den größten Teil des Dienstags im Bett verbracht habe, um mich von unserem Italientrip zu erholen, schleppe ich mich am Mittwochabend nach unten, obwohl ich immer noch einen Kater und einen erstklassigen, schnöseligen kleinen Jetlag habe. Wie sich herausstellt, hat mein treuloser Koch mich einmal mehr im Stich gelassen.

»Claude hat gerade angerufen und sich krank gemeldet«, ist das Erste, was ein genauso erschöpfter, aber weitaus munterer Louis verkündet, als ich hohläugig durch die Hintertür hereintaumle.

Louis wirft einen Blick auf den Bestellblock, auf den er Claudes Nachricht gekritzelt hat. »Er sagt, er hat …« Er kneift die Augen zusammen, um seine eigene Schrift zu entziffern. »… Staupe. Genau, er hat Staupe.«

»Staupe! *Hunde* haben Staupe, Louis, nicht Menschen.«

»Er ist ein alter Hund, zählt das nicht?«

»Nein, verflucht noch mal!«, heule ich wütend.

»Hey, mach nicht mich verantwortlich.« Louis hebt abwehrend die Hände und wirft dann Melanie mit hochgezogenen Brauen einen Blick zu, die mit den Lippen PMS formt.

»Ich habe kein PMS, klar«, fauche ich beide an. »Ich darf ja wohl noch beschissener Laune sein, ohne meine Hormone dafür verantwortlich machen zu müssen!«

Louis zwinkert Mel zu, entschlossen, mich noch weiter zu provozieren.

»Sehr lustig«, knurre ich, reiße die Kochschürze vom Haken und binde sie mir mürrisch um.

Ich hatte gehofft, ich könnte den ganzen Abend die Chefin raushängen lassen; Sie wissen schon, an der Bar rumhängen, mit den Stammgästen plaudern, neue Gäste in der Hoffnung anquatschen, dass sie zu Stammgästen werden, jede Menge trinken und all die kleinen Extras genießen, die das Chefsein an einem guten Abend mit sich bringt.

Super, super, super.

Einige Stunden später stelle ich jedoch plötzlich fest, dass es durchaus Vorteile hat, den Gästen auf diese Art aus dem Weg zu gehen. Louis hüpft aufgekratzt in die Küche. Ein teuflisches Grinsen auf dem hübschen Gesicht, verkündet er: »Rat mal, wer schon wieder da ist!«

»Keine Ahnung«, antworte ich, da ich nicht in der Stimmung für Ratespielchen bin.

»Na los, rate.«

»Warum sagst du es mir nicht einfach, Louis«, erwidere ich müde.

»Also wirklich, Ol, du bist im Moment echt schlecht drauf.«

Ich sehe ihn mit hochgezogenen Brauen an.

»Oh, also gut …«, lenkt er schmollend ein, doch selbst ich kann die gute Laune nicht vertreiben. »Ich verrat's dir …« Er bricht ab, um die Spannung zu steigern.

»Louis!«, kreischen Mel und ich wie aus einem Mund: Mel aus schierer Neugier, ich aus schierem Frust.

Louis sieht erst mich, dann Mel an und schmunzelt. »Satan Slater, der infam imposante Immobilienhai«, knurrt er lüstern.

»Er ist wieder da!«, kreischt Mel erfreut und lässt vor Aufregung ein Stück Kuchen fallen. »Ich wusste, dass er wiederkommt. Das bedeutet, dass er mich mag.«

»Vielleicht mag er nur das Essen«, erwidert Louis eifersüchtig.

Vielleicht mag er es, mich total zu nerven. Wie Sie sich vorstellen können, hält sich meine Freude über die Ankunft dieses neuen Gastes in Grenzen. Dan Slater. Ich bin mir sicher, dass er nur gekommen ist, um mich zu verspotten. Entweder ist er sehr mutig oder sehr dumm … schließlich wäre es ein Leichtes für mich, ihm in die Jakobsmuscheln zu spucken … oder etwas weit Schlimmeres in seine Pasta mit Pesto zu mischen …

»Ich habe ihn an Tisch drei gesetzt.« Louis wirft Mel einen triumphierenden Blick zu, da es sich um den Tisch handelt, der am weitesten von denen entfernt ist, die sie bedient.

»Du wirst ihn wohl oder übel wieder rausschmeißen müssen«, verkünde ich müde.

»Was?«, jault Louis.

»Es ist halb elf, Louis.«

»Na und, normalerweise nehmen wir bis elf Bestellungen entgegen.«

»Ich habe beschlossen, dass wir heute nur bis halb elf Bestellungen annehmen.«

»Aber Ollie!«, jammert Louis wie ein Kind, das gerade erfahren hat, dass es nicht aufbleiben und seine Lieblingsserie im Fernsehen ansehen darf.

»Keine Widerrede, Louis, ich habe genug und will früh schließen, klar?«

Schmollend schiebt Louis die Unterlippe vor. »Das wirst du ihm schon selbst sagen müssen. Ich tue es nämlich nicht«, murmelt er. »Nicht, nachdem er uns gerettet hat …«

Soll mir recht sein. Ich wische mir die Hände an der Schürze ab und dränge mich entschlossen an Louis vorbei. Es ist schon schlimm genug, dass Dan Slater ständig hierher kommt. Und dann muss mein untreues Personal auch noch auf seine Libido statt auf meine Warnungen hören und ihn jedes Mal, wenn er geruht, uns zu beehren, wie den verlorenen Sohn behandeln.

Das Restaurant ist voll besetzt. Ein Anblick, den ich immer zu würdigen weiß. Ein Anblick, der mich jedoch nicht mit der gleichen wohligen Wärme erfüllt, ist der von Dan Slater, der an einem Tisch in der Nähe des riesigen, offenen Kamins sitzt, welcher dank des wundervollen Wetters nicht benutzt wird, sondern voller Trockenblumen ist, wie ich es jeden Sommer mache. Als seine Begleitung erweist sich, wie kann es anders sein, Miranda. Sie sieht extrem selbstzufrieden aus, und ein Lächeln, das die Dimensionen eines Froschmauls hat, liegt auf ihrem stark geschminkten Gesicht. Das Lächeln rutscht jedoch bis zu den Kniekehlen ab, als sie mich auf ihren Tisch zukommen sieht, und wird durch einen Ausdruck extrem unangenehmen Überraschtseins ersetzt, der weit weniger attraktiv, dafür aber weit erträglicher ist als der selbstgefällige Blick.

Ich schlängle mich zwischen den Tischen hindurch, und meine Entschlossenheit nimmt mit jedem Schritt ab. Es ist eine Sache, sich die Genugtuung vorzustellen, ihn hinauszuwerfen, aber eine andere, es auch durchzuziehen. Außerdem weiß ich wirklich nicht, ob ich so unverschämt sei kann … Ich kann schließlich nicht umhin anzuerkennen, dass er eine ganze Menge Ärger und Umstände auf sich genommen hat, um sicherzustellen, dass wir heil von unserer italienischen Eskapade zurückkehren, so sehr es mir auch zuwider ist, ihm verpflichtet zu sein. Ich weiß, dass er es Stuart und Grace und sicher nicht mir zuliebe getan hat, doch auch ich habe von seiner Selbstlosigkeit profitiert …

Selbstlos. Ich hätte in diesem Wort nie eine passende Beschreibung für Dan Slater gesehen. Ich seufze tief und halte abrupt inne. Ich kann ihn nicht hinauswerfen, wie sehr ich es mir auch wünsche. Ich will gerade müde in die Küche zurückschlurfen, um Louis mit dem Bestellblock zu entsenden, als Dans Stimme quer durch das ganze Restaurant schallt.

»Entschuldigen Sie, Bedienung.« Ich brauche einen Augenblick, um zu erkennen, dass er mich meint. »Äh, Bedienung.«

Ich stehe wie angewurzelt da und starre ihn wütend an.

»Ich sagte, *Bedienung.*« Die Stimme wird ungeduldiger. Jetzt schnippt er auch noch befehlend mit den Fingern. Ein boshaftes Lächeln gleitet über sein Gesicht. »Also wirklich, der Service hier ist heute Abend eine Katastrophe«, sagt er reichlich laut zu Miranda, die verlegen kichert.

Ich brauche einen weiteren Augenblick, um zu erkennen, dass er betrunken ist. Eindeutig sturzbetrunken. Aus irgendeinem Grund finde ich diesen Dan Slater weit weniger einschüchternd. Vermutlich, weil ihm die übliche ruhige, lässige Unterkühltheit abhanden gekommen ist. Und ich finde diesen Dan Slater höchst anstößig. Meine Entscheidung, ihm heute Abend seinen Willen und sein Essen zu lassen, verflüchtigt sich. Um so viel Ruhe und Würde ringend, wie ich nur aufbringen kann, setze ich mein »Chefinnen«-Gesicht auf und gehe zu ihrem Tisch.

»Bedaure, mein Herr, aber die Küche ist bereits geschlossen …« Das ist keine Lüge. Trotz seiner Anstrengungen ist dies immer noch mein Restaurant, und ich kann die Küche schließen, wann es mir passt.

»Dann machen Sie sie halt wieder auf.«

»Ich befürchte, dass das nicht geht, mein Herr.«

»Warum nicht?«

Das haut mich um. »Weil ich nicht will«, scheint irgendwie unpassend zu sein. Selbst im Zustand der Trunkenheit spürt Dan offensichtlich mein Zögern. Er wirft die Speisekarte auf den Tisch, lehnt sich frech zurück und verlangt, dass ich ihm die Tagesgerichte aufzähle.

Ich überhöre ihn. »Unser Koch ist heute Abend nicht hier, und wir schließen früher«, antworte ich mit geschäftsmäßiger Stimme, die normalerweise für meinen Sachbearbeiter bei der Bank reserviert ist, wenn er mich mal wieder annervt, oder für schlampige Lieferanten.

Er überhört mich. »Was steht auf der Tageskarte?«, wiederholt er.

»Wir haben geschlossen.«

Er blickt sich um und kneift betrunken die Augen zusammen. »Sieht für meine Begriffe nicht sonderlich geschlossen aus.«

»Es überrascht mich, dass Sie überhaupt etwas erkennen können, so blutunterlaufen und gläsern wie Ihre Augen sind…«, entgegne ich sarkastisch.

Miranda, die die Auseinandersetzung anfangs zu genießen schien, wird knallrot, als unsere Stimmen lauter werden. Sie schnappt ihre Handtasche, murmelt etwas davon, dass sie mal eben für kleine Mädchen müsse, und eilt davon, um sich auf der Toilette zu verstecken.

Dan überhört auch meinen letzten Kommentar und sieht sich weiter um. »Also gut, wenn Sie schon so zickig sind und mir nicht sagen wollen, was es heute gibt, verraten Sie mir wenigstens, wo ich die verdammte Speisekarte herkriege«, brummt er, ohne mich anzusehen.

»Heute scheint es *Arschlöcher* zu geben«, gifte ich.

»Was war das?«, fragt er zerstreut und sieht sich weiter nach der Speisekarte um, obwohl sie noch immer genau dort liegt, wo er sie hingeworfen hat.

»Arschlöcher«, knurre ich verhalten.

Dieses Mal hat er mich klar und deutlich verstanden. »Wie bitte!«, nuschelt er und sieht mich herausfordernd an.

Miranda, die sich soeben wieder aus der Toilette wagte, kehrt abrupt dorthin zurück.

»Arschlöcher«, wiederhole ich laut und halte seinem Blick stand. »Arschlöcher auf Toast, Arschlöcher mit Bohnen, Pommes oder Bratkartoffeln, pochierte Arschlöcher, frittierte Arschlöcher, gekochte Arschlöcher, flambierte Arschlöcher oder einfach große, fette Arschlöcher, die ständig in mein Restaurant kommen und…«

Ich spüre, wie eine Hand sich fest auf meinen Mund legt, als Louis hinter mir auftaucht und mich zurück in die Küche schleift. Dan und den verbleibenden Gästen gegenüber murmelt er etwas in der Art, dass ich heute Morgen angeblich meine Pillen vergessen hätte. Ich reiße mich los, als wir durch die Schwingtür kommen, und fahre wütend zu ihm herum. »Was fällt dir eigentlich ein!«

Louis erwidert meinen wütenden Blick ruhig und amüsiert. »Dasselbe wollte ich gerade dich fragen.«

»Dieses arrogante Schwein!«, jaule ich und hüpfe vor lauter Frust auf und ab. »Wie kann er es wagen, um diese Zeit hier hereinzuplatzen, voll wie ein Goldfisch in einem Glas Gin, und herumzukommandieren, als würde ihm das Restaurant gehören!«

»Es ist mir sehr unangenehm, dich daran zu erinnern, Ollie, meine Liebe, aber es gehört ihm.«

»Ihm gehört vielleicht das Gebäude, aber es ist mein Restaurant. Das ist ein Unterschied, Louis, ein großer Unterschied!«

»Komm erst mal wieder zu dir; ich nehme ihre Bestellung entgegen.«

»Du kannst ihm bestellen, dass er verschwinden soll, das kannst du«, knurre ich und verschränke die Arme vor der Brust.

Louis wendet sich an Mel, die im Hintergrund herumlungert und vor Schadenfreude über die unerwartete Wendung, die dieser normale Abend harter Schufterei genommen hat, von einem Fuß auf den anderen hüpft. »Sei so lieb, Melly Belly, und hol mir eine Flasche Rotwein aus dem Weinkeller. Und nimm einen guten.«

»Ich habe gesagt, sie werden nicht bedient!«, wüte ich.

»Er ist nicht für sie, Süße, er ist für dich.« Louis drückt mich auf einen Stuhl. Als Mel eilfertig mit dem Rotwein aus dem Keller zurückkehrt, reicht er mir ein großes Glas und befiehlt mir zu trinken.

»Besser?«, erkundigt er sich, als ich gehorsam das halbe Glas hinuntergekippt habe.

»Nein.« Stirnrunzelnd sehe ich ihn an.

»Es bringt nichts, ihn absichtlich gegen dich aufzubringen, Ollie.«

»Warum nicht, er macht doch das Gleiche mit mir.«

»Das weißt du doch gar nicht, Ol. Außerdem hat er uns letztes Wochenende wirklich aus der Patsche geholfen …«

»Ich weiß, ich weiß. Das ist der Grund, warum ich ihn nicht sofort rausgeworfen habe.«

»Wir sind ihm etwas schuldig, Ollie. Wie sehr es dir auch gegen den Strich geht, das zuzugeben… Ich für meinen Teil würde ihm einen großen Drink spendieren …«

»Ich wollte ihm ja eine ganze Flasche spendieren …«

»Ach ja?«

»Ja, aber es ist mir nicht gelungen, ihn davon zu überzeugen, sich vorzubeugen, damit ich sie ihm hinten reinschieben kann!«

Louis leistet noch ein bisschen Überzeugungsarbeit, bis ich schließlich einlenke und ihm gestatte, ihre Bestellung entgegenzunehmen.

»Was wollen sie?«, grolle ich ungnädig, als er fünf Minuten später wieder in die Küche kommt.

»Die Dame wünscht Bruschetta mit Krabben, gefolgt vom Lammfilet.«

»Und was ist mit ›dem Schwein‹?«, stoße ich hervor.

Louis kaut auf dem Kugelschreiber und verzieht den freien Mundwinkel zu einem Grinsen. »Das Schwein«, eröffnet er, »sagte, er wolle gebratenen Tunfisch als Vorspeise, gefolgt von …«, hier hält er inne, blickt auf den Bestellblock und dann zu mir, wobei seine strahlend blauen Augen vor Heiterkeit blitzen, »… einem Arschloch mit Pommes, nicht zu durchgebraten.«

Gegen ein Uhr morgens ist das Restaurant endlich leer und die Küche aufgeräumt. In weniger als fünf Stunden geht es schon wieder weiter. Ich schmeiße alle und jeden raus, schiebe Morcheeba in den CD-Spieler im Restaurant und schnappe mir den Rest der Flasche 1995er Errazuriz, den Louis mir vor Stunden eingeflößt hat. Damit lasse ich mich an dem Tisch nieder, der dem Kamin am nächsten steht, um den beruhigenden Effekt zu genießen, der von dem süßen Duft und den sanften Farben der Gartenwicken ausgeht, die auf dem Rost liegen.

Kaum fünf Minuten sind vergangen, da höre ich plötzlich, wie die Küchentür aufgeschlossen wird und die Schwingtür in den Angeln quietscht, als jemand das Restaurant betritt. Louis ist der Einzige, der einen Satz Schlüssel hat. Außerdem wollte er unbedingt noch bleiben und mir dabei helfen, den Wein auszutrinken, aber nach solch einem beschissenen Abend mache ich einen auf Greta Garbo. »Verpiss dich, Louis«, murre ich griesgrämig. »Ich hab dir doch gesagt, ich will allein sein.«

»Das ist aber ein bisschen klischeehaft«, antwortet eine schleppende Stimme, die mir entfernt bekannt vorkommt, die aber sicher nicht Louis gehört.

Misstrauisch und ungläubig drehe ich den Kopf. Im Türrahmen lehnt Dan Slater mit glasigem Blick und frechem Grinsen auf seinem viel zu hübschen Gesicht. Im Bruchteil einer Sekunde springe ich vom Stuhl hoch und auf die Füße. »Wie zum Teufel sind Sie hier reingekommen?«, rufe ich anklagend.

Völlig unbeeindruckt schwenkt er einen schweren Schlüsselbund vor meinen Augen. Die Anstrengung lässt ihn leicht schwanken. »Dachte mir, einer von denen passt vielleicht, und wie es der Zufall wollte ...« Er kommt herüber und setzt sich auf den Stuhl neben meinem Hals über Kopf frei gewordenen, greift nach meinem Weinglas und kippt mit einem Schluck die Hälfte davon herunter.

Vor Verblüffung bleibt mir der Mund offen stehen. »Hören

Sie, das Gebäude gehört Ihnen vielleicht, aber das gibt Ihnen nicht das Recht …«

»Es gibt mir das Recht auf Zutritt«, fällt er mir ins Wort, schenkt Wein nach und schiebt mir das Glas über den Tisch zu.

»Es gibt Ihnen das Recht auf *angemessenen* Zutritt zu einer *vereinbarten* Zeit«, platze ich heraus, wobei ich die zwei Worte besonders betone, »und sich zu solch unchristlicher Stunde Zugang zu *meinem* Restaurant zu verschaffen, nenne ich nicht gerade angemessen.«

Er kippt mit dem Stuhl nach hinten und mustert mich gelassen. »Du bist sehr attraktiv, wenn du wütend bist.«

Ich blinzle überrascht. Wenn das kein Seitenhieb war. Ein Klischee erster Güte. Aber auch eines, mit dem ich nicht gerechnet hatte. Ich ziehe mich langsam zurück.

»Hör mal«, brummt er, »du und ich, wir haben ein paar Probleme zu klären, warum holst du nicht ein zweites Glas, setzt dich wieder, und wir reden darüber.«

»Das wäre vielleicht eine gute Idee, wenn du nüchtern wärst«, antworte ich ausweichend.

»Ich bin *stock*nüchtern«, versichert er mir und schwankt leicht.

»Klar, und ich bin die Königinmutter.«

»Warum setzt Ihr Euch dann nicht auf Euren Thron, Majestät. Wortwörtlich«, fügt er hinzu und mustert die Sitze. »Mann, hier gibt es einige echt schräge Möbel.«

»Mir gefallen sie«, verteidige ich mich.

»Und ob du es glaubst oder nicht, Olivia, mir auch. Warum würde ich sonst deiner Meinung nach so oft hier essen?«

»Weil du ein sadistisches Schwein bist.«

»Das habe ich überhört.«

»Ich will nicht, dass du das überhörst. Ich will, dass du gehst.«

»Das meinst du nicht ernst. Nicht, wo ich doch extra hier bin, um dir zu helfen.« Klar, um mir aus dem Restaurant zu helfen, sodass er sich das Gebäude unter den Nagel reißen kann. »Ich denke, wir zwei könnten zu einer Übereinkunft kommen«, fährt Dan fort und streicht sich mit der Hand durch die kurzen braunen Haare. Dann lässt er sie auf seinen irritierend muskulösen, stramm behosten Schenkel sinken. »Ich weiß, dass du Probleme hast, die neue Miete aufzubringen. Und ob du es glaubst oder nicht, ich ziehe meinen Hut davor, wie du jeden Morgen zum Frühstück aufgemacht hast... Aber du kannst auf Dauer nicht so viele Stunden arbeiten.«

»Hast du mir etwa nachspioniert?«

»Ja«, gesteht er unumwunden. »In der Tat, das habe ich. Ich mag diesen Ort. Ich glaube, dass es ein solides Unternehmen ist, eine sichere Investition... Ich wäre bereit, in dich zu investieren, Ollie. Wie wäre es mit einer Partnerschaft?«

»Ich will keinen Partner.«

»Aber du kannst nicht abstreiten, dass du Hilfe brauchst.«

»Ich komme zurecht.«

»Glaubst du wirklich?«

»Ich muss. Auch wenn du mich in der Zange hast, werde ich dir nicht in den Hintern kriechen.«

Dans Mund verzieht sich zu einem schelmischen Grinsen. »Oh, wie schade«, sagt er schleppend. »Von hinten, hm... hey, wie wäre es, wenn du in mein Büro kommst und wir es dort versuchen, das war schon immer eine meiner heimlichen Fantasien...«

Verblüfft starre ich ihn an. »Willst du mich anmachen?«

»Vielleicht.«

»Wie kannst du es wagen! Das schlägt dem Fass den Boden aus.«

»Die meisten Frauen sehen es als Kompliment...«

»Du arrogantes Schwein!«

Er steht auf und kommt um den Tisch herum auf mich zu. »Du bist viel zu verklemmt, Ollie Tate«, murmelt er, als ich instinktiv zurückweiche.

»Ich denke, du gehst jetzt besser«, entgegne ich verärgert.

Er macht keine Anstalten.

»Gut, wenn du nicht gehst, gehe ich, verdammt noch mal.«

Als ich mich an ihm vorbeidrängen will, packt er mein Handgelenk und dreht mich zu sich herum. »Jetzt schon? Ja, willst du mir denn keinen Gutenachtkuss geben?«, fragt er herausfordernd. Er macht sich über mich lustig.

Wie sehr ich auch versuche, ruhig und besonnen zu bleiben, kann ich doch nicht verhindern, dass bei der Erinnerung an das letzte Mal, als ich diese Worte aus meinem eigenen Mund hörte, eine tiefe Röte mein Gesicht überzieht. Bevor mir noch eine passende Antwort einfällt, schnappt er mein anderes Handgelenk und zieht mich so dicht an sich, dass ich sein Herz durch das Hemd hindurch schlagen spüren kann. Im Gegensatz zu meinem, das förmlich rast, schlägt es gleichmäßig und stark. Er hält mich mit eisernem Griff fest, beugt den Kopf vor und küsst mich langsam auf den Mund, wobei sein Blick sich in meinen bohrt.

Ich versuche mich ihm zu entziehen und funkle ihn wütend an, doch er ist viel zu stark für mich. Ich komme mir vor wie Scarlet, die mit Rhett ringt. Mist. Daran hätte ich nicht denken dürfen, jetzt erregt mich das Ganze auch noch. Was für eine Vorstellung! O Mann, was küsst er gut. Und wie stark er ist. Er hat die Arme fest um mich geschlungen, und seine Muskeln spannen sich, als er den Griff gegen meinen zappelnden Körper verstärkt. Es nützt nichts, ich muss den Kuss erwidern. Das ist so, als würde man Champagner, der die Geschmacksknospen streichelt und auf der Zunge prickelt, nicht schlucken. Unmöglich. Ich vergesse meinen Kopf und lasse mich von der Lust übermannen, höre auf, gegen ihn anzukämpfen, und schließe langsam die Augen, als die Entrüstung intensivem Verlangen weicht. Doch als ich die Augen schließlich wieder öffne, entdecke ich, dass auch seine weit offen sind und dass sie … vor Lachen blitzen. Er lacht mich aus.

Das ist wieder eines seiner verfluchten Machtspielchen! Der Genuss löst sich in Luft auf und die Entrüstung kehrt stärker zurück als je zuvor. Zu zappeln wie ein Zwergkaninchen, das versucht, der erdrückenden Umarmung eines überzärtlichen Kindes zu entkommen, hat nicht besonders gut funktioniert. Zeit für kurz und knapp. Als sich diese gar zu verführerische Zunge das nächste Mal in meinen Mund schleicht, gehe ich zum Angriff über und haue meine Hackerchen in den leckeren, aber lästerlichen Eindringling. Dan stößt einen Schrei aus und lässt mich wie eine heiße Kartoffel fallen.

Jetzt lacht er nicht mehr. Genau genommen sieht er sogar wütend aus. Verdammt wütend. Furcht erregend. Wenn ich mir nicht sicher wäre, dass er keine Frauen schlägt, könnte man meinen, er würde mich schlagen. Mir bleibt nur eine Möglichkeit: Ihn vors Schienbein treten und die Beine in die Hand nehmen.

Fünf Stunden später. Ich habe mich zitternd und mit weit aufgerissenen Augen in meinem Schlafzimmer verbarrikadiert, wach gelegen und jeden Augenblick damit gerechnet, dass er an meine Tür hämmert. Doch das Hämmern ist ausgeblieben. Also schleiche ich nach unten und betrete das Restaurant, immer damit rechnend, dass er aus dem Schatten auftaucht und mir mit einem meiner Fleischermesser auf die Pelle rückt.

Es ist leer. Genau wie die Flasche Wein, die ich nicht mal zur Hälfte geschafft hatte. Ich nehme sie in die Hand und untersuche sie kopfschüttelnd.

Ich war die Treppe zu meiner Wohnung in der Erwartung hinaufgeeilt, er wäre nur Sekunden hinter mir, um sich für meinen Angriff zu rächen. Doch statt mich mit einem sorgfältig gewetzten Steakmesser und einer mörderischen Wut zu verfolgen, wie ich es mir vorgestellt hatte, muss er hier geblieben sein und den Wein ausgetrunken haben. Sich einfach wieder hingesetzt und bis zum Grund der Flasche gearbeitet haben. Sogar ein Teller steht auf dem Tisch, neben dem Weinglas, das noch immer Spuren meines Lippenstifts trägt. Darauf finden sich eine halb gegessene Scheibe Toastbrot und eine Tasse schwarzer Tee.

Ich fasse die Teetasse an. Sie ist noch lauwarm. Er muss hier fast die ganze Nacht gesessen und gewartet haben. Was, wenn er immer noch irgendwo steckt? Ängstlich sehe ich mich um, doch das Restaurant ist leer. Er versteckt sich auch nicht auf dem Klo und lauert mir auf, um mich entweder zu küssen oder zu killen. Als ich sicher bin, wirklich allein zu sein, weicht die verbliebene Angst der Empörung.

Wütend klaube ich die Zeugen seiner Nachtwache vom Tisch und pfeffere sie ohne Umstände ins Spülbecken. In der Küche finden sich weitere Spuren seiner Gegenwart, ein Buttermesser auf dem Tisch und ein benutzter Teebeutel auf der Abtropffläche neben dem Spülbecken. Ich kehre zur Bar zurück und entdecke ein leeres Brandyglas auf dem Abtropftablett. Von wegen sich ganz wie zu Hause fühlen! Er glaubt bereits, dieser Ort gehöre ihm. Doch so leicht wird er mich hier nicht rauskriegen.

Ich mache einen Luftsprung, als ich höre, wie die Hintertür der Küche, die ich weit offen gelassen hatte, zugeschlagen wird und schwere Fußtritte durch die Küche kommen.

»Es reicht, ich gebe auf!« Mein Herz kriecht in den Brustkasten zurück, als Tanya hereinplatzt, schnurstracks zur Bar geht und sich eine gekühlte Diet Coke aus einem der Kühlschränke mit den Glastüren schnappt. »Ich schmeiße alles hin!«, wiederholt sie und lässt sich auf einen Barhocker fallen.

»Ich auch«, antworte ich kläglich und geselle mich zu ihr.

»Du weißt doch noch gar nicht, wovon ich rede.«

»Muss ich auch nicht, ich schmeiße einfach alles hin.« Ich versuche, Tan von meinem Treffen mit Dämon Dan zu berichten, doch sie hört gar nicht zu.

»Stell dir vor, es war mir gelungen, sie zu überzeugen, gestern mit mir auszugehen, und ich habe die seltene Gelegenheit genutzt, sie einigen meiner Lieblingsmänner vorzustellen. Du weißt schon, den Top Ten, der Crème de la Crème. Und was macht sie? Redet den ganzen Abend von nichts anderem als diesem verdammten Langweiler Stuart mit u.«

»Meinst du Grace?«, seufze ich.

»Wen sonst«, entgegnet Tanya trocken.

»Da es bei Gray nicht funktioniert, sollten wir es vielleicht auf der anderen Seite probieren.« Ich bin selbst überrascht von meinen Worten. Mein Treffen mit Dan muss die Männerhasserin in mir zum Vorschein gebracht haben.

»Bei Stuart?«

»Genau.«

»Und was schlägst du vor?«

»Jemand anderen für *ihn* zu finden. Ihn durch eine andere Frau verführen zu lassen.«

»Du machst Witze, oder? Wo um Himmels willen sollen wir denn jemanden auftreiben, der das macht?«

»Du könntest ihn verführen«, schlage ich matt vor.

»Ich!«, kreischt Tanya und reißt bei der Vorstellung vor Schreck die Augen auf.

»Tja, das sagt doch alles«, seufze ich bitter. »Selbst *du* würdest ihn nicht mal mit der Kneifzange anfassen.«

»Was du da andeutest, will mir gar nicht gefallen«, antwortet Tanya steif.

»Mag sein, aber du weißt, wie es gemeint war.«

Jetzt ist es an Tanya, tief zu seufzen. »Leider ja … obwohl ich gestehen muss, dass ich mich nicht für *so* unkritisch halte«, fügt sie hastig hinzu.

Ich sehe sie mit hochgezogenen Brauen an.

»Ich schlafe doch nicht mit allem und *jedem*.«

Ich versuche die Sache mit den Brauen erneut; mein kürzliches Treffen mit Dan macht alle Hoffnung auf Takt zunichte. Tanya verfällt in ein verletztes Schweigen und kaut in einem plötzlichen Anfall von Reue und Selbstmitleid auf der Unterlippe. »Okay«, gesteht sie, »ich bin nicht gerade wählerisch, solange sie einen großen Schwanz, ein großes Herz oder eine große Geldbörse haben. Aber ich ziehe die Grenze bei Stuart.«

»Mit u und a«, scherze ich, da ich mir plötzlich schlecht vorkomme.

»Nicht mit e und w«, stimmt sie zu und lächelt schon wieder.

»Vielleicht ist er ein verkappter Lothario«, verkünde ich, nicht so sehr, weil ich glaube, was ich sage, sondern um sie zum Lachen zu bringen. »Unter der unschuldigen Oberfläche lauert das Herz einer miesen Ratte. Der feinfühlige Fabrikant ist in Wahrheit ein dekadenter, doppelzüngiger Drecksack.«

»Mein Bauch sagt mir, dass das in etwa so wahrscheinlich ist wie die Behauptung von Tanya, sie sei eigentlich noch Jungfrau«, erklingt eine Stimme von der Küchentür her. Es ist Louis, der zur Frühschicht kommt. Er sieht genauso verschlafen und übermüdet aus wie ich. »Wo wir gerade von Lotharios sprechen, hast du Tan schon erzählt, wer letzten Abend wieder hier aufgetaucht ist?«, fragt er mich und reibt sich die Augen, als er sich zu uns gesellt.

»Das wollte ich gerade«, antworte ich. »Aber du weißt ja noch nicht alles, Lou.«

»Nicht?«, fragt er und reißt die Augen auf. »O Mann, ich dachte, der Teil, den ich mitbekommen habe, war genug. Was um Himmels willen kam denn noch?«

Louis und Tanya hängen förmlich an meinen Lippen, als ich Tanya über den Abend aufkläre, und Louis über den Teil, der ihm entgangen ist. Dabei überspringe ich bequemerweise die Tatsache, dass ich Dan Slaters heftigen Kuss einen Augenblick lang genauso heftig erwidert habe, betone aber umso mehr, wie hart ich gekämpft habe, um freizukommen. Ich beende meine Erzählung zu mitfühlenden Lauten und tröstendem Schulterklopfen von Louis Seite, doch als ich zu Tanya blicke, lächelt sie auf eine entrückte, verzückte Art.

»Er hat dich um den Finger gewickelt, was?«, rufe ich ungläubig. »Du sollst von seinem Verhalten nicht beeindruckt sein, du sollst entsetzt sein.«

Tanya hat den Anstand, schuldbewusst dreinzuschauen, verneint meine Frage aber dennoch nicht. »Er ist einfach so ein … ein … Macho«, erklärt sie verträumt. »Wie schade, dass wir ihn nicht mit Grace verkuppeln können – so würden wir zwei Fliegen mit einer Klappe schlagen.«

»Das mit dem Schlagen gefällt mir«, grolle ich, »aber ich glaube fast, es ist mir lieber, Grace bleibt bei Stuart, als sich mit diesem Schwein einzulassen.«

»Wirklich? Mit Dan käme wenigstens Abwechslung in ihr Leben.«

»Es sei denn, Stuart ist ein verkappter Lothario, wie du es formuliert hat«, wirft Louis hoffnungsvoll ein.

»Wohl kaum«, sagt Tanya lachend. »Eher bist du ein echter Hetero.«

»Aber möglich wäre es schon. Bei Stuart, nicht bei dir!«, beruhige ich Louis, den die letzte Bemerkung etwas schockiert zu haben scheint. »Wie heißt es so schön? Im Grunde sind alle Männer Schweine.«

»Also schlägst du vor, dass wir Stuart die Chance geben, einmal das Schwein raushängen zu lassen.«

»Genau. Er hatte wahrscheinlich nicht viel Gelegenheit,

sich die Hörner abzustoßen. Um ein fremdgehender, wüster, wilder Draufgänger zu sein, muss man ein Gesellschaftsleben haben, zu dem mehr als ein gelegentlicher Ausflug zum örtlichen Pub gehört, um ein Bierchen zu zischen.«

»Wenn sich also die Gelegenheit böte …«

»Dann ist es möglich, dass er sie ergreift.«

»Und wie verschaffen wir ihm diese Gelegenheit?«

»Tja, das ist der etwas verzwicktere Teil.«

»*Etwas* verzwickter?«

»Kennst du nicht jemanden, der dabei wäre? Was ist mit Mel? Könntest du sie nicht überreden?«

»Das bezweifle ich.«

»Aber es wäre für einen wirklich guten Zweck.«

»Der einzige Mensch, den ich kenne und den man nicht erst groß überreden müsste, einen Fremden anzuquatschen, ist Claude, und der ist wohl kaum ein geeigneter Kandidat, nicht wahr?«

»In diesem Fall muss es jemand von uns sein«, bestimmt Tanya.

»Das soll hoffentlich ein Witz sein!«, rufe ich entsetzt.

»Es muss sein, Ollie.«

»*Das* muss nicht sein. Es muss einen anderen Weg geben, Grace zur Vernunft zu bringen.«

»Wir haben alles versucht, was uns nur eingefallen ist.«

»Warum übernimmst du es nicht? Du bist die Expertin in Sachen Verführung.«

»Weil es nicht fair wäre. Wir müssen das demokratisch lösen. Ich weiß was«, sie grinst, »wir ziehen Strohhalme.«

»Vermute ich richtig, dass ich bei eurer kleinen Abstimmung außen vor bin?«, fragt Louis grinsend, verschwindet hinter der Theke und holt sich einen Orangensaft.

»Warum solltest du? Vielleicht braucht es für diese Aufgabe einen Mann, falls du verstehst, was ich meine«, antwortet Tanya lachend und blinzelt ihm zu. Dann dreht sie sich wieder zu mir um. »Hast du Strohhalme?«

»Nur kleine Käsestangen.«

»Gut, ich bin am Verhungern.« Louis Magen knurrt bei dieser Behauptung laut, wie um sie zu untermauern.

»Das war ein Scherz.«

»Wie wäre es mit Papier?«, schlägt Tanya vor.

»Das schmeckt aber nicht so gut.«

»Halt die Klappe, Louis«, antworten wir wie aus einem Mund.

Ich hole Tanya einen Bestellblock und Louis eine Packung Chips mit Schinkengeschmack. Sorgfältig schneidet Tanya ein Stück Papier in drei gleiche Teile, zückt ihren Chanel-Lippenstift und malt ein rotes Kreuz auf eins davon. Dann knüllt sie sie zusammen, zieht Louis eine seiner Mickeymaus-Socken aus und wirft sie alle für das häusliche Losverfahren hinein.

»Also gut, wer das rote Kreuz zieht, verführt ihn.«

»X bedeutet ›auf der Stelle‹«, murmle ich, greife vorsichtig in die Socke und ziehe das erste Papier heraus.

Dann folgt Louis, sodass Tanya das letzte bekommt. Wir entrollen sie gemeinsam. Dem erleichterten Lächeln der anderen folgt mein entsetztes Gesicht auf dem Fuße. Meine Kinnlade kippt herunter und die Augen treten mir aus den Höhlen, weil mein Papier ein fettes rotes Lippenstiftkreuz trägt. Warum ausgerechnet ich! Ich würde es nicht über mich bringen, selbst wenn mir jemand eine Million Pfund dafür böte oder meinem Körper eine völlig neue Form gäbe, etwas in der Art von Jennifer Lopez, aber einen Hauch weniger in der Hüftregion bitte.

»Kommt nicht in Frage!«, entfährt es mir, als ich das Stück Papier fest zusammenknülle und in den Mülleimer werfe.

»Tut mir Leid, Kindchen, aber ausgemacht war, wer den markierten Zettel bekommt. Jetzt gibt es kein Zurück mehr.«

»Ich weiß«, seufze ich. »Wenn du oder Louis ihn hättet, würdet ihr es auch durchziehen.«

»Ich würde es, ja«, sagt Louis. »Aber ich glaube immer noch nicht, dass es etwas gebracht hätte. Er ist ganz sicher kein Männermann, falls ihr wisst, was ich meine.«

»Also liegt es an mir«, seufze ich resigniert.

Die beiden anderen nicken unnachgiebig.

Grace hat uns für kommendes Wochenende zu Stuart eingeladen. Wir kommen überein, dass der dreckige Job dort erledigt wird. Na ja, so habe ich wenigstens noch die Möglichkeit zu emigrieren. Und falls ich kein Ausreisevisum bekomme, kann ich mich immer noch vor den nächsten Bus werfen.

Kapitel 9

Zwanzig Minuten, nachdem ich die letzten Gäste des hektischen Freitagmittags hinausgeworfen habe, fährt Tanya in einem Taxi vor. Ich werfe hastig ein paar Sachen in eine kleine Reisetasche und habe gerade noch genug Zeit, eine saubere Jeans anzuziehen. Ich trage kein Make-up, und meine Haare sind noch feucht von der Dusche. Da irritiert es mich doch, als ich meine elegante Freundin aus dem Taxi steigen sehe; sie sieht aus, als würde sie für ein Foto-Shooting der *Vogue* Modell stehen. Und es sieht aus, als hätte sie sämtliche Klamotten für dieses Shooting dabei.

»Wir verreisen für ein Wochenende, nicht für ein Jahr«, stöhne ich, als der Taxifahrer mehrere Gepäckstücke von Louis Vuitton aus dem Taxi auf den Rücksitz meines Autos verfrachtet. »Für Louis brauchen wir auch noch ein Plätzchen, weißt du«, beharre ich, als sie lächelt, doch mich abgesehen von diesem stummen Gruß einfach ignoriert. »Du erinnerst dich doch an Louis«, bemerke ich sarkastisch. »Etwa eins achtzig, dunkle Haare, gut aussehend, sitzt normalerweise hinten?«

»Ich weiß«, antwortet sie schließlich und richtet ihre Aufmerksamkeit, die bisher dem sicheren Transfer ihres wertvollen Gepäcks galt, auf mich.

»Wenn es so weitergeht, bleibt kein Platz mehr«, informiere ich sie steif, als der Taxifahrer, dessen Glatze aufgrund der Anstrengung schweißnass ist, noch einen Koffer in mein armes Auto wuchtet. »Kannst du deine Sachen nicht im Kofferraum unterbringen?«

»Louis kann im Kofferraum sitzen«, entgegnet Tanya mit

einem leichten Lächeln. Sie bezahlt das Taxi und lässt sich auf den Beifahrersitz gleiten. »Er ist leichter zu reinigen als Leder.«

Louis wartet vor seinem Haus auf uns. Er kauert auf einer Mauer und plappert in sein Handy. Er sieht süß aus in der schwarzen Samtjeans, einer passenden Jacke und dem einfachen T-Shirt von Ted Baker. Die Spitzen seines stacheligen Haars sind blau gefärbt, um besser zu seinen Augen zu passen.

Als er mein Auto um die Ecke biegen sieht, beendet er das Gespräch und springt von der Mauer. Er winkt uns aufgeregt zu, als wir näher kommen. Als er sich auf die Zehenspitzen stellt, um zu winken, zeigt sich, dass er aus irgendeinem seltsamen Grund grüne Gummistiefel zum Samt trägt.

Louis hat fast genauso viele Taschen wie Tanya. Es gelingt uns, sie alle im Kofferraum zu verstauen. Dann verstauen wir Louis irgendwie auf dem Rücksitz, und los geht's. Im dichten Wochenendverkehr brauchen wir mehr als drei Stunden bis Leicestershire, und eine weitere, um Stuarts Haus zu finden. Es ist nicht sonderlich hilfreich, dass es eine Meile von der Hauptstraße entfernt liegt und es kein einziges Schild gibt. Unwissentlich sind wir bereits dreimal daran vorbeigekommen und halten schließlich dreißig Meilen entfernt an, um Gray von Tanyas Handy aus anzurufen. Sie dirigiert uns durch die Landschaft und von Pub zu Pub, was ein gutes Zeichen ist – es bedeutet, dass sie auch außerhalb von London ein Gesellschaftsleben führt und nicht in Mittelalter und Establishment versunken ist.

Stuarts Haus ist weitläufig und elegant, eines dieser Anwesen, denen in jedem Jahrhundert ein weiterer Flügel hinzugefügt wurde, sodass eine zufällige, aber wunderschöne Mischung verschiedener Stilrichtungen entstanden ist.

»Was für ein geiler Landsitz«, haucht Tanya, als wir das Ende der langen, eichengesäumten Auffahrt erreichen und die prächtige Fassade in Sicht kommt. »Also, das ist ein Pluspunkt.«

»Wieso?«, murre ich. Ich bin immer noch eingeschnappt, weil mir die Aufgabe zufällt, Stuart mit u dieses Wochenende zu verführen. Entsprechend bin ich alles andere als froh darüber, angekommen zu sein. »Gray ist nicht hinter dem Geld her.«

»Nein, aber man muss blind sein, um nicht zu sehen, wie traumhaft dieses Haus ist. Ich würde mich mit Quasimodo einlassen, wenn er an einem Ort wie diesem lebte.«

»Du würdest dich sowieso mit Quasimodo einlassen«, entgegne ich, ganz gehässig vor lauter Aufregung.

»Vor allem, wenn er einen großen Schwanz hat, ich weiß«, seufzt Tanya. »Du solltest wirklich versuchen, dieses furchtbare Bild zu überwinden, das du von mir hast, meine Liebe.«

»Das ist kein Bild, sondern die Wirklichkeit.«

»Ja, und du solltest verdammt stolz auf mich sein. Dir ist gar nicht bewusst, wie viel harte Arbeit dahinter steckt, eine echte Schlampe zu sein«, scherzt sie.

Louis hat sich auf dem Rücksitz zusammengerollt und schläft tief und fest. Wie er da in schwarzem Samt zwischen Tanyas Sachen eingequetscht ist, erinnert er an einen kleinen, schnarchenden Maulwurf. Doch er wird wachgerüttelt, als ich in der Wendeschleife vor dem Haus scharf bremse und ein Beautykoffer, der genug Estée Lauder enthält, um die Titanic zu versenken, und gefährlich auf der Hutablage hin und her rutschte, auf seinen Kopf fällt.

Als wir aus dem Auto steigen und Louis aus der kleinen Kofferlawine befreien, unter der er begraben ist, geht eine der Doppeltüren, die zum Haupteingang des Hauses führen, auf, und Grace platzt heraus, umgeben von einer kleinen Hundemeute. Sie gleichen einer kunterbunten Lakritzmischung aus großen, kleinen und echt schrägen Gestalten. Ein besonders auffälliges Exemplar sieht aus wie eine wandelnde Perücke, die von Cher nach einem heftigen Auftritt in die Ecke gepfeffert wurde, ein anderes ähnelt einem kleinen, laufenden Hitlerbärtchen. Insgesamt scheinen sie alle eher freundlich zu sein, mit Ausnahme eines drahthaarigen Terriers, der es für seine Pflicht hält, sein Revier mit solcher Aggressivität gegen diese befremdlichen Eindringlinge zu verteidigen, dass wir uns nur schwer des unheimlichen Eindrucks erwehren können, er wisse, dass wir eigentlich hier sind, um sein Herrchen aus dem Leben unserer Freundin zu vertreiben.

»Und, wo ist der Herr des Hauses?« Tanya, die fest an die Devise Angriff ist die beste Verteidigung glaubt, knurrt den Terrier an, marschiert dann unter Gefährdung ihrer Knöchel an seinen gefletschten Zähnen vorbei und küsst Grace auf beide Wangen. »Dieses Haus ist sagenhaft, Gray. Einfach umwerfend«, fügt sie hinzu, setzt ihre Maklermiene – äh… Entschuldigung, Kennermiene auf und mustert anerkennend die Fassade, wobei Dollarzeichen in ihren Augen blinken wie bei einer Comicfigur.

»Stuart ist hinten im Stall bei seinem Ein und Alles«, erklärt Grace lächelnd. »Ich bringe euch rüber, damit ihr Hallo sagen könnt. Dann mache ich die große Besichtigung mit euch!«

Im Stall, soso. Klingt verheißungsvoll. Vielleicht erhalten wir endlich einen flüchtigen Einblick in das, was Grace an Stuart findet. Das Mr.-Darcy-Syndrom.

Als wir Grace durch die beeindruckend hohe Eingangshalle und durch einen langen, dunklen Korridor zur Rückseite des Hauses folgen, sehe ich vor meinem inneren Auge einen neuen Stuart – mit entblößtem Oberkörper, in eng anliegenden Reithosen und polierten, kniehohen Lederstiefeln, die breite Brust schweißbedeckt, weil er einen rassigen Hengst an der Longe hat, die er fest um eine Hand geschlungen hält, während er in der anderen eine lange Peitsche hält. Ich weiß auch nicht, warum Stuart plötzlich eine breite Brust haben soll, aber die Vorstellung ist sehr beeindruckend. Kann mich bitte jemand mit einem feuchten Tuch abwischen, ich fange an zu dampfen. Ich hatte immer gehofft, Stuart möge verborgene Tiefen haben, irgendeinen ausgleichenden Pluspunkt, der uns klarmachen würde, dass er eigentlich der perfekte Partner für Gray ist. Bleibt zu hoffen, dass wir sie entdecken, bevor ich gezwungen bin, ihn mir à la Mata Hari vorzuknöpfen. Bei dem Gedanken kühle ich ein bisschen ab, doch unruhig bin ich noch immer.

Im Hof sind tatsächlich Pferde. Sogar mehrere, die schnauben und stampfen und uns nervös aus der Sicherheit ihrer Boxen beäugen. Tanya erliegt anscheinend den gleichen romantischen Visionen à la Jane Austen wie ich. Sie scheint richtig aufgeregt zu sein, beugt sich sogar nach unten, um eine hübsche, getigerte Katze zu streicheln, die die Kühnheit besitzt, sich am Bein ihrer Designerhose zu reiben. Doch als ein Pferd freundlich seinen Kopf aus der Stalltür steckt und Tanyas Lederjacke von Gucci mit grüner Pferdespucke voll sabbert, läuft sie ähnlich grün an und murmelt wütend etwas davon, dass sie »das Landleben hasst«.

Schließlich treffen wir in einer großen Scheune auf Stuart, und meine wilden Fantasien zerplatzen wie Luftblasen. Stuart kümmert sich nicht um einen heißblütigen Araber mit wallender Mähne und geblähten Nüstern, sondern um einen fetten schwarzen und schimmernden Traktor. »Plopp« machen meine Träume.

Er kriecht darunter hervor, als Grace ihn ruft. Er ist nicht mal ölverschmiert und trägt auch keinen eng anliegenden Overall oder zerrissene Levi's oder sonst etwas, was die Situation irgendwie gerettet hätte. Stattdessen steht er in einer alten braunen Cordhose vor uns, einem grün karierten Hemd und einer ausgebeulten Weste. Und dazu trägt er, Abgrund aller Abgründe, eine karierte Schirmmütze.

»Wie geht's, wie steht's.« Er strahlt uns an, wischt die ölverschmierte Hand an der Cordhose ab und streckt sie uns entgegen. Da die beiden anderen noch immer entsetzt die Schirmmütze anstarren und sich nicht vom Fleck rühren, befinde ich, dass es an mir ist, die alles andere als annehmlichen Annehmlichkeiten zu erwidern. Ich ergreife seine Hand. Letztes Mal war sie schwitzig. Dieses Mal ist sie schwitzig und schmierig. Leeecker!

»Freut mich riesig, dich wieder zu sehen.« Ich ringe mir ein Lächeln ab, fische in meiner Handtasche nach einem Taschentuch und schaffe es, mir die Hand abzuwischen, indem ich so tue, als würde ich mir die Nase putzen. »Klasse Anwesen hast du hier.«

»Wirklich? Danke«, sagt er, als hätte er es selber gerade erst bemerkt.

»Er hat den ganzen Tag an dem Ding gebastelt«, verkündet Grace nachsichtig und deutet auf die Maschine, als sei sie auch noch stolz darauf.

»Wie wär's mit einem Ausritt? Ihr müsst nur fragen, ich würde mich glücklich schätzen …«

»Ich wäre durchaus dafür«, antworte ich begeistert. »Ich bin als Kind geritten.«

»Ich denke, er meint das Stahl*ross*«, flüstert Louis mir ins Ohr, als Stuart mit einem Finger über das Namensschild der Bedford Belle fährt, um ein eingebildetes Stäubchen wegzuwischen.

Na klasse. Er meint keinen aufregenden Galopp zu Pferde auf den umliegenden Feldern, sondern ein langsames Tuckern auf dem dicken, dunklen, dämlichen Ding, an dem er herumgebastelt hat. Wir lehnen höflich ab, in der Annahme, dass sogar Koffer auspacken spannender ist, und kehren zur Vorderseite des Hauses und zu meinem Auto zurück.

Wir müssen dreimal gehen, um das ganze Gepäck in unsere Zimmer zu schleppen. »Ich hoffe, er hat eine Putzfrau«, sage ich zu Grace, als wir zum dritten und hoffentlich letzten Mal nach oben und durch den kilometerlangen Korridor latschen, der zu den Schlafzimmern führt. »Stell dir vor, du müsstest das alles selber sauber halten.«

»Ich hoffe, er hat einen Butler«, entfährt es Tanya. »Bis zur Küche sind es mehrere Kilometer! Wer bringt mir denn da meinen Morgentee?«

»Falls er einen Butler hätte«, knurrt Grace gutmütig, »würden wir dann dein Gepäck nach oben schleppen?«

»Die Antwort lautet nein«, füge ich hinzu, als mich Tanya hoffnungsvoll ansieht. »Ich werde dich morgen früh nicht mit einem strahlenden Lächeln wecken und dir eine Tasse Earl Grey vorsetzen.«

Mein Zimmer scheint der Zeitschrift *Country Living* entsprungen zu sein. Ich glaube, ich bin im georgianischen Teil des Hauses untergebracht. Vor den zwei Sprossenfenstern erstrecken sich die formalen Gartenanlagen, und dahinter reichen Stuarts Ländereien bis zum Horizont.

Ein wunderschönes Anwesen. Hinter der Gartenanlage liegt ein großer See, auf dem ich einen einsamen Schwan langsam zwischen Seerosenblättern und Schilf hin und her schwimmen sehen kann, als wäre das Ganze glücklich zu einem Monet-Gemälde komponiert worden. Hinter dem See erstrecken sich Felder und sanft gewellte Hügel bis zum Horizont, wo noch mehr Pferde galoppieren und schwarzweißes Fleckvieh grast.

Innen sind die Wände holzvertäfelt, die Möbel aus alter Eiche, und die Bettwäsche kitschig, aber hübsch. Alles, was mir jetzt noch zu meinem Glück fehlt, ist der Efeu vor meinem Fenster, damit ein angemessen gut aussehender Held heraufklettern kann.

Ich brauche genau vier Minuten zum Auspacken. Aus der Anzahl Gepäckstücke, die Tanya mitgenommen hat, schließe ich, dass sie ein kleines bisschen länger brauchen wird als ich. Also begebe ich mich mit einer Zeitschrift, die ich im Zimmer gefunden habe, in das gemeinsame Bad, das zwischen unseren Zimmern liegt. Tanya platzt, den Arm voller Toilettenartikel, von ihrer Seite herein, als ich mich gerade auf der Toilette niedergelassen habe, um anschließend in der Badewanne zu lesen.

»Raus!«, brülle ich und versuche, die Tür mit den Zehenspitzen zuzustoßen.

»Ich habe dich auf einem italienischen Klo spucken sehen, ein Teil davon hing sogar in deinen Haaren. Ich glaube kaum, dass es noch peinlicher für dich sein kann, wenn ich dich jetzt hier auf dem Pott ertappe«, erklärt Tanya sachlich, zieht sich aber dennoch zurück.

Zwanzig Minuten später hieve ich mich aus der Wanne, wickle ein Handtuch um mich und betrete Tanyas Zimmer. Sie ist *immer* noch beim Auspacken.

Ich habe zwei Paar Jeans, drei T-Shirts, einen Pulli sowie das obligatorische kleine Schwarze und die Lederriemen mitgebracht, die vorgeben, elegante Schuhe zu sein, nur für den Fall. Für *welchen* Fall weiß ich auch nicht genau. Ich habe so ein Gefühl, dass der Höhepunkt dieses Wochenendes die Heimreise wird. Tanyas einziges Zugeständnis in Sachen Freizeitkleidung besteht in einer Earl-Jeans, die ich längst stibitzt hätte, wenn ich bloß mein Vierziger-Hinterteil in ihre Sechsunddreißiger-Grenzen quetschen könnte, und in einem rückenfreien Top, auf dem man bei näherem Hinsehen einen Fleck Ketschup entdeckt. Der stammt von einem nächtlichen Après-Club-Burgerfressen, fällt aber in der Mondrian-mäßigen Farborgie kaum auf.

Als sie schließlich fertig ausgepackt hat, muss ich noch einmal zehn Minuten warten, während sie duscht, und weitere zwanzig, während sie sorgfältig ihr schulterlanges Haar zu einem Jennifer-Aniston-Bob fönt, das zur Zeit in einem aparten Setterrot gefärbt ist. Dann braucht Tanya eine halbe Stunde, um sich zwischen einem Kricket-Pullover und einem entzückenden Blazer aus pinkfarbenem Samt zu entscheiden, der zwar ganz Stephen Fry ist, sich aber leider schrecklich mit ihrer Haarfarbe beißt. Schließlich wählt sie doch den Blazer und eine schwarze Hose, während ich mir nur einen sauberen Pulli überziehe. Dann gehen wir nach unten zu unseren Gastgebern.

Gray und Stuart sind im Wohnzimmer. Sie sitzen zu beiden Seiten eines knisternden offenen Feuers. Beethovens »Für Elise« erklingt aus einem alten Grammophon, das im Hintergrund steht. Stuart liest die Zeitschrift *Country Life*. Ich rechne beinahe damit, dass Gray häkelt, stickt oder etwas Ähnliches macht, aber zu meiner Erleichterung blättert sie in der *Vogue* von letztem Monat. Beethoven verhallt rauschend und Bachs drittes Brandenburgisches Konzert plärrt aus einem riesigen Trichter, den man normalerweise nur mit davor sitzendem Terrier von alten Schellackplatten kennt.

»O Mann, eine Antiquitätensammlung«, spottet Tanya und stolziert, die perfekt nachgezogenen Lippen schmollend aufeinander gepresst, ins Zimmer. Sie wirft einen verächtlichen Seitenblick auf Gray, die einmal mehr die Kleider ihrer Großmutter aufzutragen scheint, Kragen bis zu den Augäpfeln, Rock bis zu den Füßen, die wiederum – o Schreck, o Graus – in der Art trauriger Cordpantoffeln stecken, die man einer vertrottelten, altjüngferlichen Tante zu Weihnachten schenken würde.

»Und Gray ist das Prunkstück.«

Tanya schnappt meine Hand und zerrt mich zurück in den Korridor. »Gott sei Dank sind wir nach unten gekommen. Ich wusste, dass sie allmählich entgleitet, aber das hier ist lächerlich. Wir müssen hart durchgreifen«, zischt sie, und ihre Flüsterstimme hört sich gefährlich laut an in der weiten Höhlung der Diele. »Wenn nicht, kommen wir in ein paar Jahren wieder hierher, und sie sitzen immer noch da, um einige Jahre gealtert, doch an Ort und Stelle und bedeckt von Spinnweben.«

Meiner Meinung nach ist Tanya etwas melodramatisch, aber ich weiß, was sie meint. Gray ist noch nicht einmal verheiratet, doch sie führt sich bereits wie das brave kleine Hausmütterchen in einem Roman von Dickens auf. Als Nächstes tritt sie dann den Landfrauen bei, statt in der Stadt lautstark einen draufzumachen.

»Wie wäre es, wenn ich vorschlage, dass wir etwas trinken gehen? Es muss doch eine Kneipe in der Nähe geben.«

»Das meinte ich zwar nicht mit hart durchgreifen, aber es ist sicher besser, als den ganzen Abend hier rumzusitzen und Gray zuzusehen, wie sie die Dame des Hauses spielt. Wenn wir ihr ein paar Gläser Wodka einflößen, belebt das vielleicht ihre vernebelten grauen Zellen wieder.«

Also zurück ins Wohnzimmer. Louis tanzt ein ganz eigenes Bachballett. Es ist ein komischer Anblick, ein bisschen wie Julian Clary, der auf dem Set eines BBC-Kostümdramas seine Pirouetten dreht. Nach einem Plié quer durch das Zimmer lässt er sich auf einen Queen-Anne-Stuhl plumpsen und verdreht die Augen.

»Für morgen Abend haben wir eine kleine Party geplant«, eröffnet Grace, als wir uns setzen.

Ich ertappe Tanny und Louis, die sich heimlich Blicke zuwerfen und dabei erneut die Augen verdrehen. »Käsespieße und als Untermalung musikalische Antiquitäten«, höre ich Louis Tanya einen Tick zu laut zuflüstern.

»Meine Mutter kommt auch.«

Bei diesen Worten werden Tan und Louis hellhörig. Grays

Mutter Tula ist blond, laut, leutselig und verschlingt Männer. Ich habe eine Heidenangst vor ihr.

Das letzte Mal habe ich sie bei einer unserer Anproben von Brautjungfernkleidern getroffen; sie kam auf dem Soziussitz einer Harley Davidson angeröhrt, die von ihrem dritten Ehemann Sylvester gesteuert wurde. Ihm gehört eine Reihe von Wettbüros, und er zieht sich an wie ein Gangster aus den Siebzigern, mit knallbunt gestreiften Hemden aus der hippen Jermyn Street. Zweifelsohne werden sie und Tanya sich den ganzen Abend über schrecklich benehmen, während Sylvester nach ein paar Bierchen versuchen wird, alles anzulabern, was atmet, mich, Louis und wahrscheinlich auch den Cockerspaniel eingeschlossen, der gerade auf dem Teppich vor dem Kamin schnarcht.

Ich will nach Hause. Das Grammophon hat ausgerauscht. In einer Ecke tickt eine Standuhr schwerfällig vor sich hin. Ich weiß nicht warum, aber das Ticken einer Uhr in einem stillen Raum war mir schon immer verhasst. Es ist genauso lästig wie ein tropfender Wasserhahn, und gleichzeitig unglaublich traurig. Aus irgendeinem Grund muss ich dabei an Einsamkeit denken.

Eine erschreckende Vorstellung: Grace, die allein mit Stuart in diesem großen alten Haus festsitzt. Das Ganze hat etwas Bedrückendes. Wenn es zu fünft hier unerträglich voll ist, stellen Sie sich nur einmal vor, wie es mit den beiden allein wäre. Trotz der Tatsache, dass das Zimmer groß genug ist, um einen kleinen Nachtclub darin unterzubringen, kann ich beinahe spüren, wie sich die Wände um uns zusammenziehen. Das Ticken der Uhr wird mit jedem Schlag lauter. Wir brauchen etwas, um die Stimmung aufzulockern. Ich sehe mich auf der Suche nach einem Fernseher oder einer Stereoanlage um, doch es gibt nichts außer dem Plattenspieler, unter dem sich ein staubiger Stapel alter Schellackplatten befindet. Ich kann mir nicht vorstellen, dass The Prodigy jemals etwas gemacht haben, das man mit 45 UpM spielen kann.

Tanya und Louis sind unnatürlich ruhig. Sie sitzen still und aufrecht da, die Hände im Schoß wie Kinder in einem strengen Klassenzimmer. Beide sehen entschieden unglücklich aus. Sie werden erst wieder hellhörig, als Stuart nach einem Wink mit dem Zaunpfahl meinerseits vorschlägt, etwas trinken zu gehen, und verschwinden nach oben, um sich umzuziehen. Nach einer Dreiviertelstunde sind sie immer noch nicht fertig. Also beschließen wir, schon mal vorzugehen, und rufen ihnen über die hallende Treppe zu, dass sie in die Dorfkneipe nachkommen sollen, sobald sie endlich bereit sind.

Eine halbe Stunde später trippelt Louis in einer glitzernden, blau-silbernen Boot-Cut-Hose durch die Tür des örtlichen Pubs. Ich bin mir sicher, dass ich die vor einigen Wochen im Schaufenster von Kookaï gesehen habe. Außerdem trägt er eines meiner superknappen T-Shirts mit einer großen blauen Blume auf der Brust. Hier ist allerdings niemandem bewusst, dass es sich dabei um eines seiner gemäßigteren Outfits handelt. Stuart sieht auf und verschluckt sich fast an seinem Bier.

Tanya trägt ein heißes Kleidchen in Pink von Moschino, das im West End großartig aussehen würde, hier drin aber den Eindruck erweckt, sie wäre direkt aus dem zweifelhafteren Teil von Soho zu uns gestoßen. Sie betrachtet die niedrige Balkendecke, von der Leder- und Messingteile so manchen Zugpferdes baumeln, die ältlichen Dorfbewohner, die über ihr Pint gebeugt dahocken, und die alte Standuhr, die still in einer Ecke vor sich hin tickt. In stummer Verzweiflung sieht sie mich an und verdreht die Augen. Tanya stellt sich unter einem richtigen Nachtlokal etwas vor, das von Männern überquillt. Vorzugsweise von solchen zwischen Zwanzig und Fünfzig mit Goldcard von Am-Ex, goldenen Uhren, sich ausbeulenden Brieftaschen oder sich ausbeulenden Hosenställen. Sie stakst auf Zehn-Zentimeter-Absätzen über den Flickenteppich. Ihr Mund bleibt sperrangelweit offen stehen, als sie Grace mit einem Bierglas sieht.

»Mädchen mit Biergläsern werden von Männern nicht angemacht«, posaunt Tanya und sieht Gray so abgrundtief entsetzt an, dass ich fast damit rechne, sie gibt ihr einen Klaps auf die Hand, als wolle sie ein unartiges Kind tadeln. Ich muss gestehen, dass auch ich leicht schockiert war, meine vornehme Miss Perfect bei dem Versuch zu erleben, ein Pint vom besten Bitter wegzupumpen. Ich bin erleichtert, als sie nach einer halben Stunde mit angewidert verzogenem Mund vom Bier ablässt und sich einem großen Gin Tonic zuwendet.

Tanya und Louis sehen sich entsetzt an, murmeln etwas von Zeitschleifen, bestellen eine Flasche Wodka und ziehen sich in eine Ecke zurück – nicht, um zu trinken, bis sie jenseits von Gut und Böse sind, denn da sind sie ihrer Meinung nach gerade, sondern um sich von dort zu befreien.

Ich versuche, mich mit Stuart zu unterhalten, da ich ganz vergessen hatte, welch harte Arbeit das ist. Zu meiner Überraschung ist er jedoch richtig geschwätzig. Zugegeben, er redet von Traktoren, Pferden, Fruchtwechsel und Textilerzeugung, doch wenigstens bemüht er sich. Auf heimischem Terrain fühlt er sich anscheinend sicherer. Entspannter und bereit dazu, sich uns zu öffnen. Kurze Zeit später entschuldige ich mich sogar für die Vorkommnisse in Rom. Ich erinnere mich nur zu gut an seinen besorgten und vorwurfsvollen Blick bei der Landung. Überrascht stelle ich fest, dass ich plötzlich ein schlechtes Gewissen habe.

»Na, es ist uns ja gelungen, euch zu retten, also ist noch mal alles gut gegangen«, lautet seine großmütige Antwort, die er prompt ruiniert, indem er hinzufügt: »Dan sei Dank.«

Dan sei Dank. Das musste er ja betonen, nicht wahr?

Als er sich dann des Langen und Breiten darüber auszulassen beginnt, was für ein guter Kerl Dan doch ist, beschließe ich, dass es an der Zeit ist, mich zu Tanya und Louis und ihrer kleinen Wodka-Idylle zu gesellen. Ich habe Glück, ein Dorfbewohner in Barbour-Jacke verwickelt Stuart in ein Gespräch über Grenzstreitigkeiten. Ich schaffe es, in die glückliche Ecke zu entwischen, wo Tanya und Louis sich wie verdurstende Dingos in der Wüste voll laufen lassen. Sie lachen teuflisch, was ihnen missbilligende Blicke der biedereren Pub-Besucher einbringt. Der Grund für den Stimmungsaufschwung ist der, dass sie sich bereits halb durch die Flasche gearbeitet haben. Sie kippen Glas um Glas von Russlands Bestem – und Stärkstem –, als sei es Mineralwasser.

»Wir haben uns vorgenommen, uns so hemmungslos voll laufen zu lassen, dass wir morgen den ganzen Tag verschlafen«, verkündet Tanya. »Dann müssen wir nur noch die Party am Abend durchstehen und das sonntägliche Familienmahl, und dann können wir nach Hause fahren.«

»Oooh, die Party«, nuschelt Louis im Rausch. »Bin ja soooo aufgeregt.«

»O ja, ich sehe es schon vor mir«, sagt Tanya nickend. »Im Hintergrund säuselt der langweiligste Mahler aller Zeiten, dazu gibt es trockene Cocktailwürstchen und eine warme Flasche Liebfrauenmilch mit sieben Strohhalmen. Gerade kommt mir ein schrecklicher Gedanke.« Sie legt melodramatisch eine Hand auf die Stirn. »Was um Himmels willen soll ich nur anziehen!«, ruft sie sarkastisch.

»Du könntest dir meine scharfen, pink Hotpants leihen, Schätzchen«, antwortet Louis. Sie kugeln über die Bank und grunzen vor Lachen. Die Flasche Wodka, die sie inzwischen fast ausgetrunken haben, scheint ihren Tribut zu fordern.

»Nein«, schnaubt sie, »es hilft alles nichts, ich werde morgen in die Stadt fahren und mir was Neues kaufen müssen. Wie wäre es mit einem Jagdanzug? Oder einem Twinset aus Tweed und grünen Gummistiefeln?«

»Und ein Jägerhut«, grölt Louis. »Vergiss den Jägerhut nicht.«

Am nächsten Abend kommen Louis, Tanya und ich in Jeans die Treppe herunter. In Sachen Schminken haben wir es mit einem Hauch Lippenstift gut sein lassen – abgesehen von Louis natürlich, der wie üblich seine blaue Wimperntusche trägt. Es stellt sich heraus, dass im Haus mehr Designerklamotten und mehr Leute sind als auf der Pariser Modewoche.

Anstelle der kleinen Familienfeier mit warmem Wein und Salzstangen ist eine erstklassige Party in vollem Gange. Mindestens einhundert Gäste feiern bereits fröhlich, und weitere kommen in einem steten Strom durch die offenen Eingangstüren.

Das Wohnzimmer ist zur Disco umfunktioniert worden, in der ein richtiger DJ mit Lautsprechern, neben denen ein Elefantenhintern klein wirkt, und Lasern, die im Rhythmus des Beats aufblitzen, gerade den neuesten Upbeat-Funk von Limp Bizkit auflegt. In einer anderen Ecke des Raumes befindet sich die provisorische Bar, die mit zwei extra angeworbenen Barmännern besetzt ist, die lächerliche Fliegen zum Anstecken tragen. Auf der anderen Seite der weiten Eingangshalle liegt das Esszimmer, in dem das reichlich beeindruckende Büffet aufgebaut wurde. Frauen aus dem Dorf in schwarzen Röcken und ordentlichen weißen Blusen eilen zwischen den Gästen umher und verteilen Champagnerkelche. Tanya erreicht das Zwischengeschoss der Flügeltreppe, die von dem umlaufenden Treppenabsatz hinunterführt, kreischt vor Schreck, macht auf dem Absatz kehrt und hastet die Stufen hinauf, dicht gefolgt von Louis und mir.

»Wann sind bloß all die Leute gekommen?«, jammert Tanya, sprintet über den langen Korridor zu ihrem Zimmer und verschwindet prompt im Bad, um sich die Haare zu waschen. »Ich weiß, dass ich den größten Teil des Tages bewusstlos war, aber wie konnte mir das nur entgehen? Also wirklich, Gray kann sich auf etwas gefasst machen. Uns nicht zu verraten, dass sie eine richtige, echte Party organisiert hat! Wenn man sie gestern hat reden hören, musste man doch meinen, heute kommen lange verlorene Onkel und Tanten, und der Höhepunkt des Abends ist die Reise nach Jerusalem!«

Während Tanya sich unter die Dusche wirft, kehre ich in mein Zimmer zurück, um mich umzuziehen. Mein obligatorisches kleines Schwarzes wird dankend aus seiner Plastikhülle befreit und zum Lüften auf dem Bett gelassen, während ich mich sorgfältig für die Party schminke. Ich muss dieses Kleid in den drei Jahren, die ich es jetzt besitze, ungefähr einhundert Mal getragen haben. Es ist ganz im Stil einer Audrey Hepburn gehalten, der Gott sei Dank ziemlich zeitlos ist. Und ich neige dazu, die Tatsache zu ignorieren, dass meine Freunde mich so ziemlich bei jedem offiziellen Anlass darin gesehen haben, bei dem wir waren. Einmal kurz die Haare durchbürsten und ein bisschen Make-up auftragen reicht mir völlig. Doch ich weiß aus Erfahrung, dass ich eine Weile auf Tanya werde warten müssen.

Als wir so weit sind, tänzelt Louis ins Zimmer, um zu fragen, ob wir bereit sind, ihn nach unten zu begleiten. Er sieht einfach umwerfend aus in dem wie angegossen sitzenden weinroten Jackett aus zerknautschtem Samt und einer knallengen Boot-Cut-Hose in Purpurrot. Das Tüpfelchen auf dem i sind die nackte, gebräunte Brust, Tanyas pinkfarbene Schlangenlederstiefel und mehr Make-up im Gesicht als bei mir. »Wie sehe ich aus?«, fragt er und dreht sich um die eigene Achse.

»Hinreißend«, erklärt Tanya und haucht ihm einen Kuss auf die Wange.

»Zu hinreißend«, ergänze ich, weil ich bereits an Grays Reaktion denke, jetzt, da sie konservativer als Maggie Thatcher geworden ist.

»Sag mir bloß nicht, ich soll mich umziehen, Ollie«, schmollt Louis. »Ich bin, wie ich bin, und wenn es Stuffy Stuart nicht gefällt, dann soll er verschwinden und seinen Kopf in den Auspuff eines seiner Traktoren stecken.«

Sobald wir wieder unten sind, macht Tanya sich auf die Jagd nach Gray, um sie auszuzanken. Sie ist mit ihrer Mutter Tula im Wohnzimmer. Tula ist sechzig, wasserstoffblond und runzlig, aber auf eine seltsame Art immer noch attraktiv. Heute Abend trägt sie ein grelloranges Minikleid aus ausgefranstem Wildleder, dazu spitze Cowboystiefel, Ohrringe, die einen spontan an die Raumstation Mir denken lassen, und mehr Make-up als Louis. Sie sieht aus, als wäre ihr Geschmack in einer Zeitschleife aus den Sechzigern stecken geblieben.

»Ich wusste gar nicht, dass es ein Kostümfest ist«, murmelt Louis und sieht sie mit hochgezogenen Brauen an.

»Ich finde, sie sieht *fabelhaft* aus!«, haucht Tanya aufgeregt, weil sie die Nacht mit jemandem durchfeiern kann, der eines ihrer großen Vorbilder war, seit sie sich zum ersten Mal getroffen haben.

Auch Tula ist dabei, Grace zu schelten, weil sie eine Überraschungsparty veranstaltet. »Typisch für dich, Kindchen. Du bist der einzige Mensch, den ich kenne, der drei Wochen vor der eigentlichen Hochzeit eine Verlobungsparty macht.«

»Na ja, eigentlich wollten wir gar keine machen. Dann dachten wir uns, was soll's, die Chance dazu hat man nur einmal im Leben, und wenn wir es jetzt nicht machen, ist es zu spät.«

»Ihre *Verlobungs*party«, zische ich Louis überrascht zu.

»Das hättest du uns aber vorher sagen können«, jammert Tula weiter – ihr Lieblingszeitvertreib. »Dann hätten wir dir auch ein Geschenk gekauft.«

»Genau. Ein Küchengerät«, fügt Tanya grausam hinzu.

»Wo ist mein zukünftiger Schwiegersohn?«, erkundigt sich Tula nun mit lauter, gingetränkter Stimme.

»Versteckt sich wahrscheinlich vor ihr«, flüstere ich Louis zu.

»Versteckt sich wahrscheinlich vor allen«, stimmt Louis zu. »Er mag nämlich keine Partys, wie du weißt. Ich wette, er ist draußen bei seiner blöden Belle und poliert ihr Blech.«

Doch wir haben uns beide getäuscht. Wir sehen alle erstaunt auf, als Tula zwei Minuten später einen entzückten Schrei ausstößt, weil sie Stuart entdeckt hat, der sich einen Weg durch die Menschenmenge zu uns herüber bahnt. Er kommt nur langsam voran, da er ständig Neuankömmlinge begrüßt. »Ah, da ist er ja! Da ist der Bräutigam!«

Die Überraschung, die wir alle empfinden, kommt jedoch nicht daher, dass Stuart wirklich aufgetaucht ist – ich meine, das hier ist schließlich sein Haus und er kann seine Pflichten als Gastgeber schlecht vernachlässigen –, sondern daher, dass Stuart gut aussieht.

Nicht nur gut, sondern *wirklich* gut. Er trägt einen niegelnagelneuen Armani-Anzug und ein maßgeschneidertes Hemd ohne Krawatte; der Kragen ist einfach nur auf extrem attraktive und lässige Weise aufgeknöpft. Er war offensichtlich in der Stadt, um sich die Haare schneiden zu lassen, und der radikal kurze George-Clooney-Look ist erstaunlich schmeichelhaft.

»Ah, da kommt mein Mann«, gurrt Grace zärtlich. »Sieht er nicht toll aus?«

Ausnahmsweise gelingt es uns, mit Grace einer Meinung über Stuart zu sein, ohne das Blaue vom Himmel lügen zu müssen.

»Geiler Anzug«, haucht Louis und trabt sofort zu Stuart hinüber, um ihn zu Geschäft und Preis zu befragen.

»Wann hat er sich die Haare schneiden lassen?«, frage ich Grace.

»Während ihr alle euren Rausch ausgeschlafen habt. Ich verstehe wirklich nicht, wie ihr bei so schönem Wetter den ganzen Tag im Bett verbringen konntet.«

»Soll das heißen, es ist dir gelungen, ihn von seiner Bedford Belle wegzulocken?«, zieht Louis sie auf.

»Ich musste ihn nirgends hinlocken«, entgegnet Grace. »Er ist freiwillig gegangen. Den Anzug hat er sich sogar gekauft, ohne mir etwas zu sagen! Ich glaube fast, er will jemanden damit beeindrucken; wenn er mir nicht versprochen hätte, mich in drei Wochen zu heiraten, würde ich anfangen, mir Sorgen zu machen!«

»Wirklich?«

»Nein, war nur ein Witz.« Sie lacht fröhlich. »Ich glaube, er wollte nur vor euch Modegeiern bestehen.«

»Ach ja? Er sieht nicht wie jemand aus, der etwas auf Äußerlichkeiten gibt.«

»Tja, Stuart ist ganz anders, als man denkt.«

Plötzlich schäme ich mich wirklich. Wir haben Stuart behandelt, als wäre er zu dumm, um unser alles andere als herzliches Verhalten ihm gegenüber wahrzunehmen, unsere spöttischen Kommentare und das Getuschel. Eine Welle der Schuld übermannt mich, und ich befinde, dass es besser ist, das Thema zu wechseln. »Kommt Finn auch zu eurer Überraschungsparty?«

Grace schüttelt den Kopf und legt mir tröstend eine Hand auf die Schulter. »Tut mir Leid, Kleines. Ich fürchte nein. Er arbeitet im Moment an einer großen Story und konnte nicht weg.«

»Oh, wie schade.«

»Ihr zwei habt doch in letzter Zeit einiges miteinander unternommen, oder?«, zieht Grace mich auf.

Tanya sieht mich seltsam an. »Aber du hast steif und fest behauptet, ihr wärt nur gute Freunde«, bemerkt sie vorwurfsvoll.

»Sind wir auch. Tut mir Leid. Ich weiß, wie enttäuscht du deswegen bist, weil du so darauf gehofft hast, dass es anders kommt…« Ich wende mich an Grace. »Tan hat die ganze Zeit versucht, mir Finn schmackhaft zu machen. Ich glaube, sie war enttäuschter als ich, dass es zwischen uns nicht gefunkt hat. Wahrscheinlich dachte sie, ich würde endlich meine sexuelle Enthaltsamkeit aufgeben und ihr liederliches Leben teilen.« Grinsend sehe ich Tan an. »Ich weiß doch, dass du dich schon auf die erstklassige Action gefreut hast, aber wir sind nur Freunde, ehrlich.«

»Ach ja?«, hakt Grace ungläubig nach.

»Ganz sicher. Leider. Er ist schließlich echt süß. Hast du dir jemals seinen Hintern näher angesehen?«

»Äh, nein, das kann ich nicht behaupten«, gesteht Grace lachend.

Ich lecke mir lüstern die Lippen. »Echt knackig. Wie ein reifer Pfirsich, in den man am liebsten seine Beißerchen graben würde.«

»Wo also liegt das Problem?«, fragt Tanya. »Wenn du ihn für so knackig hältst, warum beißt du dann nicht zu?«

»Ich glaube, ich stehe mehr auf saure Früchtchen«, entgegne ich hintergründig.

Tanyas Gesicht entspannt sich, und sie lächelt verständnisvoll. Dann dreht sie sich zu Tula um, die, nachdem sie die Ankunft einer gleich gesinnten Missetäterin erlebt hat, mit einem knochigen, juwelenbesetzten Finger auf Tanyas Schulter klopft, um ihre Aufmerksamkeit auf sich zu ziehen. Es tut mir ehrlich Leid für Tanya. Ich glaube, sie hatte sich ernsthaft gewünscht, dass Finn und ich zusammenkommen. Nachdem sie ihn an jenem Morgen im Restaurant kennen gelernt hatte, wollte sie gar nicht mehr aufhören, von ihm zu schwärmen, und hat immer wieder auf nicht gerade subtile Art und Weise betont, wie süß er doch sei.

Ich weiß, dass Tanya sich Sorgen macht, weil ich so lange allein war, aber es ist nun mal eine Tatsache, dass einen nicht automatisch jeder anmacht, ganz egal, wie lustig, gut aussehend oder nett er auch ist.

Dabei wünschte ich mir, Finn wäre heute Abend hier. Ich könnte einen Verbündeten gut gebrauchen. Insbesondere, als ich in der Menge trinkender Gäste Dan Slater entdecke, der neben dem Kamin steht. Wie üblich ist er von attraktiven Frauen umringt, die an seinem aufgeblasenen Ego kleben.

Trotz der offensichtlichen Schmeichelei sieht er gelangweilt aus, und sein Blick schweift durch den Raum, als würde er nach jemandem Ausschau halten.

»Was zum Teufel macht *der* denn hier!«, entfährt es mir. Seit unserer letzten Auseinandersetzung im Restaurant habe ich von ihm nichts gesehen oder gehört, und ich hatte wirklich gehofft, dass es dabei bliebe. Tula ist auf ihren Pfennigabsätzen zur Bar getippelt. Dabei hat sie kleine Einkerbungen auf den Holzdielen hinterlassen, da die chinesischen Teppiche für die Party zusammengerollt und beiseite gelegt worden sind.

Tanya dreht sich rechtzeitig zu mir um, um mein Gemurmel aufzuschnappen. »Wer? Wer ist hier?«, fragt sie, da die offensichtliche Angst auf meinem Gesicht sie neugierig macht.

»Das Schwein da drüben.« Ich zeige ihn ihr, und sie sieht mich strahlend an.

»Soll das heißen, du kennst ihn?«, geifert sie. »Tula und ich wollten schon losen.«

»Wozu? Um zu sehen, wer ihn im See ersäufen darf?«

»Na ja, ich könnte ihm mit den Schenkeln die Luft abdrücken, wenn dir daran liegt.« Sie zwinkert mir zu. »Er ist echt süß!«

»Ein echtes Schwein«, seufze ich.

Tanya blickt schnell von Dan zu mir. »Ein echtes Schwein oder *das* echte Schwein?«, fragt sie.

»Das«, antworte ich.

»Das ist er?«

»Yep. Der einzig Wahre. Das, mein kleines Luder, ist Dämon Dan, Satan Slater, Nemesis und allumfassender Alptraum.«

»Du machst Witze!«

»Todsicher nicht.«

»Wow. Kein Wunder, dass du nicht wusstest, ob du ihn um- oder flachlegen solltest.«

»Oh, keine Sorge, so verwirrt bin ich längst nicht mehr – nicht nach der Nacht, als er sich Zutritt zum Tate's verschafft hat. Die einzige Option, die mir bleibt, fürchte ich, ist die mit dem Umlegen. Falls ich die Gelegenheit habe, zuzustechen, bevor er es tut.«

»Er ist wahrscheinlich harmlos, Ol.«

»Glaubst du! Bei unserem letzten Treffen habe ich ihn gebissen und getreten und bin dann ab durch die Mitte.«

»Tja, dann wohl eher nicht.« Tanya zuckt hilflos die Achseln und folgt Tula zur improvisierten Bar in der Zimmerecke.

Ich hefte mich an ihre Fersen und murmle: »Danke, Tan.«

»Wofür?«, fragt sie fröhlich.

»Für dein Verständnis und deine Unterstützung«, antworte ich sarkastisch.

Tanya zieht eine Grimasse. »Ignorier ihn einfach, Ollie. Du musst dich doch nicht mit ihm unterhalten. Tu einfach so, als sei er gar nicht hier«, rät sie mir und verharrt unentschlossen vor einer von Grace' selbst gemachten Bowlen. Normalerweise handelt es sich dabei um ein Gemisch aller Flüssigkeiten, die sie auftreiben kann und die sich dem Verfallsdatum nähren. Tanya entscheidet sich für die sichere Variante und bittet den schwul aussehenden Barmann um ein Glas trockenen Weißwein.

»Und trink nicht zu viel davon«, warnt sie mich, als ich mir ein Glas der anstößig aussehenden Bowle eingieße, es in einem Zug hinunterkippe und mir sogleich nachschenke.

»Warum nicht!«, jammere ich und versuche, das Glas zurückzubekommen, das sie soeben konfisziert hat.

»Weil du heute Abend noch etwas zu erledigen hast. Etwas Wichtiges.«

»Ach ja?«

»Stuart«, antwortet sie kurz und bündig.

Ich tue so, als würde ich nicht verstehen.

»Du wirst ihn verführen ...«, fügt sie sehr ruhig hinzu und sieht mich bedeutsam an.

»Heute Abend?« Ich kann spüren, wie meine Knie, die bereits weich waren, zu zittern beginnen, und das kommt nicht von dem Glas neunundneunzigprozentigen Alkohols, das ich mir soeben eingeflößt habe.

»Heute Abend«, entgegnet sie fest.

»O bitte, Tan, nein, alles, nur nicht das!«

»Wir haben gesagt, wir ziehen es durch. Dieses Wochenende.«

»Ich weiß, aber ich bin mir nicht sicher, ob ich es kann.« Was für eine Nacht!

Tan legt mir beruhigend eine Hand auf den Arm. »Du schaffst das schon, Kleines. Denk einfach an Grace.«

»Was? Ich soll mir vorstellen, ich schmuse mit meiner besten Freundin statt mit ihrem Verlobten?«

»Das habe ich nicht gemeint, wie du sehr wohl weißt.«

Sobald Tanya abgezogen ist, um sich mit Tula auf Männerjagd zu begeben, schleiche ich zur Bar zurück und genehmige mir noch einige Gläser Bowle. Sie mag zwar widerlich sein, doch sie hat eine klasse Wirkung, und genau die brauche ich im Moment. Schnell kippe ich ein weiteres Gläschen, schnappe mir dann eine frisch geöffnete Flasche Wein und ziehe mich in die dunkle Ecke zurück, in die man die Hälfte der Möbel geschoben hat, um Platz zum Tanzen zu schaffen. Ich lasse mich auf einem Sofa nieder und beschließe, der Redewendung »zu tief in die Flasche schauen« eine ganz neue Dimension zu verleihen, indem ich mich so hemmungslos betrinke, dass ich nicht mehr in der Lage bin zu stehen oder zu sprechen, geschweige denn jemanden zu verführen.

Doch ich habe Tanya nicht endgültig abgeschüttelt. Gerade will ich mir mein zweites Glas Wein genehmigen, als ich aus den Augenwinkeln sehe, wie sie neben mir auftaucht. Ich blicke in die entgegengesetzte Richtung. Wenn ich sie ignoriere, geht sie vielleicht wieder. Irrtum. Jemand klopft mir hartnäckig auf die Schulter. Vorwurfsvoll betrachtet sie das Glas und die Flasche, an die ich mich so vehement klammere wie ein Schnäppchenjäger beim Schlussverkauf von Harvey Nichols.

»Was machst du da?«, zischt sie.

»Jonglieren«, antworte ich säuerlich.

»Du hast mir versprochen, du würdest nicht trinken, Ollie!«

»Ja?«, antworte ich unschuldig.

»O ja.« Ihre Lippen bilden einen schmalen Strich.

»Ich musste trinken«, versuche ich mich herauszureden. »Erstens mal ist das hier eine Party, und auf Partys trinkt man schließlich, nicht wahr? Ich würde mich verdächtig machen, wenn ich nicht trinken würde. Und zweitens ist *er* hier.«

»Wer?«

»Dieser Dan, der scheußliche Immobilienhai.«

»Ich weiß, aber hatten wir nicht beschlossen, dass du ihn einfach ignorierst?«

»Er ist mir um Längen voraus.«

»Was?«

»Na ja, man kann schlecht jemanden ignorieren, der einen bereits *selber* ignoriert, weil er gar nicht merken würde, dass man *ihn* ignoriert, weil *er* einen zuerst ignoriert hat.«

»Ich glaube, ich kann dir folgen.« Tanya sieht gequält aus. »Mit Mühe. Zerbrich dir nicht den Kopf wegen Dan; wenn es hart auf hart kommt, kann ich ihn ja für dich verführen.«

»Könntest du nicht an meiner Stelle Stuart verführen?«, bettle ich.

»Betrinkst du dich etwa, weil du Angst davor hast, Stuart anzugraben?«

»Na ja, heute ist ihre Verlobungsparty.«

»Wir hatten einen Plan. Und an den sollten wir uns halten.«

»Aber heute ist doch ihre *Verlobungsparty*…«, wiederhole ich.

»War ja klar, dass ausgerechnet du plötzlich ein schlechtes Gewissen kriegst«, seufzt sie entnervt. »Das hier ist gar keine richtige Verlobungsparty, Ollie. Niemand feiert eine Verlobungsfeier *nach* seinem Abschied vom Junggesellinnendasein.«

»Grace schon.«

»Also gut, dann ist es eben eine unorthodoxe Verlobungsparty, und dann sind wir halt krass, aber unsere Mission ist dadurch umso dringender! Verstehst du das nicht?«

»Schlafende Hund soll man nicht wecken. Stuart ist doch gar nicht so schlimm, wenn man ihn erst mal ein bisschen besser kennt.«

»Du willst mir doch nicht erzählen, dass du ihn plötzlich *magst?*«

»Mögen ist solch ein geistloses Wort«, sage ich ausweichend.

»Sie *mag* ihn wirklich!«, quiekt Tanya vorwurfsvoll.

»Sagen wir einfach, dass er mir nicht mehr so zuwider ist, wie ich ursprünglich dachte. Dieses Wochenende war er doch wirklich ganz nett.«

»Nett ist solch ein geistloses Wort«, spottet Tanya. »Sag mir offen, glaubst du wirklich, er ist der Richtige für Gray?«

»Äh, neiiiiiiiin, so würde ich das nicht formulieren.«

»Willst du, dass sie den Rest ihres Lebens nach Labrador stinkt, Dreck vom Landrover kratzt, Thermosocken strickt und an zweiter Stelle gleich nach einem blöden Traktor kommt?«

»Nein, natürlich nicht.«

»Dann müssen wir das um ihretwillen durchziehen.«

»Vermutlich«, murmle ich und blicke unglücklich in die Tiefen meines fast leeren Glases.

»Du willst es nicht tun, daher der ganze Zirkus. Du hast Muffensausen, stimmt's?«

»So sehr, dass man mein Skelett klappern hören kann«, gestehe ich.

Tanya sieht mich einen Augenblick an, seufzt dann schwer und verdreht die Augen zur Stuckdecke. »Na, wie gut, dass es hier drin so laut zugeht, was?«, scherzt sie halbherzig. »Ich werde es wohl einfach selbst in die Hand nehmen müssen, hm?«

Auch ich seufze schwer, allerdings vor Erleichterung. »Oh, würdest du …?«

»Ja«, faucht sie, »aber du kommst mit.«

»Soll das heißen, du planst einen flotten Dreier!«, stammle ich ängstlich.

Tanya verdreht die Augen. »Nein, du Dummerchen, aber ich brauche Zeugen, falls etwas schief läuft. Wo ist Louis?«

»Der versucht, Mr. Klettverschluss anzubaggern.«

»Wen?«

»Den Barmann. Der steht voll auf Louis. Er hat Klettverschlüsse statt Knöpfe an seinem Hemd, und die reißt er ständig auf, um Louis seine Brust zu zeigen, weil er ihn beeindrucken will.«

»Ideale Klamotten für einen Quickie, was?«, murmelt Tan geistesabwesend. »Könnte mir gefallen.« Sie schüttelt den Kopf. »Egal. Wir haben genug Zeit verschwendet. Jetzt müssen wir ernsthaft durchgreifen. Ich werde Stuart unter dem Vorwand in den Stall locken, ich würde mich für diese klobigen Konstruktionen mit Mundgeruch interessieren, und ihm dann einen heißen Balanceakt über der Stalltür vorschlagen.«

»Und was, wenn er ja sagt?«

»Dann springst du hinter einem Heuballen hervor und machst einen auf vorwurfsvoll.«

»Und was, wenn er nein sagt?«

Tanya sieht mich an, als hätte ich gerade behauptet, der Papst sei Alkoholiker. »Seit wann…«, setzt Tanya an und stemmt die Hände in die Hüften. Sie ist entrüstet darüber, dass ich ihren Titel als Aufreißerkönigin in Frage zu stellen scheine.

»Einmal ist immer das erste Mal«, murmle ich verzagt. »Vielleicht sollten wir sie einfach in Ruhe lassen. Sie scheinen wirklich glücklich miteinander zu sein.«

Tanya sieht zu Grace und Stuart hinüber, die Händchen halten. Als Seele und Mittelpunkt der Party hält Grace in einem Kreis aus Familie und Freunden Hof, während Stuart halb hinter ihr steht wie ein eingeschüchterter Fünfjähriger, der sich hinter Mutterns Röcken versteckt.

»Das ist kein Glück«, erklärt Tanya rundheraus. »Sondern vorübergehender Irrsinn.« Sie wendet sich ab und lächelt mir aufmunternd zu. »Ich hole Louis, dann spreche ich mit Stuart. Wir treffen uns dann in zehn Minuten im Hof, okay? Und es wird nicht gekniffen.«

Ich bleibe so lange, wie ich es nur irgendwie vertretbar finde. Schließlich verlasse ich äußerst widerstrebend das Wohnzimmer. Ich steuere den Korridor an, der meines Wissens an der Küche vorbei zum Hinterhof führt, wo sich Stuarts Pferde und sein Ein und Alles befinden, die gefürchtete Bedford Belle.

Ich habe den Korridor jedoch kaum betreten, als sich unerwartet eine Hand auf meine Schulter legt und mein Skelett geradewegs aus der Haut fahren lässt, sodass es sich mit zitternden, knochigen Händen schlotternd an der Decke festkrallen kann.

»Entschuldige, ich wollte dich nicht erschrecken.«

Ich hatte beinahe angefangen zu glauben, dieser Abend könne nicht mehr schlimmer werden. Irrtum. Dan ist mir offensichtlich aus dem Wohnzimmer gefolgt. Warum er das getan haben könnte, ist mir schleierhaft, es sei denn, er hat beschlossen, mich in einer dunklen, stillen Nische anzupöbeln und mich in eine schmerzhafte Region zu treten. Nach unserem letzten Treffen will er mich wahrscheinlich in eine schummrige Ecke zerren, um sich für seine zerkratzte Haut und die geschwollene Zunge zu rächen.

»Ich habe nach dir gesucht«, fährt er fort, als ich ihn verängstigt anstarre und darauf warte, dass er mich wie ein tollwütiger Hund anfällt.

»Ach ja?«, piepse ich nervös. Im Korridor ist es zu dunkel, um sein Gesicht klar erkennen zu können. Deshalb ist es schwierig zu beurteilen, welche Gefühle sich hinter diesem Satz verbergen.

»Allerdings.« Er zögert einen Augenblick und kommt dann näher, sodass ich ihn besser sehen kann. Bilde ich es mir nur ein, oder sieht er tatsächlich genauso nervös aus wie ich? Nichtsdestotrotz trete ich einen Schritt zurück, um aus der Schusslinie zu kommen – man weiß ja nie. Doch was als Nächstes kommt, trifft mich unvorbereiteter, als es ein Schwinger mit der Rechten je könnte.

»Hör mal«, sagt er und zwingt sich, den Blick zu heben und mich ernst anzusehen. »Das mit neulich Nacht tut mir aufrichtig Leid.«

Er entschuldigt sich? Wenn ich mich nicht bereits schwach

fühlen würde vom Alkohol und der nicht gerade freudigen Vorfreude auf die noch ausstehenden Ereignisse im Stall, würde ich glaube ich vor Schreck ohnmächtig werden. Zugegeben, er hat angefangen, aber ich war diejenige, die zugebissen hat.

»Ich war total von der Rolle«, fährt er fort und sieht dabei so aus, als meinte er es auch. »Ich hatte kein Recht zu dem, was ich getan habe. Es tut mir Leid.«

Ich starre ihn verblüfft an. »Wirklich?«

»Ja. Sehr sogar. Ich hätte mir nicht Zutritt verschaffen sollen. Das war falsch. Und was den Rest betrifft…« Er bricht peinlich berührt ab, hört sich aber aufrichtig an. Das haut mich um. Ich stehe einfach da und starre ihn verschwommen an, da ich nicht genau weiß, was ich sagen soll.

»Hör zu, Ollie. Ich weiß, wir hatten so manche Auseinandersetzung, aber das Leben wäre so viel einfacher, wenn wir es hinkriegen könnten, miteinander auszukommen.«

Ah. Alles klar. Jetzt verstehe ich. Das ist der Ölzweig, dem nur zu bald der Holzhammer folgen wird. »Du findest wohl, dass es an der Zeit ist, mit jemandem über das Tate's zu verhandeln, mit dem du sowieso jedes Mal streitest, wenn es zu einem Treffen kommt«, entgegne ich kalt.

Bei meinen Worten ist es, als würde ein schwerer, dunkler Schatten auf sein Gesicht fallen. Er seufzt tief und blickt dumpf zu Boden, statt mich weiter scharf zu beobachten. Sein Gesicht verzieht sich, wie es scheint, vor Enttäuschung. »Warum muss es *immer* um das Restaurant gehen?«, murmelt er verärgert.

»Weil es nun einmal *darum* geht… oder nicht?«

Er schüttelt den Kopf. »Was braucht es, um zu dir durchzudringen?« Wieder sieht er mich an, aus wachsamen blauen Augen. »Ich mag dich, Ollie«, sagt er ruhig.

»Wirklich?«, frage ich überrascht. Er benimmt sich wahrhaftig nicht so, als wäre das der Fall.

»Ja!« Vor Frust schreit er beinahe. »Du bist unverschämt, eingebildet, stur, manchmal auch unerträglich und vor allem verdammt frustrierend, aber ich kriege dich nicht mehr aus dem Kopf. Ich weiß nicht, was du mit mir angestellt hast, Ollie Tate. Ich kann nicht mal mehr klar denken.«

Zögernd streckt er eine Hand aus, und als ich weder zurückweiche noch sie mit den Zähnen attackiere, streichelt er mir sanft über Gesicht und Lippen. Ich bin genauso hypnotisiert wie ein Mungo vor einer sich wiegenden Schlange, die ihr Opfer bannt, bevor sie zubeißt. Seine Finger lösen in meinem Magen dasselbe Feuerwerk an Gefühlen aus wie dieser verfluchte Kuss. Ich spüre, wie ich förmlich dahinschmelze.

Kämpf dagegen an, Ollie, flüstert eine leise Stimme in meinem sich drehenden Kopf. Er hat nur eines im Sinn, und leider ist es *nicht* Sex. Er nutzt seinen verdammt unwiderstehlichen Charme nur dazu, um dein Restaurant in die Finger zu bekommen, und nicht deine Pobacken. Verräterischer Arsch. Er ist durchtriebener, als ich dachte. In Gedanken befehle ich mir aufzuhören, und es gelingt mir mit Mühe, mich dieser wundervollen Berührung zu entziehen und ihn wütend anzustarren. »Oh, ich habe verstanden«, sage ich langsam. »Erst soll ich verführt und eingelullt werden, um dir aus der Hand zu fressen, und dann soll ich zu allem bereit sein. Alles, was du willst, zum Beispiel meine Rechte am Tate's an dich abtreten.«

Einen Moment lang sieht er wirklich wütend aus, doch dann verdüstert sich sein Gesicht, als würde sich eine Wolke erstklassiger Enttäuschung darüber legen. Langsam schüttelt er den Kopf und sieht mich aus zusammengekniffenen Augen an; dann dreht er sich auf dem Absatz um und geht ohne ein Wort davon.

Ich stehe stumm und starr einige Augenblicke wie angewurzelt da und blicke ihm hinterher, als er den Korridor entlang geht und verschwindet. Dann höre ich wie Aschenputtel irgendwo in dem hallenden Gang eine Uhr schlagen, und das holt mich in die Wirklichkeit zurück. Mist. Tanya!

Ich sprinte in der anderen Richtung den Korridor entlang und pralle mit einem Körper zusammen, der mir entgegenkommt. Der vertraute Duft von Chanel Nr. 19 steigt mir beruhigend in die Nase. »Tanya, dem Himmel sei Dank, dass du hier bist«, setze ich an. »Du glaubst gar nicht, was gerade …«

»Wo zum Teufel hast du gesteckt, Ollie!«, fällt sie mir aufgeregt ins Wort. »Ich bin gleich mit Stuart im Stall verabredet, und zwar in …«, sie wirft einen Blick auf ihre Uhr und schnappt entsetzt nach Luft, »… in dreißig Sekunden! Ich habe ihm gesagt, dass ich seinen blöden Schlepper genauer besichtigen möchte.« Sie lacht zerstreut. »Er ist heilfroh über die Gelegenheit, hier rauszukommen. Du weißt ja, dass er Partys hasst!«

»Tan, ich weiß WIRKLICH nicht, ob das so eine gute Idee ist …«

»Ehrlich gesagt, bin ich auch ein bisschen nervös, Kleines, aber eine Frau hat zu tun, was eine Frau zu tun hat!« Sie packt mein Handgelenk und zieht mich den Korridor entlang, vorbei an der Küche, wo der Partyservice damit beschäftigt ist, eine Reihe Miniaturquiches mit einer Mischung aus Eiern und Pilzen zu füllen. Dann zerrt sie mich durch die Hintertür in den gepflasterten Hof. Sie sieht erneut auf die Uhr, als sie weitereilt. »Louis müsste bereits an seinem Platz sein. Ich habe ihm gesagt, er soll sich hinter einem Heuballen verstecken oder so etwas.«

»Was soll ich machen?«

»Bleib einfach draußen, für den Fall, dass ich dich brauche, ja? Du kannst durch das obere Fenster hineinlinsen, wenn du auf einen Heuballen kletterst. Ich schreie, wenn …. aaaaaah!« Ein lauter Schrei ertönt, als Tanya, die auf zehn Zentimeter hohen Killerabsätzen viel zu schnell über die glatten Pflastersteine geeilt ist, ausrutscht und der Länge nach auf den harten, feuchten Grund schlägt, wobei sie immer noch mein Handgelenkt umklammert.

Einen Moment lang herrscht tödliche Stille, in der ich nur den Partylärm aus dem Inneren höre. Dann ertönt ein schmerzliches Stöhnen aus dem zusammengekrümmten Körper meiner Freundin. »Tan! Alles in Ordnung?«, zische ich besorgt.

Ein lautes Schniefen erklingt aus Tanyas abgewandten Gesicht.

»Kannst du aufstehen?«

»Mein Absatz ist abgebrochen«, sagt sie mit erstickter Stimme.

»Ein weiteres Paar Manolos segnet das Zeitliche!«, scherze ich traurig. »Keine Sorge, wir können Schuhe tauschen«, füge ich hoffnungsvoll hinzu, als Tanya keinen Versuch unternimmt aufzustehen. »Ich weiß, meine sind nicht gerade der letzte Schrei, aber …«

»Würde ich ja«, ihre Stimme zittert, »aber das ist wohl nicht das einzige, was gebrochen ist.« Endlich sieht Tanya zu mir auf. Ihr Gesicht ist schmerzverzerrt, und ich kann Tränen in ihren Augen sehen.

Besorgt beuge ich mich zu ihr hinunter und betaste vorsichtig ihren Knöchel »Es fühlt sich nicht an, als hättest du dir etwas gebrochen, wahrscheinlich ist er nur verstaucht. Na, komm schon, alte Schachtel, dann gehen wir mal besser wieder hinein.«

»Wir haben keine Zeit!«

»Was soll das denn heißen?«

»Stuart wartet schon.«

»Dann wartet er eben. Das hier geht vor.«

Tanya schüttelt den Kopf. »Nein, Ollie, *das* geht vor.« Sie versucht aufzustehen, scheitert aber. »Es hat keinen Sinn, Ollie. *Du* wirst es tun müssen.«

»Können wir das nicht auf ein andermal verschieben?«, schlage ich zaghaft vor.

»Die Hochzeit ist in vier Wochen, uns läuft die Zeit davon. Entweder jetzt oder nie.«

»Wie wäre es, wenn wir uns auf nie einigen und stattdessen sicherstellen, dass wir für sie da sind, wenn es zur Scheidung kommt?«

Tanya muss nicht einmal den Mund aufmachen, ihr Blick spricht Bände.

»Also gut«, lenke ich ein. »Also gut. Ich mache es. Aber der Himmel weiß, wie. Was soll ich bloß zu ihm sagen?«

»Bring ihn einfach dazu, darüber zu labern, wie er den Haufen Schrott da drin zusammengeschraubt hat, und dann sag ihm, was für ein cleverer Bursche er doch ist. Das geht ihm runter wie Honig. Männer stehen auf Schmeicheleien.«

»Aber ich …«

»Ab mit dir, er wartet bestimmt schon.«

Ich zögere. »Kann ich dich denn allein lassen?«

»Klar. Geh, Ollie. Sonst verpasst du ihn noch.«

Widerwillig gehe ich zu der großen Scheune hinüber. Die Tür steht offen, und drinnen brennt Licht. Ich atme tief durch, sehe noch einmal zu Tanya hinüber, die mir ungeduldig bedeutet, weiterzugehen, und trete ein.

Stuart ist bereits da. Er hat sein schickes Jackett ausgezogen und über eine Harke gehängt, die an der Wand lehnt. Mit bis zu den Ellbogen hochgekrempelten Hemdsärmeln ist er dabei, mit einem sauberen gelben Staubtuch liebevoll die Messingteile am Schornstein der Bedford Belle zu polieren. Hier drinnen sieht er weit glücklicher aus als im Haus.

»Äh … Hallo.« Meine Stimme ist vor Nervosität und Angst wie gelähmt. Deshalb spreche ich so leise, dass Stuart mich gar nicht hört. Ich räuspere mich, und bei diesem Laut dreht er sich um. »Hallo«, versuche ich es erneut. »Tanya sagte, dass du hier bist. Die Party gefällt dir wohl nicht besonders, hm?« Ich bin so aufgeregt, dass meine Stimme drei Oktaven höher klingt.

Entschuldigend zuckt Stuart die Achseln. »Nicht wirklich mein Ding, weißt du, 'ne Menge Leute, Smalltalk und so. Nicht gerade meine Stärke, wie du vielleicht schon bemerkt hast«, erklärt er selbstkritisch. »Meine Fähigkeiten als Salonlöwe sind leider sehr begrenzt.«

Der Gute. Ich zögere einen Moment, da seine Bescheidenheit und Offenheit mich anrühren und beeindrucken. Doch Tanyas Worte sind noch frisch in meinem Gedächtnis. Ich atme tief durch und wechsle mit der Lässigkeit eines alten, ungeölten Fahrrads, das vom ersten in den zweiten Gang schalten soll, in den Modus der Verführerin. »Wie es aussieht, liegen deine Fähigkeiten in anderen Bereichen.« Ich zeige auf die Maschine und schlendere dann, vielleicht einen Tick zu sehr Mae West, hinüber zu ihm. Meine Art, sich in den Hüften zu wiegen, galt vielleicht in den Fünfzigern als verführerisch. »Das ist wirklich ein edles Stück Kunsthandwerk.«

Dramatische Auftritte waren noch nie meine Stärke, einmal abgesehen von dem Drama meines wirklichen Lebens. Selbst ich finde, dass ich mich unaufrichtig anhöre, doch als ich Stuart nervös einen kurzen Blick zuwerfe, grinst er stolz. Das gibt mir den Mut, in dieser Richtung weiterzumachen. »Du musst ja Ewigkeiten gebraucht haben, um das hinzukriegen.«

»Ich habe in den vergangenen drei Jahren jeden Tag ein bisschen daran gearbeitet«, antwortet er und betrachtet sein Werk voller Bewunderung.

»Wow. Das nenne ich wahre Hingabe.« Ach du meine Güte, was für ein Gesülze. Eine wahre *Schande.* »Drei Jahre lang jeden Tag!«, wiederhole ich, als wäre ich wahnsinnig beeindruckt. O Mann. Dieser Kerl ist besessen! Meine beste Freundin heiratet einen Mann, der einem Traktor mehr Zuneigung und Interesse entgegenbringt als ihr. Tanya hat Recht, wir dürfen das nicht zulassen. Ganz egal, wie sehr mein Instinkt auch dagegen ist, ich muss das hier durchziehen. Um Grace' willen.

Ich trete näher und fahre mit einer Hand, wie ich hoffe, verführerisch über ein schwarz lackiertes Schutzblech, bevor ich sie auf Stuarts Arm lege. »Du bist ein kluger Mann, Stuart. Grace kann sich wirklich glücklich schätzen«, murmle ich so betörend wie möglich.

Er bemerkt den neuen Tonfall in meiner Stimme, spürt meine Hand auf seinem Ellbogen und sieht mich verdutzt an.

»Sie kann sich *wirklich* glücklich schätzen«, wiederhole ich und lasse meine zitternde Hand hinauf zu seiner Schulter gleiten. Zu spät merke ich, dass ich eine Spur aus schwarzem Staub auf seinem Ärmel hinterlasse, weil ich vorher mit der Hand über das schwarze Schutzblech gestrichen habe.

Unsere Gesichter sind nun nur noch Zentimeter voneinander entfernt. Es hilft nichts, ich muss die Augen schließen. Nicht, weil sich ein verirrter Funke der Leidenschaft in mir regt, sondern weil ich nicht ertragen kann zu sehen, was ich da tue! Ich nähere mich ihm und verziehe den Mund, als müsste ich gleich eine eklige Medizin schlucken, statt jemanden leidenschaftlich zu küssen. Ich mache ein Auge auf. Stuart steht völlig überrumpelt und wie angewurzelt vor mir. Er hat die Augen aufgerissen und sieht so verängstigt aus wie Bambi beim Anblick eines Waldbrandes. Es scheint, als wolle er genauso gern geküsst werden wie ich küssen will. O Mann. Jetzt oder nie.

Ich packe ihn an der Hemdbrust, ziehe ihn zu mir herunter und gebe ihm einen lauten Schmatz auf die schockierten, erstarrten Lippen. Es kommt mir vor, als würde ich meinen Mund auf ein kaltes Stück Holz pressen.

»Was zum Teufel treibst du da!«

Ich lasse Stuart fahren wie ein Hund, dem befohlen wird, einen gestohlenen Knochen fallen zu lassen, als eine wütende Stimme quer durch die große Scheune schallt und sich an der hohen Decke bricht. Am liebsten würde ich im Erdboden versinken und sterben. Unter allen Menschen, die mich hier ertappen konnten, musste es ausgerechnet er sein! Wo ist bloß Louis, er sollte doch für mich Schmiere stehen!

Dan Slater durchquert die Scheune. Seine Augen funkeln vor Zorn. Ich sehe mich panisch um und sehe flüchtig Louis, der verschreckt und mit weit aufgerissenen Augen hinter einem Heuballen kauert. Dan packt mich am Oberarm und zerrt mich aus der Scheune. Stuart stürzt in die andere Richtung davon, wie ein nervöser Windhund, wenn die Box beim Rennen aufgeht.

»Ich glaube es einfach nicht«, knurrt Dan, der sich mühsam beherrscht, aber genauso giftig und wütend wie eine gefangene Wespe klingt. »Du selbstsüchtige kleine Hexe. Du konntest es einfach nicht ertragen, sie glücklich zu sehen, was? Sie ist deine beste Freundin, zum Teufel! Wie konntest du nur!«

»Es ist nicht so, wie du denkst.«

»Ich weiß, was ich gesehen und gehört habe!« Seine Finger umklammern meinen Arm wie ein Schraubstock, als er mich förmlich zurück über den Hof und ins Haus schleift.

»Ich schlage vor, dass Sie erst einmal den Sachverhalt durchschauen, bevor Sie unbegründete Anschuldigungen erheben, Mr. Slater«, fauche ich ihn an und wiederhole damit die Worte, die er mir damals im Restaurant an den Kopf geworfen hat.

Er bleibt stehen und wirbelt mich zu sich herum. Dann packt er mein anderes Handgelenk, sodass meine beiden Arme in seinem starken Griff gefangen sind. Wir stehen wieder an demselben Fleck im Korridor, wo wir bereits vor zwanzig Minuten standen, doch in seinem Blick ist überhaupt keine Spur der Wärme, die vorhin aus ihm sprach. Jetzt ist er kalt, hart und macht mir richtiggehend Angst.

»Ich habe keine Ahnung, was für ein Spiel du spielst, Ollie Tate, aber es gefällt mir nicht.«

»Und was zum Teufel geht es dich an, was ich mache?«

»Wenn du versuchst, meine Freunde auseinander zu treiben, dann geht mich das sehr wohl etwas an. Oder sollte ich sagen, es *mit* meinem Freund zu treiben?«

»Ich würde nicht mal mit Stuart schlafen, wenn du mich dafür bezahlst«, murmle ich.

»Und was zum Teufel sollte das eben?«

Trotzig sehe ich ihn an. Es quält und beschämt mich, dabei erwischt zu werden, wie ich etwas so entsetzlich Gemeines tue, den Verlobten meiner besten Freundin zu küssen, insbesondere von Dan Slater. Deshalb wirke ich verdrossen wie ein Schulmädchen, das nachsitzen muss.

»Und wo willst du jetzt bitte schön hin?«, faucht er, als ich mich weigere zu antworten, mich stattdessen seinem Griff entwinde und die Treppe ansteuere, um zu fliehen.

»Ich will auf mein Zimmer, um zu packen, wenn du es unbedingt wissen musst«, antworte ich patzig und versuche, die Tränen zurückzuhalten, die peinlicherweise in mir aufsteigen.

»Und um damit Grace' Party kaputtzumachen, was? Nein, das wirst du verdammt noch mal nicht! Du wirst auf die Party zurückkehren, lächeln und verdammt noch mal so tun, als wäre nichts passiert.«

»Das kann ich nicht!«, jammere ich.

»Dann erzähl mir, was zum Teufel los ist.«

»Das kann ich auch nicht.« Ich lasse mich auf die unterste

Stufe der breiten Treppe sinken und vergrabe meinen hochroten Kopf in den Händen.

»Hier kannst du nicht bleiben, Ollie«, sagt Dan Minuten später, als ich mich immer noch nicht bewege oder etwas sage. Die Leute, die vom Wohnzimmer hinüber zum Buffet gehen, werfen mir neugierige Blicke zu. Wahrscheinlich denken sie, ich sei betrunken. Schön wär's!

»Ich brauche was zu trinken«, verkünde ich, stehe plötzlich auf und dränge mich an ihm vorbei. Als ich auf die provisorische Bar im Wohnzimmer zusteuere, spüre ich, wie Dan mich unterhakt und mich mit eisernem Griff zu der dunklen Ecke führt, in der ich vor einer halben Stunde auf dem Sofa gehockt habe. Könnte ich doch nur die Zeit zurückdrehen. Dann wäre ich einfach hier geblieben und hätte mir eine Menge Ärger erspart. Er drückt mich auf eines der Sofas, ruft eine der umhergehenden Bedienungen und lässt sich zwei Gläser Champagner geben, die er mir beide in die Hand drückt. »Du bleibst hier«, befiehlt er.

Ich würde ihm gerne sagen, dass er sich seine Befehle sonst wohin stecken soll, doch ich habe weder die Energie noch den Mut. Deshalb tue ich wie mir befohlen und bleibe an Ort und Stelle, wobei ich abwechselnd an beiden Gläsern nippe.

Zwanzig Minuten später taucht er in Begleitung eines bleichen Stuart wieder auf. Er übersieht mich völlig und gesellt sich zu Grace und ihrer Mutter, die am anderen Ende des Raums auf der improvisierten Tanzfläche zu »Come on Eileen« tanzen.

Dan kommt zurück in meine Ecke und setzt sich neben mich. Er nimmt mir eines der halb vollen Gläser aus der Hand und leert es in einem Zug. »Du hast Glück«, sagt er und stellt das leere Glas neben seinen Füßen ab. »Es ist mir gelungen, Stuart davon zu überzeugen, dass du betrunken, deprimiert und verzweifelt bist und dass es für ihn das Gescheiteste ist, alles, was draußen in der Scheune vorgefallen ist, deiner Verrücktheit zuzuschreiben und zu vergessen.«

»Was für ein grooooßes Glück. Betrunken, deprimiert und verzweifelt, herzlichen Dank!«, entgegne ich mürrisch. »Da hätte ich ihm wohl besser die Wahrheit gesagt!«

»Und die wäre?«

»Die geht dich überhaupt nichts an«, antworte ich und sehe mich hoffnungsvoll nach weiteren dieser netten Damen um, die Alkohol austeilen. In gewisser Weise hat Dan Recht: Ich bin deprimiert, und jetzt sehne ich mich verzweifelt danach, betrunken zu sein.

»Fahren wir immer noch dieselbe Schiene, hm?«, spottet er. »Ich habe das Recht, den Mund zu halten, weil ich mich sonst selber belasten könnte...« Er streckt eine Hand nach mir aus, und ich zucke instinktiv zurück, weil ich vermute, dass er entweder die Wahrheit aus mir rausprügeln oder mir etwas Vernunft eintrichtern will, oder auch beides. Er macht keines von beidem, sondern streicht mir nur überraschend sanft mit der Hand über den Kopf, bis seine Fingerspitzen auf meiner Schläfe ruhen. Kopfschüttelnd sagt er mehr zu sich als zu mir: »Was geht da drin vor, Ollie? Ich wünschte wirklich, ich wüsste es...«

Plötzlich überkommt mich der unerklärliche Drang, alles zu gestehen. Doch glücklicherweise wird er von dem Auftauchen Tulas unterbrochen. Es ist das erste Mal in meinem Leben, dass ich mich freue, sie zu sehen, und das trotz der Tatsache, dass ich in ihren Augen gefrevelt habe, weil es so aussieht, als würde ich Dan lüstern mit Beschlag belegen. »Komm schon, Olivia«, gurrt sie und schwankt auf ihren turmhohen Absätzen vor dem Sofa. »Du kannst doch den bestaussehenden Mann im Zimmer nicht den *ganzen* Abend mit Beschlag belegen.«

»Ich fürchte, dass *ich* derjenige bin, der Ollie mit Beschlag belegt und nicht umgekehrt«, fällt Dan ihr ins Wort. Er lächelt

Tula charmant, aber doch leicht unterkühlt zu, die entweder ein Problem mit ihren falschen Wimpern hat oder ihm auffällig zuzwinkert. »Wir müssen über ein paar… äh, geschäftliche Dinge reden…«

»Also in diesem Fall muss ich Sie ganz entschieden auf die Tanzfläche holen, das hier ist schließlich eine Party. Geschäftliches sollte wirklich für irgendwelche Sitzungszimmer reserviert sein.«

»Es sei denn, es geht um ein intimes Geschäft, und dann ist man weit besser im Schlafzimmer aufgehoben, was, Tula?«, werfe ich säuerlich ein und kippe noch mehr Champagner.

Tula hört auf, Dan zuzuzwinkern. Stattdessen starrt sie mich wütend an. Ich werfe Dan einen verstohlenen Blick zu, weil ich erwarte, dass er sich nach meinem unpassenden Versuch in Sachen Sarkasmus ihren wütenden Blicken anschließt, doch zu meiner Überraschung kämpft er darum, ein Lachen zu unterdrücken.

»Nur sehr einfallslose Menschen beschränken Sex auf das Schlafzimmer, Ollie, Liebes«, erklärt Tula eisig.

Sie zeigt mir abrupt die kalte Schulter, beugt sich über Dan und umklammert sein Handgelenk. Ihre ganze Haltung wird weicher, als sie sich ihm nähert. »Komm und tanz mit mir, Süßer«, haucht sie, und Ginwolken umnebeln uns wie Zigarettenqualm.

Aus den Surround-Lautsprechern dröhnt jetzt der Lambada, und Tula beginnt, vor Dan herumzuzappeln und ihn anzumachen wie beim Table-Dance. Es knackt laut in ihren knochigen Hüften, als sie eine Reihe Hüftschwünge hinlegt, die das Aus für den Bauch einer untrainierteren Frau ihres Alters bedeutet hätten. Es ist das erste Mal, dass ich echte Angst auf Dan Slaters Gesicht sehe.

Er setzt zu einer Ausrede an, indem er behauptet, er sei kein großer Tänzer. Doch Tula will nichts davon hören. »Oh, aber ich bestehe darauf!«, trällert sie, schließt ihre orange lackierten Krallen fester um Dans Handgelenk und zerrt ihn quasi vom Sofa hoch.

Sie schleppt ihren Gefangenen auf die Tanzfläche. Ich weiß nicht, ob ich lachen oder beleidigt sein soll, als ich höre, wie Tula ihm reichlich laut zuflüstert: »Ich dachte, ich sollte Sie besser vor Olivia retten, sie ist zwar ein nettes Mädchen, aber viel zu fad für jemanden wie Sie.«

Ich wünschte, Dan würde mich für fad halten. Das wäre bei weitem besser als der Eindruck, den er jetzt von mir zu haben scheint. Geistesgestörtes, geiles Gör dürfte seine Meinung von mir recht gut wiedergeben. Ich glaube nicht, dass ich ihn heute Abend um einen Gutenachtkuss bitten sollte! Ich glaube, das Einzige, was Dan mir zur Zeit freiwillig geben würde, ist ein Tritt in den Hintern.

Ich nutze die Gelegenheit, um mich davonzustehlen, schleiche nach oben und lande heilfroh in meinem Zimmer. Ich schließe die Tür fest hinter mir und lehne mich einen Augenblick gegen das solide Holz. Mein armes Herz versucht, ein paar Schläge pro Sekunde langsamer zu werden. Dann drehe ich mich um und schiebe den schweren Metallriegel vor, um mich einzuschließen. Ich weiß zwar, dass Dan gerade zwischen Tulas dürren Knien gefangen ist, während sie versucht, sich einen Weg in seine Unterhose zu lambadern, doch ich würde es ihm durchaus zutrauen, nach mir zu sehen, sobald es ihm gelingt, der Sache ein Ende zu bereiten und zu fliehen.

Zwei Minuten später fangen meine armen Nerven, die bereits so angespannt sind wie ein ausgewrungenes Spültuch, wieder an zu flattern, als die Tür zum Badezimmer auffliegt und Louis vorsichtig sein blasses Gesicht hereinsteckt, was mich zwei Meter in die Höhe fahren lässt.

»Bist du allein?«, flüstert er nervös.

Ich nicke mit pochendem Herzen.

»Alles in Ordnung?«

Ich schüttle den Kopf.

»Es tut mir ja *so* Leid, dass wir dich im Stich gelassen haben!« Er schießt ins Zimmer und setzt sich neben mir aufs Bett, um mich fest an sich zu drücken.

»Wo habt ihr bloß gesteckt?«, murmle ich kläglich, den Kopf in der vertrauten Wärme seiner samtverpackten Schulter vergraben.

»In der Notaufnahme.«

»Was?« Erschrocken sehe ich auf. »Was ist passiert?«

»Na ja, nachdem Dan dich aus der Scheune geschleift hat, habe ich versucht, euch zu folgen, bin dann aber über Tan gestolpert, die wie ein Häufchen Elend in einer dunklen Ecke kauerte und einen Knöchel hatte, der aussah wie Mus.«

»Oje, das hatte ich ja ganz vergessen. Wie geht es ihr?«

»Nichts passiert. Nur eine Verstauchung. Sie wird in einer Minute oben sein. Ist auf dem Weg hierher nur von ein paar teilnahmsvollen Partygästen aufgehalten worden. Schon erstaunlich, wie viel Aufmerksamkeit zwei Krücken einer Frau doch einbringen. Ich habe mir ausgebeten, sie auszuleihen, sobald es ihr besser geht.« Er lacht halbherzig.

»Hast du ihr erzählt, was passiert ist?«

»O ja.« Er nickt. »Das hat die eineinhalb Stunden ausgefüllt, die wir in der Notaufnahme warten mussten. Also, wenn das kein komplettes Desaster war…«

Wieder lasse ich meinen Kopf erschöpft gegen Louis' Schulter sinken. »Das kannst du zweimal sagen«, murmle ich.

»Also, wenn das kein komplettes Desaster war«, wiederholt eine müde, spöttische Stimme.

Ich sehe auf. Tanya kommt langsam auf ihren Krücken hereingehumpelt. »Es tut mir so Leid, Kleines«, sagt sie und kommt unsicher näher, bevor sie sich auf der anderen Seite von mir aufs Bett fallen lässt und ihren bandagierten Knöchel von sich streckt. »Das ist alles meine Schuld! Ich habe Dan gesehen, aber ich war nicht schnell genug, um dich zu warnen.«

»Was machen wir jetzt?«, fragt Louis.

»Ich glaube, es wäre am besten zu fahren, und zwar so schnell und unauffällig wie möglich.«

»Was, sofort?«

»Nein, das würde komisch aussehen. Außerdem kann ich nicht Auto fahren; ich habe noch Restalkohol von gestern Abend und auch heute habe ich ganz schön gepichelt.«

»Was zum Teufel hat Dan Slater da draußen überhaupt gemacht?«, fragt Louis grollend.

»Ich glaube, er ist mir gefolgt«, antworte ich zaghaft.

»Warum sollte er das tun?«

»Er wollte mit mir sprechen.«

»Über das Restaurant?«

Über das Restaurant? Das dachte ich zuerst auch, doch jetzt bin ich mir nicht mehr so sicher. Hilflos zucke ich die Achseln. »Wisst ihr was? Ich weiß es nicht, ich weiß es wirklich nicht.«

In all dem Chaos, in dem dieser Abend geendet hat, hatte ich fast vergessen, dass Dan mir gesagt hatte, er mag mich. Tja, ich wette, jetzt tut er das nicht mehr.

Am nächsten Morgen bildet sich beim Aufbruch ein zusammengewürfelter Haufen. Wir sind blass und gezeichnet, doch leider nicht von dem Kater, unter dem die meisten von denen leiden, die gestern Abend viel Spaß hatten.

Tanya hinkt und stützt sich schwer auf die Krücken und auf Louis, der ein Pokergesicht aufgesetzt hat.

Ich habe mich erboten, den Großteil unseres Gepäcks zu tragen, in der Hoffnung, ich könne mich dahinter verstecken und unbemerkt nach draußen schlüpfen, ein wandelnder Wall von Louis Vuitton sozusagen. Wenn ich es könnte, würde ich mich von Kopf bis Fuß mit LV-Logos zukleben und so tun, als wäre ich selbst ein Gepäckstück. Statt einfach nur ein Stück *Scheiße* zu sein.

Unglücklicherweise erwartet uns ein Abschiedskomitee, um uns eine gute Heimreise zu wünschen. Grace befindet sich immer noch auf einem Party-Hoch, grinst alle glücklich an und küsst jeden ein erstes Mal, bevor sie aus Freude darüber, dass die Party (in ihren Augen) ein so großer Erfolg war, und aus Trauer darüber, dass alle Gäste schon aufbrechen müssen, wie aufgescheucht umherläuft und jeden noch einmal küsst. Stuart lungert unsicher im Hintergrund herum, schüttelt Louis die Hand, lächelt Tanya zerstreut an und weicht mir verängstigt aus, als würde ich an Lepra leiden und ihn anstecken wollen.

Ohne viel Federlesen pfeffere ich Tanyas teures Gepäck in den Kofferraum, steige dankbar ein und habe den Motor schon laufen, bevor die beiden anderen noch einen Fuß hineingesetzt haben. Fast hätte ich noch Tanyas anderen Knöchel verstaucht, als ich anfahre, bevor sie sich richtig auf dem Beifahrersitz zurechtgesetzt hat. Grace ruft uns zum zwanzigsten Mal hinterher, ob wir auch ganz sicher sind, dass wir nicht zum Mittagessen bleiben wollen, doch ich trete das Gaspedal durch, winke abwesend und rumple über Stuarts lange Auffahrt davon, wobei ich Fasane aufscheuche und Louis fast zum Durchdrehen bringe, weil ich nur knapp ein verwirrtes Kaninchen verpasse, das vor dem Auto gefährlich im Zickzack hüpft, bevor es verzweifelt in den grasbewachsenen Straßengraben hechtet.

Es herrscht Schweigen, bis wir die Autobahn erreichen und unser gemeinsamer Seufzer der Erleichterung die Fenster beschlagen lässt, so tief ist er.

»Das war's. Von jetzt an halten wir uns da raus«, erkläre ich mit Nachdruck. »So etwas wie das will ich nie, ich wiederhole, NIE wieder durchmachen. Bleibt zu hoffen, dass Stuart dicht hält, sonst feuert uns Grace als Brautjungfern.«

»Sie feuert uns sowieso«, grollt Louis auf dem Rücksitz.

»Soll das heißen, wir sollen uns einfach zurücklehnen und sie machen lassen?« fragt Tanya besorgt.

»Ganz genau«, entgegne ich. »Wir werden zu dieser Hochzeit gehen, unsere Kleider anziehen, lächeln und so tun, als würden wir uns für sie freuen. Schließlich ist das angeblich der schönste Tag in ihrem Leben …«

»O ja«, fügt Louis verdrossen hinzu, »und der traurigste in unserem!«

»O Mann«, sage ich und schaue mich um. Alle drei sehen wir so betreten aus wie ein Lottogewinner, der gerade seinen Lottoschein mit dem Müll entsorgt hat. »Was sind wir doch für ein elender Haufen, was?«

Nachdem ich die beiden abgesetzt habe, treffe ich gegen Mittag endlich zu Hause ein. Der sonntägliche Mittagsansturm ist in vollem Gang, doch ich werde im Restaurant nicht gebraucht, da ich für das ganze Wochenende Aushilfskräfte gebucht habe. Ich hatte ja nicht damit gerechnet, so früh zurück zu sein. Ich schwanke noch, ob ich nicht doch hinuntergehen und helfen oder ob ich allein mit meinen Gedanken bleiben soll, was offen gesagt im Augenblick nicht ratsam ist. Da klingelt das Telefon.

»Hallo, Kleines. Wie man hört, war dein Wochenende eine ziemliche Katastrophe.« Es ist Finn. Aus irgendeinem Grund treten mir beim Klang seiner fröhlichen und freundlichen Stimme die Tränen in die Augen.

»Wie hast du das bloß so schnell erfahren?«, frage ich und fahre mir mit dem Handrücken übers Gesicht, um sie wegzuwischen.

»Na hör mal, Ollie, du solltest es besser wissen. Einen Journalisten so etwas zu fragen. Ich wusste doch, dass du dort in einen Schlamassel gerätst, wenn ich nicht auf dich aufpasse.«

»Sei bloß ruhig«, antworte ich. »Es war furchtbar, Finn, wirklich furchtbar.«

»Wie wär's mit ein bisschen Gesellschaft?«

»O ja, bitte«, seufze ich dankbar.

»Wirf schon mal Sid James ein, ich bin in einer halben Stunde da.«

Bei seiner Ankunft hält Finn eine Flasche Wein, eine Schachtel Jaffa-Kekse und eine dicke Umarmung bereit, die ich von allen dreien am meisten brauche, obwohl ich auch für die anderen Sachen abgrundtief dankbar bin. Er entkorkt den Wein, reicht mir ein großes Glas und lässt sich auf dem Sofa nieder, während ich ihm die ganze elende, erbärmliche Geschichte erzähle, begleitet von viel melodramatischem Seufzen, Gestikulieren und einem gewissen Grad Scham, insbesondere, als ich zu dem Teil komme, wo ich die Lippen gespitzt und den Kerl geküsst habe.

Als ich ausgejammert habe, sehe ich in der Erwartung automatischen Mitgefühls auf, muss aber erkennen, dass er lacht. »Das ist nicht lustig!«, tadle ich ihn. »Früher konnte ich mit Grace über alles reden. Jetzt habe ich ein Geheimnis vor ihr. Ein dickes, fettes, übles Geheimnis, das sehr wahrscheinlich unsere Freundschaft zerstören würde, wenn sie je die Wahrheit herausfände. Vielleicht sollte ich ihr alles gestehen und mich ihrer Gnade ausliefern ...«, seufze ich melodramatisch.

»Das willst du ja nur, weil du dich dann besser fühlen würdest«, erklärt Finn sachlich. »Es würde dir helfen, mit dem Schuldgefühl fertig zu werden, aber glaub mir, es ist nicht immer die beste Lösung, ganz und gar ehrlich zu sein. Ich glaube, der Schaden ist geringer, wenn du einfach versuchst, das Ganze zu vergessen. In ein paar Jahren wirst du lachend daran zurückdenken.«

»Meinst du wirklich?«

»Ich weiß es.«

»Vielleicht hast du Recht, aber das ist leichter gesagt als getan, Finn. Selbst wenn ich es einfach vergessen könnte, sind da andere Leute, die nicht so einfach vergessen werden, was passiert ist, da bin ich mir sicher.«

»Zum Beispiel?«

»Na ja, zum einen Dan, und Stuart, und was, wenn einer von ihnen etwas zu Grace sagt?«

»Nach allem, was du erzählt hast, scheint Dan zu versuchen, die Sache in Ordnung zu bringen. Schadensbegrenzung zu betreiben. Er wird nichts sagen.«

»Vielleicht nicht, aber wahrscheinlich erwirkt er gerade einen Räumungsbefehl gegen mich, während wir uns hier unterhalten«, sage ich verdrießlich und schenke uns beiden nach. Mir ist bewusst, dass es sich unter den gegebenen Umständen ziemlich krass anhören muss, aber das Schlimmste ist, dass Dan jetzt wahrscheinlich glaubt, ich finde Stuart mit u attraktiv. Ich meine, er hat mich dabei ertappt, wie ich dem Kerl an die Wäsche wollte, was sonst soll er da denken?

Finn betrachtet mich einen Moment lang schweigend. »Du magst ihn, nicht wahr?«

»Bleib beim Thema!«

»Das tue ich.« Er beobachtet mich scharf, ein aufreizend wissendes Lächeln auf den Lippen. »Es ist nicht deine Reaktion. Es ist deine *übermäßige* Reaktion.«

Ich schweige einen Augenblick, befinde dann aber, dass es Zeitverschwendung ist, das rundheraus zu verneinen. »Also gut«, gebe ich zu, »ich finde ihn attraktiv. Aber das steht in solch einem Widerspruch zu dem, was ich ihm gegenüber fühle. Weißt du, ich glaube nicht, dass ich jemals irgendetwas an ihm nett gefunden habe. Ich kenne ihn eigentlich gar nicht, aber er mischt sich immer wieder in mein Leben!« Ich breche ab, als ich sehe, dass Finn nicht mehr lächelt, sondern lauthals lacht.

»Da ist sie wieder. Unverhohlene Leidenschaft.«

»Er pfuscht mir auch in etwas hinein, an dem ich leidenschaftlich hänge.«

»Und warum pfuscht er deiner Meinung nach darin herum?«

»Weil er ein hartgesottener Geschäftsmann ist, der es nicht zulässt, dass sich die Menschheit, bei der er rein zufällig kein voll zahlendes Mitglied ist, seinem schnell verdienten Geld in den Weg stellt.«

»Aber trotzdem stehst du auf ihn.«

»Ja«, seufze ich. »Trotzdem stehe ich auf ihn.«

Finn legt einen langen Arm um meine Schultern und drückt mich fest an sich. »Das Leben ist manchmal verdammt ungerecht, was?«, murmelt er.

Müde lasse ich den Kopf an seine Schulter sinken, damit mir seine Wärme, seine Unvoreingenommenheit und sein Verständnis Stärke geben. »Du riechst gut«, sage ich und atme den sauberen Zitrusduft seines Aftershaves ein. »Manchmal wünschte ich, ich würde auf dich stehen.«

»Ich weiß. Traurig, was? Aber das ist nicht das Ende der Welt. Wir könnten uns immer noch zu ein bisschen unerwünschtem Sex hinreißen lassen.«

Ich richte mich auf, schnappe mir eines der Sofakissen und schlage damit kräftig auf ihn ein.

»Oho, eine Kissenschlacht. Das ist gleichbedeutend mit einem Vorspiel, weißt du. Das war nur ein Scherz!« Er hält schützend die Hände hoch, als ich ihn in gespielter Empörung anstarre. »Tatsache ist, dass ich gar nichts mit dir anfangen könnte, selbst wenn ich wollte.«

»Ach ja.« Ich halte mitten im nächsten Kissenschlag inne. »Gibt es da etwas, was du mir erzählen möchtest? Oder etwa *jemanden*, von dem du mir erzählen möchtest?«

»Noch nicht«, antwortet er und grinst schüchtern. »Dazu ist es noch viel zu früh. Sagen wir einfach, du kannst dich auf Schlagzeilen gefasst machen ...«

Kapitel 10

Am kommenden Montagabend – oder Dienstagmorgen, um genau zu sein – übernachtet Tanya bei mir. Wir wollten ordentlich einen draufmachen, um uns alle aufzumuntern, was aber ziemlich danebenging, weil keinem von uns wirklich nach Feiern zumute war. Selbst Louis war schon kurz nach Mitternacht froh darüber, nach Hause zu gehen. Und das ganz ohne seine üblichen Betteleien, doch noch mit ihm in irgendeinen Club zu gehen, um bis zum Morgen durchzutanzen.

Tanya und ich rösten uns gerade einen ganzen Laib Vollkorntoast, weil wir einem postmitternächtlichen Fressanfall erlegen sind, als es wiederholt an der Tür klingelt.

»Wer könnte das um diese Zeit noch sein?«, entfährt es mir. Vor Schreck lasse ich eine Scheibe Toast mit der gebutterten Seite nach unten auf den Tisch fallen.

»Louis?«, schlägt Tanya vor.

»Der hat einen Schlüssel und würde einfach reinkommen.«

Wieder läutet es, dieses Mal heftiger. Tanya lugt aus dem Küchenfenster. »Ich kann nicht erkennen, wer es ist. Du machst besser mal auf.«

Ich bin versucht, mich mit dem Brotmesser zu bewaffnen, nur für den Fall, dass ein entflohener, axtschwingender Psychopath vor meiner Tür steht. Doch dann sage ich mir, dass so etwas paranoid ist und poltere nur mit einem Stück Toast bewaffnet treppab. Wer auch immer vor meiner Tür steht, scheint mit dem Finger auf der Klingel festzukleben, die nun ohne Unterbrechung bimmelt. »Schon gut, schon gut, immer mit der Ruhe«, rufe ich und mache die Tür auf.

Grace muss sich sowohl gegen die Tür wie auch gegen die Klingel gelehnt haben. Kaum reiße ich sie auf, stolpert sie herein und landet zu meinen Füßen. »So ein Mist!«, ruft sie und reibt sich das Knie, das sie gegen die unterste Treppenstufe gerammt hat.

»Grace?«, frage ich überrascht.

Sie blickt zu mir auf; ihre Augen sind völlig verheult, blitzen aber auch vor Entrüstung. Meine Überraschung weicht ernster Beunruhigung.

»Um Himmels willen, was ist los, Gray?«

Sie schüttelt den Kopf, rappelt sich hoch, drängt sich an mir vorbei und geht nach oben ins Wohnzimmer. Der Toast entgleitet mir und fällt auf die Treppe, als ich hastig die Eingangstür zumache und ihr erschrocken folge. »Was ist los, Grace?«, wiederhole ich schnaufend. »Jetzt sag schon.«

Sie dreht sich um und sieht mich hohläugig und traurig an, und doch funkeln ihre Augen vor Zorn. »Ich habe Stuart verlassen!«, ruft sie wütend.

»Du machst Witze!«

Tanya, die gerade aus der Küche kommt, formt ein lautloses »Ja«, hält eifrig die Daumen nach oben und führt hinter Grace' Rücken einen kleinen Freudentanz auf. Der wird glücklicherweise durch ihren angeknacksten Knöchel abgekürzt, der immer noch schmerzt.

Ich dagegen kann das Gesicht meiner besten Freundin sehen. Und was ich sehe, gefällt mir gar nicht.

Ich führe sie zum Sofa. »Was um Himmels willen ist passiert?«

»Du wirst es nicht glauben«, sagt sie niedergeschlagen und setzt sich. »Du wirst es einfach *nicht* glauben.«

»Sag schon«, dränge ich.

Hohläugig sieht sie mich an. »Stuart hat … also, er … ach!« Sie seufzt und schüttelt heftig den Kopf, als würde sie dadurch verdrängen, was sie so furchtbar aufregt. »Ach, Ollie, ich kann es nicht glauben…« Sie verstummt erneut und sieht mit schmerzverzerrtem Gesicht und gerunzelter Stirn zu mir auf. »Stuart… hat behauptet, du hättest ihn bei unserer Verlobungsparty angebaggert!«

Ich spüre, wie mir das Blut aus dem Gesicht weicht.

»Tanya vielleicht«, fährt Grace fort und sieht verzagt lächelnd in ihre Richtung. »Ich meine, wir wissen alle, dass sie im Flirten selbst Mata Hari schlägt. Es gehört bei ihr einfach dazu, dass sie jeden Mann anmacht, den sie trifft, ganz egal unter welchen Umständen. Aber zu behaupten, dass *du* ihn angebaggert hättest. Wie arrogant dieser Mann ist!« Sie lässt sich in die Sofakissen plumpsen und sieht mich erneut aus verquollenen, geröteten Augen an. »Und das Schlimmste daran war, wie er es mir gesagt hat. Als wäre er nur um mein Wohlergehen besorgt! Hat behauptet, er wollte es mir gar nicht erzählen, aber dann hätte er sich gedacht, dass es besser wäre, wenn ich wüsste, was passiert ist. Für den Fall, dass ich es von jemand anderem erfahre und mich noch mehr aufrege!«

»So ein Mist. Du glaubst ihm doch nicht, oder?«, frage ich ängstlich.

»Ihm glauben! Ich *weiß*, dass du nicht auf Stuart stehst«, erklärt sie unerbittlich. Dann fügt sie unsicherer hinzu: »Du stehst doch nicht auf Stuart… oder?«

»Natürlich nicht«, entgegne ich, höchst erleichtert darüber, dass ich endlich einmal nicht lügen muss.

»Natürlich nicht«, wiederholt sie. »Ich weiß gar nicht, warum ich überhaupt gefragt habe. Ich kann einfach nicht glauben, dass er mir solch furchtbare Lügen auftischt, Ollie. Es kommt mir vor, als würde ich ihn gar nicht kennen.«

Ich setze mich neben sie und fange an, ihr hilflos die Schulter zu tätscheln, da ich kein Wort über die Lippen bringe.

»Und dann behauptete er sogar, dass er den Eindruck hätte,

du wolltest uns von Anfang an auseinander bringen!« Schluchzend vergräbt Grace ihr Gesicht an meiner Schulter.

Ich sehe zu Tanya hinüber, die genauso blass ist wie ich.

»Wie konnte ich nur so blind sein!«, jammert Grace. »Du hast doch gar nicht versucht, Stuart und mich auseinander zu bringen. Nein, er hat versucht, mich von euch wegzukriegen. Er versucht einfach, einen Keil zwischen mich und meine Freunde zu treiben, um mich ganz für sich allein zu haben. Wie krank! Er kann es nicht ertragen, dass ich mit jemand anderem zusammen bin außer ihm.«

Sie verstummt. Tränen kullern über ihr Gesicht und tropfen auf meine nackte Schulter. Als sie weiterspricht, ist die Wut aus ihrer Stimme verschwunden. Sie hört sich nur noch unendlich müde an. »Kann ich hier bei dir bleiben? Ich will nicht nach Hause. Ich will nicht allein sein, und ich will auch nicht mit ihm sprechen. Um Himmels willen, er kennt noch nicht mal die Nummer meiner besten Freundin! Das spricht doch Bände.«

Grace zieht sich abrupt zurück und steht auf. Sie atmet ein paar Mal tief durch, als würde sie an einem Kurs für Geburtsvorbereitung teilnehmen. »Vielleicht ist es ganz gut so. Wir sind wirklich sehr verschieden.«

Sie redet mit sich selbst, nicht mit Tanya und mir. Jetzt geht sie im Zimmer auf und ab und starrt auf den Teppich. »Ich dachte, wir würden uns ergänzen, aber vielleicht habe ich mich geirrt. Tja, jetzt gibt es kein Vielleicht mehr.« Sie bleibt stehen, und ihre Stimme wird zu einem rauen Flüstern. »Wie konnte ich mich nur *so* in ihm täuschen?«

Ich sehe beschämt zu Tanya hinüber und nehme dann Grace, die einfach stehen geblieben ist wie ein Spielzeug, dessen Batterien leer sind, bei den Schultern, um sie in mein Schlafzimmer zu führen. Dort bedarf es keiner weiteren Aufforderung: So, wie sie ist, fällt sie in die Kissen, wo sie unbeweglich liegen bleibt. Sie schläft nicht, sondern ist einfach völlig am Boden zerstört.

»Ich mache dir einen Kaffee«, erkläre ich ihr und breite meine Decke über den reglosen Körper. Wie üblich herrschen in meinem Schlafzimmer Temperaturen wie in der Sauna, doch sie fühlt sich eisig an.

Tanya wartet in der Küche. Wie immer in einer Krisensituation war sie sehr effizient und hat bereits eine Flasche Wein entkorkt, die Kaffeemaschine wieder angeworfen, mit der wir vorhin Kaffee zu unserem Toast gekocht hatten und die jetzt wie ein Minigeysir vor sich hin brodelt, und sie hat eine Packung widerlich dicker Schokoladenkekse auf einen Teller geleert. »Alles in Ordnung?« Sie ist voller Sorge, trotz der Tatsache, dass ihr Mund auch voller Kekse ist.

Ich schüttle den Kopf, lasse mich am Tisch nieder und fange an, mit der leeren Kekspackung zu spielen. »Was haben wir nur angerichtet?«

»Genau das, was wir uns als Ziel gesetzt hatten«, antwortet Tanya, die versucht, sachlich zu klingen. »Das mag sich zwar im Moment grässlich anhören, aber es war zu ihrem Besten. Das weißt du doch.«

»Endlich haben wir erreicht, was wir wollten«, sage ich und reiße die dünne Plastikhülle herunter, als wäre es die Schuld der Verpackung, dass meine beste Freundin völlig fertig ist. »Warum fühlt es sich dann nicht so gut an, wie wir angenommen hatten?«

»Weil sie so leidet, und weil es furchtbar ist, sie leiden zu sehen.«

»Ganz genau.« Niedergeschlagen sehe ich zu Tanya auf. »Um so mehr, als wir Schuld daran sind.«

Grace bleibt zwei Tage in meiner Wohnung. Sie spricht kaum und verweigert jede Mahlzeit, um dann alles, was in Reichweite ist, in sich hineinzustopfen, sobald sie allein ist. Noch nie habe ich so viele Kekspackungen und Tüten mit Mini-Mars-riegeln gebraucht wie in dieser kurzen Zeit. Sie hat sich krank gemeldet und verbringt ihre Zeit damit, neben dem Telefon zu sitzen, wobei sie so tut, als würde sie das nicht mit Absicht machen. Doch jedes Mal, wenn es klingelt, springt sie vor Schreck zwei Meter in die Höhe. Und jedes Mal ist ihr die Enttäuschung anzusehen, wenn ihr wieder einfällt, dass Stuart meine Nummer gar nicht haben kann – es sei denn, er war so verzweifelt darauf aus, mit ihr zu sprechen, dass er durch brennende Reifen gesprungen ist, um an sie zu kommen.

Auch ich warte. Darauf, dass die Erleichterung darüber, Grace endlich gerettet zu haben, einsetzt. Darauf, dass das Gefühl, richtig gehandelt zu haben, wie eine selbstgefällige Woge über mich hereinbricht. Leider ist das Einzige, worin ich zur Zeit ertrinke, ein Gefühl der Schuld. Man sollte vorsichtig sein mit dem, was man sich wünscht, denn eines Tages könnte der Wunsch in Erfüllung gehen.

Gegen Ende des zweiten Tages hält sie es nicht mehr aus und will nach Hause, um so zu tun, als würde sie nicht neben einem Telefon sitzen, dessen Nummer Stuart sehr wohl kennt.

Ich fahre sie mit gemischten Gefühlen zurück nach Islington. Ich will nicht, dass sie allein bleibt, wenn sie so offensichtlich unglücklich ist. Das Problem ist nur, ich weiß genau, dass ich hauptverantwortlich für ihr Unglück bin und es im Moment nur schwer in ihrer Nähe aushalte. Ich kann ihr nicht ins Gesicht sehen. Und obwohl ich wahrhaftig und von ganzem Herzen mit ihr leide, als sie sich morgens um zwei das Herz aus dem Leib heult, komme ich mir dabei schrecklich scheinheilig vor.

Die meiste Zeit weiß ich nicht einmal, was ich zu ihr sagen soll, insbesondere, wenn sie zum x-ten Mal ihr letztes Gespräch mit ihm durchgeht und alles wiederholt, was Stuart über den

Vorfall in der Scheune gesagt hat, um damit zu schließen, dass sie es einfach nicht glauben könne, so von ihm belogen worden zu sein. Wieder und wieder verweist sie darauf, dass ich doch den größten Teil des Abends mit Dan Slater im Schlepptau verbracht und somit gar keine Gelegenheit gehabt hätte, mich Stuart zu nähern. Deshalb kommt sie auch zu der Schlussfolgerung, dass Stuart nicht nur unloyal, sondern auch dumm sein müsse.

Ich habe ja solche Angst, dass ich womöglich nicht nur ihre Freundschaft mit Stuart zerstört habe, sondern auch unsere eigene. Ich habe meine beste Freundin belogen. Und durch mein Schweigen belüge ich sie immer noch. Ich versage, wenn es darum geht, ihre Anschuldigungen gegenüber Stuart durch die Wahrheit zu entkräften.

Am nächsten Tag entspanne ich mich nach einer langen Frühstücksschicht, der eine hektische Mittagsschicht gefolgt war, bei einem üppigen Sandwich und einem üblen Schundblatt. Mel war über eine Stunde zu spät zum Servieren des Mittagessens erschienen, weil sie sich am Abend vorher selber jede Menge Alkohol serviert hatte. Jetzt holt sie schuldbewusst und trotz meiner Versicherungen, dass das wirklich nicht sein muss, die verlorene Zeit nach und schrubbt den Backofen. Gegenwärtig werkelt sie auf Händen und Füßen herum, den Kopf in der Backröhre. Nicht gerade das Beste, wenn man einen Kater hat, doch sie behauptet hartnäckig, dass sie ja immer noch das Gas andrehen könne, falls die Übelkeit sie wirklich übermannt.

Gerade denke ich darüber nach, uns etwas Stärkeres zu holen als den Kaffee, den ich gerade schlürfe, da Mel ihren Kater so am besten bekämpft und ich im Augenblick sowieso um keine Ausrede verlegen bin, als die Eingangstür zum Tate's aufgeht. Ich war heute so geistesabwesend, dass ich vergessen haben muss, sie abzuschließen. Ich seufze bei der Aussicht, hungrige, gereizte, futterversessene und des Englischen nicht mächtige Touristen hinauswerfen zu müssen, aus denen meine Klientel sich heute Mittag hauptsächlich zusammenzusetzen schien. Widerstrebend lege ich die Zeitung zur Seite und stehe auf.

»Tut mir Leid, wir haben geschlossen«, setze ich müde an und gehe durch die Küchentür hinüber ins Restaurant. »Wir haben nur bis fünfzehn Uhr geöffnet…« Abrupt halte ich inne.

Im Raum steht Dan Slater. Ehrlich gesagt bin ich nicht wirklich überrascht, ihn hier zu sehen, doch das hindert mein Herz nicht daran, sich zu dem halb verdauten Tomatensandwich in meinem Magen zu gesellen.

»Hallo«, sagt er ruhig.

Mel kommt aus der Küche hereingetorkelt und nestelt an ihrer Schürze, die sie aufgrund der Tatsache, dass sie so zierlich ist, zweimal um sich geschlungen hat und die deshalb reichlich fest geknotet ist. »Bin gerade mit dem Backofen fertig geworden und gehe jetzt nach Hause, du alte Sklaventreiberin«, scherzt sie. »Ich muss unbediiiingt ins Bett … oh.« Sie hält abrupt inne, als sie endlich von dem Versuch, ihre Schürze zu entwirren, aufsieht und den Neuankömmling erblickt.

Dan und ich hören endlich auf, uns vorsichtig zu beäugen, und sehen stattdessen zu Mel hinüber. So stehen wir alle drei einen Moment lang schweigend da und beobachten uns wie Revolverhelden, die darauf warten, dass es zwölf schlägt. Unsere Blicke zucken von einem zum anderen, und jeder wartet darauf, dass einer reagiert.

Nach einer kleinen Ewigkeit, die mir vorkommt wie fünf Minuten, in Wirklichkeit wohl aber nur fünf Sekunden dauerte, wende ich mich an Mel. »Ja, in Ordnung. Du kannst gehen, Mel. Wir sind hier durch.«

»Bist du sicher?« Sie zögert und blickt argwöhnisch zu Dan. »Ich kann noch bleiben, wenn du willst.«

»Alles in Ordnung, wirklich. Wir sind hier durch. Du kannst gehen.«

»Wenn du meinst …«, sagt sie langsam, macht aber keine Anstalten zu gehen.

Ich nicke viel zuversichtlicher, als ich mich fühle.

»Du weißt ja, wo ich bin, falls du mich brauchst.« Widerstrebend bricht sie auf. Ich habe noch nie erlebt, dass sie so lange braucht, um ihre Sachen nach einer harten Schicht zusammenzusuchen. Normalerweise ruft sie sich ein Taxi, während sie den letzten Kaffee serviert, und flitzt zur Tür, sobald der letzte Gast sein Glas geleert hat.

Dan beobachtet sie und sieht dann wieder zu mir. Ich stehe argwöhnisch in einiger Entfernung vor ihm. Wieder breitet sich ein ungemütliches Schweigen aus, doch dann sage ich mir, dass ich viel zu ausgelaugt bin, um mir den Kopf darüber zu zerbrechen, warum er überhaupt hier ist. Schließlich macht er den Mund auf. »Ich will nicht wieder mit dir streiten. Ehrlich gesagt, ich hatte sogar auf einen vorübergehenden Waffenstillstand gehofft.«

Ich zucke die Achseln. »Freut mich zu hören. Zum Streiten bin ich viel zu müde. Möchtest du etwas trinken?«

Überrascht sieht er mich an und nickt dann langsam und zustimmend. Ich gehe zur Bar hinüber. »Auf welches Gift stehst du denn?«

Seine Mundwinkel zucken. »Ich sollte mir wohl genau überlegen, wie ich diese Frage beantworte, wenn man bedenkt, von wem sie kommt.«

»Wem sagst du das? Hier gibt's alles außer Rattengift und Arsen.«

»Ein Bier wäre gut.«

Ich mache ein kalte Flasche Budweiser auf und biete ihm ein

Glas dazu an, das er aber ablehnt. Dann mixe ich mir einen großen Gin Tonic. Er ist mir zur Bar gefolgt und sitzt jetzt auf einem der Barhocker. Mein Instinkt befiehlt mir zu bleiben, wo ich bin, hinter einem Meter Mahagoni und diversen spitzen Zapfhähnen, die wie Wachposten zwischen uns aufragen. Doch ich ertappe mich dabei, wie ich, warum auch immer, zu ihm auf die andere Seite gehe und mich auf den nächsten Barhocker gleiten lasse, sodass ich ihm zwar nahe bin, unsere Beine sich aber nicht berühren.

Langsam nippe ich an meinem Drink. Ich sehne mich verzweifelt nach einem ordentlichen Schluck Alkohol, doch ich denke, dass es vernünftiger ist, im Moment so wachsam wie möglich zu bleiben. Immer, wenn ich im selben Raum wie Dan Slater bin, komme ich mir vor wie ein Kaninchen, das im Bau des Fuchses gefangen ist. Es ist fast so, als könne ich das Raubtier riechen, das sich hinter diesem Mann verbirgt.

Dan lehnt sich mit dem Rücken an die Theke und blickt gedankenverloren auf den leeren Feuerrost im Kamin. Er hat sein Bier gut zur Hälfte geleert, bevor er überhaupt etwas zu mir sagt: »Ich war gerade bei Grace.«

»Oh«, antworte ich zaghaft und beobachte seinen Mund, als er die Flasche erneut ansetzt. Er wirft mir einen Seitenblick zu, und ich sehe schnell weg. »Geht es ihr gut?«

Langsam schüttelt er den Kopf. »Sie ist total aufgelöst. Sie vertraut dir wirklich, Ollie.«

»Ich weiß.«

»Was bedeutet, dass sie nicht länger Stuart vertraut.« Jetzt sieht er mich unverwandt an; seine sonst so blauen Augen sind ganz dunkel vor Sorge. »Was nicht gerade fair ist, wenn man bedenkt, dass wir beide wissen, wer von euch die Wahrheit sagt.«

Prompt sind meine Schuldgefühle wieder da. »Es war nicht so, wie du denkst«, platze ich heraus.

»Das weiß ich«, entgegnet er ruhig.

»Wirklich?«, frage ich überrascht.

»Ich habe gestern mit einem gemeinsamen Bekannten zu Mittag gegessen.«

»So«, erwidere ich in dem Versuch, die Fassung wiederzuerlangen und gelassen zu wirken.

»Ja. Mit Finnian Connelly. Er hat mir erzählt, was ihr eigentlich vorhattet an jenem Abend.«

»Wirklich?«, frage ich wieder überrascht. Ich bin mir nicht sicher, ob ich wütend oder erfreut darüber sein soll, dass der liebenswürdige, aber nicht gerade verschwiegene Finn alles ausgeplaudert hat. Auf eine Art bin ich ganz froh, dass Dan die Wahrheit kennt, dass ich nämlich keine furchtbare, männergeile Schlampe bin, die versucht, ihrer besten Freundin den Mann auszuspannen. Ich hoffe nur, dass er nicht annimmt, der wahre Grund, warum ich mit Stuffy schmusen wollte, sei noch schlimmer. Ich weiß auch nicht warum, aber ich will, dass Dan eine gute Meinung von mir hat… doch, ich weiß, warum. Es ist schon ein seltsames Gefühl, jemanden zu mögen, nachdem man so viel Zeit und Energie darauf verwendet hat, ihn zu verabscheuen.

Als Antwort auf meine letzte Frage nickt Dan. »Ja. Er hat mir alles erzählt, Ollie, zumindest so weit er es wusste. Es wird dich wahrscheinlich freuen zu hören, dass es mich einige Mühe gekostet hat, ihn zum Plaudern zu bringen. Er ist sehr loyal.«

»Er ist ein guter Freund.«

»Ja, das sagte er auch.« Er wirft mir einen schwer zu interpretierenden Seitenblick zu. »Dass ihr nur gute Freunde seid.«

Mein Gefühl sagt mir, dass wir zeitweise bei einem etwas anderen Thema gelandet sind als bei Stuart und Grace, das unterschwellig lauerte und das wir beide versucht haben zu ignorieren – also gut, das *ich* versucht habe zu ignorieren. Ich habe unser Gespräch im Korridor von Stuarts großem Haus nicht vergessen und bin seltsam erleichtert, weil er auf die Tatsache anzuspielen scheint, dass er nun weiß, dass Finn und ich nichts miteinander haben.

Doch der von mir wahrgenommene Themenwechsel war nur ein flüchtiger. Dan nimmt einen weiteren Schluck und stellt die Flasche auf die Theke hinter sich. »Mag sein, dass Stuart nicht deinem Ideal entspricht, aber das wolltest du auch nicht, oder, Ollie?«

»Ich will das Beste für Grace«, antworte ich vorsichtig.

»Und wer bist du, dass du dir anmaßt, darüber zu entscheiden, was für sie am besten ist? Zugegeben, Stuart ist vielleicht nicht so schneidig, intellektuell, interessant, lustig oder unterhaltsam, wie du es dir vielleicht wünschst, aber hast du sie jemals zuvor mit einem Mann so glücklich und zufrieden erlebt?«

Ich lasse den Kopf hängen. Ich muss gar nicht erst antworten. Wir wissen beide, dass er Recht hat.

»Du kannst dir selber etwas vormachen, Olivia, aber wenn dir wirklich etwas an Grace liegt, wie du behauptest, dann hör endlich auf, ihr etwas vorzumachen.«

Ich seufze tief, unfähig, ihm in die Augen zu blicken. »Ich kann ihr nicht sagen, was wir gemacht haben«, murmle ich. »Sie würde mich dafür hassen. Und ich weiß, dass ich es verdient hätte …«, füge ich hinzu, bevor er es kann, »… aber es würde sie noch mehr verletzten, als es ohnehin schon der Fall ist. Sie ist meine beste Freundin.« Ich vergrabe das Gesicht in den Händen, überwältigt davon, was für einen Riesenmist ich gebaut habe. Und immer noch kann ich Dan nicht ins Gesicht sehen.

»Stuart ist ein guter Kerl, Ollie.«

»Das weiß ich«, antworte ich ruhig. Ich zucke leicht zusammen, als ich unerwartet seine Hand auf meiner fühle und er sie sanft von meinem Gesicht zieht. Er hält sie fest und lächelt mir milde zu. Ich glaube nicht, dass er mir je zuvor zugelächelt hat.

»Hör mal, ich weiß doch, dass ihr der Meinung wart, das

Richtige zu tun, wie fehlgeleitet auch immer es war…« Er klingt nachsichtig. Das ist schlimmer, als von ihm zurechtgewiesen zu werden. Das ertrage ich nicht. Nicht von Dan, und schon gar nicht, wenn ich es nicht verdient habe.

Ich kann mich nicht mehr beherrschen, und dicke, heiße, salzige Tränen kullern über meine Wangen. »Was soll ich nur machen?«

Er lässt meine linke Hand los und wischt mit dem Daumen sanft die Tränen fort. »Du schaffst das schon.«

»Aber wie?«

Wieder lächelt er, doch dieses Mal ein wenig ironisch. »Bisher wart ihr doch überaus findig. Ich bin sicher, dass euch etwas einfällt.«

»Was wird aus Stuart?«

»Tja«, er seufzt tief und lässt nun auch meine andere Hand los. »Ich habe mit ihm gesprochen, erklärt, was ich konnte, ohne seine Gefühle zu verletzen. Wie ich schon sagte, er ist ein guter Kerl. Doch das bedeutet nicht, dass er nicht wie andere Menschen ist. Er hat Grace die Wahrheit gesagt, und sie hat es vorgezogen, dir statt ihm zu glauben. Er liebt Grace abgöttisch, aber er hat seinen Stolz, Ollie. Und der hat ziemlich gelitten…«

Na bravo! Jetzt sehe ich nicht nur Grace, sondern auch Stuart in von mir verschuldetem Selbstmitleid dahinsiechen. Es war mir gelungen, jeglichen Gedanken an ihn in einen völlig ungenutzten Teil meines Gehirns zu verbannen. Die Tatsache, dass er genauso unglücklich wie Grace sein könnte, war mir irgendwie entgangen. Plötzlich wird mir klar, wie bequem es für uns war, Stuart so grausam zu entmenschlichen und für völlig gefühllos zu halten. Nie haben wir darüber nachgedacht, dass unser Tun ihn sehr verletzen könnte. Ich hätte nicht gedacht, dass ich mich noch schuldbewusster fühlen könnte, als ich es ohnehin schon tue. Von wegen!

Dan leert sein Bier, steht auf und stellt die leere Flasche auf die Theke. Beim Anblick meines unglücklichen Gesichts lächelt er verständnisvoll. »Zerbrich dir nicht zu sehr den Kopf, Ollie. Ob du es glaubst oder nicht, ich glaube an das Schicksal. Wenn Stuart und Grace wirklich füreinander bestimmt sind, werden sie es schaffen, ganz egal, wer sich einmischt, du, ich oder sonst jemand. Doch was auch immer jetzt noch kommt, ich bin sicher, *du* wirst das Richtige tun.«

Er streckt die Hand aus, als wolle er meine ergreifen, ändert dann aber offensichtlich seine Meinung. Wir zögern beide, und da auch meine Hand unsicher in der Luft schwebt, berühren wir schließlich nur kurz unsere Fingerspitzen. Er wendet sich ab und geht zur Tür. Als seine Hand sich um den Türgriff schließt, rufe ich ihm hinterher: »Hey.«

Er hält inne und dreht sich noch einmal um.

Ich brauche einen Augenblick, um die Worte hervorzubringen, und er sieht mich fragend an.

»Es tut mir Leid«, stottere ich schließlich.

Dans Mundwinkel zucken. »Bei mir musst du dich nicht entschuldigen.« Er hält einen Moment inne, und das Lächeln vertieft sich. »Obwohl es wirklich ziemlich gemein von dir war, mich neulich abends dieser Terror-Tula auszuliefern. Stell dir vor, sie hat den DJ gezwungen, den Lambada *viermal hintereinander* zu spielen.« Er schneidet eine Grimasse und massiert sich scherzhaft die Innenseite seines Beins, als hätte er Schmerzen. »Die blauen Flecken verschwinden allmählich, aber was die psychischen Schäden betrifft ...« Er schüttelt den Kopf.

Obwohl ich mich noch vor kurzem in schlammigem Selbstmitleid gesuhlt habe, muss auch ich jetzt lachen. »Danke«, sage ich langsam.

Er zuckt die Achseln. »Vergiss es.«

»Nein, ich meine es ernst.«

»Ich weiß«, antwortet er ruhig und zieht lächelnd die Tür hinter sich ins Schloss.

Vom Fenster aus beobachte ich, wie Dan über die Straße zu seinem Auto geht. Ich hatte Unrecht: Dan Slater ist ein netter Mensch. Wenn ich mich also in dieser Beziehung geirrt habe, dann habe ich mich vielleicht auch in vielen anderen Dingen geirrt.

Am selben Abend zieht Grace wieder zu mir. Stuarts verletzter Stolz hat es offensichtlich mit sich gebracht, dass Grace' Telefon eisern geschwiegen hat. Deshalb findet sie, dass es das kleinere Übel ist, bei mir zu bleiben. Es mag für sie noch angehen, dass er sie nicht unter einer Nummer anruft, die er nicht kennt, doch sie kann es nicht ertragen, dass er nicht die Nummer wählt, die er als Kurzwahl auf Platz Eins bei seinem Festnetzanschluss und seinen Mobiltelefonen eingespeichert hat. Obwohl sie sich auf einen Kompromiss eingelassen und ihr Handy mitgebracht hat.

Ihr ursprünglicher Zorn ist verraucht, und sie sitzt die ganze Zeit wie ein Häufchen Elend vor dem Fernseher. Noch nie habe ich sie so unglücklich erlebt.

Ich arbeite das Wochenende durch. Doch in Gedanken bin ich nicht bei der Arbeit, sondern bei mehreren kindischen Plänen, die den Riesenfehler wieder gutmachen sollen, den wir begangen haben. Am Montagabend, eine Woche, nachdem Grace tränenüberströmt auf meiner Türschwelle stand, überlasse ich sie auf dem Sofa kauernd dem Fernseher. Als Trost stelle ich ihr eine Packung Kleenex, eine Flasche Frascati und ihr Handy hin. Dann verziehe ich mich mit der Ausrede, meine Vorräte überprüfen zu müssen, nach unten ins Restaurant. Kaum bin ich in der Küche, hänge ich schon am Telefon, um Tanya und Louis zu einer Krisensitzung zu rufen.

Louis, der sowieso auf dem Weg zu uns war, trifft als Erster ein. Er sieht sehr besorgt aus. »Wie geht es ihr?«, erkundigt er sich schuldbewusst. »Ich habe ihr was zu lesen und eine große Schachtel Pralinen mitgebracht, um sie aufzuheitern.«

Ich schüttle den Kopf. »Ich habe sie noch nie so unglücklich erlebt. Die Trennung von Arty hat sie mitgenommen, aber das hier ist eine ganz andere Dimension.« Ich schenke Louis eine Tasse Tee aus der Kanne ein, die auf dem Tisch steht.

»Hallo, ich bin's!« Tanyas Kopf taucht in der Tür auf. »Was gibt's denn so Dringendes?«, fragt sie, als sie eintritt. »Ich war gerade sehr beschäftigt.«

»Das sehe ich«, spotte ich, als ihr schicker Burberry-Trenchcoat beim Hinsetzen aufgeht und ich erkenne, dass sie darunter nichts außer ihrer Unterwäsche und einer gesunden Bräune trägt.

»Das letzte Mal, als wir so eine Besprechung hatten, haben wir Pläne für Stuarts Vernichtung geschmiedet«, sagt sie lachend, als ich ihr ein Glas Wein reiche, doch ihr Lachen klingt nicht fröhlich.

»Heute steht etwas ganz anderes auf dem Programm, Freunde.« Ich halte inne und sehe von einem zum anderen, da es mir wirklich ernst ist. »Es geht um Grace und Stuart«, verkünde ich zögernd, als sie mich neugierig ansehen. »Ich will sie wieder zusammenbringen.«

»Was willst du!«, kreischt Tanya.

»Es fällt mir schwer, das zuzugeben«, beim Anblick der entrüsteten Tanya hebe ich abwehrend die Hände, »aber ich bin davon überzeugt, dass es nur eines gibt, das Grace wieder glücklich machen könnte.«

Louis schüttelt seufzend den Kopf. »Ganz deiner Meinung«, sagt er. »Auch mir fällt es schwer, das zuzugeben, aber ich habe das Gleiche gedacht.«

»Aber wir haben sie doch gerade erst vor einer Heirat bewahrt, die sie erst recht unglücklich gemacht hätte!«, hält Tanya uns entgegen.

»Tut mir Leid, Tan«, erkläre ich nachdrücklich. Die Überzeugung, endlich das Richtige zu tun, macht mich unnachgiebig. »Stuart hat sie glücklich gemacht. *Wir* haben sie unglücklich gemacht.«

Tanya sieht mich einen Moment lang herausfordernd an, dann verzieht sich ihr Gesicht. »Ihr habt ja Recht ...«, schnieft sie. »Ihr habt ja so Recht. Ich komme mir so mies vor!« Sie stößt das »mies« laut hervor, lässt melodramatisch den Kopf auf meine Schulter sinken und schnieft in mein T-Shirt. »Was haben wir nur angerichtet!«

»Tja, wir haben den Schaden angerichtet, und jetzt bringen wir ihn wieder in Ordnung.«

»Und wie?«

»Indem wir ihr die Wahrheit sagen?«

»Das können wir nicht!« Tanya richtet sich ruckartig auf und starrt mich angesichts dieses Vorschlags mit entsetzt aufgerissenen Augen an.

»Sie würde es verstehen. Wir haben es ja nur getan, weil wir sie lieben.«

»Wir können es ihr nicht einfach ins Gesicht sagen«, widerspricht Tanya. »Ich glaube wirklich nicht, dass das die Lösung ist. Wir müssen subtiler vorgehen.«

»Mit subtil ist da wohl nicht viel. Ich muss schließlich zugeben, dass ich ihren Verlobten angemacht habe«, murre ich verdrießlich.

»Schon, aber du wärst ja nicht bis zum bitteren Ende gegangen, oder? Wir hatten ja nur gehofft, dass er sich auf eine Nummer im Stall einlässt ...«

»Um sicherzugehen, dass er wirklich ein Arschloch ist. Dann hätten wir uns auch nicht wegen des Versuchs schämen müssen, sie auseinander zu bringen, ohne einen guten Grund zu haben …«, fügt Louis finster hinzu. »Denn genau das haben wir versucht. Sie auseinander zu bringen, ohne einen guten Grund zu haben.«

»Sondern aus ganz und gar egoistischen Gründen«, ergänze ich.

»Wir könnten behaupten, dass wir ihn prüfen wollten, weil wir sie so sehr lieben. Um sicherzugehen, dass er ihr auch treu ist. Und dass er die Prüfung souverän bestanden hat«, schlägt Tanya vor.

»Meinst du, dass sie uns das abnimmt?«

»Na ja, immer noch besser als die gemeine Wahrheit, dass ihre Freunde so fies waren, ihr Liebesleben zerstören zu wollen«, murmelt Louis, steht auf und durchforstet den Kühlschrank, wie er das in Krisensituationen immer tut. Er lässt die Kühlschranktür offen, um im Notfall sofort Zugang zu haben, lehnt sich an die Arbeitsplatte und beginnt, traurig eine Hand voll Weintrauben in sich reinzustopfen, die er im Gemüsefach gefunden hat.

»Jetzt mach dir nicht zu viele Vorwürfe. Wir *dachten* schließlich, wir würden das Richtige tun«, beschwichtige ich ihn, »und jetzt ist es an der Zeit, das auch *wirklich* zu tun.«

»So weit sind wir uns wohl einig«, seufzt Tanya. »Aber was um Himmels willen sollen wir denn machen?«

»Ich weiß auch nicht, doch wie heute jemand zu mir sagte«, antworte ich und sehe im Geiste wieder Dan vor mir, »uns wird schon etwas einfallen.«

Wir einigen uns darauf, den ersten Plan so einfach wie möglich zu halten, und ich werde nach oben geschickt, um zu versuchen, Grace zu überreden, Stuart anzurufen. Das wäre zumindest ein Schritt in die richtige Richtung.

Doch das ist viel schwieriger, als ich dachte. Sie ist immer noch völlig hin und her gerissen; einerseits sehnt sie sich sehnlichst danach, mit ihm zu sprechen, andererseits will sie nie wieder mit ihm sprechen, weil er ihrer Meinung nach solch unverschämte Lügen über die Menschen verbreitet hat, die ihr am meisten bedeuten. Eine solch verbissene Loyalität verdienen wir nicht.

»Ruf ihn an. Ich weiß doch, dass du es willst«, wiederhole ich zum sechsten Mal innerhalb einer Viertelstunde.

»Nein, ich will nicht«, entgegnet sie schmollend und verzieht unglücklich das Gesicht.

»Du kannst Stuart nicht allein die Schuld geben …«, wage ich, zögernd anzumerken.

»Ich soll ihm nicht die Schuld geben können! Du weißt genau, was er über euch gesagt hat. Er hat behauptet, ihr hättet von Anfang an versucht, uns auseinander zu bringen.«

Ich atme tief durch. »Kann schon sein, dass wir ihm diesen Eindruck vermittelt haben«, gestehe ich. »Du weißt doch, wie fürsorglich wir sind.«

»Wirklich?« Eine Sekunde lang sieht Grace hoffnungsvoll aus, dann nimmt ihr Gesicht wieder jenen unglücklichen Ausdruck an, den es schon die ganze Woche hatte. In gespielter Gleichgültigkeit zuckt sie die Achseln. »Selbst wenn, er hat nicht mal versucht, mich anzurufen. Wenn ihm etwas an mir läge, hätte er das längst getan. Und weil er das nicht hat, liegt ihm offensichtlich auch nichts an mir«, schließt sie deprimierend logisch.

»Du bist diejenige, die ihn verlassen hat. Er sitzt wahrscheinlich genau wie du neben dem Telefon und hofft und betet, dass es klingelt und dass du ihn anrufst.«

Gray sieht mich aus tränenschimmernden Augen an. »Meinst du wirklich?«

Ich nicke nachdrücklich, und sie wägt diese Erkenntnis einen Moment lang ab. Dann schüttelt sie erneut den Kopf. »Ich rufe ihn nicht an!«, beharrt sie stur. »Schließlich hat er mich immer noch angelogen, was dich betrifft. Das ist unverzeihlich, Ollie.«

Ich weiß, ich sollte ihr die Wahrheit sagen und Stuarts Ehre wieder herstellen, aber ich kann mich einfach nicht dazu durchringen. Ich bin ein schrecklicher Mensch. Vielleicht könnte ich mich ja auf Dans Variante – besoffen und verzweifelt – rausreden, aber selbst das bringe ich nicht über mich. Ich bin ein Feigling. Ich gebe auf.

Ich überlasse Grace ihrem Wein und kehre nach unten zurück, wo die beiden anderen auf mich warten. Tanya sitzt noch immer am Küchentisch und umklammert eine Tasse heißen schwarzen Kaffee. Sie muss mit den Nerven ziemlich am Ende sein, denn sie raucht auch eine ihrer seltenen Zigaretten. Louis hat wie üblich den Kopf in den Kühlschrank gesteckt, um sich mit Essen zu trösten.

»Frohe Nachrichten?« Tanya sieht hastig auf, als ich die Küche betrete.

Niedergeschlagen schüttle ich den Kopf.

»Ich glaube es einfach nicht.« Sie lächelt matt. »Wir haben so hart darum gekämpft, sie auseinander zu kriegen, und jetzt müssen wir auch noch darum kämpfen, sie wieder zusammenzubringen.«

Louis taucht aus dem Kühlschrank auf. In der rechten Hand hält er eine Gabel, auf die er ein großes Stück Schokoladentorte gespießt hat. »Ich glaube, ich hab da eine Idee«, verkündet er. »Schokolade ist gut fürs Gehirn«, fügt er hinzu, als ich beim Anblick seiner Beute die Augenbrauen hochziehe.

»Na los, spuck sie aus. Die Idee, nicht die Torte«, sage ich, als er niedergeschlagen auf den stibitzten Nachtisch schaut.

Louis lässt uns warten, während er sich den Mund voll stopft, bevor ich es mir anders überlege und die Torte beschlagnahme. »Na ja, er hat es ihr bereits einmal angetan, als er sie gerettet hat«, sagt er und schleckt die klebrige Gabel ab, um den süßen Genuss bis zur Neige auszukosten.

»Worauf willst du hinaus?«

»Wir müssen diese Situation wiedererschaffen. Ihn vom Hirni zurück in den Helden verwandeln.«

»Und was schlägst du dieses Mal vor?«, fragt Tanya spöttisch. »Grace entführen und Stuart eine Lösegeldforderung schicken? Sie auf den Bahnschienen festbinden und hoffen, dass er rechtzeitig dort ist?«

»Hm, gar nicht schlecht«, scherze ich halbherzig, »aber ein bisschen riskant. Züge sind heutzutage immer so unpünktlich.«

»Letztes Mal hatte sie einen Autounfall, nicht?« Immer noch hungrig, steckt Louis den Kopf wieder in den Kühlschrank, um zu sehen, was er noch stibitzen kann.

»Ich glaube nicht, dass es eine besonders gute Idee ist, sie mit dem Motor voran in einen Graben zu schicken.«

»Ich habe nichts davon gesagt, dass wir ihre Bremsen durchtrennen sollen oder so was!«, protestiert Louis.

»Also, was dann?«

Louis taucht wieder aus dem Kühlschrank auf. Diesmal klemmt ein kaltes Würstchen, das vom Frühstück übrig ist, zwischen Nase und Oberlippe, wie ein angeklebter Schnauzer. »Jetzt ’ört mir mal genau zu«, sagt er grinsend, sodass das Würstchen gefährlich ins Wanken gerät. »Isch sage es nur ein einziges Mal!«

Es ist neunzehn Uhr am nächsten Abend. Ausnahmsweise scheint einmal die Sonne, die Vöglein singen noch immer zur Feier dieses selten schönen Tages, und Tanya, Louis und ich liegen auf einer Landstraße irgendwo in der Nähe von Woburn Abbey auf der Lauer. Glücklicherweise hat Louis diesmal auf sämtliche Mützen verzichtet, doch wir sind nichtsdestotrotz in geheimer Mission unterwegs. Da Woburn unseren Berechnungen zufolge in etwa auf halbem Wege von Islington nach Leicester liegt und das Timing entscheidend ist, haben wir uns die einzige isoliert stehende und doch funktionierende Telefonzelle in der Nähe ausgesucht, die Geld statt Telefonkarten nimmt, denn über letztere verfügt keiner von uns. Natürlich haben wir unsere Mobiltelefone, doch die Telefonzelle selbst spielt eine ganz entscheidende Rolle in unserem ausgeklügelten Plan, da sie auf sechs Meilen den einzigen auffälligen Punkt an dieser Straße bildet, die ansonsten völlig einsam ist, abgesehen von einem scheuen Stück Wild, das hier und da durch die Wälder huscht.

Tanya und ich haben uns zusammen in die knallrote Zelle gedrängt und Louis steht an der pendelnden Tür. Ich wähle zuerst. Grace hockt anscheinend immer noch neben dem Telefon, da sie dran ist, bevor es noch richtig klingeln konnte.

»Hallo«, sagt sie atemlos.

»Grace, ich bin's.« Ich höre, wie sie leise ausatmet. Dahinter verbirgt sich die Enttäuschung darüber, dass ich nicht ein bestimmter, Dampftraktoren liebender Mann bin. Dann aber klingt sie erfreut, von mir zu hören, obwohl sie ganz offensichtlich immer noch so unglücklich ist wie ein Hund, dem man das tägliche Gassigehen verweigert.

»Hi, Kleines. Was ist los? Wo bist du? Mel sagte, du wärst für den Nachmittag weggefahren. Aber du hast mir gar nicht gesagt, dass du weg musst, und ich habe es zigmal auf deinem Handy probiert.«

»Wir brauchen Hilfe!«, jammert Louis dramatisch im Hintergrund.

»Klasse Vorstellung, Lou«, murmelt Tanya, »aber ein bisschen übertrieben bei einer Autopanne.«

»Wir hatten eine Panne, Grace«, erkläre ich ihr und kreuze die Finger hinter dem Rücken, da ich sie erneut anlüge. »Kannst du kommen und uns abholen?«

»Oh, Mist. Klar, ich komme sofort.« Ich höre ein Rascheln, als Grace nach den Autoschlüsseln greift, die wie üblich neben dem Telefon liegen. »Wo seid ihr?«

»In Bedfordshire.«

»In Bedfordshire!«, ruft sie laut. »Was um Himmels willen macht ihr in Bedfordshire?«

»Äh... wir waren bummeln.«

»Ihr wart bummeln... in Bedfordshire... ohne mich?« Ihre Stimme versagt bei den letzten Worten.

»Na ja, wir wollten dir eine Überraschung besorgen, um dich aufzumuntern«, improvisiere ich hastig. »Da konnten wir dich schlecht mitnehmen.«

»O ja, und es wird eine echte Überraschung!«, kichert Louis im Hintergrund, bevor Tanya ihn mit einem »Pst« zum Schweigen bringt.

»Kannst du kommen? Wir sitzen fest.«

»Natürlich komme ich. Keine Sorge. Bin schon unterwegs. Sag mir nur noch, wo genau ihr seid.«

»Du kannst uns nicht verpassen. Wir sind auf der A4012, kurz hinter Woburn, neben einer alten roten Telefonzelle.«

Einen haben wir, fehlt noch der zweite.

»Sie ist unterwegs«, teile ich den beiden anderen mit, quetsche mich nach draußen und reiche Louis den Hörer. Er hat sich aus offensichtlichen Gründen erboten, den nächsten Zug in unserem Spiel zu übernehmen: Ich glaube, wenn ich versuchen würde, Stuart anzurufen, würde er wahrscheinlich sofort wieder auflegen.

Das Telefon scheint eine Ewigkeit zu läuten. Was, wenn er nicht da ist? Oje, das hatte ich gar nicht bedacht.

Als wir gerade aufgeben wollen, hebt schließlich jemand ab. »Hallo?« Eine männliche Stimme. Auch er hört sich atemlos an, als sei er gerannt.

»Stuart?«, fragt Louis und nickt uns dann aufgeregt zu. Anscheinend ist er es. »Hier ist Louis. Ja, gut, danke. Und wie geht's dir? Ja, ich weiß. Deshalb rufe ich auch an. Sie braucht dich, Stuart. Sie hatte wieder einen Unfall … nein, nein, es geht ihr gut, aber sie ist ganz allein, und wir können sie nicht abholen. Ich wusste nicht, wen ich sonst anrufen sollte.«

Es entsteht eine lange Pause, dann fängt Louis an zu strahlen und hält den Daumen der freien Hand hoch. »Ooh, du bist ein Schatz. Wo? Genau, du kannst sie gar nicht verpassen, sie ist auf der A4012, kurz hinter Woburn, neben einer alten roten Telefonzelle.«

Fast genau zwei Stunden später hält Grace' Wagen neben der Zelle. Wir beobachten sie von unserem sicheren Versteck aus, das hinter einer Hecke liegt, wo uns der Rand eines Gebüsches mit seinem Gestrüpp eine ungemütliche Tarnung bietet. Louis hört sofort auf, sich über diverse Blasen zu beklagen. Er hat sein Auto auf einer versteckten Lichtung eine Meile weiter unten an der Straße zurücklassen und dann zu uns zurücklaufen müssen. Jetzt lässt er seinen linken Fuß los und plumpst wie ein Fallschirmspringer neben mich, der gerade den Feind entdeckt hat und nun in Deckung geht.

Einen Augenblick lang sitzt Grace in ihrem Auto da und ist anscheinend völlig perplex darüber, dass wir nicht da sind, wo wir behauptet hatten zu sein. Dann steigt sie aus und sieht sich verwirrt um. Eine Minute später steigt sie wieder ins Auto und wirft einen Blick auf die Karte.

»Mach schon, Stuart!«, murmle ich mit zusammengepressten Zähnen. Wider alle Hoffnung hoffe ich, dass unsere groben Berechnungen, was Zeit, Entfernung und Verkehrsdichte für beide angeht, richtig waren. »Wie ich unser Glück kenne, steckt er im Stau.«

»Oder sein Landrover hat eine Panne.«

Louis sieht auf die Uhr. »Wo zum Teufel bleibt er?«, zischt

er. »Sie wird nicht mehr lange hier warten, nachdem sie sich davon überzeugt hat, dass wir nicht da sind.«

»Wahrscheinlich denkt sie, sie ist an der falschen Stelle«, tuschle ich besorgt.

Grace steigt wieder ein, steckt den Schlüssel ins Zündschloss, greift nach dem Autotelefon und tippt eine Nummer ein. Gott sei Dank hat mein Handy Vibrationsalarm und macht keinen Krach. Das wäre ja noch schöner: Grace ruft mich an, und der Strauch auf der gegenüberliegenden Straßenseite fängt an, »I'm in the Mood for Love« zu spielen, das Louis in einem sarkastischen Anfall für mich heruntergeladen hat, um sich über mein nicht vorhandenes Liebesleben lustig zu machen.

Instinktiv will ich den Anruf auf meine Mailbox umleiten, doch Tanya bedeutet mir, ihn anzunehmen. Ich ignoriere sie, folge meinem Instinkt und schalte das Handy aus.

»Warum hast du das gemacht?«, flüstert Tanya.

»Ich wusste nicht, was ich zu ihr sagen soll, ich hätte alles verraten.«

Grace lässt den Motor an.

»Schnell, sie will fahren. Ruf sie an. Ruf sie auf dem Handy an.«

»Und dann?«

»Keine Ahnung. Sag ihr, dass wir losgezogen sind, um was zu essen zu finden oder so was. Sag ihr, dass Louis Hunger hatte und wir jetzt zurückkommen, um auf sie zu warten.«

»Was ist mit Louis' Auto?«, frage ich Tanya. »Sie wird doch wissen wollen, wo es ist.«

»Und was, wenn sie vorschlägt, uns aufzulesen, wo auch immer wir sind, weil das schneller ginge?«, wirft Louis ein.

»Sag ihr, dass wir querfeldein gelaufen sind, weil wir ein Licht entdeckt haben, und dass sie uns im Auto nicht folgen kann.« Tanya zuckt die Achseln. »Was weiß ich, du musst improvisieren, aber halt sie davon ab, wegzufahren!«

Hastig tippe ich Grace' Nummer ein. Sobald ihr Handy klingelt und sie meine Nummer im Display erkennt, stellt sie zu unserer großen Erleichterung den Motor ab und zieht die Handbremse an, bevor sie hastig antwortet.

»Wo zum Teufel steckt ihr, Ollie? Ich dachte, ich wäre dort, wo du mich hinbestellt hast, aber irgendwie muss ich mich getäuscht haben, weil ihr nicht hier seid!«

»Stehst du vor einer roten Telefonzelle auf der A4012?«

»Ja.«

»Und ist in der Nähe auch ein… äh…« schnell sehe ich mich um und versuche zu improvisieren, »… ein großer Baum… genau, ein Baum, gleich neben dir, bei dem ein Ast genau auf die dritte Sprosse in der Zellentür zeigt und sich V-förmig teilt?« Tanya verdreht die Augen.

Grace schweigt einen Moment. Ich kann sehen, wie sie sich umblickt und dann erleichtert lächelt, als sie den Baum entdeckt. »Ja«, antwortet sie. »Da steht er, ich kann ihn sehen. Kann auch nur dir passieren, auf so etwas zu achten!«

»Dann bist du richtig. Wir sind in spätestens fünfzehn Minuten wieder zurück. Bleib, wo du bist.«

»Aber wo seid ihr, Ollie? Und wo ist Louis Auto?«

»Was sagst du? Tut mir Leid, die Verbindung wird schlechter…«

»Ich sagte, wo ist Louis Auto?«

»Schhhrrrr«, zische ich mit aufeinander gepressten Zähnen. »Tut mir Leid, aber ich höre gar nichts mehr, miese Verbindung, bis gleich dann… und um Himmels willen… schhhrrrr… bleib, wo du bist!«

Ich unterbreche die Verbindung und verdrehe die Augen. Mein Herz schlägt so heftig, dass ich spüren kann, wie es gegen meine Rippen hämmert – wie ein Mietkassierer, der genau weiß, dass die Mieter zu Hause sind und sich unter dem Küchentisch verstecken.

Wir sehen mit angehaltenem Atem zu, wie Grace erneut in die Tasten haut. Anscheinend versucht sie, mich zurückzurufen, und ich schalte hastig mein Handy aus. Doch zu unserer großen Erleichterung versucht sie nicht wieder wegzufahren. Da sie mich jetzt nicht anrufen kann, steigt Grace aus und geht auf und ab, um nach uns Ausschau zu halten. Dann steigt sie wieder ein und nimmt eine Zeitung vom Beifahrersitz.

Eine weitere Viertelstunde verstreicht nervenzermürbend langsam. Grace überfliegt die Seiten und schaut fast so häufig auf die Uhr wie wir. Gerade ist sie wieder aus dem Wagen gestiegen, um sich besorgt umzuschauen, als endlich die Scheinwerfer eines Autos im Norden auftauchen.

Gott sei Dank. Ein kollektiver Seufzer der Erleichterung erklingt, doch dann merken wir, dass da nicht Stuarts Landrover auf uns zukommt. Als ein schnittiger schwarzer Saab neben Grace' Wagen hält, denken wir einen Moment lang panisch, dass sie jetzt vom falschen Kerl gerettet wird. Doch dann fällt Stuart förmlich vom Fahrersitz und taumelt auf sie zu.

»Er hat ein neues Auto!«, zischelt Louis erstaunt.

»Und er trägt Jeans!«, fügt Tanya hinzu.

»Und ein T-Shirt von Red or Dead!«, ergänze ich ungläubig.

»Ein gutes Omen…« Louis pfeift leise durch die Zähne. »Eine RIESIGE Anstrengung, wirklich RIESIG.«

Ängstlich ruft Stuart nach Grace: »Grace, Grace, alles in Ordnung?«

Als er vom Auto weg und auf sie zu geht, betritt er den Kegel der Scheinwerfer, die er angelassen hat, und jetzt kann Grace den Neuankömmling erkennen. Einen Moment lang strahlt ihr Gesicht wie ein Leuchtfeuer, dann gehen die Rollläden zu, als hätte jemand auf einen Alarmknopf gedrückt, und ihr Gesicht wirkt kalt und abweisend. »Was machst du denn hier?«, fragt sie steif.

»Louis hat mich angerufen. Er sagte, du hättest Ärger. Einen weiteren Unfall.« Stuart verstummt und runzelt die Stirn, als er Grace' Auto sieht, das picobello, schnittig und zweifelsohne unbeschädigt ist.

Grace verliert etwas von ihrer Kälte und sieht ihn verwirrt an. »Aber Ollie und Tanya haben *mich* angerufen und behauptet, *sie* hätten eine Panne.«

Schweigend sehen sie sich an, und allmählich dämmert es ihnen. »Ich glaube, das ist eine abgekartete Sache«, sagt Stuart vorsichtig.

Grace nickt und kaut auf ihrer Unterlippe. Wieder sehen sie sich schweigend an, dann bemerke ich, wie sich ein schwaches Lächeln auf Grace' müden Zügen ausbreitet. »Und du bist den ganzen Weg gekommen, um dich zu überzeugen, dass es mir gut geht?«

Stuart nickt.

»Tja, ich fürchte, ich muss diesmal nicht gerettet werden«, fährt Grace schließlich fort und versucht, leichtherzig zu klingen. Doch das Zittern in ihrer Stimme verrät ihren Kummer.

»Das ist aber schade.« Auch Stuart versucht zu lachen, bringt aber nur ein peinlich berührtes und verletztes Hüsteln zustande. Dann fügt er wehmütig hinzu: »Dich zu retten muss wohl einer der Höhepunkte in meinem Leben gewesen sein.«

Grace kann nicht umhin, bei diesen Worten schwach zu lächeln. Das ermutigt Stuart so weit, dass er sich zu fragen traut: »Was ist mit uns passiert, Grace?«

Das Lächeln verschwindet, und ihr Gesichtsausdruck verliert sofort alle Wärme. »Tja, es hat wohl etwas damit zu tun, was du über Ollie gesagt hast«, entgegnet sie knapp und dreht sich zu ihrem Wagen um.

Stuart stürzt vorwärts und hält sie am Arm fest, bevor sie die Tür öffnen kann. »Ich habe dich nicht angelogen, Grace, das *muss* dir klar sein«, ruft er verzweifelt. »Ich habe keine Ahnung, was in Olivia vorging, aber ich bin überzeugt, dass das alles ein einziges großes Missverständnis war.« Seine Stimme wird zu einem Flüstern. »Du sollst wissen, dass ich dich nie anlügen würde, Grace, nie. Ich war immer ehrlich zu dir ... du bedeutest mir zu viel ...«

»Was also ist passiert?«, fragt Grace und dreht sich wieder zu ihm um.

»Weißt du was, ich bin mir nicht sicher. Aber ich bin mir sicher, dass ich dich liebe. Mehr denn je. Und nicht bei dir zu sein, macht mich völlig fertig. Ich schwöre dir bei allem, was mir heilig ist, Grace, dass ich dich *nie* wissentlich angelogen habe oder versucht habe, dich zu täuschen.« Seine Stimme bricht und er wendet sich ab, damit Grace die Tränen nicht sehen kann, die in seinen Augen schimmern. Ich dagegen sehe sie, und ich kann mich gerade noch beherrschen, nicht aus meinem Versteck zu springen, um Grace davon zu überzeugen, dass Stuart die Wahrheit sagt. »Bitte lass nicht zu, dass ein dummes Missverständnis das Beste zerstört, was mir je im Leben widerfahren ist«, flüstert er, unfähig, sie anzusehen, und unfähig, das Zittern in seiner Stimme zu unterdrücken. »Wir waren doch so glücklich.«

Grace hüllt sich lange in Schweigen, bevor sie spricht, wobei ihre Stimme einem fast unhörbaren Flüstern gleicht: »Das könnten wir immer noch sein.«

»Was hast du gesagt ...«, fragt Stuart und fährt herum. Er wagt kaum zu glauben, was er gerade zu hören gemeint hat.

»Das könnten wir immer noch ... glücklich sein ... wenn du das willst.«

»Wenn ich das will ...«, entgegnet er ungläubig. »Ach, Grace, es tut mir so Leid.«

»Mir auch.«

»Biii-tte! Gebt mir 'ne Kotztüte, schnell«, meldet sich Tanya hinter ihrem hohen Grasbüschel.

»Pst!«, zischt Louis. »Das ist besser als jede Seifenoper.«

»Du hast mir ja so gefehlt«, haucht Grace und tritt auf ihn zu.

»Ich war so unglücklich ohne dich«, antwortet er und macht ebenfalls einen zögernden Schritt auf sie zu.

Tanya steckt sich zwei Finger in den Hals und ahmt Würgegeräusche nach.

Stuart streckt die Hand aus und streicht sanft und zögernd über Grays Gesicht. Als sie nicht ausweicht, wird er kühner. Er zieht sie in die Arme, sieht liebevoll zu ihr hinab und beugt sich schließlich vor, um sie zu küssen – ein inniger, leidenschaftlicher Kuss, der für unseren Geschmack vielleicht etwas zu feucht und technisch unsauber ist, aber zum ersten Mal seit zwei Wochen ein breites Grinsen auf Grace' Gesicht zaubert.

»Ich liebe dich«, flüstert Grace, die Lippen immer noch auf seinen.

»Ich liebe dich auch«, entgegnet er, schließt die Augen und lehnt seine Stirn an ihre. »Und ich muss dich unbedingt etwas ganz Wichtiges fragen.«

Widerstrebend löst er sich von ihr, hält aber immer noch eine ihrer Hände fest. Dann sinkt er vor ihr auf die Knie. Grace lächelt ihn ungläubig an, und als ihr allmählich klar wird, was er vorhat, beginnen die Tränen, ihr unkontrolliert über das blasse Gesicht zu strömen.

»Grace …«, setzt Stuart zögernd an, atmet dann tief durch, gewinnt die Kontrolle wieder und sieht ernst zu ihr auf. »Grace Ellerington, willst du mich heiraten?«

Wir halten eine kleine Ewigkeit den Atem an, und ich habe bereits das Gefühl, ohnmächtig zu werden, als ich Grace endlich »Ja, bitte« flüstern höre, bevor sie Stuart zu sich hoch zieht und in die Arme schließt. Sie drückt ihn so fest an sich, als wolle sie ihn nie wieder loslassen.

»Ja!«, platzen Louis und ich heraus, springen auf und gratulieren uns aufgeregt, bevor wir uns eilig wieder hinter den Sträuchern verstecken und uns gegenseitig »Pst« zutuscheln, weil Stuart und Gray sich bei dem plötzlichen Geräusch erstaunt umdrehen.

Als ich mich wieder ins Unterholz schiebe, drehe ich mich grinsend zu Tanya um. Erstaunt stelle ich fest, dass sie sich mit einem Taschentuch über die Augen tupft. »Weinst du etwa?«, flüstere ich ungläubig.

Tanya reißt das Taschentuch von den Augen und stopft es hastig zurück in die Jackentasche. »Natürlich nicht!«, faucht sie. »Pollen.« Sie hüstelt wenig überzeugend, wird knallrot und wendet sich ab. »Das vertragen meine Linsen einfach nicht…«

Als Stuart und Grace schließlich das beenden, was wohl die längste Umarmung aller Zeiten war, ihre Autos besteigen und zu unserer Erleichterung Richtung London davonbrausen, während sie bereits über ihre Freisprechanlagen miteinander plaudern, tauchen wir aus dem Unterholz auf, picken uns Abfall aus dem Haar und klopfen Zweige, Blätter und Erdklumpen von unserer Kleidung.

Louis, dem es anscheinend Spaß gemacht hat, sich im Gestrüpp zu wälzen, sieht aus wie ein Dreckspatz; sein schwarzes Haar, das normalerweise stachelig mit blauen Spitzen ist, ist immer noch stachelig, aber nun überpudert mit einer feinen Schicht aus dunkelgrünem Borkenstaub, der nicht so recht zu der Farbe seiner Augen passen will.

»Tja, wir haben's geschafft«, äußert Tanya etwas mürrisch und beobachtet, wie Grace und Stuart hinter einer Biegung verschwinden.

»Wir haben das Richtige getan«, sage ich und umarme sie.

»Ich weiß.« Sie seufzt, doch dieses Mal lässt sie es zu, dass das Lächeln, das ihre Lippen umspielte, sich über ihr ganzes Gesicht ausbreitet.

»Zeit für einen Gruppenkuss!«, kreischt Louis aufgeregt, gesellt sich zu uns und schmiert uns beide mit Dreck ein. Wir befreien uns aus dieser schlammigen Umarmung und machen uns über die Straße auf den Weg zu der Lichtung, auf der Louis seinen dreckverkrusteten Mini zurückgelassen hat. Wir sind verfroren, müde und dreckig, doch auch freudig erregt. Bei mir wird die Freude nur durch das dringende Verlagen zu pinkeln gemindert, dem ich nur aus Abscheu vor der Rückkehr ins Unterholz nicht nachgebe.

Müde, wie wir sind, brauchen wir über eine halbe Stunde, um uns zu Louis' Mini zurückzuschleppen. Zu diesem Zeitpunkt sind wir mehr als dankbar, in ein Auto klettern zu dürfen, das auf der Hinfahrt noch der Inbegriff des Unbequemen war, uns jetzt aber so anheimelnd vorkommt wie eine große, knautschige Daunendecke in einer kalten Nacht.

»Ich bin dafür, das nächstbeste Pub anzusteuern«, schlägt Louis vor und steckt den Schlüssel ins Zündschloss.

»Akzeptiert«, lässt sich Tanya entschieden vom Rücksitz vernehmen. »Ich brauche jetzt wirklich was zu trinken.«

»Ich hoffe nur, dass das nächste Pub nicht mehr als fünf Minuten entfernt ist.« Ich verdrehe mich, um unter großen Mühen meine Beine in der Enge des Beifahrersitzes übereinander zu schlagen. »Ich muss wirklich dringend pinkeln.«

»Zivilisation, wir kommen«, sagt Louis grinsend und dreht den Schlüssel. »Ich bin sicher, dass wir ein paar Meilen weiter südlich an einem Pub vorbeigekommen sind. Ich finde, wir sollten uns zur Feier des Tages eine Flasche Schampus gönnen. Und ich hoffe, dass es noch was zu Essen gibt, ich komme um vor…« Louis' Stimme versagt, als er merkt, dass der Motor nicht anspringt, obwohl er den Schlüssel umdreht. Er hustet nur wie jemand, der sein Essen in die falsche Kehle gekriegt hat. Ängstlich starrt Louis mich an, dreht den Schlüssel erneut um, und der Motor springt an. Er dreht sich zu Tanya um, lächelt erleichtert, legt den Gang ein und fährt los. Wir haben noch keine zehn Meter zurückgelegt, da stottert der Motor erneut, hustet wie ein Grippekranker und stirbt eines grausamen und grässlichen Todes. Dazu ertönt ein reichlich drastisches Knirschen irgendwo aus den Tiefen unter der Motorhaube.

»Mist.«

»Was ist los?« Tanya, die sich gerade in den Sitz hat sinken lassen und die Augen geschlossen hält, schießt besorgt und kerzengerade in die Höhe.

»Tja«, entgegnet Louis und schüttelt angesichts dieser Ironie den Kopf, »wie es aussieht, haben wir eine Panne!«

Vom Rücksitz erklingt ein seltsames, ersticktes Schluchzen. Ich drehe mich in der Erwartung um, eine übermüdete und in Tränen aufgelöste Tanya zu sehen. Sie weint, doch zu meinem Erstaunen weint sie vor Lachen.

Kurz nach Mitternacht sind wir endlich wieder im Tate's, wo wir alle völlig erschöpft auf meinem riesigen Bett einpennen.

Ich rapple mich hoch, als der Wecker um sechs klingelt, dusche und ziehe mich an, ohne die beiden anderen zu wecken, die einfach weiterschlafen. Dann gehe ich nach unten, um das Frühstück vorzubereiten. Eine Viertelstunde später gesellen sich Tanya und Louis verschlafen und mit verquollenen Augen zu mir und beginnen schweigend, mir zur Hand zu gehen. Ich könnte sie beide küssen, aber ich habe weder die Zeit noch die Energie dafür.

Und wie kann es anders sein – es ist einer der geschäftigsten Vormittage, die ich je hatte. Normalerweise habe ich zwischen dem Abflauen des Frühstücksansturms und dem Beginn der Mittagsschicht wenigstens eine ruhige Stunde, doch heute schuften wir gleichmäßig durch bis nach vier Uhr nachmittags.

Mit ihrer Hilfe stehen wir es durch, bis das Restaurant schließlich leer ist. Wir drei sind auf Autopilot und sprechen kaum. Unsere Energie reicht gerade so für die anstehende Arbeit. Der arme Student, den ich für heute habe kommen lassen, ist überzeugt davon, etwas ganz Schlimmes verbrochen zu haben und deshalb von uns geschnitten zu werden, da niemand mit ihm spricht. Er ist völlig verwirrt, als ich ihn umarme und ihm zwanzig Pfund Trinkgeld gebe, weil er es mit uns ausgehalten hat, bevor er nach Hause geht.

Unsere Nerven liegen noch immer blank, da wir bisher noch nichts von Grace gehört haben. Seit dem Höhepunkt unserer misslichen Mission und ihrer Wiedervereinigung mit Stuart haben wir es nicht gewagt, uns bei ihr zu melden, da wir uns dachten, dass sie sich schon melden wird, wenn sie mit uns sprechen möchte – *falls* sie überhaupt noch mit uns reden möchte.

Als meine studentische Aushilfe davonstürzt, um seine zwanzig Pfund Trinkgeld im nächsten Pub mit seinen Freunden auszugeben, lassen wir drei uns an der Bar nieder, jeder bewaffnet mit einer Schale hastig aufgewärmter Lasagne und mit einem Glas Shiraz, damit wir auf unseren Erfolg, wie wir hoffen, anstoßen können. Doch nur zwei Gabeln Lasagne später ertönt ein lautes und hartnäckiges Klopfen an der Eingangstür zum Restaurant.

»Ignorier es einfach«, schlägt Tanya vor und nimmt einen großen Schluck Wein.

»Das muss ich auch«, antworte ich. »Selbst wenn ich öffnen wollte, habe ich nicht mehr genug Kraft, um den Riegel aufzuschieben.«

»Geschlossen!«, brüllt Louis, als das Klopfen weitergeht. Dann schickt er ein gemurmeltes »Verpiss dich« hinterher.

Das Klopfen hört auf, doch zwei Sekunden später taucht ein Gesicht am Fenster auf. Es ist Grace.

Wir alle stürzen los, um sie einzulassen. Louis schafft es als Erster zur Tür und reißt sie hastig auf. Wir prallen von hinten gegen ihn, wuseln durcheinander und treten dann zurück, um Grace hereinzulassen. Wir stehen da wie verlegene Teenager bei einer Party, die sich nervös ansehen, aber nicht genau wissen, was sie sagen sollen. Ich versuche, in Grace' Gesicht zu lesen, doch es ist erstaunlich ausdruckslos und lässt keine Rückschlüsse darauf zu, ob sie uns gleich umarmen oder umhauen wird.

Endlich macht sie den Mund auf. »Ich hätte mich wahrscheinlich früher melden sollen«, sagt sie, »aber es freut mich, euch mitteilen zu können, dass ich den ganzen Tag mit meinem Verlobten im Bett verbracht habe.« Sie sieht uns der Reihe nach forschend an und versucht, unsere Reaktion auf die Neuigkeit zu erraten, die sie gerade mit solch offensichtlicher Freude verkündet hat. »Mit meinem Verlobten«, fährt sie fort und wedelt mit ihrer linken Hand, die wieder den Verlobungsring trägt, den Stuart ihr geschenkt hatte. »Dem Mann, den ich nächsten Samstag heiraten werde.«

»Die Hochzeit findet also statt?«

Grace nickt, und ein strahlendes Lächeln breitet sich auf ihrem hübschen Gesicht aus.

»Ja!« Louis ballt die Faust, Tanya und ich reißen vor Aufregung die Arme hoch, und wir alle umarmen uns so fest wie noch nie im Leben. Grace, die zusammengedrückt in der Mitte steht, sieht uns an. Sie strahlt noch immer übers ganze Gesicht, doch jetzt mischt sich auch entrücktes Erstaunen hinein. Sie ist erleichtert, weil unsere Glückwünsche dieses Mal ehrlich gemeint sind.

»Danke«, flüstert sie und umarmt jeden von uns, »für gestern Abend. Ihr seid alle total durchgeknallt, aber ich liebe euch wie verrückt.«

Oje, ich weiß zwar, dass jetzt alles wieder in Ordnung ist,

aber bei dem Gedanken, dass ich jemanden belogen habe, den auch ich liebe, übermannt mich plötzlich die Schuld. Ich muss es ihr sagen.

Ich schiele zu Tanya und Louis und ziehe fragend die Augenbrauen hoch. Sie wissen, woran ich denke, das sehe ich ihnen an. Tanya schneidet eine Grimasse, nickt aber, genau wie Louis. Ich atme tief durch. Jetzt oder nie.

»Grace«, sage ich langsam und trete zurück, »es gibt da etwas, das du wissen solltest.«

Doch bevor ich fortfahren kann, schüttelt Grace den Kopf. »Nein.« Sie legt mir einen Finger auf die Lippen. »Ich will es nicht wissen.«

»Aber«, murmle ich hinter ihrem Finger.

»Nein.« Wieder schüttelt sie den Kopf, zieht den Finger zurück und blickt in die Runde. »Die Dinge sind in letzter Zeit ein bisschen außer Kontrolle geraten«, sagt sie und lacht trocken. »Ich verstehe nicht so genau, was vorgefallen ist. Was ich aber weiß, ist, dass Stuart mich von ganzem Herzen liebt und dass es *sooo* furchtbar war, von ihm getrennt zu sein, dass ich das nie wieder erleben will. Nie wieder. Also, wie ihr seht, hatte das Geschehene auch seine guten Seiten. Es war ein Test…« Sie seufzt, lächelt dann erneut und sieht uns schüchtern von unten an. »Und was euch angeht… jetzt weiß ich, dass ihr, was auch immer ihr tut, anstellt, weil ihr euch um mich sorgt. Stimmt's?«

Ich nicke und beiße mir auf die Unterlippe, um zu verhindern, dass ich in Tränen ausbreche.

»Weil ihr genauso an mir hängt«, fährt sie fort, »wie ich an euch, ihr Idioten.«

Louis verfügt nicht über dieselbe Selbstbeherrschung. Laut schluchzend hat er den Kopf auf Tanyas schicken Cardigan sinken lassen.

»Hört schon auf zu heulen, ihr Deppen.« Grace wischt sich

ebenfalls über die Augen, die verdächtig feucht schimmern. »Lasst uns die vergangenen Wochen einfach vergessen und in die Zukunft blicken.«

Louis hört auf, wie ein Filmsternchen aus den Fünfzigern zu schniefen, und nickt. Ich verschwinde schnell hinter der Theke und schenke Grace ein Glas Wein ein.

»Auf die Zukunft!«, rufen wir und heben unsere Gläser.

Grace trinkt einen großen Schluck und stellt ihr Glas dann auf den Tisch zwischen unser beinahe unberührtes spätes Mittagessen. »Also gut, ihr Rasselbande«, verkündet sie im Befehlston. »Nachdem wir endlich alles geklärt haben, bleibt nur noch eines zu tun. Trinkt aus und setzt eure Hintern in Bewegung. Wir haben eine Hochzeit vorzubereiten und nur noch eine Woche Zeit!«

Kapitel 11

Glücklicherweise hat Grace sich nicht dazu durchringen können, die Feierlichkeiten abzusagen. Also müssen wir zur Vorbereitung auf die Hochzeit des Jahres nur ihren nächsten Verwandten bestätigen, dass sie immer noch ihre Hüte aus nach Mottenkugeln miefenden Schachteln holen und die Reise nach Leicestershire antreten müssen, wo das Paar allen Traditionen zum Trotz in Stuarts Dorfkirche getraut wird.

Sobald der Freitag kommt, der Tag vor Grace' Hochzeit, muss ich mich nur noch durch einen arbeitsreichen Vormittag kämpfen, bevor ich mein Kleid, das geändert werden musste, weil ich in den letzten Wochen voller Kummer so viel abgenommen habe, und anschließend der Reihe nach Tanya, Louis und Finn einladen kann, die sich alle von mir nach Leicestershire chauffieren lassen.

An besagtem Freitagmorgen komme ich etwas spät zur Arbeit herunter und treffe nicht nur Louis, sondern auch Tanya und Finn in der Küche an. Sie haben bereits gepackt und warten quasi nur noch auf mich. Louis hat schon mal mit dem Frühstück begonnen: unter dem Grill brutzeln Speckscheiben vor sich hin, ein Berg frisch gewaschener, runder weißer Champignons wartet auf einem Brett darauf, geschnitten zu werden, und aus dem Ofen duftet es verführerisch nach frisch gebackenen Croissants. Gerade bestückt er den Industrietoaster mit einem halben Laib Toastbrot. Finn und Tanya tun so, als würden sie helfen, indem sie die fertigen warmen Scheiben dick mit Butter bestreichen, doch sie scheinen mehr zu essen, als sie für die Gäste schmieren. Ich werfe einen Blick auf die Uhr. Es ist erst halb acht. Das ist wohl das erste Mal, dass Tanya an einem Tag, an dem sie nicht arbeiten muss, vor zehn Uhr aufgestanden und angezogen ist.

Louis bietet mir eine Tasse Tee an, und da es im Restaurant noch ziemlich ruhig ist, setze ich mich zu den anderen an den Tisch und trinke ihn. »Es ist immer wieder schön, euch zu sehen«, sage ich und stecke die Nase in die dampfende Tasse. »Aber was um Himmels willen macht ihr um diese Uhrzeit hier?«

»Konnte nicht schlafen«, murmelt Tanya und weicht meinem Blick aus. »Wahrscheinlich die Aufregung vor der Hochzeit.«

»Ich dachte, die wäre der Braut vorbehalten«, ziehe ich sie auf. »Und was ist mit dir?«, frage ich Finn. »Du hast doch bestimmt keine vorhochzeitlichen Hummeln im Bauch, oder?«

Finn schüttelt den Kopf. »Überhaupt nicht«, nuschelt er, den Mund voller Marmeladentoast. »Ich habe ein paar gute Neuigkeiten für dich und konnte es nicht abwarten, sie dir zu überbringen. Da dachte ich mir, ich schlage zwei Fliegen mit einer Klappe und komme gleich zu dir, statt dich später zu treffen.«

»Und was sind das für Neuigkeiten?« Ich angle mir eine Scheibe Toast von seiner Platte.

»Es geht um Slater Enterprises.«

»Oh, bitte nicht. Nicht heute.« Ich lasse den Toast fallen, stehe auf und weiche mit erhobenen Händen zurück, als wolle ich jeden Gedanken an Slater Enterprises daran hindern, in meinen Kopf einzudringen. »Das würde ich gern bis nach der Hochzeit vergessen, bitte.«

»Tja, das dürfte schwierig werden, wenn man bedenkt, dass Dan Slater einer der Platzanweiser in der Kirche ist.« Finn wirft mir einen Seitenblick zu, um zu sehen, wie diese spezielle Nachricht von mir verdaut wird.

So weit es mich betrifft, habe ich daran genauso schwer zu schlucken wie an einem Stück ungebratener Speckschwarte. »Das hat Grace mir nicht gesagt!«, rufe ich bestürzt.

»Tja, das würde sie auch nicht, damit du nicht mit einer bizarren Ausrede ankommst, um dich aus deinem Brautjungfernkleid und deiner Rolle zu stehlen. Ich glaube, sie hegt insgeheim immer noch die Hoffnung, dass ihr zwei ihr Gelegenheit gebt, selbst einmal Brautjungfer zu spielen.«

Tanya verpasst Finn gutmütig einen Stoß in die Rippen. »Hör auf, sie zu foppen, du Fiesling!« Sie sieht mich an. »Grace denkt nichts dergleichen. Also, zumindest nichts so Drastisches. Sie ist nur einfach davon überzeugt, dass ihr zwei ein verdammt gutes Paar abgeben könntet, wenn du nur nicht mehr mit ihm streiten, sondern dir deine wahren Gefühle eingestehen würdest.«

»Die im Moment weniger zum Abscheu tendieren als früher. Aber ihr kennt doch sicher das alte Sprichwort, man soll Arbeit und Vergnügen strikt trennen, oder? Und ich habe beschlossen, dass es mehr als weise ist, sich daran zu halten.«

»Vor ein paar Tagen hätte ich dir vielleicht noch zugestimmt…«, entgegnet Finn und grinst verschmitzt, »… doch dann habe ich gestern einen höchst aufschlussreichen Brief erhalten – von Dan Slater.«

»O ja, ich hörte schon, dass ihr zwei euch in letzter Zeit näher gekommen seid.« Ich sehe ihn spöttisch an. »Mittagessen letzte Woche, diese schon Briefe? Was ist es?«, ziehe ich ihn auf. »Ein später Valentinsgruß?«

»Du wärst überrascht, wie nahe du dran bist…«, erwidert Finn geheimnisvoll, und das Grinsen wird von Sekunde zu Sekunde breiter. »Aber er ist ja gar nicht für mich.«

»Worauf willst du hinaus?«, frage ich beunruhigt.

Beim Anblick meines verwirrten Gesichts muss Finn lachen. »Jetzt schau nicht so besorgt drein, es sind gute Neuigkeiten, wirklich.« Er beißt ein weiteres Mal in seinen Toast und kaut unerträglich langsam, bevor er hinzufügt: »Slater Enterprises saniert die Gegend tatsächlich. Die Firma hat so ziemlich jedes Gebäude gekauft, das sie in die Hände kriegen konnte.«

»Als ob ich es nicht gewusst hätte«, seufze ich und knalle meine leere Teetasse mit einem dramatischen Plumps auf den Tisch. »Und so was nennst du gute Neuigkeiten?«

Finn nickt begeistert. »Das Viertel wird luxussaniert, Ollie. Kapierst du denn nicht, dass das gut fürs Geschäft ist? Anstelle einer Ansammlung heruntergekommener, leer stehender Gebäude wirst du einige nette, neue und teure Luxuswohnungen um dich haben, in denen nette, neue und teure Gäste für das Tate's wohnen werden.«

»Wenn das Tate's dann noch existiert«, wende ich pessimistisch ein.

»Eben deshalb bin ich ja hier…« Finn hält einen langen weißen Umschlag hoch, der an der Platte mit dem Toast lehnte. »Dan hat mich gebeten, dir den hier zu geben.« Er reicht ihn mir.

»Was ist das?«, frage ich und drehe ihn, als verberge sich darin eine Briefbombe oder so etwas.

»Dein neuer Pachtvertrag für das Tate's.«

Ich hätte es mir denken können; mein alter Vertrag läuft Ende dieses Monats aus.

»Mach ihn auf«, drängt Finn.

Aller Augen ruhen auf mir, als ich widerstrebend den Umschlag aufreiße und den Inhalt herausziehe. Den größten Teil der Papiere lege ich auf den Tisch, um das Anschreiben zu überfliegen. »Hier steht, dass sie mir einen überarbeiteten Vertrag schicken, der mehrere Änderungen enthält und alle früheren Vereinbarungen ungültig macht. Können sie das denn? Können sie einfach was ändern und mich zwingen, es zu unterschreiben? Änderungen? Was für Änderungen? Was haben sie denn vor? Jetzt sag bloß nicht, dass sie die Miete noch weiter erhöhen wollen!«

Tanya hat sich den Mietvertrag gegriffen, überfliegt ihn hastig und schüttelt den Kopf. »Wohl kaum. Das solltest du dir besser selber anschauen.« Tanya hält mir die Unterlagen hin.

Widerstrebend nehme ich sie und lese den Absatz, auf den sie deutet. »Zehn-Jahres-Vertrag mit einer Monatsmiete von… Das ist derselbe Betrag, den ich gezahlt habe, bevor Slater Enterprises das Gebäude gekauft hat. Was zum Teufel! Das kann doch nicht sein…«

»Es kann sehr wohl sein, Ollie. Es steht alles da«, versichert Tanya mir lächelnd, »schwarz auf weiß.«

»Aber warum? Ich verstehe das nicht«, murmle ich. »In ihrem letzten Schreiben stand doch klipp und klar, dass die Miete deutlich erhöht wird.«

»Du hast geglaubt, Dan würde Interesse an dir heucheln, um an das Tate's zu kommen«, erklärt Finn geradeheraus. »Ich vermute, das ist die einzige Möglichkeit, die ihm eingefallen ist, um dir das Gegenteil zu beweisen.«

»Du glaubst, Dan ist dafür verantwortlich?«

Finn nickt bedächtig.

»Aber… das kann ich nicht annehmen.«

»Mach dich nicht lächerlich, natürlich kannst du! Außerdem ist es zu spät. Es ist alles schon entschieden. Der Vertrag steht.«

»Dann werde ich ihn halt zurückgeben.«

»Das ist nicht wie bei Marks und Spencer, Ollie«, ruft Tanya. »Du kannst damit nicht einfach zur Reklamation gehen und dir dein Geld wiedergeben lassen!«

»Ich habe noch nicht unterschrieben, Tanya. Er ist nicht gültig, bevor ich ihn nicht unterzeichne.«

»Du wärst blöde, es nicht zu tun.«

»Ich bin kein Sozialfall, Tan!«

»Ich bin mir sicher, dass er dich auch nicht für einen solchen hält«, wirft Finn ruhig ein. »Wir wissen doch beide, dass er sehr viel mehr von dir hält.«

Ich sehe auf den Tisch hinunter. Es war schwer genug, mir selbst einzugestehen, was ich Dan Slater gegenüber fühle, von meinen Freunden ganz zu schweigen. Und ich bin mir längst nicht so sicher wie Finn es zu sein scheint, dass Dan wirklich Gefühle für mich hat. Na ja, ich weiß, dass er Gefühle hat, aber ich hatte wirklich gedacht, dass sie eher in Richtung Hass tendieren.

»Er will nur, dass du eine Chance hast, Ollie. Und er will, dass ihr beide eine Chance habt, glaube ich. Und wenn du zur Abwechslung mal ehrlich zu dir selber wärst, würdest du zugeben müssen, dass auch du dir das wünscht.«

»Ich sehe nicht ein, dass das der richtige Weg sein soll. Nicht mit diesem verdammten Vertrag, der über mir schwebt. Ich würde die nächsten zehn Jahre in seiner Schuld stehen. Und jetzt wage nicht vorzuschlagen, dass ich es ihm in Naturalien zurückzahlen kann!«, fahre ich Tanya an, die so anzüglich grinst, dass es leicht fällt zu erraten, was *ihr* gerade durch den Kopf geht. »Nein.« Entschlossen stehe ich auf. »Ich habe mich entschlossen. Ich werde nicht unterschreiben.«

»Soll das heißen, du entscheidest dich für eine höhere Miete?«, fragt Tanya ungläubig, und das Lächeln verschwindet abrupt.

»Nein, ich *entscheide* mich«, äffe ich sie nach, »dafür, auf eigenen Füßen zu stehen.« Demonstrativ verlasse ich die Küche.

»Was hast du vor?«, ruft Louis mir ängstlich nach. Anscheinend rechnet er mit einem Neuaufguss des ersten Mals, als eine gewisse Sendung von Slater Enterprises kam.

»Ich rufe sie an«, entgegne ich.

»Eben das habe ich befürchtet«, höre ich ihn murmeln, als die Tür hinter mir zufällt.

Doch als ich zu Slater Enterprises durchgestellt werde, informiert eine höfliche Empfangsdame mich darüber, dass Mr. Slater auf Geschäftsreise ist und vor nächster Woche nicht zurückerwartet wird. Dennoch stellt sie mich zu einer erstaunlich unterwürfigen Edina Mason durch, die, wenn man unser letztes Aufeinandertreffen bedenkt, überaus charmant zu mir ist.

Als ich in die Küche zurückkehre, flitzen Tanya und Finn eilig zurück zu ihren Stühlen, und Louis hat einen hochroten Kopf, als er mit einem Geschirrtuch eine Schüssel bearbeitet, von der ich genau weiß, dass er sie vorhin schon abgetrocknet hat. Ganz offensichtlich haben sie an der Tür geklebt und versucht zu lauschen.

Genauso offensichtlich ist jedoch auch, dass sie nichts gehört haben, da Louis ohne zu zögern mit der Frage herausplatzt: »Was hat er gesagt?«

»Er war nicht da«, antworte ich knapp. »Sie wissen nicht genau, wann er wiederkommt. Aber sie haben mir bestätigt, dass die genannte Mietsumme korrekt ist. Wie konnte er das tun!«

»Was haben sie noch gesagt?«

»Dass sie angeblich vorhaben, die Gegend zu sanieren, dass mein Restaurant zu der Art Unternehmen gehört, die sie gern dort hätten, und dass sie mich mit dieser Geste ermutigen wollen zu bleiben.«

»Na siehst du, alles recht und billig. Du tust ihm noch einen Gefallen, wenn du hier bleibst.«

»Zugegeben, es hört sich erträglicher an, wenn man es so sieht«, stimme ich widerstrebend zu. »Aber ich unterschreibe trotzdem nicht.«

»Warum nicht, Ollie?«

»Weil es für beide Seiten gilt.«

»Was meinst du denn nun damit?«

»Er soll nicht denken, ich fühle mich ihm zu Dank verpflichtet.«

Tanya verdreht die Augen. »Teufel noch mal. Ich zwei seid wirklich füreinander bestimmt…«

»Findest du?«

»O ja, ihr seid beide lächerlich stolz und geradezu aufreizend stur!«

Mel, die mich das ganze Wochenende über vertritt, während wir fort sind, ist früher gekommen und nimmt im Restaurant bereits Bestellungen entgegen. Auch meine zwei Studenten, von denen einer beim Frühstück geholfen hat und der andere ebenfalls früh für die Mittagsschicht aufgetaucht ist, sind für das ganze Wochenende eingeplant. Und sogar Claude, der, Überraschung, Überraschung, noch nicht da ist, hat mir bei allem, was ihm heilig ist, geschworen, dass er zu jeder Mittags- und Abendschicht da sein wird, und zwar rechtzeitig. Aus diesem Grund bringe ich den Mut auf, ihnen das Tate's zu überlassen.

Wir beladen den Wagen mit Taschen, Geschenken und Brautjungfernkleidern, die vom Schneider sorgfältig in Schutzhüllen verpackt wurden. Es gelingt mir gerade noch, das Teeservice aus Spode-Porzellan, das wir erstanden haben, vor Louis' Hinterteil zu retten, als Tanya und Finn sich zusammen auf den Rücksitz quetschen und es ihm überlassen, seinen knackigen Po neben mir zu parken.

Es ist Freitag und der Verkehr zäh, obwohl wir früher losgekommen sind als erwartet. Ich bin ehrlich gesagt dankbar für jede Verzögerung, da ich immer verzagter werde, je näher wir unserem Ziel kommen. Ich kann spüren, dass mein Magen sich wie ein ausgewrungener Spüllappen verkrampft. Seit ich ihn in der Scheune festgenagelt und ihm wie eine nervöse Nacktschnecke mein gespitztes Mäulchen hingehalten habe, bin ich

Stuart noch nicht wieder begegnet. Zugegeben, wir haben Grace und Stuart wieder zusammengebracht, aber ich weiß immer noch nicht, welchen Empfang uns jemand bereiten wird, den wir so schlecht behandelt haben, ich noch schlechter als die anderen.

Am Horizont vor uns türmen sich dunkle Wolken, und der Himmel wird immer düsterer, je weiter wir nach Norden kommen. Abergläubisch sehe ich darin ein böses Omen, und meine Laune wird passend zum Himmel ebenfalls immer düsterer.

Tanya und Finn sitzen lachend, scherzend und herumalbernd auf dem Rücksitz. Louis hat sich halb zu ihnen umgedreht, nachdem er eine halbe Stunde lang versucht hat, meine offensichtlich miese Stimmung mit seinen schönsten Witzen aufzuheitern, und damit nur auf ein fast ungebrochenes Schweigen gestoßen war, das nur hier und da von einem kurzen, nervösen Lachen unterbrochen wurde.

Tanya, der meine Stimmung schließlich auch auffällt, beugt sich vor, um mir ins Ohr zu flüstern, mir keine Sorgen zu machen. »Grace hat uns verziehen. Das hat sie uns doch bereits mehr als einmal gesagt. Selbst wenn …«, sie hebt die Hand, um zu verhindern, dass ich ihr zuvorkomme. »Selbst wenn«, fährt sie fort, »sie nicht die ganze Wahrheit kennt. Wie ich bereits sagte: Das ist Vergangenheit. Außerdem seid ihr zwei seit Ewigkeiten befreundet. Wenn jemand sich Sorgen machen müsste, dann doch eher Louis oder ich. Je länger die Freundschaft, desto größer die Wahrscheinlichkeit, dass einem verziehen wird.«

Dem stimme ich nicht zu. Je länger die Freundschaft, desto empörender das begangene Verbrechen.

Doch ich hätte mir wegen Grace keine Sorgen machen müssen. Kaum halten wir vor Stuarts ausladendem Haus, stürmt Grace heraus, um uns zu begrüßen. Sie kämpft sich durch die übliche Ansammlung Hunde und strahlt dabei genauso entzückt wie der große, knuffige Labrador, der gerade ganz liebenswürdig seine Schnauze unter dem Saum von Tanyas reichlich kurzem Rock vergräbt. Grace wirft die Arme um mich und bringt mich fast aus dem Gleichgewicht, als sie mich herumwirbelt. Nachdem sie Tanya, Finn und Louis auf ähnliche Weise begrüßt hat, hakt sie sich bei mir unter und geleitet mich nach drinnen.

Das Haus ist voller Menschen. Diejenigen von Grace' Verwandten, die bereits eingetroffen sind, werden gerade von Tula durchs Foyer getrieben. Sie hat sich bereits häuslich eingerichtet und macht eine Führung, bei der sie voller Stolz die zahlreichen Vorteile des Hauses hervorhebt, als wäre es schon seit Generationen in *ihrer* Familie.

Ein Raum im hinteren Teil ist provisorisch zum Hochzeitshauptquartier ernannt worden. Hier findet sich eine bunte Mischung aus Tischen und Stühlen, die aus dem ganzen Haus zusammengetragen worden sind und die Platz bieten für ein breites Sortiment an Hochzeitszubehör – das reicht von einem langen Tapeziertisch voller Geschenke bis hin zu den Blumengestecken für die Kirche und den anschließenden Empfang. In einer dunklen Ecke steht eine mit Eis gefüllte Zinnwanne, in der jede Menge Champagner lagert. Auf einem kleinen Tisch neben der Wanne liegen drei große Schachteln, auf die jemand in Schwarz »Ellerington« gekritzelt hat. Sie enthalten anscheinend die drei Lagen der Hochzeitstorte, die laut Grace' aufgeregter Ankündigung aus einer Schicht Obst, einer Schicht Biskuit und einer Schicht Schokolade bestehen. Bei diesen Worten fängt Louis, der Kuchenfanatiker und Tortendieb, aufgeregt an zu grinsen.

Ich überlasse Grace Louis, der versucht, sie davon zu überzeugen, dass man die Torten kosten müsse, um sicher zu sein, dass sie auch wirklich gut sind. Ich schlendere zur anderen Seite des Zimmers. Durch die offenen Balkontüren kann ich mehrere Männer in Overalls sehen, die ein Festzelt auf dem gepflegten Rasen errichten, wobei sie ab und zu zum düsteren Himmel blicken und Unheil verkündend vor sich hin brummen. Auf dem Rasen neben dem Zelt stehen Klappstühle in ordentlichen Reihen, und zwei weitere Arbeiter karren gerade einen Stapel bedrohlich schwankender runder Tische heran. Sie schimpfen wüst, als der Stapel gefährlich ins Wanken gerät und der oberste Tisch mit einem lauten Krachen auf den Steinboden rutscht. Immer noch schimpfend lassen sie den Karren los, um ihn wieder aufzuheben, bemerken aber, dass ich sie vom Fenster aus beobachte, hören sofort auf zu schimpfen und entschuldigen sich stattdessen, wobei der ältere der beiden sogar seine Mütze abnimmt.

Lächelnd wende ich mich ab und sehe, wie Tanya Stuart reichlich gezwungen angrinst, der gerade auf der Suche nach seiner Zukünftigen den Raum betritt. Er sieht mit einem strahlenden Lächeln zu Grace hinüber, das sofort verschwindet, als er Tanya und mich erblickt. Er zögert eine Sekunde, weil er anscheinend nicht weiß, wie er sich verhalten soll, nickt uns dann flüchtig zu, dreht sich auf dem Absatz um und verschwindet.

»Ich muss mit ihm sprechen.«

»Ich glaube, es wäre besser, wenn du es lässt«, widerspricht Tanya. »Wenigstens hat er uns zur Kenntnis genommen. Als wir bei unserem letzten Besuch abgefahren sind, hätte man meinen können, wir alle haben Aussatz, so sehr ist er auf Distanz gegangen.«

»Ich weiß, aber ich muss trotzdem mit ihm sprechen, Tanya. Ich will einfach nicht, dass er schlecht von mir denkt. Grace ist wie eine Schwester für mich. Das bedeutet, dass er sozusagen mein Schwager wird.«

Hastig folge ich ihm. »Stuart, warte mal.«

Er bleibt stehen und dreht sich um. Plötzlich ist die ganze, sorgfältig einstudierte Entschuldigung wie weggeblasen, die ich mir in der vergangenen Woche zurechtgelegt hatte. Ich glotze ihn einen Moment an, mache den Mund auf und wieder zu, da mein Hirn sich weigert anzuspringen. Schließlich kommt nichts weiter als ein »Hör zu, es tut mir Leid«.

Er erwidert nichts.

»Alles.«

Er zögert einen Moment, nimmt seine Brille ab und reibt sich mit einem langen Finger das rechte Auge. Dann entfernt er mit einem Zipfel seines Hemdes einen imaginären Fleck auf dem Brillenglas, während ich verlegen zu Boden starre.

»Hör zu«, stammle ich. »Ich musste es einfach loswerden, und es war mir wirklich ernst. Also gehe ich dann jetzt besser mal…«

Doch er ruft mir hinterher: »Schon in Ordnung, Ollie.«

Ich drehe mich wieder zu ihm und versuche, ein hoffnungsvolles und versöhnliches Lächeln aufzusetzen.

Stuart atmet tief ein und stößt dann einen langen Seufzer aus. »Ich glaube, es ist am besten, wenn wir das Ganze einfach vergessen.«

Ich nicke zustimmend.

»Obwohl ich zugeben muss, dass ich zuerst ganz schön sauer war… Doch dann hat Dan mir alles erklärt. Ihr habt nur versucht, für eure Freundin zu sorgen. Und obwohl eure Taktik ziemlich suspekt war, war der Beweggrund wohl eher bewundernswert. Insbesondere, wenn ich bedenke, wie schwer es dir gefallen sein muss, mich zu küssen.«

Ich zwinge mich, ihn anzusehen, und stelle erstaunt fest, dass bei diesen Worten ein amüsiertes Lächeln um seine Lippen spielt. Auch ich ringe mir ein Lächeln ab. »Wir haben uns idiotisch benommen«, erkläre ich.

»Ich bin froh, dass du das gesagt hast, denn das bedeutet, dass ich es nicht tun muss«, erwidert er, immer noch lächelnd.

»Es tut mir Leid«, wiederhole ich.

»Das weiß ich. Außerdem sind ja auch nicht alle eurer verrückten Pläne schlecht gewesen. Danke übrigens für neulich Abend.«

»Die Autopanne?«

»Genau. Also, dieser Plan war echt genial!« Stuarts Lächeln vertieft sich zu einem breiten, freundlichen Grinsen, das sein Gesicht völlig verändert. Nein, es macht ihn nicht zu einem jüngeren Mel Gibson, und ich finde ihn auch immer noch nicht attraktiv, aber ich kann jetzt schon eher verstehen, warum Grace ihn attraktiv findet.

»Ich würde dich ja umarmen, aber ich glaube nicht, dass das eine besonders gute Idee wäre«, äußere ich und strecke ihm stattdessen die Hand entgegen.

»Wir wollen doch nicht, dass jemand einen falschen Eindruck bekommt«, scherzt er, ergreift meine Hand und schüttelt sie herzlich.

»Also dann …«, sage ich und lasse los, wobei mir durch den Kopf schießt, dass seine Hände immer noch feucht sind, dass es mir aber nicht mehr so viel ausmacht. »Ich gehe dann mal. Muss früh ins Bett. Morgen ist ein großer Tag. Meine beste Freundin heiratet nämlich …«

»Weißt du was?« Er setzt einen gespielt erstaunten Gesichtsausdruck auf. »Ich auch. Ist das nicht ein Zufall?«

Einen Augenblick lang lächeln wir uns an; ein neues, nun ja, *Verständnis* ist wohl der passendste Ausdruck dafür, liegt in diesem Blick.

»Und ich gehe wohl besser mal und übe meine Ansprache. Du kennst mich ja, die Nerven, und dann noch eine Ansprache vor Zuhörern.« Er verdreht die Augen und schlägt sich gegen die Stirn. »Beides zusammen kommt einem totalen Hirnausfall gleich.«

»Genau, ich hab auch noch 'ne Menge zu tun. Du weißt

schon, als Brautjungfer hat man so seine Pflichten… Hab versprochen, der Braut zu helfen, ihren Damenbart zu zupfen…«, ziehe ich ihn auf. »Sie muss doch gut aussehen für die Fotos…«

Ich entferne mich in Richtung Tanya, die nervös im Durchgang zum hochzeitlichen Hauptquartier herumlungert und so tut, als würde sie uns nicht beobachten. Doch bevor ich sie erreiche, ruft Stuart mir noch etwas hinterher.

»Ach, noch was, Ollie.«

»Ja?« Ich sehe ihn an.

»Könntest du mir einen Gefallen tun?«

»Klar«, antworte ich überrascht. »Worum geht's?«

»Lass Dan mal zu Atem kommen. Er ist ein guter Kerl, Ollie.«

»Das behaupten alle.«

Stuart lacht kurz auf. »Tja«, antwortet er, und sein Gesicht verzieht sich zu einem neuerlichen Grinsen, »vielleicht deshalb, weil es stimmt.«

Der Regen prasselt laut genug gegen das Fenster, um mich aus einem unruhigen Schlaf zu wecken. Ich klettere aus dem Bett, wickle die Tagesdecke um meine nackten Schultern und schlurfe zum nächsten Fenster, um in die Nacht hinauszublicken. Der drohende Sturm ist da.

Das weiße Festzelt schwankt im Wind wie ein großes, festgebundenes Gespenst und versucht, den Feierlichkeiten des kommenden Tages in letzter Minute zu entkommen. In den Falten des Daches sammelt sich das Wasser, bevor es sich jedes Mal, wenn der Wind an der Zeltwand rüttelt, wie ein Sturzbach über die Seiten ergießt. Plötzlich zerreißt ein spektakulärer Blitz den Himmel wie ein Peitschenknall und beleuchtet eine Person unten im Garten. Ein Mann lehnt an der großen Eiche und genießt den gleichen beeindruckenden Anblick wie ich. Er hält ein Brandyglas in der einen Hand und hat die andere tief in der Hosentasche vergraben. Seine Schultern sind hochgezogen und das Haar klebt ihm am Kopf. Er ist anscheinend genauso von dem Gewitter gefesselt wie ich.

Einen Augenblick später dreht er sich um, um wieder hineinzugehen. Ein weiterer Blitz flammt auf und taucht alles vor mir in so gleißendes Licht, als hätte jemand starke Scheinwerfer angestellt. Als der Mann zum Himmel schaut, sehe ich sein Gesicht. Es ist Dan Slater.

In dem Sekundenbruchteil, den der Himmel taghell erleuchtet ist, wendet er sich dem Haus zu, und unsere Blicke treffen sich, bevor er wieder in der Dunkelheit verschwindet, die die Schatten der Hausmauern auf den Innenhof werfen. Im nächsten Moment jedoch geht die Sicherheitsbeleuchtung an, und ich sehe, dass er immer noch zu meinem Fenster hinaufsieht. Er lächelt mir zu. Plötzlich aber reißt der Wind mit lautem Krachen die Balkontüren zu dem Raum auf, der als Lager für die Hochzeitsutensilien dient. Wir zucken beide zusammen und sehen hinüber, als sie zu beiden Seiten gegen die Mauer knallen. Anscheinend waren sie am Abend nicht richtig verschlossen worden.

Auf einem der Tische im Innern liegt ein ganzer Stapel Blumengestecke, die für die Tische im Festzelt bestimmt sind. Der starke Wind erfasst das nächstgelegene und treibt es wie eine Feder, die durch die Luft schwebt, aus dem Fenster. Wie eine Brautjungfer, die sich nach dem Brautstrauß reckt, streckt Dan rasch die Hand aus und hält es fest, als es an ihm vorbeiweht. Lächelnd sieht er zu mir hoch, deutet auf die Blumen und das Zelt, hebt das Glas in meine Richtung, als wolle er sagen, gut gemacht, und verschwindet nach drinnen.

Am nächsten Morgen weckt mich der Klang der Kirchenglocken; die Glöckner über schon mal für mittags. Ich ziehe die Vorhänge auf und stelle erleichtert fest, dass das Zelt noch steht. Ich hatte fast damit gerechnet, dass es in der Nacht Segel gesetzt hat wie eine große weiße Galeone.

Gott sei Dank hat auch der nächtliche Regen aufgehört und gleichzeitig den Himmel blitzblank gewaschen. Als der Morgen voranschreitet, kündigt sich ein perfekter Sommertag an, wenn auch ein etwas durchweichter.

Unten in der riesigen Küche fällt Tanya im Bademantel und mit großen, rosa Lockenwicklern im Haar über das Hochzeitsfrühstück her. Ihre vorhochzeitliche Nervosität hat sich inzwischen derart gesteigert, gesteht sie mir flüsternd, dass sie die drei Stunden nach der Morgendämmerung mit dem Kopf in der Kloschüssel verbracht und so gut wie alles erbrochen hat, was sie im Laufe des letzten Monats zu sich genommen hatte.

Grace dagegen, die Einzige, die nervös sein sollte, ist gelassener als ein Faultier unter Drogen.

Eine fröhlich aussehende Dame mit rosigen Wangen und braunen Löckchen in einer Schürze, die ihr dreimal zu groß ist, wacht über drei riesige Pfannen auf dem breiten Herd. Gerade brät sie Eier, etwa acht pro Pfanne, schätze ich, und lächelt mir zu, als ich eintrete und mir den Schlaf aus den müden Augen reibe. Ich erwidere ihr Lächeln und setze mich dann neben Grace an den langen Holztisch.

Tula, die sich bereits in Schale geworfen hat, und das in Form eines gift-orangen Kostüms, das stärker an ein Neonlicht erinnert als eine gelbe Ampel, und eines Huts, der aussieht, als wäre er gerade brennend in die Erdatmosphäre eingedrungen und hätte die Aufmerksamkeit der NASA und einiger *Akte-X*-Fans auf sich gezogen, bevor er flugs auf ihrem Kopf gelandet ist, umklammert ein Glas Champagner. Bei dem Vorschlag, O-Saft hinzuzufügen, rümpft sie die Nase; stattdessen genießt sie Grand Marnier und Champagner pur.

Tanyas besondere Form der Übelkeit muss ansteckend sein. Es geht mir gut, bis die fröhliche Eierbrutzlerin voll gehäufte

Frühstücksteller vor mir und Grace abstellt. Ich dachte immer, die Braut ist krank vor Aufregung, sage ich mir stöhnend, als ich zusehe, wie Grace sich eifrig über eine Riesenportion Eier mit Speck hermacht. Mein eigener Magen knurrt wie ein wütender Hund, schäumt aber viel zu sehr, um gefüttert werden zu können.

Dankend lächle ich die, wie ich meine, Küchenaushilfe an, bis Grace lächelnd ihre Hand ergreift, um sie daran zu hindern, sofort wieder zum Herd zurückzukehren. Sie sagt: »Das ist Stuarts Mutter, Ollie.«

»Ach du meine Güte«, rufe ich, springe auf und reiche ihr die Hand. »Entschuldigung, das wusste ich nicht.«

»Keine Sorge, Kindchen«, antwortet sie mit breitem, nordenglischem Akzent. »Unsere Madame Butterfly da drüben«, sie deutet auf Tula, die auf einen Korbstuhl in der Ecke gesunken ist, verdrießlich in ihren inzwischen längst leeren Champagnerkelch starrt und lautstark nach einem großen Gin Tonic verlangt, »hat mich heute Morgen schon zurechtgewiesen, weil ich gestern Abend ihr Bett nicht aufgedeckt habe!« Bei diesen Worten bricht sie in glucksendes Gelächter aus.

Kaum in meinem Zimmer, nimmt das Frühstück, das ich hinuntergewürgt habe, den selben Weg wie Tanyas Mittagessen von gestern. Und jetzt stehe ich feierlich – na ja, so feierlich, wie man in Unterwäsche nur sein kann – vor meinem Brautjungfernkleid, das in seiner Schutzhülle am Kleiderschrank hängt. Nach dem Horror in Orange kam Grace' echte Wahl, ein schmeichelhaftes Kleid im Empirestil aus blassgelber Seide mit hauchzarten Goldstickereien. Es ist so schön, dass selbst Tanya sich nicht zu schade war, es anzuziehen.

Es kommt mir wie ein großer Moment in meinem Leben vor, als ich das Kleid vom Bügel nehme und hineinschlüpfe. Grace' Friseurin Pansy, eine überschäumende, plappernde Blondine mit Brüsten wie Kissen, an die man sich herrlich anlehnen kann, während sie einen schniegelt und striegelt, ist extra für diesen Tag aus London geholt worden. Nun wird mein Haar hochgetürmt und mit winzigen, gelben Seidenrosen durchflochten – ein Stil, bei dem ich Sorge hatte, er könne ein wenig altbacken aussehen, der sich aber als so entzückend schmeichelhaft herausstellt, dass ich gar nicht mehr aufhören kann, mein Spiegelbild erfreut und überrascht zu beäugen.

»*You're so vain!*«, singt Tanya und trippelt vorsichtig ins Zimmer, wobei sie den Rock hebt wie eine Heroine von Jane Austen, die eine Pfütze durchquert. »Wie zum Teufel sollen wir uns in den Dingern nur bewegen?«

»Unter großen Schwierigkeiten«, erwidere ich. »Und außerdem bin ich überhaupt nicht eingebildet! Nur erstaunt, weil ich in diesem Aufzug ganz passabel aussehe.«

»Du siehst mehr als passabel aus.«

»Bist du sicher?«, frage ich und blicke über die Schulter auf meinen Po in dem großen Spiegel.

»Frag gar nicht erst, ob dein Hintern fett aussieht«, kommt Tanya mir zuvor. »Ob du es glaubst oder nicht, du siehst einfach hinreißend aus.«

»Wirklich?«

»Ja, wirklich.«

»Bitte versuche, nicht zu hinreißend auszusehen. Du willst doch der Braut nicht die Schau stehlen«, lässt sich eine nervöse Stimme vernehmen.

Tan und ich fahren herum und erblicken eine Erscheinung in schimmernder cremefarbener Seide, die, wenn auch etwas zögerlich, ins Zimmer gleitet. »Kann mir mal jemand mit dem Schleier helfen?«, fragt Grace, als wir sie schweigend und mit aufgerissenen Mündern anstarren.

Haben Sie auch schon Augenblicke erlebt, an die Sie sich das ganze Leben erinnern werden? Dieser hier ist so einer.

Einen Moment lang steht da nicht Grace Ellerington, die erfolgreiche, attraktive Neunundzwanzigjährige vor mir, die ich kenne und liebe, sondern die verschüchterte, aufgeregte und verunsicherte Elfjährige, die ich vor achtzehn Jahren kennen gelernt habe und mit der ich eine der unglaublichsten und wunderbarsten Freundschaften eingegangen bin, die sich ein Mensch nur wünschen kann. Ich fühle, wie die Tränen in mir aufwallen, als wäre gerade ein Damm hinter meinen Augen gebrochen.

»Und, wie sehe ich aus?«, fragt sie schließlich flehend. Ihr Gesicht wird von Sekunde zu Sekunde düsterer. »Nein, sagt nichts, ich kann es an euren Gesichtern ablesen. Ihr findet es grässlich, stimmt's? Ich sehe furchtbar aus. Ich wusste doch, ich hätte mich für ein anderes entscheiden sollen …«

Unfähig, auch nur ein Wort zu sagen, wende ich mich an Tanya und stelle erstaunt fest, dass auch ihre normalerweise so klaren Augen tränenverschleiert sind. »Du …«, sie zögert. »Du siehst …«, setzt sie erneut an, bricht aber wieder ab. Laut schniefend wendet sie sich ab und blickt sich hektisch nach einem Taschentuch um. Da nichts außer einem großen Plastikbeutel voller rosa Wattebäusche in Sicht ist, schnappt sich Tanya eine meiner Socken und schnäuzt sich geräuschvoll in die rote und gelbe Wolle.

»Ich hoffe nicht, dass ihr heult, weil ich schrecklich aussehe.« Grace' Mund bebt, als auch ihr eine einzelne Träne langsam über die Wange kullert, so erschüttert ist sie von unserem Gefühlsausbruch.

»Du siehst fabelhaft aus«, stößt Tanya schließlich hervor, wobei ihre Stimme etwas rauer klingt als sonst.

»Alle Bräute sehen fabelhaft aus«, entgegnet Grace lachend und fährt sich hastig mit der Hand durchs Gesicht. »Aber danke, dass du nicht *zu* erstaunt geklungen hast.«

Tanya tritt hastig vor, um Grace' verlaufenes Make-up zu reparieren und reicht ihr dann den Brautstrauß, ein Wunder in Creme aus Trompetenlilien.

»Fertig?«, fragen wir sie.

Grace atmet tief durch und nickt. »Fertig.«

»Freut mich zu hören«, schnurrt eine Stimme von der Tür her. »Denn deine Eskorte ist da!« Es ist Louis, der im Türrahmen lehnt und einen auf Sean Connery macht. Er hat beschlossen, den üblichen Cutaway wegzulassen, den die meisten anderen Männer der Hochzeitsgesellschaft bevorzugen. Stattdessen hat er sich für Schottenrock und Kummerbund entschieden und sieht darin geradezu unheimlich gut aus. Zum ersten Mal, seit ich ihn kenne, trägt er nicht ein Fitzelchen Make-up, Farbe im Haar oder Glitzerschmuck, obwohl sich der Schottenrock bei näherem Hinsehen als Frauenrock erweist.

Anmutig betritt er das Zimmer und verbeugt sich tief vor einer lachenden Grace. Dann reicht er ihr den Arm und flüstert ihr ins Ohr, als sie sich unterhakt: »Du siehst wunderschön aus, mein Engel, einfach atemberaubend schön.«

Das Haus ist seltsam leer, als Louis uns nach unten geleitet, da bereits so gut wie alle Gäste zur Kirche aufgebrochen sind. Wir warten zehn Minuten in der Eingangshalle, bevor wir Louis wieder nach oben schicken, um Grace' vor Aufregung kranken Vater aus dem Badezimmer zu holen, wo er sich die letzten zwei Stunden vor seiner Exfrau verschanzt hat, ausgerüstet mit einer Flasche Jack Daniels, einer Rennzeitschrift und seinem Handy, um seinen Buchmacher anrufen zu können.

Da wir spät dran sind, laden wir Grace und ihren Vater ohne Umschweife in die zweirädrige Kutsche, die von dem Pferd gezogen wird, das einst grünen Sabber auf Tanyas Gucci-Jacke verteilt hatte. Tanya und ich halten einen gesunden Abstand zu diesem Tier ein, aus dessen unterschiedlichen Körperenden so üble Dinge kommen können, und entscheiden uns dafür, mit Louis in dem alten Bentley nachzukommen, den Stuart aus einer weiteren seiner Scheunen auf der Rückseite des Hauses ausgegraben hat.

Grace hält noch immer meine Hand umklammert, obwohl sie jetzt hoch über mir sitzt. Ich drücke sie freundlich und entziehe mich ihrem schraubstockartigen Griff dann fast mit Gewalt, bevor ich mich zu den anderen im Bentley geselle, der zwar von außen tiptop aussieht, innen aber mit Strohhalmen übersät ist und von einem überrascht aussehenden Huhn bewohnt wird, das im offenen Handschuhfach kauert. Louis scheucht es aus dem Wagen, und dann setzen wir uns alle drei auf die Rückbank, von wo aus wir Grace hinterherwinken, als ihre Kutsche in Richtung Dorf davonfährt. Wir aber sitzen da und warten darauf, dass jemand kommt und uns fährt. Erst nach fünf Minuten wird uns bewusst, dass wir ganz allein sind.

Louis sieht auf die Uhr. »Wir kommen zu spät«, quiekt er aufgeregt, wie das weiße Kaninchen in *Alice im Wunderland.* »Wer sollte diese Kiste denn fahren?«

»Ich dachte, es gäbe einen Chauffeur«, sagt Tanya, nachdem wir viel zu lange in erwartungsvollem Schweigen dagesessen haben.

»Ich dachte, Sylvester wollte ihn fahren«, erwidere ich vorsichtig.

Die beiden anderen sehen mich entsetzt an. »Aber der ist doch vor einer halben Stunde mit Tula aufgebrochen.«

»Ja, worauf warten wir dann noch!«, rufe ich. »Los geht's!«

Tanya lächelt mich hoffnungsvoll an. »Sieh nicht mich an!«, kreische ich. »Ich kann dieses Ding nicht fahren!«

»Lasst mich«, erklärt Louis.

»Bist du sicher?«

»Wer einmal einen dreißig Jahre alten Mini gefahren hat, kann alles fahren!« Louis klettert über die niedrige, lederne Rücklehne nach vorne und zwängt sich hinters Lenkrad. Grinsend dreht er sich zu uns um. »Passt auf eure Frisuren auf!«, scherzt er, doch als er versucht, den Motor anzulassen, geschieht nichts.

»Ach du lieber Himmel«, stöhne ich. »Wir werden die Hochzeit verpassen!«

»Versuch's noch mal!«, ruft Tanya aufgeregt.

Ein leises Klicken ist zu hören, als Louis den Zündschlüssel umdreht, doch keine weitere wie auch immer geartete Aktivität des Motors ist zu vernehmen.

»Wir werden zu Fuß gehen müssen!«

»Aber es sind fast zwei Meilen, das schaffen wir nie rechtzeitig.«

»Taxi?«

»Du machst wohl Witze. Wo sollen wir jetzt ein Taxi hernehmen?«

»Es geht fast die ganze Zeit bergab«, überlegt Louis, »wenn wir ihn ins Rollen kriegen ...«

Ich schüttle den Kopf. »Wir sind ja dumm«, bemerke ich hastig. »Stuart ist doch ein echter Sammler. Er muss irgendwo eine Karre haben, die funktioniert.«

Wir verteilen uns hinter dem Haus und sehen eilig in sämtliche Scheunen und Ställe. Mein Vorschlag, einfach einige Pferde auszuleihen, wird umgehend verworfen, und wir stehen kurz davor, völlig erhitzt, verärgert und niedergeschlagen aufzugeben, als Louis uns aus einer der Boxen zu sich ruft: »Ihr zwei, kommt her, ich habe etwas gefunden.«

Die Art, wie er das »etwas« betont, will mir gar nicht gefallen, doch in Anbetracht der Tatsache, dass meine Scheune enttäuschend leer ist, folge ich Louis Ruf. Als meine Augen sich an das Dämmerlicht gewöhnt haben, erkenne ich mit sinkendem Herzen, was genau Louis gefunden hat: ein altes Motorrad aus dem Zweiten Weltkrieg, komplett mit Beiwagen.

Tanya platzt hinter mir durch die Tür und zieht sich Strohhalme aus dem Haar. »Ach du meine Güte!«, entfährt es ihr, und sie schlägt die Hände vor den Mund, um das Lachen zu unterdrücken. »Das meinst du nicht ernst!«

»Wir haben keine Zeit, um wählerisch zu sein«, entgegnet Louis, zögert aber ebenfalls.

Ich beschließe, dass es Zeit zum Handeln ist. »Aus dem Weg!« Ich drängle mich an dem widerstrebenden Louis vorbei, raffe meine Röcke und setze mich rittlings auf den alten Ledersitz.

»Ollie! Was hast du vor?«, kreischt Tan.

»Ich hatte ein Mofa, als ich sechzehn war«, erkläre ich ihr und trete das Startpedal nach unten. »Hab's verkauft, als mich ein Milchwagen überholt hat. Wollen wir hoffen, dass diese Kiste ein bisschen schneller ist.« Wieder trete ich das Startpedal durch, und der Motor springt an. »Wir haben schließlich noch einen Termin.«

Wir kommen eine halbe Stunde zu spät vor der Kirche an. Louis sitzt zusammengepfercht im Beiwagen, sein stacheliges Haar ist vom Wind zerzaust, seine Stirn und seine Ray Bans sind fliegenverklebt. Tanya kauert hinter mir und drückt sich eng an mich. Als ich das Gas voll aufdrehte und in Richtung Kirche abdüste, hat sie einen Schreianfall bekommen, doch dann sehr schnell kapiert, dass es weit intelligenter ist, den Mund geschlossen und den Kopf unten zu halten. Deshalb sieht sie von uns dreien auch mit Abstand am ordentlichsten aus. Ich kraxle vom Motorrad, glätte meine Röcke und klaube schaudernd eine fette Fliege von meinen Zähnen.

Grace hat ängstlich nach uns Ausschau gehalten. »Um Himmels willen, wo habt ihr gesteckt?«, ruft sie. »Ich wollte schon jemanden auf die Suche nach euch schicken.«

»Probleme mit dem Auto!«, schnaufe ich.

»Ich dachte schon, ihr kommt nicht!«, jammert sie und wirft sich mir förmlich an den Hals.

»Um die Hochzeit meiner besten Freundin zu verpassen?«, entgegne ich zärtlich. »Niemals!«

Der Pfarrer, der nach draußen getreten ist, um zu sehen, wo die Braut bleibt, entdeckt Tanya, die mit ihrem langen Rock kämpft, der sich in ihrer Unterhose verfangen hat. Er eilt hinüber, um ihr behilflich zu sein. Der Fotograf, der die eintreffenden Gäste abgelichtet hat wie einer der Paparazzi auf den Spuren von Posh Spice und David Beckham, fängt schallend an zu lachen und bannt den Moment für alle Ewigkeit und für die Titelseite der Lokalzeitung auf Film.

»Auch eine Art, berühmt zu werden«, seufzt Tanya und unterdrückt ein Lachen. »Ein gefundenes Fressen für die Klatschpresse.«

»O ja, ich sehe schon die Schlagzeile vor mir«, sagt Louis kichernd. »Pfarrer geht Brautjungfer an die Wäsche!«

Tula, die sich bei Sylvester untergehakt hat, sieht blass vor Ärger aus, weil wir sie aus dem Rampenlicht gedrängt haben. Sie zerrt Sylvester in die Kirche, um in der ersten Bank in Stellung zu gehen.

»Gäste des Bräutigams zur Rechten. Gäste der Braut zur Linken«, erklingt eine vertraute Stimme, und Finn taucht grinsend und mit keck aufgesetztem Hut im Mittelgang auf.

»Ich glaube, wir müssen ab durch die Mitte«, entgegne ich und erwidere unsicher sein Lächeln. Durch das offene Portal kann ich sehen, dass die Kirche bis auf den letzten Sitz belegt ist. In jeder Bank sitzen weit mehr Leute als eigentlich Platz ist. Wenn das noch nicht ausreicht, damit ich weiche Knie bekomme, dann gibt mir der Anblick von Dan Slater, der gerade einen anderen Nachzügler an seinen Platz geleitet und in seinem dunkelgrauen Stresemann umwerfend gut aussieht, schlicht den Rest.

Der Pfarrer, der nun wieder an seinem Platz steht, bedeutet dem Organisten loszulegen. Alle Gäste drehen sich erwartungsvoll um, als die ersten Takte des Hochzeitsmarsches erklingen.

»Hier kommt die Braut, die sich nicht traut!«, trällert Grace mit zitternder Stimme. »Und ich glaub, ihr Höschen flutscht, weil der Gummibund verrutscht!«

Als wir alle laut lachend herausplatzen, dreht sich Dan zu uns um. Einen Moment lang kreuzen sich unsere Blicke, herausfordernd wie immer, doch dann lächelt er. Es ist ein zurückhaltendes, und aufmunterndes Lächeln, das mich mit Wärme und neuer Entschlossenheit erfüllt. Ich atme tief durch. »Tja, jetzt ist es so weit.« Ich drücke Tanyas Hand. »Jetzt passiert es.«

»Wir könnten an der entsprechenden Stelle noch Einspruch erheben.« Sie lächelt verkrampft, ohne mich anzusehen.

»Nur, wenn wir dem Wort Muttermord neue Bedeutung verleihen wollen... ihre Mutter würde uns umbringen! Und außerdem: Willst du das überhaupt?«

Tanya schüttelt den Kopf. »Nicht mehr. Nein.«

»Alles klar, meine Damen«, ermahnt uns Finn und beugt sich vor, um vorsichtig einen kleinen schwarzen Käfer aus Tanyas Haar zu klauben. »Gebt euer Bestes, und bleibt im Takt, ja.«

Als wir an ihm vorbeikommen, sehe ich, wie Finn Tanya bedeutsam zuzwinkert und wie sie liebevoll und zuckersüß zurücklächelt. Tanya? Zuckersüß? Moment mal, hier stimmt doch was nicht.

Ich sehe von einem zur anderen, beide so hinreißend, gepflegt und gesellig; entweder sie sind wie Bruder und Schwester oder...

Plötzlich wird mir alles klar. Ich fand es die ganze Zeit seltsam, wie schnell Finn von dem Desaster bei Stuarts versuchter Verführung erfahren hatte. Dann waren da diese versteckten Andeutungen auf eine neue Romanze, und gestern sind sie beide zu einer Zeit zusammen in meiner Küche aufgetaucht, zu der sie normalerweise noch im Bett gewesen wären. Das war höchst verdächtig. Hinzu kommt Tanyas totales Versagen, in Rom jemanden aufzureißen, wo sie normalerweise eine einsachtzig große geballte Ladung Sexappeal in ihren Koffer gepackt hätte, um ihn als Souvenir mit nach Hause zu nehmen. Außerdem hat sie kaum darum gekämpft, Romeo für sich behalten zu dürfen, was, wenn man es genau bedenkt, höchst untypisch für sie war. Und vielleicht ging es bei ihrer Schwärmerei darüber, wie wunderbar Finn doch sei, gar nicht um mich. Das ist es. Finn und Tanya.

»Du und Finn?«, flüstere ich ihr zu.

Das glückselige Brautjungfernlächeln wird unvermindert weitergelächelt, doch ich kann sehen, wie ihre Mundwinkel zucken.

»Du bist mir vielleicht eine«, sage ich. »Es sieht dir überhaupt nicht ähnlich, so etwas für dich zu behalten. Falls du dir Sorgen gemacht hast, dass ich nicht einverstanden sein könnte, dann hattest du Recht. Ganz egal, wie sehr ich dich mag, Tanya Mathers, so muss ich doch sagen, dass Finn viel zu nett ist, um von einer wie dir vernascht und verworfen zu werden, du alte Schlampe.«

»Ich bin ihm seit mehr als sechs Wochen treu«, murmelt sie, ohne mich anzusehen, doch nach wie vor lächelnd.

Plötzlich komme ich aus dem Takt des Hochzeitsmarsches. Mit offenem Mund starre ich auf Tanyas eleganten Rücken. Louis geht hinter mir. Seine zum Schottenrock passende Felltasche stupst mich in den Rücken, und ich beeile mich, wieder an Tanyas Seite zu gelangen, wo ich in Gleichschritt mit ihr falle. »Sechs Wochen?«, zische ich ungläubig, als Grace Stuart erreicht und wir uns hinter ihr aufstellen.

»H-hm«, erwidert Tanya, ohne die Lippen zu verziehen.

»*Must be Love*«, summt Louis.

»Du wusstest es?«, fahre ich ihn an.

»Der gute Louis weiß *alles*.« Er grinst selbstgefällig.

Ein Blick des Pfarrers bringt uns zum Schweigen, und der Traugottesdienst beginnt. Zu meinem Erstaunen und meiner Erleichterung fällt es Tanya, Louis und mir gar nicht so schwer, nach der entscheidenden Stelle »für immer zu schweigen«. Und als Stuart Grace ewige Treue schwört, lächelt er sie so zärtlich an, als wären er und sie die beiden einzigen Menschen in der Kirche und all die Gäste mit Riesenhüten einfach nicht da. Dieser Ausdruck in seinen Augen! Wenn mich einmal jemand so ansehen würde, wäre ich wahrscheinlich für den Rest meines Lebens glücklich, das weiß ich.

Wir hatten ganz fest ausgemacht, nicht zu weinen. Prompt fangen die beiden Brautjungfern und der Brautjunge an zu heulen. Glücklicherweise hat der Brautjunge eine halbe Schachtel Kleenex in seinem Felltäschchen verstaut.

»Weißt du was«, schniefe ich hinter vorgehaltenem Taschentuch zu Tanya. »Plötzlich wird mir alles klar. Du weißt schon, was es ist, nicht wahr?«

»Was?«

»Stuart ist nett. Und wir sind an nett nicht gewöhnt.«

»Ein netter Mann ist ein Widerspruch in sich.«

»Wir können ja nicht alle verhängnisvolle Beziehungen mit herzlosen Schweinen haben.«

»Und wir gedeihen nicht alle mit Elend und Herzschmerz.«

»Sie werden in rosiger Glückseligkeit mit zweikommafünf Kindern glücklich bis an ihr Ende leben.«

»Genau, wie wir es uns alle wünschen.«

»Aber mit herzlosen Schweinen nicht bekommen.«

»Bedeutet das, dass wir uns ›nette‹ Männer suchen müssen, um glücklich zu sein?«, fragt Tanya ängstlich und denkt an die vielen Jahre zurück, in denen sie jede Menge Spaß und fantastischen Sex mit all den leichtfertigen, durchtriebenen, herzlosen Schweinen hatte, die sie das Glück hatte zu treffen.

»Vielleicht können wir für uns ja *nette* herzlose Schweine finden.«

»Ist das nicht auch ein Widerspruch?«

»Glaube ich nicht.« Ich lächle ihr zu, und wir beide sehen hinüber zu Finn und Dan, die feierlich Seite an Seite stehen.

Eine Stunde später treten Grace und Stuart strahlend hinaus in den Sonnenschein – Mr. und Mrs. Masterson sind bereit, sich auf dem schimmernden Sitz der Bedford Belle zum Empfang chauffieren zu lassen.

Es ist Mitternacht. Das Essen, die Reden, die Trinksprüche, das Anschneiden der Torte, das Werfen des Brautstraußes – an diesem Punkt möchte ich betonen, dass ich mich geduckt habe, weil Grace alles andere als subtil genau auf meinen Kopf gezielt hat –, alles liegt hinter uns, und die fünfköpfige Jazzband, die tapfer die letzten fünf Stunden gespielt hat, fängt an, müde zu schwanken.

Ich sehe zu, wie Stuart seine Grace auf die federnde Tanzfläche in dem großen weißen Festzelt führt, und ein warmes Gefühl, das nicht von dem vierten Glas Brandy kommt, welches ich in der Hand halte, breitet sich in mir aus. Als nächste betreten Tanya und Finn die Tanzfläche, wo sie sanft in einen langsamen Walzer fallen. Tanyas kastanienbrauner Kopf sinkt an Finns Schulter. Trotz meiner Bedenken muss ich gestehen, dass sie ein schönes Paar abgeben.

Dann kommen Leo und Cornelia. Cornelia hält ihre linke Hand ziemlich steif hoch, sodass jeder, an dem sie fachkundig vorbeiwirbeln wie zwei Teilnehmer eines Tanzturniers, den Verlobungsring mit einem blauen Saphir sehen kann, den sie voller Stolz trägt. Louis lehnt sich auf der anderen Seite unseres runden Tischs im Stuhl zurück, um mit demselben Kellner zu flirten, der schon bei Grace' und Stuarts verspäteter Verlobungsparty den ganzen Abend versucht hatte, seine Aufmerksamkeit zu ergattern.

Ist das wirklich erst drei Wochen her? Es kommt mir vor wie ein ganzes Leben. Ich glaube, dass alles, was in der Zwischenzeit passiert ist, mich mindestens zwei Jahre meines Lebens gekostet hat. Doch als ich zusehe, wie Stuart Grace etwas ins Ohr flüstert und sich dann vorbeugt, um sachte ihr strahlendes, aufwärts gewandtes Gesicht zu küssen, wird mir voller Erleichterung bewusst, dass nun alles so ist, wie es sein sollte.

Zumindest *fast* alles.

»Geschafft«, sagt eine Stimme und spricht damit meine Gedanken aus.

Ich sehe auf. Ich habe die Stimme sofort wieder erkannt, und plötzlich fühle ich mich seltsamerweise ganz verschüchtert. Als ich mein Brandyglas abstelle und nach einer Entgegnung suche, bietet Dan Slater mir ein Glas Champagner an.

»Ich finde, ein weiterer Toast ist angebracht, wenn man bedenkt, dass wir ohne dein Eingreifen nicht da wären, wo wir heute sind.«

»Machst du dich über mich lustig?«, frage ich und nehme zögernd den Champagnerkelch entgegen.

»Nein, ich gratuliere dir. Ich weiß nicht genau, wie du es gemacht hast, Ollie, aber es hat funktioniert.« Er hebt sein Glas. »Auf die Zukunft.«

»Auf die Zukunft«, wiederhole ich, folge seinem Beispiel und hebe das Glas in Richtung von Grace und Stuart. Doch als ich mich wieder zu ihm umdrehe, sieht er mich unverblümt an. Sein sonst so abweisendes, hübsches Gesicht ist zu meinem Erstaunen voller Wärme, blickt aber, wie ich traurig feststellen muss, immer noch misstrauisch. Das kann man ihm wohl nicht verdenken. Nicht nach allem, was zwischen uns vorgefallen ist. Er rechnet wahrscheinlich damit, dass ich ihm den Champagner ins Gesicht schütte.

Er hat mich den ganzen Tag über vorsichtig beobachtet, ist mir aber bis jetzt nicht nahe gekommen – wie ein Schäferhund, der ein abtrünniges Lamm umkreist, um sicherzustellen, dass es nicht verloren geht. Und als der Pfarrer in der Kirche zu der Stelle kam, an der man zum allerletzten Mal Einspruch einlegen konnte, war mir peinlich bewusst, dass Dans Augen auf mir ruhten. Und es war schwierig zu übersehen, dass jede seiner Bewegungen ebenfalls überwacht wurde. Miranda, die eher einem treuen Welpen als einem Schäferhund gleicht, ist ihm auf Schritt und Tritt gefolgt.

»Und … wie läuft's?«, fragt er zögernd.

»Gut.«

»Und das Geschäft?«

»Viel zu tun … Hab meinen neuen Vertrag bekommen.«

Er nickt bedächtig.

»Und ihn zurückgeschickt …«, füge ich hinzu, wobei ich seinem Blick ausweiche und in mein Glas starre.

»Schön.«

»Ohne Unterschrift.«

»Was hast du gemacht!«, entfährt es ihm.

Vorsichtig sehe ich zu ihm auf. »Du musst mir keine Gefallen tun, Dan.« Es ist das erste Mal, dass ich ihn mit seinem Namen anspreche, und mir wird bewusst, dass es mir gefällt, wie er sich im Mund anfühlt. »Du hast deinen Standpunkt klargemacht, und ich meinen. Jetzt sind wir quitt.«

»Quitt?«, fragt er unsicher, und sein Gesicht verdüstert sich ein wenig.

»Handelseinig?«, schlage ich vor.

Langsam breitet sich ein Lächeln auf seinem männlichschönen Gesicht aus, das die leuchtenden, wasserblauen Augen einschließt, die sich in zärtliche Lachfalten legen. »Das ist besser.«

Tanya und Finn kommen Hand in Hand von der Tanzfläche zurück. Die kleine Band, die auf einem Podest hinter dem Tisch des Brautpaars steht, hat das Tempo erhöht und ist von einem langsamen Walzer zu einem flotten Samba übergegangen. Erschöpft und leicht angetrunken, wie sie sind, haben sie dennoch versucht, ihn durchzustehen, und sind jetzt ganz außer Atem.

Dan folgt meinem Blick in Richtung Tanzfläche. »Hast du Lust zu tanzen? Es ist der letzte Walzer«, fügt er hinzu, als der Bandleader das Ende des Abends ankündigt.

Völlig überrumpelt von diesem Vorschlag, zögere ich zu lange. Zielstrebig wie eine ferngesteuerte Rakete mit knallrotem Lippenstift torkelt Miranda auf unseren Tisch zu.

»Daniel Slater!«, kreischt sie. »Da bist du ja, du süßer Kerl. Ich habe überall nach dir gesucht! Komm tanzen!« Sie schnappt ihn am Arm, um ihn in Richtung Tanzfläche zu zerren.

»Äh, eigentlich …« Er zögert und sieht sich nach mir um, doch ich lächle nur halbherzig, zucke die Achseln und sehe zu, wie eine hartnäckige Miranda ihren ergatterten Preis zwischen die anderen tanzenden Paare schleift.

»Wie konntest du ihn einfach so gehen lassen?«, schimpft Tanya und setzt sich neben mich.

»Sie hat ihn zum Tanzen aufgefordert«, entgegne ich, doch meine Stimme hört sich nicht ganz so lässig an wie beabsichtigt.

»Er hat *dich* zuerst gefragt.« Tanya sieht mich mit hochgezogenen Brauen an.

»Das war wahrscheinlich nur eine höfliche Geste.«

Tanya verdreht die Augen und sieht verzweifelt seufzend zu

Finn auf. »Herrje, Ollie, was muss der arme Kerl denn noch tun, um dich davon zu überzeugen, dass er dich *wirklich* mag?«

»Glaubst du ehrlich?« Bittend sehe ich sie an. »Ich muss es nämlich wissen... Ich will mich doch nicht total lächerlich machen... Nicht, dass ich das nicht längst getan hätte, aber ich will es nicht noch schlimmer machen...«

»Natürlich mag er dich, du Dummerchen!« Louis, der mit einer Flasche Champagner und der Telefonnummer des Barmanns in der Brusttasche an den Tisch zurückgetorkelt kommt, brüllt mich vor Frust fast an. »Du bist der einzige Mensch, der das nicht zu bemerken scheint. Was willst du denn noch?«

»Schon gut!« Abwehrend hebe ich die Hände. »Vielleicht hast du Recht, vielleicht mag er mich, aber was nutzt das schon, wenn er bereits mit jemand anderem liiert ist...« Sie folgen meinem Blick hinüber zu Miranda, die Dan immer noch über die Tanzfläche schleift und leicht entrückt zu ihm aufsieht wie Kathy Bates in *Misery*.

»Glaub mir.« Finn nimmt meine Hand und drückt sie sanft. »Zwischen Dan und Miranda läuft nichts... allerdings nicht aus mangelndem Willen ihrerseits, das muss ich zugeben. Erinnerst du dich noch an den Abend, als sie mit ihm im Restaurant auftauchte? Tja, er hatte sie gar nicht erwartet, sie ist ihm einfach dorthin gefolgt, um sich ihm aufzudrängen. Das war nicht das erste Mal. Er hat ehrlich gesagt ein bisschen Angst davor, sie könnte zu verhängnisvollen Affären neigen...« Er grinst. »Sieh der Sache ins Gesicht, Ol, er mag dich.«

»Wenn er mich wirklich mag, warum habe ich dann den Eindruck, dass er mir aus dem Weg geht? Eben war das erste Mal, dass er heute mit mir gesprochen hat...«

»Ist dir nie die Idee gekommen, dass er vielleicht darauf gehofft hat, du würdest ihn ansprechen? Du kannst nicht einfach erwarten, dass er den nächsten Schritt macht, denn das kann er nicht. Er hat bisher *alle* Schritte gemacht, und was hat es ihm gebracht? Absolut nichts!«

»Schon, aber er ist so subtil vorgegangen, dass man Untertitel bräuchte, um die Bedeutung zu verstehen.«

»Ich würde einige seiner Schritte kaum subtil nennen«, Finn lacht irritiert, »aber anscheinend haben sie eine Sprache gesprochen, die du nicht in der Lage warst zu verstehen.«

»Oder die du zu stur warst zu verstehen«, ergänzt Tanya spitz.

»Ich glaube, jetzt musst du auf ihn zugehen«, erklärt Finn mir.

»Du willst doch auf ihn zugehen, oder?«, fragt Tanya sanft.

Ich nicke verzagt.

»Ja, worauf wartest du dann noch?«

»Mut«, antworte ich düster, nehme einen weiteren Schluck Champagner und trinke dann eilig meinen Brandy aus, als würde mir das die Sache leichter machen.

»O Mann, Ollie, was ist nur los mit dir?«, seufzt Tanya. »Ich kenne dich doch. Wenn es etwas gibt, das du haben willst, dann kämpfst du doch normalerweise mit allen Mitteln darum.«

Ich sehe zu, wie das letzte Lied endet und alle begeistert der Band applaudieren, die sich kurz verneigt und dann geschlossen die Bar ansteuert, um die müden Geister wiederzubeleben. Miranda, die Dans Handgelenk immer noch fest umklammert hält, führt ihn von der Tanzfläche zurück zu ihrem Tisch und zieht ihn auf den Stuhl an ihrer Seite. Zwei Minuten später entschuldigt er sich jedoch und geht zu Grace und Stuart hinüber, um ihnen Gute Nacht zu sagen. Er schüttelt herzlich Stuarts Hand und küsst dann Grace auf die Wange. Sie plaudern noch eine Weile, dann wendet er sich ab und geht zum Ausgang. Kurz bevor er hinaustritt, bleibt er noch einmal stehen und sieht zurück. Unsere Blicke treffen sich, und einen kurzen Moment habe ich den Eindruck, er wird etwas sagen.

Doch er lächelt nur wehmütig, bevor er nach draußen verschwindet.

Tanya und Finn sind meinem Blick gefolgt. »Er geht schon?«, fragt Tanya enttäuscht.

»Er muss morgen ganz früh los«, erklärt uns Finn und hebt grüßend die Hand. »Wir haben uns vorhin kurz unterhalten. Hat geschäftlich in New York zu tun. Und er weiß noch nicht genau, wann er zurück sein wird…« Er sieht mich scharf an.

Ich sehe von Finn zu Tanya und Louis und dann weiter zu Grace, deren Blick dem sich entfernenden Dan folgt und dann bittend zu mir schweift. Ich atme tief durch, schiebe meinen Stuhl zurück und stehe auf.

»Was hast du vor?«, fragt Tanya atemlos.

»Etwas, das ich schon vor langer Zeit hätte machen sollen.« Ich nehme Tanya das Champagnerglas aus der Hand und kippe den Rest in einem Zug hinunter. Dann schürze ich meine Röcke und eile aus dem Zelt hinaus auf den feuchten Rasen vor dem Haus.

Zehn Sekunden später höre ich im Gras hinter mir weiche Fußtritte, und eine Hand hält mich am Arm fest. Es ist Grace. »Er ist im grünen Zimmer untergebracht«, flüstert sie, »drei Türen hinter deinem.«

»War es so leicht zu erraten, wohin ich gehe?«

»Sicher!« Sie beugt sich vor und drückt mich fest an sich. »Und falls du nicht dorthin wolltest, dann solltest du es verdammt noch mal aber!«

»Mache ich das Richtige?«, frage ich sie verzagt.

Sie nickt nachdrücklich. »Sicher. Es ist nur schade, dass du so lange gebraucht hast! Denk doch nur an all die Zeit, die du vergeudet hast! Apropos«, verkündet sie mit einem breiten Grinsen, »*ich* werde jetzt mal losziehen und meinen *Ehemann* holen, um mit ihm ins Bett zu gehen!« Sie bricht ab, wirft einen Blick auf den Ehering an ihrer linken Hand und lächelt ungläubig. »Ach du lieber Himmel, ich bin verheiratet… kannst du dir vorstellen, dass ich wirklich verheiratet bin!«

Ehrfürchtig starren wir beide auf ihren Ringfinger und fangen dann laut zu lachen an, als unverkennbar die Stimme von Louis erschallt, der anscheinend die leere Bühne mit Beschlag belegt hat und nun passenderweise die erste melodiöse Strophe von »Rescue Me« ins Mikrofon schmettert.

Wir umarmen uns noch einmal, dann lässt Grace mich los und stupst mich in Richtung des Hauses. »Los, ab mit dir, ich kann nicht die ganze Nacht hier rumstehen. Schließlich habe ich eine Ehe zu vollziehen.«

Leise lachend schüttle ich den Kopf.

»Ab mit dir!«, drängt mich Grace, als Stuart im hell erleuchteten Zelteingang auftaucht. »Worauf wartest du noch?« Wieder schiebt sie mich sanft in Richtung Haus.

Als ich die Tür erreiche, sehe ich mich noch einmal um. Grace und Stuart kichern wie verrückt und rennen Hand in Hand zum Heuboden am Ende der Stallungen.

Ich durchquere das Haus bis zur Küche, wo ich zum Schlüsselbrett neben der Hintertür gehe und den großen Bund mit den Hausschlüsseln herunternehme, der dort hängt. Der ordentliche, pedantische und praktische Stuart hat in weiser Voraussicht alle Schlüssel beschriftet. Nicht gerade ideal, falls bei ihnen eingebrochen wird, aber mir erleichtert es das Leben erheblich. Das ist großartig, wenn man bedenkt, dass das, was ich vorhabe, wohl zu den schwierigsten Dingen gehören dürfte, die ich je in meinem Leben unternommen habe.

Ich schleiche nach oben und seufze nachsichtig, als ich an einem Pärchen vorbeikomme, das schmusend auf dem linken Flügel der Treppe sitzt und in einem Anfall spontaner Leidenschaft alles um sich herum vergessen hat. Zögernd biege ich in den Korridor ein, gehe an meinem eigenen Zimmer vorbei, zähle drei Türen zur Linken, bis ich hoffentlich vor dem grünen Zimmer stehe, und stecke mit zitternder Hand den, wie ich hoffe, richtigen Schlüssel ins Schloss. Zu meiner Erleichterung vernehme ich ein leises Klicken, als der Türschnapper aufspringt. Behutsam drücke ich die Türklinke und trete leise ein.

Dan steht am Fenster und sieht hinaus in den Garten, wo die Party noch immer in vollem Gange ist. Inzwischen ist es zwei Uhr morgens, und die Gastgeber haben ihre Gäste verlassen, um sich im Stroh zu vergnügen. Er ist frisch geduscht und hat sich ein Handtuch um die Hüften geschlungen. Seine Haare glänzen feucht im Mondschein und im Licht der Gartenlaternen, die sanft in der lauen Brise schaukeln, die durchs Fenster hereinweht.

Beim Geräusch der Tür, die ich leise hinter mir zuziehe, dreht er sich um. Als er mich vor sich stehen sieht, verliert er vor Überraschung fast das Handtuch. »Was zum Teufel!«, platzt er heraus, packt das rutschende Handtuch und zieht es hastig wieder hoch.

Ich atme tief durch und schwenke den Schlüsselbund. »Dachte mir, einer von denen passt vielleicht, und wie es der Zufall so wollte …«

Der überraschte Gesichtsausdruck weicht einem leisen Grinsen, das sich zögernd auf seinem Gesicht ausbreitet, als er die Ironie erkennt. Ermutigt durch das Lächeln verlasse ich den Rückhalt des Türrahmens und gehe unsicher auf ihn zu. Wenn man bedenkt, dass er derjenige ist, der mehr oder weniger nackt vor mir steht, ich dagegen voll bekleidet bin, sieht er sehr viel gelassener aus, als ich mich fühle.

Ich beschließe, das Ganze durchzustehen, und fange an, mich in den Hüften zu wiegen wie Tanya in einem Raum voller Männer. Dann aber befinde ich, dass so etwas wirklich nicht zu mir passt, weshalb ich schlurfend vor ihm zum Stehen komme.

Als er mich freundlich und fragend ansieht, wird mir mit einem Mal bewusst, dass meine grauen Zellen da draußen einfach ohne mich weiterfeiern.

»Was machst du hier, Ollie?«, fragt er, als ich wie bestellt und nicht abgeholt vor ihm stehe und all die hastig einstudierten geistreichen Sprüche in Formation aus dem Fenster fliegen wie eine Schar Zugvögel.

»Ich bin mir nicht sicher ...«, stottere ich nach kurzem Zögern. Er sieht mich mit hochgezogenen Brauen an, schweigt aber. Dieses Mal weiß ich, dass er mir nicht weiterhelfen wird, sondern dass es an mir liegt.

»Können wir es noch mal probieren?«, frage ich zögernd. »Ich finde wirklich, wir sollten es noch mal probieren.«

»Gut«, er lächelt flüchtig. »Dann geh raus und komm wieder rein. Aber dieses Mal bitte vorher klopfen.«

»Äh, das habe ich eigentlich nicht gemeint.« Vor Scham werde ich rot.

»Ach, du meinst einen Neuanfang?«, fragt er leicht spöttisch.

»Ich glaube schon. Wir sollten die Vergangenheit vergessen ...« Ich breche ab und starre zu Boden. Plötzlich wünsche ich mir, ich wäre nicht gekommen. Ich hätte auf meine Zweifel hören und brav auf der Party bleiben sollen. Natürlich mag er mich nicht, er hält mich für eine Idiotin.

»Ich weiß gar nicht, ob ich die Vergangenheit vergessen will«, sagt Dan ruhig.

»Natürlich«, entgegne ich und beiße mir auf die Unterlippe. »Ich wollte ja auch nur ... na ja, ich meine, es tut mir Leid, dass ich dir so viele Probleme gemacht habe und ... ich glaube, ich gehe jetzt besser ...«

»Ich will die Vergangenheit nicht vergessen ...«, wiederholt Dan, hält mich am Handgelenk fest, als ich mich zum Gehen wende, und dreht mich wieder zu sich herum, »denn es gibt da gewisse Momente, an die ich mich ganz gerne erinnere…« Der feste Griff um mein Handgelenk wird gelockert; ich kann spüren, wie sein Daumen zart auf meinem überaktiven Puls ruht.

Ich zwinge mich aufzusehen und blicke ihm hoffnungsvoll in die Augen. Ich kann kein sarkastisches Grinsen sehen, keinen hämischen Blick, keinen Vorwurf. In seinem Lächeln liegt ein Ausdruck von, fast würde ich sagen, *zärtlicher* Zuneigung. Ganz sacht legt er die Fingerkuppen auf meine Lippen und lässt sie dann über mein Kinn und meinen Hals gleiten, bis seine Hand sanft meine Kehle umschließt.

»Du bist so schön«, flüstert er, »so mutig und loyal, und manchmal auch so eine totale und vollkommene… *Idiotin.*« Das letzte Wort stößt er beinahe laut hervor. Dann schüttelt er den Kopf und beißt sich auf die Unterlippe. »Du kannst einen auf die Palme bringen, Ollie Tate, und wie. Es gab Zeiten, da hätte ich dich am liebsten erwürgt.« Ich spüre, wie seine Fingerspitzen bei diesen Worten meine Kehle ganz sanft drücken und registriere zufrieden, dass das Feuerwerk in meinem Magen gerade zu einer Vorführung ansetzt, die der zur Jahrtausendwende Konkurrenz machen könnte.

»Du warst wie der Fuchs in der Falle, der über die Hand des armen Trottels herfiel, als er versuchte, dich zu befreien…« Er verstummt, doch obwohl er die Stimme leicht erhoben hatte, schwang darin kein Ärger mit, nur heitere Resignation.

»Würde es dir helfen, wenn ich verspreche, nicht zu beißen?«, entgegne ich, neige den Kopf und nehme kurz und mit großer Vorsicht die Spitze seines Mittelfingers zwischen die Zähne. Ich spüre, wie Dan erschaudert, als ich die Berührung in einen gehauchten Kuss umwandle, bevor ich wieder zu ihm aufsehe.

»Bist du dir auch ganz sicher, dass du das willst, Ollie?«, fragt er zögernd. »Bei allem, was zwischen uns gelaufen ist, müssten wir uns eigentlich hassen …«

»Tja, wir werden wohl noch so manches Mal miteinander streiten«, scherze ich und schnappe nach Luft, als seine Finger von meinem Hals über die empfindsame Stelle darunter gleiten und meine Brüste streifen, als er den Arm um mich legt.

»Und dann eine Menge Zeit damit verbringen, uns wieder auszusöhnen«, fährt er fort. Jetzt legt er auch den anderen Arm um meine Taille und zieht mich sanft an sich.

»Es tut mir Leid«, hauche ich und lasse meine eigenen Arme unter seinen hindurchgleiten.

»Was?«

»Dass ich so lange gebraucht habe, um zu erkennen …«

»Es gibt da eine Möglichkeit, wie du es wieder gutmachen kannst …«, flüstert er zärtlich. Sein Mund ist so nahe vor meinem, dass ich spüren kann, wie sein warmer, süßer Atem beim Sprechen über meine Lippen streicht. »Frag mich …«

»Was soll ich dich fragen?«, entgegne ich in gespielter Unschuld.

»*Frag* mich, Ollie …«, flüstert er, und seine Hände gleiten spielerisch von meiner Taille hinunter und über die Rundung meines Hinterns. »Bitte. Denn dieses Mal weiß ich, dass es dir ernst ist …«

»Wenn du das Handtuch wegwirfst, könnte das meine Bereitschaft erhöhen«, ziehe ich ihn kühn auf und fahre überrumpelt zurück, als er ohne ein Wort durchtrieben grinst, mich loslässt und das Handtuch zu Boden fallen lässt.

Ich starre ihn einen Augenblick lang mit offenem Mund an. Völlig unerschrocken hält er meinem Blick stand. Ein glückseliges Lächeln breitet sich auf meinem Gesicht aus. »Also, wenn das so ist … wie um alles in der Welt kann ich da noch Nein sagen?«

Ich breche förmlich auf dem Bett hinter mir zusammen, da meine Knie zu diesem Zeitpunkt etwas weich sind, und winke ihn mit gekrümmtem Zeigefinger herbei, damit er sich neben mich setzt.

»Und«, frage ich ihn und sehe ihn genauso kühn und herausfordernd an wie er mich, »willst du mir denn keinen Gutenachtkuss geben…«

HELEN FIELDING

»Hinreißend! Was für ein herrlicher, unglaublich witziger Roman! Man wischt sich die Lachtränen aus den Augen!«

The Sunday Times

44392

GOLDMANN